Sous le regard des dieux

Christiane Desroches Noblecourt

Sous le regard des dieux

Entretiens avec Catherine David, Isabelle Franco et Jean-Philippe de Tonnac

Albin Michel

22, rue Huyghens, 75014 Paris
www.albin-michel.fr
ISBN 2-226-13753-X

À la mémoire
de deux maîtres inégalés :
Étienne Drioton et Gustave Lefebvre.

Note de l'éditeur

Un tempérament exceptionnel. Un savoir encyclopédique. Une insatiable passion pour la science, pour la recherche, pour la vérité. Une volonté qui déplace les montagnes et les temples. Une œuvre considérable... On ne présente plus Christiane Desroches Noblecourt, on l'admire, on l'écoute ! À quatre-vingt-dix ans, elle n'a rien perdu de son enthousiasme, son énergie est intacte. Pendant sa traversée du XXe siècle, grâce à son génie singulier et à sa puissance de travail, cette grande égyptologue aura mieux servi la cause des femmes qu'une armée de suffragettes.

Née en 1913, petite fille très éveillée, sûrement déjà bavarde, choyée par des parents cultivés et musiciens, Christiane Desroches Noblecourt se passionne dès 1922 pour la découverte de la tombe de Toutankhamon par Carter, dont elle admire les trésors chaque semaine dans *L'Illustration*. Peu à peu, sa passion pour la civilisation des anciens pharaons devient une véritable vocation. Encouragée par son premier professeur d'égyptologie, l'abbé Drioton, surmontant les obstacles et les conventions d'une autre époque, elle va réaliser son rêve : elle entre au département des Antiquités égyptiennes du musée du Louvre, dont elle sera plus tard la première femme conservateur. Les années passées dans les réserves du Louvre à étudier les objets entreposés par Champollion, Mariette Pacha et les autres pionniers de l'égyptologie lui donneront des compétences particulièrement utiles pour la recherche sur le terrain et l'examen des trouvailles. Elle sera aussi la première femme admise au poste prestigieux de pensionnaire de l'Institut français d'archéologie orientale (IFAO), et la première femme à diriger un secteur de chantier de fouilles en Égypte, partageant avec ses collègues masculins les conditions de vie particulièrement rudes du désert de Haute-Égypte dès la fin 1938.

Le 18 juin 1940, la « petite Desroches » écoute avec son père l'appel du général de Gaulle à la BBC. Sans attendre, elle répond au rendez-vous de l'Histoire et rejoint le mouvement « Résistance » — premier à porter ce nom — créé par son ami Jean Cassou. Elle mettra à l'abri en zone libre les trésors de son département du Louvre, et poursuivra pendant toute la guerre ses activités clandestines.

Après la Libération, elle continue sa carrière ascensionnelle, jalonnée de nouvelles découvertes archéologiques, explore la Vallée des Reines, organise avec une détermination peu commune le sauvetage des temples de Nubie, invente le concept de patrimoine mondial, tout en dirigeant d'une main ferme le département des Antiquités égyptiennes du Louvre, fait soigner à Paris la momie de Ramsès, redorer le pyramidion de l'obélisque de la place de la Concorde, accumule les honneurs et les distinctions : Grande Médaille de l'Unesco — elle est la première femme à l'avoir reçue, comme la médaille d'or du CNRS —, commandeur de la Légion d'honneur, grand croix de l'ordre du Mérite...

Ces multiples tâches auraient pu remplir une vie, mais Christiane Desroches Noblecourt n'a jamais négligé de transmettre et de partager ses connaissances. Ses cours d'épigraphie puis d'archéologie égyptiennes ont passionné des générations d'élèves et d'auditeurs. Enseignante, mais aussi conférencière, auteur d'un très grand nombre de publications scientifiques, elle a su conquérir également les faveurs du grand public cultivé avec des livres passionnants, depuis *Le style égyptien* (1946) jusqu'à *Hatshepsout, la reine mystérieuse* (2002). Est-ce parce qu'elle apportait dans le monde fermé de l'égyptologie la sensibilité nouvelle d'un regard féminin que Christiane Desroches Noblecourt s'est trouvée en mesure de résoudre quelques-unes des grandes énigmes de sa discipline ? Un jour, pendant une croisière sur le Nil, impressionné par ses conférences, un voyageur lui a demandé par plaisanterie : « Madame, êtes-vous une femme d'aujourd'hui ou la réincarnation d'une princesse égyptienne ? » Les lecteurs de ce livre se poseront la même question.

Dans *La Grande Nubiade,* Christiane Desroches Noblecourt racontait comment elle avait réussi, après des années d'efforts, à enclencher le mouvement de sauvegarde des temples de Nubie qui devaient être submergés. Catherine David, Jean-Philippe de Tonnac, écrivains et journalistes au *Nouvel Observateur* et l'égyptologue Isabelle Franco qui fut son élève ont voulu en savoir plus. Ils l'ont interrogée sur les racines profondes de son amour pour l'Égypte, sur les fondements esthétiques et spirituels de son admiration pour ce peuple en quête de vérité. Elle accepte pour la première fois de se prêter à ces questions personnelles et livre ses quatre vérités sur le monde de l'égyptologie, sur ses grandeurs et ses petitesses. Elle nous donne aussi maints exemples du difficile décryptage des vestiges de l'Égypte ancienne. À travers l'analyse d'une brève inscription funéraire, d'un modeste objet de la vie quotidienne, d'une statuette ou d'un tombeau, c'est tout l'arrière-monde qu'elle fait resurgir.

Autour de deux grands thèmes, la naissance et la mort, les découvertes de Christiane Desroches Noblecourt, notamment sur le lointain chantier de fouilles d'Edfou, au Ramesseum ou dans la Vallée des Reines, ouvrent de nouvelles et vertigineuses perspectives sur l'univers mental des anciens Égyptiens. Après soixante-dix ans d'égyptologie passionnée, minutieuse, novatrice, Christiane Desroches Noblecourt persiste et signe : seul un véritable travail scientifique peut donner accès aux mystères de l'Égypte.

1.

Chez les Desroches

Premières émotions. Des êtres de profil. Ouvertures d'esprit. « Nous recevons des étrangers. » « L'enfer existe, mais il n'y a personne dedans. » Le Scribe contre la Vénus de Milo. Les vacances en Savoie.

Christiane Desroches Noblecourt, avant de voir ensemble quel fut votre parcours singulier sur les chemins de l'égyptologie, essayons si vous le voulez bien, d'en discerner le point de départ. Étiez-vous déjà passionnée par l'Égypte dans votre enfance ?

Honnêtement, je ne me souviens guère de conversations qui m'auraient marquée. Mon père et ma mère étaient très cultivés, mais à l'époque l'Égypte n'intéressait pas grand monde. Rien à voir avec les temps actuels, où les journalistes se précipitent sur la moindre momie recouverte de bitume comme s'il s'agissait d'un trésor extraordinaire.

Qui vous a mise sur la voie ?

Mon grand-père m'avait emmenée voir l'obélisque de la place de la Concorde et les petits oiseaux gravés dessus m'avaient bien amusée. Je pense aujourd'hui qu'il devait y avoir en moi une disposition particulière qui me faisait tomber en arrêt chaque fois que je découvrais des images de l'Égypte ancienne. C'était vraiment un goût personnel que j'avais. Avec ces drôles de bonshommes aux visages et aux pieds de profil, aux regards et aux épaules de face, cette civilisation m'apparaissait comme tout à fait étrange. Il y avait là de quoi intriguer un enfant, et pourtant, dans les rares publications évoquant l'Égypte, toutes ces images étaient en noir et blanc, bien entendu, puisque je suis née à la fin de 1913.

De ces premières impressions à la révélation d'une vocation, il y a certainement un long chemin.

C'est avec mon père, dès l'âge de raison, que nous avons commencé à avoir des discussions sur tous les sujets auxquels il voulait m'intéresser. Il me semble qu'à cette époque la plupart des parents s'occupaient davantage des enfants qu'aujourd'hui. Nous déjeunions ensemble quotidiennement. C'était l'époque où les papas avaient le temps de revenir déjeuner à la maison tous les midis ! C'était un rituel sacré ; le repas familial était le moment de la journée où les parents abordaient tous les sujets qui leur semblaient susceptibles de nous ouvrir l'esprit, et cela sans aucune ostentation ni pédanterie. J'ai donc eu la chance d'avoir une enfance dans un milieu très ouvert à la culture, à la musique et aux langues étrangères. Mon père jouait du violon en amateur, et ma mère chantait avec une voix faite pour Wagner. Oui, on peut dire que mon frère et moi avons été entourés d'une affectueuse compréhension.

En hiver, souvent le dimanche matin, mon père s'enfermait dans son bureau. Il s'asseyait auprès d'une salamandre, un poêle à charbon en céramique gris-bleu fermé par une porte transparente, et il lisait une partition de musique. Quand je lui demandais ce qu'il faisait, il répondait : « J'écoute un opéra. » Et en effet, il était capable de suivre tout un concert de cette façon. Cela m'a toujours laissée songeuse, car je suis bien incapable d'un tel exploit.

Votre père a-t-il joué un grand rôle dans votre formation intellectuelle ?

Mon père était un homme d'idéal, un spiritualiste. Né en 1885 à Charolles, il y a passé sa petite enfance, puis ses parents l'ont envoyé au petit séminaire de Semur-en-Brionnais en Bourgogne. Il me racontait qu'en hiver, quand les pensionnaires faisaient leur toilette à cinq heures du matin, il arrivait souvent que leurs serviettes de toilette soient gelées. Il a passé son bachot à Lyon, et à l'oral il est tombé pour l'épreuve d'histoire sur la Commune. Il a dit tout le mal qu'il pensait de la répression sauvage de M. Thiers, et l'examinateur lui a immédiatement sonné les cloches : « Jeune homme, ce que vous appelez répression était un sursaut de patriotisme ! Vous avez des connaissances, vous mériteriez d'être reçu, mais vos idées sur la Commune sont à réviser. Revenez passer l'oral quand vous aurez lu un récit objectif de ces événements. » Cet épisode lui a ouvert les yeux. De ce jour, il a compris qu'il avait décidément les idées trop larges pour s'inféoder à un dogme quelconque. Dans sa jeunesse, il avait rêvé de devenir diplomate et s'y était préparé, mais son père était mort trop jeune pour pouvoir l'aider. Il s'était donc résigné à une carrière d'avocat mais souffrait de ce métier. À cette époque, de retour de la guerre de 14, il était devenu ce qu'on appelait un jeune radical. Défendre les intérêts des uns et des autres vous oblige à mentir en permanence, prétendait-il. Alors il s'est tourné vers la haute administration, puis il a participé avec enthousiasme à la création du système des assurances sociales.

Il avait donc des idées avancées pour son époque.

C'est peu de le dire ! Je n'ai jamais oublié une réflexion de mon père un soir, après le départ de ses invités : « Les Untel nous considèrent comme des gens bizarres, parce que nous recevons des étrangers... » En effet, mes parents étaient curieux de toutes les cultures et ne s'inquiétaient pas de la nationalité de leurs hôtes. Et croyez-moi, au début des années

30, rares étaient les Parisiens qui avaient cette tournure d'esprit. Mon père haïssait les nazis, notamment parce qu'ils salissaient la culture allemande pour laquelle il avait une grande admiration. En 1914, après avoir obtenu sa licence de lettres, il était parti à l'université de Stuttgart, pour obtenir une licence analogue en allemand, puis la guerre a éclaté. Après avoir été gravement blessé, il a été emprisonné dans un camp à Darmstadt. Pendant sa captivité, plus de trois ans et demi, il a approfondi sa connaissance de la langue allemande et, pour passer le temps, il traduisait des livres de Heinrich Heine.

Mes parents recevaient donc de nombreux intellectuels, souvent des Allemands qui n'avaient évidemment aucune sympathie pour l'extrême-droite, mais aussi des Anglais et même des Chinois. Je me souviens avec émotion d'avoir souvent rencontré sir Norman Angell, l'auteur du livre dont est tiré le film *La grande illusion.* Nos familles se fréquentaient depuis trois générations. Sir Norman racontait aussi des histoires à mourir de rire sur les Américains.

Votre mère était-elle aussi une femme très cultivée ?

Née en 1888, elle a été l'une des premières femmes à passer sa licence de lettres classiques. Les jeunes filles, à cette époque, n'allaient pas à la Sorbonne, ce lieu de perdition. Ma mère avait achevé ses études à la Mutualité Maintenon, dans le Quartier latin. Elle avait grandi dans une atmosphère extrêmement stricte, son père étant savoyard. Le dimanche, pour la distraire un peu, mon grand-père l'autorisait à traduire du Cicéron, vous voyez le genre ! Elle savait tout faire, c'était une excellente cuisinière, et elle s'occupait admirablement de sa famille. Mais surtout, elle avait fait des études poussées et, pour moi, c'était essentiel. Même si elle n'a jamais exercé de profession, elle était la preuve vivante qu'une femme, non moins qu'un homme, pouvait avoir accès au monde du savoir. Cela convenait fort bien à mon père, déjà féministe à cette époque.

Avez-vous reçu une éducation religieuse ?

J'ai été baptisée, et nous avons suivi, mon frère et moi, les cours de catéchisme. Mon père nous laissait faire, tout en nous invitant avec beaucoup de subtilité à un certain scepticisme. « Ne prenez pas à la lettre tout ce qu'on vous raconte, les enfants ! » disait-il. Il nous parlait d'un curé de campagne qu'il avait connu dans son enfance. Un type épatant, par ailleurs un fin gourmet : il venait dîner deux fois par semaine chez les grands-parents Desroches, où l'on mangeait fort bien. Un jour mon père, qui l'aimait beaucoup, lui a posé une question qui lui brûlait la langue : « L'enfer existe-t-il, monsieur le curé ? » Et le gros curé s'est mis à rire : « Mon petit, si l'enfer existe, il n'y a personne dedans ! » Finalement je suis restée fidèle à l'Église, et je me suis mariée religieusement.

Pourquoi avez-vous été fascinée à ce point par l'Égypte, et non par la Grèce ou la Mésopotamie, par exemple ?

Il m'a suffi de voir la Vénus de Milo. Elle est d'une plastique splendide, mais quelle lourdeur, vous ne trouvez pas ? Et surtout, regardez ses yeux : ils sont vides, totalement vides ! Et maintenant, voyez le fameux Scribe : chaque fois que je passe devant lui dans nos salles égyptiennes du Louvre, son regard me pétrifie, après toutes ces années. C'est qu'il y a, dans ce seul regard, toute une civilisation qui s'exprime... (cf. pl. XIII). Non, chez les Grecs, je me suis intéressée à la période archaïque, la plus vivante, celle qui va jusqu'à l'Aurige de Delphes. Les images égyptiennes, elles, m'attiraient énormément, surtout quand il s'agissait de scènes agraires : ces cultivateurs ressemblaient vraiment aux paysans que j'avais rencontrés dans les Alpes, où je passais mes vacances chez un frère de ma grand-mère maternelle, entre Chambéry et Grenoble.

Pouvez-vous nous rapporter votre expérience de la campagne ?

C'était chaque fois une grande joie. Dès notre arrivée, notre grand-tante nous emmenait à Grenoble faire des emplettes : tabliers épais, galoches en peau de vache avec des semelles en bois qui duraient le temps des vacances. Après quoi, on nous lâchait dans la nature. Depuis la terrasse de notre maison, on avait une vue panoramique sur un paysage absolument unique : toute la vallée du Grésivaudan, la chaîne de Belledonne, le mont Blanc, avec l'Isère au fond de la vallée, et derrière nous la Grande-Chartreuse. Nous allions chez les paysans du coin qui avaient des enfants de notre âge, et là on nous apprenait à traire les vaches, à faire cuire les patates sur la pierre chaude. Les petites filles tressaient des couronnes de fleurs, mais allaient aussi aux champs, avec les vaches, « faire les foins » et aider à la « batteuse ». Nous étions tous au désespoir quand on nous appelait pour le déjeuner.

La vie à la campagne était pour moi l'occasion de mille observations pleines d'enseignements. Une fois par semaine, les paysans enfournaient des sarments de vigne dans l'ouverture en demi-lune du four en briques de terre cuite. Les sarments brûlaient toute la nuit et, au matin, la paysanne raclait les braises, puis elle enfournait d'énormes miches de pain préparées de la veille. Une fois cuites, les miches étaient emmaillotées dans un torchon de lin blanc et placées dans les panetières. C'était du pain blanc, avec une mie très pâle et bien tassée. Avec ce pain-là, une tartine beurrée était un plaisir des dieux.

J'ai appris des choses essentielles pendant ces vacances dans les Alpes. Cela m'a servi plus tard, ainsi lorsque je me suis retrouvée un jour de juin 1940, entre l'Eure-et-Loir et le Gers, à traire les vaches sur la route de Limoges, après avoir évacué en plusieurs voyages les caisses de mon département du Louvre, pour nourrir les enfants de nos gardiens. Tout le petit monde que je pilotais mourait de faim et de soif, et il y avait, sur le bord de la route, quelques malheureuses vaches qui beuglaient parce que personne ne les avait traites. J'ai également étonné mon mari en lui expliquant la différence entre un chêne et un tilleul. Son ignorance me scandalisait. Il est vrai qu'il était né à Paris, où il avait grandi, et qu'il avait toujours passé ses vacances au bord de la mer.

Pour un égyptologue, il est essentiel d'avoir une solide connaissance de la nature. Comment, sans cela, comprendre correctement les scènes de la vie agricole que les Égyptiens ont figurées un peu partout dans leurs chapelles ? Ayant eu la chance de vivre au milieu des animaux et des plantes, j'ai aussitôt perçu l'extraordinaire authenticité de ces représentations.

Oui, l'Égypte me plaisait, les images me parlaient, les pharaons m'impressionnaient, les paysans m'étaient familiers, et tous ces personnages magnifiques me semblaient finalement plutôt gais. Une année, à Mardi gras, je me souviens d'avoir fabriqué pour mes camarades du lycée Molière des costumes égyptiens en papier crépon, que j'avais scrupuleusement copiés sur les images que je possédais. Mes parents ne m'ont pas détournée de ma vocation au début, mais ils ne m'ont pas non plus encouragée. À l'époque, on ne savait pas très bien ce qu'était cette profession. Devenir égyptologue, c'était une lubie, une folie. Pas un métier. Heureusement pour moi, il y eut l'abbé Drioton.

2.

Portrait d'un éveilleur

L'École du Louvre. « Et avant Rome ? ». La découverte de Carter dans *L'Illustration.* Boires et déboires de lord Carnarvon. Les cours d'archéologie et d'épigraphie de l'abbé Drioton. L'abbé invité à dîner chez les Desroches. La conférence sur Toutankhamon.

Qui était l'abbé Drioton ?

Quand j'ai quitté le lycée, en 1930, pour m'inscrire à l'université, mon père m'a interrogée sur mes intentions. Il avait lui-même un tempérament d'artiste, c'était un véritable honnête homme du XVIIIe siècle. Comme j'étais dans l'indécision, il m'a conseillé de suivre les cours de l'École du Louvre en même temps que ceux de la Sorbonne, en vue de me spécialiser plus tard dans l'étude du dessin du XVIIIe siècle. Mais cette idée d'étudier le dessin m'épouvantait.

Aussi mon père est-il allé voir le directeur de l'École du Louvre pour lui demander quelle direction devait prendre une jeune fille qui ne raffolait pas du dessin du XVIIIe siècle, mais qui voulait tout de même faire quelque chose de sa vie. Il m'a donc rapporté la conversation en énumérant toutes les possibilités qui s'ouvraient à moi : l'histoire générale de l'art, l'étude des œuvres, des objets, du mobilier, de la peinture, toutes choses qui commençaient au Moyen Âge. « Mais avant ? lui ai-je demandé. – Avant, c'était la Grèce et Rome. – Et encore avant ? – Eh bien, la Mésopotamie. – Et l'Égypte ? – Alors là, m'a-t-il dit, tu tombes bien ! »

Henri Verne, le directeur, lui avait parlé d'un professeur d'archéologie, Charles Boreux, et de celui d'épigraphie égyptienne : « Un abbé comme on n'en fait plus, bien vivant, qui vous communique sa science, et en même temps sa joie de vivre, son enthousiasme. » Il s'agissait de l'abbé Drioton. Mon père a pris rendez-vous pour moi avec le directeur du musée et de l'École du Louvre. Je me souviens qu'il ressemblait étonnamment à Henri IV. Il m'a expliqué la manière dont l'enseignement était conçu et je suis allée immédiatement m'inscrire à tous les cours nécessaires. Mon père s'est incliné devant ma décision.

Ce choix s'expliquait-il pour votre père par des discussions que vous aviez eues tous les deux ?

Pas du tout. Il savait simplement que l'Égypte m'amusait, que j'habillais mes camarades en dames égyptiennes ou en pharaons. Mais cela s'arrêtait là. Je ne me souviens pas de lectures sur ces sujets non plus. En classe de sixième, deux ou trois cours sur l'Égypte m'avaient beaucoup intéressée. J'étais fascinée par les personnages des peintures. C'est là, sans doute, que s'est fixé en moi cet intérêt pour cette civilisation égyptienne.

La découverte de la tombe de Toutankhamon en 1922 a-t-elle joué un rôle dans votre orientation ?

Je suis née en novembre 1913, et j'avais donc neuf ans lorsque Howard Carter est entré pour la première fois dans la tombe du jeune roi. Je me souviens que son aventure m'avait en effet beaucoup frappée. Mon père étant abonné à *L'Illustration*, toutes les semaines nous découvrions de nouvelles photos relatives à la découverte de Carter. En fait, la mise au jour du trésor de Toutankhamon s'est étalée sur une dizaine d'années, donnant à la presse de nombreuses occasions de revenir sur le sujet. J'ai gardé ces numéros où les photos étaient en sépia. Pour moi, c'était comme un conte de fées. À l'époque, personne ne comprenait pourquoi ce pharaon avait été enterré avec tous ces objets. On parlait du trésor de Toutankhamon, sans essayer d'aller plus loin. Je me posais beaucoup de questions, et j'ai sans doute été par la suite la première à avoir tenté d'interpréter les raisons profondes d'un « mobilier funéraire ».

C'est vous, en effet, qui avez publié le premier livre scientifique et illustré en couleurs sur Toutankhamon, en 1963. La découverte de Carter devait vous fasciner ?

Sa trouvaille était d'une importance capitale pour notre compréhension de l'Égypte ; on lui doit la mise au jour du seul trésor royal quasiment complet connu aujourd'hui et, ne serait-ce que pour cette raison, il faut lui rendre hommage. Cependant, le personnage de Carter s'est révélé plutôt décevant. Pour écrire mon livre sur Toutankhamon, j'ai passé un mois au Griffith Institute, le centre d'égyptologie d'Oxford, pour consulter ses fiches. Eh bien, j'ai été stupéfaite de constater qu'à côté de ses dessins extraordinaires, Carter n'a fait aucune tentative pour décrire professionnellement les objets du pharaon ou pour évoquer leur message. Quand on compare ses fiches avec celles de Bernard Bruyère, on est stupéfait par leur pauvreté... À la décharge de Carter, celui-ci n'était à l'origine qu'un dessinateur qui n'avait jamais été vraiment formé à l'égyptologie.

Qui était Bernard Bruyère ?

Un très grand égyptologue français, qui travaillait à l'époque sur les vestiges du village de Deir el-Médineh. Depuis la fin de la guerre, il dirigeait les fouilles de l'Institut français d'archéologie orientale du Caire (IFAO). En fait, c'est Bruyère qui a conseillé à Carter d'achever ses fouilles dans la Vallée des Rois, près de la tombe de Ramsès VI. Carter était revenu à Deir el-Médineh en septembre 1922, désespéré : son mécène, lord Carnarvon, ne voulait plus subventionner ses fouilles, et Carter ne savait plus que faire. Bruyère l'a accueilli et réconforté. « N'oubliez pas qu'au pied de la tombe de Ramsès VI il y a des murs de terre crue qui sont les vestiges des cahutes où les ouvriers qui creusaient la tombe du pharaon entreposaient leurs instruments la nuit. Vous les avez relevées et photographiées. C'est bien. Maintenant, faites-les sauter, et regardez ce qu'il y a en dessous. » Carter refusait mais Bruyère a beaucoup insisté. Carter a donc commencé à creuser et, une semaine plus tard, la première marche était trouvée.

On a dit que Carter avait mauvais caractère...

C'est la vérité. Carter était un heureux et courageux fouilleur et un excellent dessinateur. Il avait été enrôlé pour travailler sur des chantiers subventionnés par lord Carnarvon et relever les objets. Mais il avait un caractère de cochon et il a connu quelques altercations mémorables avec les Égyptiens. À cette époque, figurez-vous, un seul Anglais en Égypte pouvait être pire que tous les colonialistes français réunis. Quand les directeurs généraux des Antiquités de l'époque, Gaston Maspero, suivi de près par Pierre Lacau, ont eu besoin d'un inspecteur à poigne dans une région où sévissaient des Bédouins très durs, leur choix s'est porté sur Carter et celui-ci a fait merveille. Peu après, il est devenu inspecteur des Antiquités.

Et le fameux mécène, lord Carnarvon ?

C'était un Anglais richissime qui, d'après les confidences que m'a faites son fils, avait survécu à quelques accidents de voiture et dont la santé était si mauvaise que son médecin lui avait conseillé de passer l'hiver en Égypte. En arrivant il s'est installé dans le plus grand palace de Louqsor, il a commencé à jouer au bridge, aux courses et, au bout d'un an, il a constaté que cette vie l'ennuyait. Un ami égyptien lui a suggéré de subventionner un chantier de fouilles. Il s'est adressé à Lacau, directeur des Antiquités, qui l'a bien accueilli et lui a conseillé de s'associer avec un bon fouilleur. C'est ainsi que Carter est devenu l'employé de lord Carnarvon. Vous savez, ce ne sont pas toujours les meilleurs égyptologues qui font les plus belles découvertes sur le terrain.

Nous voici loin de l'abbé Drioton.

En effet ! J'ai donc commencé à suivre les cours d'archéologie professés par Charles Boreux et d'épigraphie donnés par l'abbé Drioton à l'École du Louvre. Voilà une figure qui a profondément marqué mes années de formation et sans doute tout mon itinéraire d'égyptologue. Cet homme-là aurait pu réveiller un mort, vous savez, et transformer n'importe quel idiot en un savant. Il était moitié lorrain et moitié bourguignon, un très bon mélange. Oui, l'abbé Drioton était un meneur d'esprits, et en cela il était unique. Et de surcroît, heureusement, incapable de vous importuner avec des bondieuseries. Assez vite, il s'est intéressé à moi. Ce n'est pas que je dessinais très bien les hiéroglyphes, mais je me donnais un mal fou pour imiter sa façon de les styliser. Je me souviens qu'il avait une élégance de trait extraordinaire (cf. pl. IV).

Étiez-vous la seule fille dans ses cours ?

Nous étions en effet peu nombreuses, mais aucune n'a poussé très loin. La seule qui ait continué, Ginette Lamon, était plus âgée que moi. Elle a dû abandonner assez vite et est devenue la dessinatrice de Bernard Bruyère. J'ai donc remis à l'abbé Drioton de nombreux devoirs de hiéroglyphes. Mais figurez-vous qu'un jour l'abbé Drioton a demandé à rencontrer mon père. Immédiatement, celui-ci l'a invité à dîner. Ma mère était une fine cuisinière, et mon père lui a recommandé de soigner spécialement ce repas, les curés étant réputés pour leur gourmandise. Je me souviens d'un ris de veau financière particulièrement succulent. Vous savez, ce sont les deux lobes accommodés avec de petites quenelles de volaille, des olives, des champignons et du madère. L'abbé a tellement apprécié qu'il a englouti un ris de veau entier durant son repas. Et jusqu'à l'heure de son départ, il n'a pas cessé de parler et de nous charmer avec des anecdotes plus désopilantes les unes que les autres. Il était plus bavard que moi !

Un jour, au cours d'une conférence culturelle du soir organisée à l'École du Louvre, l'orateur s'est fait radicalement chahuter. La semaine suivante, la secrétaire de l'École m'a téléphoné pour me dire qu'elle cherchait un conférencier. Elle avait pressenti plusieurs professeurs pour faire le remplacement et l'abbé Drioton avait donné mon nom. Vous vous rendez compte du tour qu'il m'avait joué ! J'avais à peine vingt ans et je ne voyais absolument pas de quoi je pouvais parler. Et la conférence avait lieu trois jours plus tard. Pour me rassurer un peu, la secrétaire m'a transmis la suggestion de Drioton : peu de temps avant, il avait fait une conférence sur Toutankhamon, à laquelle j'avais assisté. Je n'avais qu'à m'en inspirer. Il se proposait même de me confier ses clichés de projection.

Pouviez-vous ne pas accepter ?

Je suis rentrée à la maison, et j'ai tout raconté à mon père, certaine qu'il allait me décourager. Mais pas du tout. « Mais si, voyons, tu peux le faire ! » Je n'avais jamais fait de conférence. Alors il a décidé de m'apprendre l'art du conférencier, dans la nuit même. C'est là que j'ai découvert, pour la première fois, que mon père pouvait être téméraire.

D'abord, il m'a demandé de lui donner une idée générale sur le sujet, à partir de laquelle il organiserait la conférence, et j'ai conservé cette méthode durant toute ma carrière. Il m'a tout appris : la manière d'analyser le sujet pour voir les points essentiels, de rédiger une introduction, une conclusion, de concevoir des transitions entre les différentes parties de l'exposé. « Si tu ne soignes pas tes transitions et les couplets, tu es fichue. »

J'ai sué sang et eau. Je n'ai jamais été une forte en thème

au lycée, vous savez. J'étais même chahuteuse au possible. Je n'avais que deux années d'École du Louvre et je n'étais encore qu'une très jeune fille. Cette séance avec mon père m'était pénible, mais il fallait bien que je l'écoute et, en fin de compte, son propos m'a intéressée. Pour terminer, il m'a interdit de prendre des notes : « Tu feras ton exposé de mémoire. » J'étais blême. J'ai donc fait cette conférence et je crois ne pas m'en être trop mal tirée grâce à ses conseils. Et voilà comment Toutankhamon est entré dans ma vie.

3.

Formation d'une égyptologue

Cinq années à l'École du Louvre. Compléments de formation.
Les deux thèses. La bibliothèque de l'abbé Drioton.
Premier poste au Louvre en tant que chargée de mission
au département égyptien. Des gestes de chat.

Quel a été alors votre cursus ?

Au début des années 30, parallèlement à mes humanités je suivais à l'École du Louvre le cours d'histoire de l'art, qui durait trois ans et couvrait tous les pays, à vous donner le tournis. C'était un vaste survol, mais insuffisant et naturellement superficiel. Il y avait aussi le cours organique que chacun choisissait pour se spécialiser, donc pour moi l'égyptologie. Et un troisième cours que l'on suivait en fonction de ce choix de base. J'ai opté pour la Mésopotamie, mais j'aurais pu prendre la Grèce archaïque. Il n'y avait pas encore de travaux pratiques – c'est moi qui les ai créés lorsque j'ai occupé la chaire d'archéologie égyptienne, bien plus tard. En même temps, j'étudiais la grammaire classique égyptienne à l'École pratique des hautes études de la Sorbonne, étant inscrite au cours de Gustave Lefebvre : le contraire de l'abbé Drioton, un Lorrain très froid, une lame d'acier dans un fourreau de velours, mais un homme exceptionnel. J'ai suivi aussi les cours d'Alexandre Moret aux Hautes Études et au Collège de France, un très grand historien, spécialiste de la période d'Aménophis III, et de Raymond Weill, qui enseignait l'écriture onciale, c'est-à-dire le hiératique. À l'Institut catholique, l'abbé Drioton occupait aussi la chaire de néo-égyptien et celle du copte (de l'Égypte chrétienne). Oui, on disposait déjà d'un vaste panorama de savoirs à Paris.

Que s'est-il passé à la fin de la troisième année ?

L'abbé Drioton m'a conseillée dans le choix de ma thèse, qui eut pour sujet l'évolution de la maison au cours des âges ainsi que la vie domestique des anciens Égyptiens. Je me suis donc attelée à ce travail. À l'époque, je ne connaissais pas assez bien l'allemand, et mon père a fait preuve d'un grand dévouement allant jusqu'à me traduire tout un livre qui m'était indispensable. Tout cela me passionnait. Puis un jour, Drioton m'a convoquée : « Si vous continuez, me dit-il, vous pourrez peut-être entrer au Louvre. » J'étais bouleversée, je n'avais jamais imaginé une chose pareille. Mais pour cela, en plus de la thèse de l'École du Louvre, il fallait soutenir une thèse de philologie pour les Hautes Études. « L'une est la porte, disait-il, l'autre est la clef. » J'ai donc préparé une seconde thèse sous la bienveillante direction de Gustave Lefebvre. Ce travail était sur le point d'être publié quand la guerre a éclaté. Il portait sur l'état de la langue égyptienne entre la seconde occupation perse et l'arrivée d'Alexandre, à une époque charnière où la langue dite saïte (entre 342 et 332 av. J.-C.) devenait progressivement le ptolémaïque, correspondant à un état plus complexe de la grammaire et de l'écriture. J'avais donc achevé cette grammaire en 1938.

Quel rôle a joué Drioton dans votre formation ?

Pendant mes études, je le voyais très souvent, il me faisait partager ses recherches et ses découvertes. À l'époque, au Louvre, la bibliothèque fermait à quatre heures. On apportait des lampes à huile dans les bureaux et, au moment de la fermeture, on descendait par l'escalier à vis qui donnait dans la Cour carrée (l'électricité n'a été installée au Louvre qu'en 1936). C'est alors que l'abbé Drioton faisait son apparition et me proposait de continuer à travailler dans son bureau. C'était un musée dans le musée, une grande pièce entièrement tapissée de livres. Au milieu, il avait installé une grande table couverte de statues et d'objets de toutes sortes. Autour, dans d'immenses vitrines, étaient rangées une partie des stèles du Serapeum de Memphis conservées au Louvre et au moins une trentaine de sarcophages des prêtres de Montou dressés non loin. L'abbé travaillait sur tous ces objets à la fois. À cette occasion, laissez-moi vous donner un exemple de sa largeur d'esprit.

J'étais invitée à profiter de son immense bibliothèque, étant entendu que je devais me retirer lorsqu'il recevait une visite privée. En fait le plus souvent, lorsqu'on venait le voir, il me disait de rester, et je continuais à travailler dans mon coin. Un jour, l'huissier le prévient que le fils de l'un de ses anciens amis demande à être reçu. C'était un grand jeune homme, un peu guindé, cérémonieux. J'esquisse un mouvement de départ, mais l'abbé me demande de rester, connaissant bien son visiteur. Je ne cherchais pas à les entendre mais naturellement, à partir du moment où vous saisissez quelques bribes de conversation, vous ne pouvez plus vous empêcher de tendre l'oreille. Ce jeune homme venait de se fiancer, mais il avait appris que le père de la jeune fille était franc-maçon, et il était très inquiet. « Et alors ? a demandé l'abbé. Ne t'en fais pas, mon p'tit. C'est peut-être un certificat d'honnêteté et de moralité. Va dire ça à ton père de ma part, et marie-toi. » C'était ça, l'abbé Drioton : un esprit ouvert et tolérant.

Vous a-t-il aidée par la suite à trouver votre place dans le monde de l'égyptologie ?

J'ai donc soutenu ma thèse, et Drioton, qui était conservateur adjoint, m'a annoncé qu'il allait demander pour moi un poste de chargée de mission au conservateur en chef du département égyptien, Charles Boreux. Cet homme de goût avait autrefois étudié le démotique mais ne pensait plus qu'à partager ses occupations entre la conservation des trésors de son département... et le bridge : il arrivait au bureau à deux heures et demie et en repartait à cinq heures. Pendant ce temps-là, c'est Drioton, seul autre membre du département, qui s'occupait de tout. Imaginez que d'anciennes caisses qui se trouvaient dans les réserves n'avaient pas été ouvertes depuis le XIXe siècle ! Personne n'avait remis le catalogue à jour. Charles Boreux s'est adressé à Henri Verne, qui a demandé au ministère de me nommer chargée de mission.

Votre premier emploi ?

À titre bénévole, évidemment ! J'étais folle de joie. Je me souviens que Charles Boreux m'a donné un seul conseil, mais précieux : « Ayez des gestes de chat lorsque vous prenez en main les objets dans les vitrines. » Il est en effet capital de savoir manipuler les objets sans les malmener. Il n'existait pas encore de manuels d'égyptologie, et Drioton était seul à savoir faire revivre ces témoins de l'Antiquité. Il m'enseignait à les réintégrer dans leur contexte, pour tenter de les interpréter grâce à un faisceau de connaissances, de lectures et d'intuitions. C'était le b.a.-ba de l'archéologie mais personne ne le faisait à cette époque.

Malheureusement pour moi, peu de temps après, en 1934, Drioton fut envoyé en Égypte sur le chantier de fouilles du Louvre à Tôd, au sud de Louqsor. J'attendais son retour, mais une rumeur circulait au Louvre comme quoi l'abbé allait être nommé en Égypte. Et en effet, il fut promu directeur général du Service des Antiquités de l'Égypte et s'y installa pour longtemps. Je suis restée ainsi pendant trois ans chargée de mission au Louvre, sans la moindre rémunération. Je ne voulais pas être indéfiniment à la charge de mes parents. Un jour, je suis allée voir Henri Verne pour lui demander s'il n'y avait pas moyen de me rémunérer. Il m'a répondu que c'était un honneur d'être chargée de mission au département des Antiquités égyptiennes. J'étais d'ailleurs la seule, car il n'y avait jamais eu de poste analogue dans ce département. Enfin, en 1938, divine surprise, je fus nommée membre de l'IFAO, dit École du Caire.

Vous étiez la première femme à être nommée...

4.

Tordre le cou aux idées reçues

Pourquoi a-t-on représenté des scènes de la vie quotidienne sur les parois des tombeaux ? La destinée du défunt. Comment il entre en possession des quatre éléments, terre, eau, air, feu. L'ancêtre du jeu de l'oie.

Quelle est la première vertu d'un égyptologue ?

Être pleinement humain, et non pas uniquement égyptologue !

Allons un peu plus loin.

La première ambition d'un égyptologue devrait être de se dégager des idées reçues concernant la civilisation égyptienne.

Avez-vous été victime de ces idées reçues ?

Bien sûr, comme tout le monde ! Quand j'ai publié *Le style égyptien*, en 1946, j'ai répété ce que les maîtres avaient écrit, tout en cherchant à exprimer des opinions personnelles[1].

1. Pour les références complètes des ouvrages de Christiane Desroches Noblecourt, voir la bibliographie, p. 369.

Pourquoi, par exemple, avait-on représenté des scènes de la vie quotidienne sur les parois des tombeaux de l'Ancien Empire ? Quel rapport pouvait-il exister entre une représentation de chasse ou de pêche, et l'au-delà où le défunt s'était retiré ? Personne n'avait encore vraiment tenté d'élucider ce mystère. Je me souviens d'une discussion entre Jean Capart, un égyptologue belge qui avait créé la Fondation Reine Élisabeth de Bruxelles, un amoureux de l'art égyptien, et l'abbé Drioton. Jean Capart affirmait que « les chapelles de tombes ornées de scènes de la vie journalière montraient que, dans l'au-delà, le propriétaire de ces tombes, qu'il soit aisé ou modeste, souhaitait revivre cette existence idéale de l'Égyptien dans ses champs, son jardin et leur admirable climat ». Et Drioton répliquait : « Peut-être voulaient-ils donner une idée de leur opulence, et se faire ainsi bien voir des dieux. Une manière de dire “J'ai été un seigneur puissant”, même si on ne l'a pas été. » Mais l'interprétation de Drioton était pourtant en contradiction avec les textes qui proclament qu'« il n'y a pas de bakchich devant Dieu », inscription figurant dans le tombeau du grand Pétosiris : il n'y a pas de corruption, pas de pourboire dans l'au-delà face au tribunal qui juge celui qui veut gagner l'éternité !

Mais alors quelle était la signification de ces scènes ?

J'ai commencé par une remarque : dès l'époque des Pyramides et jusqu'à l'époque gréco-romaine, les artistes ont toujours travaillé à partir des mêmes thèmes, plus ou moins richement représentés. D'abord les scènes agraires, de loin les plus courantes : la préparation du terrain, la culture du blé, du lin, le retour des troupeaux, les récoltes, les fêtes, etc., traitées avec plus ou moins de faste en fonction de la renommée du défunt. Et puis, dans le fond de la chapelle, on remarque une image, la plus importante, où l'on voit le défunt avec sa femme et ses enfants sur une embarcation légère – ou quelquefois deux nacelles qui se rencontrent. Entre les deux barques est représenté un fourré de papyrus évoquant le milieu aquatique. La femme du défunt est à peu près de la même taille que lui. Elle est revêtue d'un extraordinaire costume de gala : une robe transparente plissée et des bijoux de toutes sortes, des colliers, des péricélides, ces bracelets qu'on porte aux chevilles. Le fils et la fille portent eux aussi des costumes de fête (cf. pl. XVIII).

On a longtemps cru qu'il s'agissait d'une simple scène de chasse, car on voit le personnage lancer un bois de jet en direction des canards sauvages. Mais cette interprétation ne tient pas quand on regarde la nacelle avec son équipage d'un peu plus près. On se rend compte, alors, que ce chasseur, si c'en est un, n'est pas dans les meilleures conditions pour exercer son art. Loin de là ! Part-on à la chasse en habit de fête, avec toute sa famille, sur une frêle et archaïque embarcation faite de papyrus, alors qu'il existe d'excellentes barques en bois, beaucoup plus stables et aptes à accueillir confortablement toute la famille ?

Pourquoi vous attacher à cette image ?

J'avais l'intuition que cette scène de la nacelle était absolument essentielle. Je le pressentais, ces images devaient sûrement contenir un message eschatologique à propos de la destinée du défunt. Après y avoir longuement réfléchi, j'ai eu la certitude que ces marécages, au milieu desquels le défunt se tient entouré de sa famille, symbolisaient les eaux primordiales. À sa mort, imaginaient les Égyptiens, le défunt retourne dans l'élément liquide. Et quand on interroge les textes, on apprend que ce que nous appellerions son « âme » (c'est-à-dire l'un de ses aspects spirituels) peut prendre la forme d'un petit poisson, par exemple cette *Tilapia nilotica* que l'on trouve dans le Nil, et qui est ici l'évocation de l'homme bien avant qu'il ne soit devenu un être humain.

Le symbolisme du poisson est évidemment associé à l'idée des commencements. Dans la pensée égyptienne, tout ce qui est dans l'eau est ce qui est primitif, initial. Quand vous mourez, vous retombez dans l'océan primordial. Alors le défunt, quel qu'il soit, devait rencontrer toutes les étapes du cheminement de la vie, depuis le germe jusqu'à l'homme en passant par le serpent, l'oiseau, etc.

Le défunt égyptien est pourtant mis en terre. Comment se retrouve-t-il dans l'eau ?

Il faut comprendre que tout cela est un langage symbolique : lorsque l'Égyptien mourait on l'enterrait à l'occident. Le mot « enterrer », *oudi er ta,* le dit sans ambiguïté : il signifie « mettre en terre ». Pour renaître à l'éternité, le défunt doit entrer à nouveau en possession des quatre éléments perdus et qui correspondent aux quatre points cardinaux. Enterré à l'occident, il va orienter sa quête vers les trois autres directions. On parle donc bien, dans la langue égyptienne, de « mettre en terre », d'« enterrer ». Ce n'est jamais, bien entendu, dans les terres cultivables, si précieuses, en bordure du Nil, mais plus loin, dans le désert, sur la rive occidentale du fleuve, donc à l'ouest. L'occident se confond ici alors avec l'élément terre.

Soit dit en passant, c'est la raison pour laquelle je ne pense pas que les pyramides de Gizeh aient contenu le corps des défunts royaux dans leurs superstructures, comme on pourrait le supposer. Il n'existe d'ailleurs aucun texte pour nous dire que les deux salles surnommées par les archéologues la « salle de la reine » et la « salle du roi » abritaient la dépouille de Khéops et de son épouse. En réalité, la coutume était d'inhumer le pharaon dans la terre, sous sa pyramide, et c'est ainsi que les Égyptiens semblent avoir la plupart du temps procédé. Pourquoi aurait-on fait une exception à Gizeh ?

Inhumé à l'ouest, le mort commence donc son périple immatériel et symbolique vers le nord sans soleil, le nord qui est associé à l'élément aquatique, la région du Delta. Là, ce qu'on peut appeler son « âme » commence à se régénérer. Elle est sortie de la momie, qui reste dans la terre. C'est cet élément, cette « âme », qui se ressource dans l'eau primordiale et va continuer à se transformer.

Mais au nord de l'Égypte, l'élément aquatique, c'est la mer...

Non, ce n'est pas la mer dont il s'agit. La mer n'intéresse pas les Égyptiens. Il s'agit du nord sans soleil, qui coïncide avec le nord géographique. Après s'être régénéré dans les eaux premières, le défunt s'oriente vers l'est et reçoit les souffles de vie dans la ville de Mendès, là où Osiris et Rê se réunissent. Ce périple dure neuf mois : trois dans la terre, trois dans l'eau, trois dans l'air. Au terme de ces neuf mois, le petit poisson va perdre ses branchies, il peut alors respirer l'air et devenir un petit homme, et s'orienter vers le sud, la lumière, le feu, où il va s'unir avec le soleil. C'est ce périple des quatre points cardinaux et des quatre éléments qui doit se retrouver au centre de la symbolique funéraire égyptienne.

Ainsi, vous le voyez, ce quidam en grande tenue, avec femme et enfants, perché sur son embarcation de fortune, n'est pas en train de pêcher ou de chasser dans des marécages. Il essaie plutôt de repêcher son « âme » dans les eaux du nord sans soleil. Il prend possession de son état de poisson parce qu'il veut sortir de l'eau afin de renaître grâce aux souffles de l'est, avant d'aller s'unir au soleil et de se fondre dans sa lumière.

Vue dans cette perspective, cette scène anodine symbolise de manière très suggestive le cheminement du défunt vers sa renaissance. Dans la religion chrétienne, nous concevons la notion d'un « purgatoire » : des démons qui vous assaillent et contrarient votre cheminement. Les Égyptiens les évoquaient par les canards sauvages dans les marécages de papyrus et ils s'en défendaient en leur tordant le cou. Ces scènes de chasse et de pêche qui ornent les chapelles funéraires avaient donc pour fonction d'aider le mort à renaître à l'éternité. Cette éternité à laquelle les Égyptiens croyaient dès la plus haute préhistoire et qu'ils s'efforçaient d'atteindre en « payant » leurs fautes terrestres.

Vous avez mis longtemps à parvenir à ces conclusions ?

Très longtemps ! J'ai commencé par répéter, comme je l'avais appris dans les manuels, qu'il s'agissait de scènes agricoles, peintes à l'initiative du défunt voulant revivre dans l'au-delà l'existence qu'il avait connue ou qu'il aurait aimé avoir. Mais en comparant ces explications à la hauteur de vue, à l'élévation d'esprit de certains textes funéraires, je me rendais bien compte que cela ne pouvait vraiment pas « coller ». J'ai fini par constater que c'était complètement enfantin.

Diriez-vous que toutes les scènes de la vie quotidienne et agraire doivent être réinterprétées dans ce sens ?

Quoi qu'il en soit, ces scènes en elles-mêmes montrent des épisodes bien concrets de la vie des Égyptiens, mais elles disent aussi bien souvent tout autre chose que ce qui apparaît au premier regard. Le même raisonnement vaut pour un grand nombre d'objets du mobilier funéraire que l'on place aux côtés du défunt. Il s'agit de l'aider à poursuivre son périple et à rejoindre le soleil. Dans le vestibule de la tombe de la grande épouse royale de Ramsès II, Nofrétari, au cœur de la Vallée des Reines, on trouve la représentation (cf. pl. x), de la souveraine, assise sous une petite tonnelle faite de papyrus justement (qui évoquent les marécages où son trépas l'a plongée). La reine est en train de jouer à un jeu qu'on appelle le *sénèt.* Mais vous vous méprenez gravement si vous croyez qu'elle cherche simplement à tromper l'ennui du fond de son éternité. Non. La reine avance ses pions devant un adversaire *invisible.* Que fait-elle ? Elle joue son destin, son passage de l'autre côté. Pour cette raison, on a souvent trouvé des jeux de *sénèt* dans les tombes, non loin de la momie.

Connaissons-nous les règles de ce jeu ?

Le *sénèt* est un jeu rectangulaire de trente cases dérivant d'un jeu qui évoquait un serpent enroulé, dont les écailles étaient remplacées par des cases. Le corps du serpent se terminait par une tête d'oie, parce que c'est l'oie solaire qui a craché l'astre du jour. Les joueurs devaient emprunter toutes les cases en prenant garde de ne pas tomber dans le puits – l'élément aquatique du nord.

C'est l'ancêtre du jeu de l'oie ?

Absolument. Il est passé par les Romains et par Byzance avant de parvenir jusqu'à nous. Les Anglais connaissent le jeu de l'échelle, qui est aussi le jeu du serpent. Les labyrinthes tracés parfois sur le parvis ou dans la nef des cathédrales, au Moyen Âge, n'ont pas d'autre origine. On jouait à la paume, le jour de la Pentecôte, devant les labyrinthes : c'était aussi un souvenir de ce jeu très ancien.

5.

La terre des mystères

Pourquoi choisir d'étudier la symbolique égyptienne ? Les amateurs de pierre philosophale. Le cas Schwaller « de Lubicz ». Les « mystères » de l'Égypte. Des prêtres dans leurs temples – comme des savants dans leurs laboratoires.

À quel moment de votre itinéraire avez-vous senti que vous pouviez apporter une contribution personnelle à l'histoire de l'Égypte ancienne ?

Il est rare d'avoir une idée neuve en égyptologie. Le plus souvent, on ne fait que répéter les idées reçues avec plus ou moins de talent. J'ai donc décidé de circonscrire mon propre domaine, de développer mes recherches personnelles. J'ai commencé par interroger l'époque amarnienne, celle du grand Aménophis IV, sans doute la plus difficile mais aussi la plus fascinante. Et peu à peu j'ai posé les bases de mon manuel d'archéologie personnel. Il existait des spécialistes dans beaucoup de domaines, l'architecture, la politique des pharaons, l'histoire de l'art, la philologie, mais personne, à l'époque, n'osait aborder la symbolique. Or chaque fois que j'entrais dans une chapelle de tombe, en voyant les scènes agraires, je me demandais encore et toujours pourquoi les Égyptiens s'étaient donné tant de mal pour nous raconter ces épisodes de leur vie journalière. J'avais l'intuition que nous ne pouvions nous contenter de répéter ce que nos maîtres avaient dit, et je me suis promis d'essayer d'en percer le secret.

Vous avez été la première à poser la question du sens, sans tomber bien sûr dans les dérives occultistes qui semblent fleurir dès qu'il s'agit de l'Égypte...

Surtout pas ! Il faut se méfier comme de la peste de ces divagations. Ces gens extrapolent sans aucune preuve, à partir de ce qui ne serait pour un scientifique qu'une fragile hypothèse de travail. C'est trop facile ! Comment voulez-vous affirmer quelque chose sans disposer d'une bonne douzaine de preuves concordantes et d'un solide fonds de connaissances affirmées ? Le travail scientifique se définit par ses garde-fous. Surtout quand on aborde le domaine de la symbolique, propice aux vaticinations, il faut une rigueur extrême, une vigilance toujours en éveil. Si vous laissez votre imagination vagabonder sans exercer votre esprit critique, vous êtes foutu.

Cette rigueur doit être récompensée par le plaisir de pouvoir faire la preuve de ce qu'on avance.

C'est en effet une joie extraordinaire, un coup au cœur. J'ai éprouvé par exemple cette émotion intense après avoir déchiffré le décor de la dague de la reine Iâh-hotep (voir page 331). Son fils, le roi Ahmosis, la lui avait offerte sans doute en hommage pour son aide dans son combat contre les envahisseurs. Quand la reine est morte, il l'a inhumée avec des armes, une décoration militaire et cette dague. Vous savez que la surface plane d'une lame s'appelle une soie. Celle de la dague de la reine Iâh-hotep est illustrée d'animaux composant une véritable scène. Or les bestiaires m'ont toujours passionnée. Je m'intéresse aux animaux égyptiens depuis quarante ans, mais aussi à ceux du Moyen Âge qui empruntent certains éléments à l'Égypte et non des moindres : notre sirène à queue de poisson, par exemple, vient d'Égypte.

L'attrait exercé par l'Égypte sur nos contemporains ne vient-il pas de ce qu'ils y retrouvent quelques échos d'une sagesse perdue ?

Une sagesse si vous voulez, j'ajouterais aussi une science perdue. Le grand public ne connaît pas grand-chose à la civilisation égyptienne, mais vous avez raison, il subodore que ceux qui ont construit ces temples et ces pyramides possédaient des connaissances très étendues, alliées à une profonde philosophie de la vie. En Égypte, l'édification d'un temple fait appel à des savoirs pratiques, mais elle représente bien davantage, elle est l'expression d'une métaphysique. Car le temple, on le sait, est avant tout une image du cosmos.

Les formes architecturales sont donc elles-mêmes porteuses de sens ?

Elles ont une signification symbolique, bien sûr. Mais attention aux interprétations farfelues ! À partir des années 40, un Schwaller (de Lubicz), par exemple, a trouvé des lecteurs assez candides pour gober toutes ses explications sans le moindre recul. Pour écrire *Le temple dans l'homme*, il a glané à droite et à gauche toutes sortes de bribes d'information, et il en a tiré des allégations intelligentes, mais totalement fausses et pernicieuses, voire dangereuses. Il faut vous dire que j'ai souvent pourfendu les théories de Schwaller.

Vous l'appelez Schwaller...

En effet, il s'appelait simplement Schwaller, mais il racontait que O. V. Milosz von Lubicz, le fameux poète de langue française et diplomate balte, avait fait avec lui un pacte d'amitié en mélangeant leurs sangs. Il avait créé une secte où l'on n'était admis qu'après une longue initiation – qui consistait en fait à plumer les gogos en quête de pierre philosophale. Et il en a plumé plus d'un. Schwaller s'était passionné pour la Kabbale et il avait même proposé en 1913 au cousin du philosophe Bergson, le banquier Lionel Hauser, un ami de mon père, de l'aider à trouver la pierre philosophale. Le banquier lui a versé une rente en francs-or, pendant la Première

Guerre mondiale, et en retour Schwaller, qui n'avait rien trouvé du tout, l'a aidé à constituer sa bibliothèque kabbalistique. Quoi qu'il en soit, c'était un imposteur, comme ceux qui ont propagé des élucubrations fantaisistes sur la vengeance des pharaons. C'est en partie pour démonter ces malhonnêtetés intellectuelles que je me suis penchée sur l'étude du langage symbolique.

On a dit que Toutankhamon poursuivait de sa vengeance tous les archéologues qui avaient profané sa tombe.

Tout a commencé par un article du docteur Mardrus – un arabisant qui avait traduit *Les mille et une nuits* –, paru dans les journaux français en Égypte peu après la découverte du tombeau : « Méfiez-vous, écrivait-il, les textes qui encadrent la porte de la tombe le déclarent : "Vous allez aborder des mystères que vous ne soupçonnez pas, et la vengeance du pharaon sera terrible." » Malheureusement il n'y avait aucun texte autour de la porte. Toutes ces élucubrations ne relèvent pas de la démarche scientifique. Lorsque j'ai débuté dans ce métier, je me suis évidemment intéressée à mon tour à ces fameux mystères en essayant de séparer le bon grain de l'ivraie, et j'ai dénoncé les bêtises que l'on colportait partout. Sans doute aurons-nous l'occasion d'y revenir.

Une partie de la séduction de l'Égypte vient pourtant de ce que nous la désignons comme une terre de mystères.

Bien entendu, je ne nie en aucune façon l'attrait que ces « mystères » peuvent exercer auprès du grand public. Mystère du sphinx, mystère des pyramides, mystère des obélisques... Les touristes se laissent griser par ce pays magnifique, où il fait toujours beau, où ils sont bien accueillis par ce peuple si courtois. Le charme est irrésistible. Au bout de deux jours, vous ne savez plus d'où vous venez. Et tous ces touristes qui passent devant les temples ont l'intuition de ce génie, de cette splendeur. La beauté des vestiges laissés par ce peuple ne peut laisser personne indifférent. Pourquoi tous ces temples, toutes ces constructions ? En réalité, faites le compte : nous avons tout autant d'universités, de laboratoires, d'usines, de centrales nucléaires...

Considérez-vous vraiment les temples égyptiens comme des lieux de recherche et les prêtres comme des scientifiques ? Pensez-vous que le public puisse accepter cette manière de voir ?

Je ne demande à personne de partager mes vues, mais de regarder la réalité en face. Les prêtres du haut clergé égyptien n'étaient pas les représentants du dieu sur terre. Ils se situaient sur un autre plan, ils étaient des savants qui cherchaient à maîtriser les forces qui régissent le monde observable, et qu'ils pouvaient qualifier de divines.

Ces forces correspondent-elles à ce que nos philosophes appellent la nature ?

Je ne crois pas que tous les Égyptiens se soient beaucoup interrogés sur la nature en soi, mais plutôt sur les forces à l'œuvre dans le monde. Ils se contentaient de les étudier, de les apprivoiser. Les temples étaient entourés de laboratoires dans lesquels ils menaient leurs expériences. L'enjeu, pour eux, était d'harmoniser l'action des hommes et la vie du cosmos. Les cultes journaliers, saisonniers ou annuels avaient vocation de recharger les énergies pour perpétuer le cycle de la vie. Ainsi les gens du peuple pouvaient-ils donner un sens aux caprices de la nature, aux retards de l'inondation, aux épidémies et aux malheurs en tout genre qui les frappaient. D'où peut-être une certaine fatalité, une disposition à la sagesse. Nous ne sommes pas si éloignés de cette manière de voir. Combien de gens vous diront aujourd'hui que les dérèglements climatiques sont une punition divine !

6.
Le canari de Carter

Comment Toutankhamon n'a pas tué Bernard Bruyère.
Mais de qui le pharaon s'est-il vengé ? Les morts bien ordinaires d'Arthur Mace, de lord Carnarvon, de Georges Bénédite…
et du canari de Carter. Main basse sur un trésor.

Le pharaon que Carter a dérangé ne s'est donc pas vengé ? Rassurez-nous !

Pour réduire cette légende à néant, il suffit de prendre l'exemple de Carter lui-même : il n'est mort qu'au début de la Seconde Guerre mondiale… le whisky conserve ! Lorsque j'ai organisé en 1967 l'exposition Toutankhamon à Paris, j'ai pu faire venir notre « doyen », l'un de ceux qui ont déjoué la fameuse malédiction pharaonique, puisqu'ils n'ont pas eu le bon goût de mourir au lendemain de la découverte de Carter. Je veux parler de Bernard Bruyère, que nous avons déjà rencontré (cf. pl. I). Ancien élève de l'École du Louvre, il était devenu un remarquable archéologue. À l'époque de la découverte, en 1922, il dirigeait le chantier de fouilles de l'IFAO aux environs de Thèbes, dans un lieu situé entre la Vallée des Rois et la Vallée des Reines, là où le village de Deir el-Médineh a lentement émergé. C'étaient les années folles de l'égyptologie : pour subventionner un chantier, on pouvait s'adresser à sir Robert Mond, un Anglais richissime, ou bien à Theodore Davis, deux généreux mécènes, ou bien encore à lord Carnarvon, le financier de Carter. Je vous ai raconté qu'à cette époque Carter n'avait pas trouvé ce qu'il cherchait, qu'il voulait tout abandonner, et que c'est Bernard Bruyère qui l'a convaincu de mener une dernière campagne de fouilles dans la vallée où il allait trouver la tombe de Toutankhamon. Le pharaon aurait dû se montrer sans pitié pour cet homme responsable de la découverte de sa tombe. Or il n'en fut rien ! Bruyère avait quatre-vingt-cinq ans lorsqu'il visita mon exposition consacrée au jeune roi, et affichait une santé insolente.

Il reste vrai que certains découvreurs ont disparu peu après l'ouverture de la tombe.

Prenons le cas d'Arthur Mace, l'un des conservateurs du Metropolitan Museum de New York. Dès la découverte, il avait été envoyé pour seconder Carter, qui était surtout un fouilleur et un dessinateur. Mace souffrait de tuberculose, il en est mort un an après l'ouverture de la tombe. Lord Carnarvon n'était pas non plus en bonne santé car ce dilettante avait usé sans ménagements de la vie. Peu après la trouvaille, il mourut d'une piqûre de moustique, qui s'était infectée provoquant une septicémie. La pénicilline n'existait pas encore. On a dit aussi que le canari de Carter était mort mystérieusement, dans l'année. Oui, il arrive que les canaris meurent. Et même les gens...

Nous sommes à trois victimes, en comptant le canari...

Il faut aussi compter Georges Bénédite, le conservateur en chef du département égyptien du Louvre. Chaque année, il se rendait en Égypte, se recyclant ainsi régulièrement. Quatre ans après la découverte, en plein mois de mai, au début des grandes chaleurs, cet homme, qui n'était plus tout jeune – cela se passait deux ans avant sa retraite – et de surcroît un peu cardiaque, épuisé, voulait absolument voir la tombe que

Carter était en train de vider de ses trésors. Il est donc allé visiter le caveau de Toutankhamon en traversant la Vallée des Rois sous un soleil de plomb, malgré sa fatigue. Toutes ces émotions lui donnèrent soif, aussi accepta-t-il à son retour avec reconnaissance le whisky-soda glacé que lui offrit lady Mond, l'épouse bretonne de sir Robert Mond, qui fouillait le temple voisin d'Ermant. Bénédite est mort d'une crise cardiaque. Croyez-vous vraiment que le pharaon aurait pensé à se venger aussi de Georges Bénédite ? Non, je vous assure, il faut trouver mieux.

Cette tombe a donné naissance à toutes sortes de légendes.

En effet, des histoires ridicules ! Le père du Bourguet, par exemple, a beaucoup insisté pour que j'indique dans la préface de mon livre sur Toutankhamon la légende qui sévissait au Caire suivant laquelle Carter avait trouvé l'emplacement de la tombe grâce à un âne clairvoyant. Le baudet était censé avoir gratté le sable avec son sabot, et Carter aurait commencé à creuser à cet endroit... Lord Porchester, le fils de lord Carnarvon a, lui aussi, répandu un certain nombre de fables. Je l'ai rencontré à High Clear Castle, le château de famille en Angleterre, où il m'a raconté qu'au moment de la mort de son père toutes les lumières du Caire s'étaient éteintes. Il l'avait appris par un ingénieur électricien anglais qui travaillait au ministère de l'Électricité du Caire. Quand mon livre est paru en 1963, j'ai à nouveau rencontré ce personnage. Il m'a demandé si j'avais tenu compte des informations qu'il m'avait fournies. « Bien sûr, je les ai consignées dans ma préface. » Il s'est mis à rire et m'a confié : « Mais je vous ai raconté la première chose qui me venait à l'esprit ! Je vous dirais tout autre chose aujourd'hui... » Il faut dire qu'il m'avait raconté des anecdotes bien surprenantes sur son père.

Si lord Carnarvon avait une allure folle, son fils était plutôt de constitution massive. Lorsqu'il nous a fait faire le tour de la propriété familiale, il nous a montré un lac où, d'après lui, son père invitait de charmantes demoiselles venues de

Londres à se baigner nues pour le plaisir de ses invités. Lorsque j'ai demandé à voir la bibliothèque, il m'a avoué que son père se moquait éperdument de l'Égypte et qu'il n'avait aucun livre sur ce sujet. J'ai tout de même visité la bibliothèque, d'ailleurs très belle et très riche, mais j'ai été stupéfaite : le fils avait dit vrai, il n'y avait pas un seul ouvrage d'égyptologie dans la bibliothèque de lord Carnarvon. Quant aux objets égyptiens de sa collection, sa mère les avait vendus au Metropolitan Museum de New York. « Bien fait pour le British Museum ! » a-t-il ajouté.

Il n'empêche que Carter, avec l'aide de Carnarvon, a bien découvert la tombe de Toutankhamon.

Écoutez plutôt. Après le sauvetage du temple d'Abou Simbel, dans les années 60, le petit temple de Dendour a été cédé aux Américains par le gouvernement égyptien en remerciement pour leur contribution financière à ce sauvetage. Au cours du banquet officiel qui a suivi, je me suis trouvée assise à côté du directeur du Metropolitan Museum, Mr Hoving. Pendant tout le déjeuner, il m'a raconté ce qu'il avait écrit dans un livre qui devait paraître le lendemain à Londres et qui allait faire scandale. Le livre concernait « l'affaire Toutankhamon ». En tant que directeur du Metropolitan, il avait pu fouiller indiscrètement dans les archives de mon musée et avait retrouvé des lettres établissant que Carter avait prélevé, avant le partage avec les autorités égyptiennes, certains objets du trésor de Toutankhamon pour la collection privée de lord Carnarvon, sans l'autorisation du Service des Antiquités de l'Égypte. C'était évidemment un comportement inadmissible. Disperser un tel trésor était une chose qu'aucun égyptologue ne songerait à faire. Le directeur général des Antiquités de l'Égypte, à l'époque Pierre Lacau, y a mis bon ordre. Bien sûr, ce livre a provoqué un immense scandale.

Le trésor devait appartenir tout entier au musée du Caire, un point c'est tout, et il devait y rester. En échange, lord Carnarvon a obtenu que le gouvernement égyptien lui rembourse le coût des vingt ans de fouilles ainsi que les salaires qu'il avait versés à Carter. Le trésor est donc resté au Caire, ce qui n'a pas empêché certains objets de se faufiler ailleurs. Parmi les « rescapés » on remarque la fameuse tête en bois du petit roi émergeant d'un lotus, pièce qui fut l'une des causes du scandale (cf. pl. XXII).

7.

Premiers voyages en Égypte

Trois jours de mer. Le grand soir, en rade d'Alexandrie. En mission de trois mois. Une femme nommée pensionnaire de l'IFAO. La découverte du Caire à vingt-quatre ans.

Revenons à votre parcours d'égyptologue. En 1937, vous êtes chargée de mission au département égyptien du Louvre. Comment avez-vous vécu votre premier voyage en Égypte ?

J'ai voyagé avec Charles Boreux, mon conservateur en chef, qui partait rejoindre le chantier de fouilles du Louvre à Tôd au sud de Louqsor. Nous avons pris le train jusqu'à Marseille et là, nous sommes allés directement au bureau des Messageries maritimes, sur la Canebière. C'était le rituel : on demandait l'heure de l'embarquement et on vous répondait, d'une manière immuable : « Quatre heures et demie de l'après-midi. » Les connaisseurs avaient donc le temps d'aller manger la bouillabaisse.

Pour ce premier voyage, mes parents avaient exprimé une seule exigence : que je prenne un billet en première classe. Ils avaient sans doute peur que je me fasse enlever ! Mon frère, qui sortait de l'École navale et qui avait déjà terminé sa formation à bord du navire-école le *Jeanne-d'Arc*, à cette époque affecté à Toulon, était venu pour l'occasion me

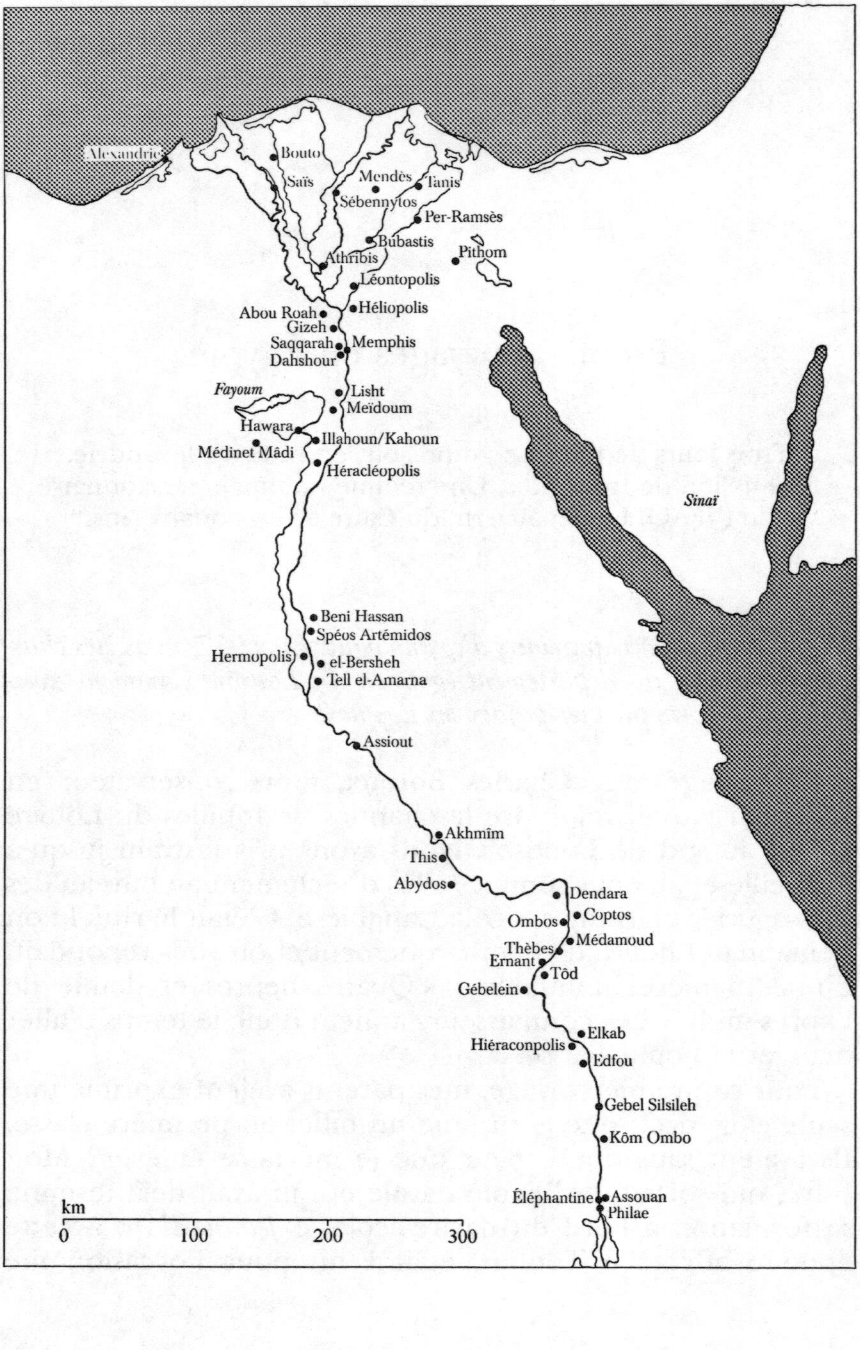
Alexandrie
Bouto
Saïs
Mendès
Tanis
Sébennytos
Per-Ramsès
Bubastis
Pithom
Athribis
Léontopolis
Héliopolis
Abou Roah
Gizeh
Saqqarah
Memphis
Dahshour
Fayoum
Lisht
Meïdoum
Hawara
Médinet Mâdi
Illahoun/Kahoun
Héracléopolis
Sinaï
Beni Hassan
Spéos Artémidos
Hermopolis
el-Bersheh
Tell el-Amarna
Assiout
Akhmîm
This
Abydos
Dendara
Ombos
Coptos
Médamoud
Thèbes
Ernant
Tôd
Gébelein
Elkab
Hiéraconpolis
Edfou
Gebel Silsileh
Kôm Ombo
Éléphantine
Assouan
Philae
km
0
100
200
300

« confier » au commandant. À quatre heures et demie, comme prévu, il m'a installée dans une petite cabine très confortable, à bord du... *Champollion*. Cela ne s'invente pas ! Au sortir de plusieurs années passées au Louvre, je savourais une impression de totale liberté. Quelques heures plus tard, le paquebot s'éloignait du quai. La foule agitait ses mouchoirs. J'avais les larmes aux yeux. J'allais passer trois journées inoubliables.

À quoi les avez-vous employées ?

J'ai tout d'abord trouvé dans ma cabine une lettre du commandant avec des instructions concernant le protocole. Exceptionnellement, pour le premier soir, il était déconseillé de « s'habiller ». En riant toute seule, je me suis demandé si je devais descendre dîner dans le plus simple appareil ! Cette formule sibylline signifiait évidemment qu'il n'était pas nécessaire de mettre une robe du soir. À l'époque, on distinguait encore la robe du petit soir et la robe du grand soir. Et tout le monde savait que, pendant une traversée de trois jours et demi, le deuxième soir était le « grand soir » – les messieurs en frac, les dames en pleine peau, autrement dit le dos nu. J'ai donc passé mon costume de voyage et je suis arrivée dans la salle à manger. Le commandant avait invité à sa table les personnalités présentes à bord. C'est ainsi que j'ai connu l'ancien et illustre Aga Khan et son avant-dernière épouse, la princesse Andrée, la « petite chocolatière ». Je ne les ai jamais oubliés. Il y avait aussi le Négus, qui venait de quitter son Éthiopie et qui allait en pèlerinage à Jérusalem avec sa femme, l'un de ses fils et sa famille. J'ai encore des photos où je tiens sur mes genoux le fils de la princesse Andrée et le petit-fils du Négus, venus jouer sur le pont. Avant d'aller nous coucher, le capitaine nous avait recommandé de laisser notre hublot ouvert et de bien faire attention au réveil car, disait-il, nous aurions une surprise.

De quoi s'agissait-il ?

Au petit matin, le navire longeait les rivages de la Corse et nous respirions l'odeur du maquis. Tout le monde s'est retrouvé sur le pont. C'était la fin novembre, la Méditerranée était un peu triste. On entendait les oiseaux chanter. On pouvait aussi admirer tous les snobs de première, en costume blanc, qui se changeaient toutes les heures. On les retrouvait ensuite dans le salon fumeur, en blazer, avec les passagers les plus huppés.

À midi, on descendait le grand escalier d'honneur pour se rendre à la salle à manger où un immense buffet se dressait, au milieu d'une pyramide à degrés, avec tous les mets les plus extravagants, des faisans plumés, des langoustes, des fruits exotiques : je n'avais jamais vu un tel luxe ! On se servait et on s'installait autour des petites tables. Dans cette atmosphère de liesse, tout le monde bavardait. Le soir, comme prévu, les femmes devaient s'habiller. Je me souviens que je me suis pris les pieds dans l'escalier, ma robe était trop longue et le bateau commençait à tanguer.

Le deuxième jour, la mer était très houleuse et peu de passagers étaient montés sur le pont. Le bateau tanguait tellement, ce matin-là, que l'on voyait toutes les belles dames emplumées de la veille devenir soudain très pâles, se lever et se diriger dignement vers l'escalier. Dès qu'elles croyaient qu'on ne les voyait plus, elles se précipitaient au bastingage et le petit déjeuner passait de l'autre côté.

Vous n'aviez pas le mal de mer ?

Oh, je n'en menais pas large non plus, mais j'ai été sauvée du mal de mer par mon amie Ginette Lamon, qui avait déjà passé trois ans en Égypte comme dessinatrice. Elle voyageait en seconde mais j'avais obtenu du capitaine qu'elle prenne ses repas avec moi. Elle m'a conseillé de manger un bon sandwich au jambon et à la moutarde, accompagné d'un verre de whisky pur. Grâce à cette méthode, je n'ai jamais eu la nausée en voyage.

Plus tard, vers le soir, nous avons croisé au large de Messine. On franchissait le détroit pendant la nuit. On distinguait les lumières des maisons et, au loin, l'Etna, crachant quelques flammèches pour la joie des touristes. Après la Méditerranée de l'Ouest, nous entrions dans l'empire de l'Est, celui des Byzantins. La mer devenait chaque jour plus lumineuse. Enfin, au terme d'un voyage de trois jours et demi, nous sommes arrivés en rade d'Alexandrie, en pleine tempête. La rade étant impraticable comme cela arrive souvent, nous avons dû attendre quatre heures avant de pouvoir débarquer. Le *Champollion* étant un grand transatlantique, nous ne pouvions accoster.

Champollion empêché d'accoster, cela devait constituer une situation tout à fait rocambolesque, non ?

Une belle pagaille, je vous assure. C'est alors que je vis réapparaître la haute silhouette de Charles Boreux, qui heureusement ne s'était nullement inquiété de moi pendant le voyage. Il me prévint : « Vous allez voir, ça va être la foire d'empoigne ! On va vous prendre votre valise, mais ne craignez rien, vous la retrouverez sur le quai. » Et en effet, une ribambelle de diables arrivés en barque s'étaient rués sur des échelles de corde pour prendre le navire d'assaut et emporter tous les bagages. Ensuite nous avons dû passer la visite sanitaire et lorsque nous sommes enfin descendus, ouf ! les bagages étaient bien là, alignés devant les porteurs au garde-à-vous sur le quai.

Ginette Lamon m'a proposé de visiter Alexandrie, mais je m'inquiétais pour mes valises. En fait, il m'aurait suffi de louer les services de l'un des porteurs pour qu'il s'asseye sur mes bagages en attendant mon retour. Mais j'ai préféré prendre tout de suite le train pour Le Caire. C'est ainsi que j'ai eu l'occasion de prendre le petit déjeuner avec la princesse Andrée, une femme délicieuse. Nous avons bavardé pendant tout le trajet, et à la gare du Caire j'ai retrouvé le cher abbé Drioton, coiffé d'un tarbouche dont le pompon noir se balançait au rythme de sa tête. Il était accompagné de son chauffeur nubien et m'a emmenée chez lui pour déjeuner. C'est sa vieille maman bourguignonne qui surveillait la cuisine, un vrai cordon-bleu. Elle enseignait les plats de chez nous à son cuisinier égyptien.

Combien de temps deviez-vous rester en Égypte ?

J'avais reçu du CNRS une mission de trois mois. Drioton m'a présentée à Pierre Jouguet, un vénérable membre de l'Académie des inscriptions et belles-lettres, directeur de l'École du Caire, un homme remarquable. Il m'a attribué une chambre dans l'aile des « pensionnaires », où j'ai retrouvé avec plaisir quelques chercheurs dont j'avais fait la connaissance à Paris. Il y avait notamment Vladimir Michalovski, un helléniste polonais de l'École d'Athènes, qui rentrait des fouilles franco-polonaises et m'a tout de suite embauchée pour les fouilles de l'année suivante, ainsi que Jaroslav Černý qui avait vingt ans de plus que moi et qui est devenu un véritable frère. Tout le monde m'a bien accueillie, y compris les pensionnaires de notre grande institution.

Cependant, les choses se sont moins bien passées quand je suis revenue fin 1938 comme « membre scientifique de l'École » pour trois années et non plus pour une mission de quelques mois. Il y a eu contre moi une véritable cabale. Les quatre autres pensionnaires français (deux égyptologues, un arabisant et un helléniste) sont allés en délégation voir mon directeur en lui demandant de faire casser ma nomination : une femme ne pouvait pas être ainsi sacrée égyptologue ! La vérité, c'est qu'ils ne supportaient pas l'idée de vivre à proximité d'une jupe, ni au Caire ni sur un chantier de fouilles. Pierre Jouguet leur a répondu que j'avais été officiellement nommée par le ministre de l'Enseignement supérieur ; il ne pouvait rien y changer. « Mais elle ne va tout de même pas dormir sous le même toit que nous ! se sont-ils écriés. – De quoi avez-vous si peur, messieurs ? Mlle Desroches ne va tout de même pas vous violer. – Nous ne pourrons plus descendre à la popote du matin en pyjama. Sa présence sera une gêne constante. Si vous ne pouvez casser sa nomination, vous n'avez qu'à l'installer à l'hôtel. »

C'est ce qu'on appelle la galanterie, n'est-ce pas ?

Il fallait une certaine audace, quand on y pense, pour vouloir loger à cette époque une jeune fille de vingt-quatre ans à l'hôtel, dans un pays musulman. « C'est à vous d'aller à l'hôtel, si vous y tenez ! » leur a répondu Jouguet. Quand il m'a raconté ce qui se passait, j'ai tout de suite déclaré que je ne resterais pas un jour de plus dans l'aile des pensionnaires. Il m'a attribué un appartement juste en face de la bibliothèque, où je me suis aussitôt installée. Et comme ces messieurs étaient indisposés à l'idée de me voir déjeuner avec eux, je me suis fait monter mes repas à l'étage.

J'ai raconté cet épisode à l'abbé Drioton, qui était bavard comme une pie. Bien sûr, il s'est empressé de tout raconter à Gaston Wiet, le directeur du Musée arabe du Caire, un très grand arabisant qui tenait table ouverte pour les Français du Caire et de passage en Égypte. Bientôt, toute la « colonie » française connaissait mon histoire, ce qui fait que lorsque ces messieurs étaient invités quelque part, il y avait toujours quelqu'un pour les ridiculiser et leur demander pourquoi je leur faisais si peur. Ils ont fini par venir me voir en délégation, afin de me supplier de redescendre à la salle à manger commune. Mais je suis restée dans mon appartement où j'invitais à déjeuner qui je voulais.

Avez-vous apprécié Le Caire ?

Pour être franche, au tout début, Le Caire m'a plutôt déçue. L'Institut français d'archéologie était installé dans le palais de la princesse Mounira avec tout le faste d'un palais oriental mais, malheureusement, il était situé à proximité d'une tannerie et tout l'institut puait le tanin qui sert à traiter le cuir : c'était une odeur assez particulière ! Ajoutez à cela le gémissement des milans et des faucons, assez sinistre lorsqu'on est seul, l'appel lancinant du muezzin... J'ai eu un peu de peine à m'y faire.

C'était un quartier où des femmes circulaient voilées, avec une bobine d'or sur le nez, et une autre sous le menton. On ne voyait que leurs yeux. Mme Jouguet m'avait mise en garde : je ne devais pas me promener seule. Si je prenais le tramway pour aller dans le centre ville, mais surtout à Gizeh, je devais monter dans le *harem*, le wagon réservé aux femmes.

C'est comme cela que j'ai abordé la vie égyptienne. C'était assez étrange car nous ne connaissions pas la vie des gens du pays. Et vous vous en doutez, les Européens à cette époque ne faisaient aucun effort pour se rapprocher des Égyptiens. Puis, petit à petit, je me suis laissé séduire par Le Caire. La ville n'était pas plus pauvre qu'aujourd'hui mais beaucoup plus bariolée : il y avait des prestidigitateurs dans les rues, des montreurs de singes, des enfants chapardeurs qui se faufilaient dans la foule et que des *chaouich* débonnaires menaient encordés au commissariat, des charrettes qu'on appelait des *caro* véhiculant des bonnes femmes accroupies qui vendaient des choux-fleurs et le *barsim*, le foin pour les ânes. Après avoir découvert les splendeurs du musée du Caire et les sites des pyramides de Gizeh et de Saqqarah, je suis partie en Haute-Égypte.

Quelle impression gardez-vous de ce premier contact direct avec l'Égypte ?

Figurez-vous que là, j'ai commencé à connaître la liberté. Il faut bien comprendre qu'à cette époque une jeune fille était très « tenue ». J'avais la chance d'avoir des parents larges d'esprit, mais à dix-sept ans, lorsque je sortais danser, on chargeait encore mon frère de me ramener à minuit ! En rentrant de ce premier voyage en Égypte, j'ai retrouvé une bande d'amis que j'avais connus à l'École du Louvre. Ils m'ont invitée à dîner pour fêter mon retour. La soirée avait lieu rue Caumartin près de la place de la Concorde. Nous avons oublié l'heure du dernier métro. Naturellement, pas de taxi. Je suis donc rentrée à pied chez mes parents, dans le XVIe arrondissement, escortée par mes camarades. En arrivant, je vois les fenêtres de l'appartement du premier étage éclairées. Parvenue à la porte de l'immeuble, j'aperçois mon père penché au balcon. « Rentre vite, me dit-il. Si tu voyais l'angoisse de ta mère ! » J'avais alors vingt-trois ans. J'ai dû demander pardon à genoux.

8.

Le chantier d'Edfou

Départ du Caire dans la nuit. Le campement. Mademoiselle Desroches aux fourneaux. La mauvaise fortune d'un collègue. Les « concubines du mort ». Une journée sur le chantier. Un épigraphiste de génie. L'amitié d'un vieux Bédouin. Une excursion au Soudan.

Quel fut votre premier chantier de fouilles ?

Ce fut aussi le plus difficile : le chantier d'Edfou, en 1938-1939. Mais dans mon souvenir, il reste l'un des plus sensationnels et le plus riche en trouvailles. J'étais en première année de l'École du Caire, alors dirigée par Pierre Jouguet, un helléniste ! On n'avait pas réussi à trouver, parmi les égyptologues français, un individu à poigne capable de résoudre les conflits qui existaient entre eux. Mais cela ne vous étonnera pas...

Pourquoi ces solides inimitiés qui semblent fleurir dans la communauté des égyptologues ?

À l'époque, le fait de consacrer sa vie à percer quelques-uns des secrets de cette civilisation égyptienne si brillante et si mystérieuse vous faisait passer pour un être supérieur, un devin, et chaque médiocre faisant un peu d'égyptologie se prenait facilement pour un génie. Il y avait donc parmi les égyptologues certains types assez moyens, sans idéal, préoccupés de leur nombril. Même après la guerre nous avons aussi connu des coopérants du service militaire qui se poussaient du col et certains autres qui étaient très mal élevés. Ils se comportaient de façon odieuse avec leurs domestiques égyptiens, les traitant plus bas que terre, comme les pires des colonialistes !

Je vous l'ai déjà raconté, Pierre Jouguet avait dû affronter l'ire de mes camarades masculins, vexés d'avoir à travailler avec une faible femme. Pour me permettre de faire mes preuves, il a décidé de m'envoyer dans un chantier particulièrement pénible, les fouilles franco-polonaises d'Edfou. Nous sommes partis du Caire par le train de nuit pour arriver à Louqsor à huit heures, et à Edfou vers dix heures du matin. Non loin de la gare, il y avait un petit port sur le Nil où l'on s'embarquait vers la rive gauche et le temple d'Edfou.

C'est là que j'ai découvert le *sebakh*, cette fine poussière azotée qui résulte de la décomposition des déchets et des détritus pendant des siècles. De l'Ancien Empire jusqu'à l'époque arabe, en passant par le Nouvel Empire, les Saïtes, les Ptolémées et les périodes romaine et byzantine, la ville d'Edfou a été le théâtre d'une très longue histoire. Les strates s'étageaient sur une hauteur de vingt-cinq mètres, formant un cône ayant un peu la forme d'un gâteau constitué d'une infinité de couches de dépôts.

Qui travaillait déjà sur le chantier ?

Une équipe de Polonais hellénistes finissait de dégager la ville byzantine puis les vestiges de la ville gréco-romaine. Pour ma part, j'ai été affectée à la nécropole de l'Ancien Empire, c'est-à-dire à la partie inférieure du *kôm*, avec pour consigne de ne pas creuser trop en profondeur – ce qui aurait risqué de faire s'écrouler tout l'édifice. Le *sebakh* formait un gros nuage de trois ou quatre mètres de haut, et tout ce petit monde travaillait dans cet épais brouillard. Le pauvre Sainte-

Fare Garnot, mon prédécesseur sur le site, qui avait toujours peur d'attraper mal, se mettait des mèches de coton dans le nez et les oreilles. Quant à moi, j'avais promis à mes parents de ne jamais quitter mon casque colonial.

Du Caire, par péniche spéciale, nos bagages nous avaient précédés : des caisses pleines de provisions pour trois ou quatre mois, conserves, haricots secs, farine, etc., ainsi que le mobilier de camping – tentes individuelles, lits de camp, moustiquaires, trépieds à la grecque avec un petit broc par personne, ainsi que les *tichtes*, ces grandes bassines de fer galvanisé dans lesquelles les ouvriers nous préparaient un bain tiède deux fois par jour, pour chasser les miasmes du *sebakh*. Il y avait aussi une infirmerie avec les injections contre les serpents et les scorpions, et les poudres contre la dysenterie (cf. pl. III).

Quand la péniche arrivait à la hauteur de Louqsor, le raïs (le contremaître) prévenait par télégramme le directeur de l'École du Caire que le bateau allait bientôt aborder à Edfou. Nous prenions alors le train pour rejoindre le campement. Dans une agitation extraordinaire, la péniche était déchargée par une quarantaine d'ouvriers. Il fallait que le soir même toutes les tentes soient dressées.

Vous deviez ouvrir de grands yeux...

Oui, j'étais fascinée. Naturellement, j'étais une « bizuthe », donc « au charbon » ! Mais je peux vous dire que je n'avais pas les deux pieds dans le même sabot. J'ai aidé à monter les grandes tentes militaires pleines de poches intérieures où nous rangions nos affaires. Il fallait faire attention, on pouvait y retrouver un serpent ou un scorpion quelques jours plus tard. Les cobras, eux, préféraient se glisser sous les nattes. Nous avions des lampes à essence qui répandaient la nuit une vapeur permanente. Non loin de nos « chambres » individuelles se trouvait la tente de la cuisine, sur laquelle régnait un copte, assez peu soigneux. Dès le premier jour, je l'ai prié d'aller prendre une douche et de faire un grand ménage. Puis quand j'ai vu ce qu'il nous préparait, j'ai commencé à lui enseigner son métier.

Les provisions étaient enfermées dans des caisses scellées par deux anneaux et un cadenas dont j'avais la clef, dans une petite cabane en bois démontable, au centre du campement qui nous servait d'atelier, de magasin et de salle à manger. Préparer les menus était un vrai casse-tête chinois : untel était végétarien, l'autre ne mangeait pas de poisson, le troisième faisait un régime sans sel et le quatrième détestait le fromage. Alors, faire des repas qui conviennent à tous... et ce, à la limite du désert. Ah, ils m'en ont fait voir !

Dans l'ensemble, comment les archéologues présents sur le terrain se comportaient-ils avec vous ?

Tous les membres de la mission étaient adorables avec moi. Au début, j'étais leur petite sœur, ensuite je leur ai servi de maman. Ils étaient malades à tour de rôle, et je les ai tous soignés. Tous ! « Que ferions-nous sans vous ? » me disait Michalovski qui dirigeait le chantier. Le mélange des hellénistes et des égyptologues faisait merveille, car chacun pouvait enseigner à l'autre de savoureux détails sur sa propre spécialité.

Michalovski était un grand seigneur, toujours courtois et disponible. Il parlait un excellent français avec un fort accent polonais. Il ne connaissait rien à l'égyptologie et, un jour, il m'a dit : « Vous, Christiane, puisque vous venez du Louvre, vous connaissez les objets mieux que nous tous. C'est vous qui ferez le catalogue des trouvailles. » En effet, à la différence de certains égyptologues qui s'enfermaient dans leurs connaissances livresques, j'avais déjà fait au Louvre l'inventaire des caisses rapportées par Mariette et les autres, et j'avais une bonne pratique des objets de la vie journalière.

Le travail de fouille était-il particulièrement difficile pour vous ?

C'était un chantier passionnant, mais il n'était pas de tout repos. Il y avait là un de mes collègues, de la promotion précédente de l'IFAO, qui se plaignait comme toujours du secteur qu'on lui avait attribué. Le reste du temps, il parlait de l'affaire Dreyfus, qui l'obsédait littéralement. C'était un maurrassien et un antidreyfusard viscéral. Un jour il a essayé une fois de plus de me prouver que Dreyfus était un traître, et nous en sommes arrivés à une réelle altercation. Je n'avais pas la même version des faits : mon père était un dreyfusard de la première heure. Mon collègue n'était pas un méchant homme, mais il pleurnichait constamment.

Un jour, Michalovski est venu me voir, très gêné car il se sentait obligé de donner satisfaction à cet éternel revendicateur qui désirait hériter de mon secteur de recherche. Le malheureux fouillait à Edfou depuis deux ans avec de piètres résultats. Quant à moi, c'était ma première année sur le chantier, et la chance m'avait déjà souri. En effet, j'avais déjà trouvé un délicieux petit relief ptolémaïque (cf. pl. IX) et j'étais tombée sur un véritable nid de statuettes féminines que les égyptologues avaient appelées « concubines du mort », faute de mieux. Je les identifiais, les datais aisément, mais j'ignorais à quoi elles servaient. À l'époque, je me suis contentée de répéter ce que mes prédécesseurs avaient dit : ces statuettes représentaient des houris mises dans les tombes pour que ces messieurs s'amusent un peu dans l'au-delà. Le défunt avait ses danseuses ! Dans le catalogue des fouilles franco-polonaises, j'ai donc indiqué : « concubines du mort ». Ensuite, j'ai mis dix ans à comprendre de quoi il s'agissait.

Que sont donc en réalité les « concubines du mort » ?

En résumé, voici ce que j'ai compris bien plus tard : on met à la disposition des défunts une image du principe féminin pour qu'ils puissent retrouver leurs ardeurs vitales afin de féconder la grande mère universelle et renaître ainsi de leurs propres œuvres.

Avez-vous accepté de renoncer à un secteur aussi intéressant ?

J'en connais beaucoup qui auraient refusé, mais Michalovski m'a prise par les sentiments. « Allons, soyez gentille, soyez

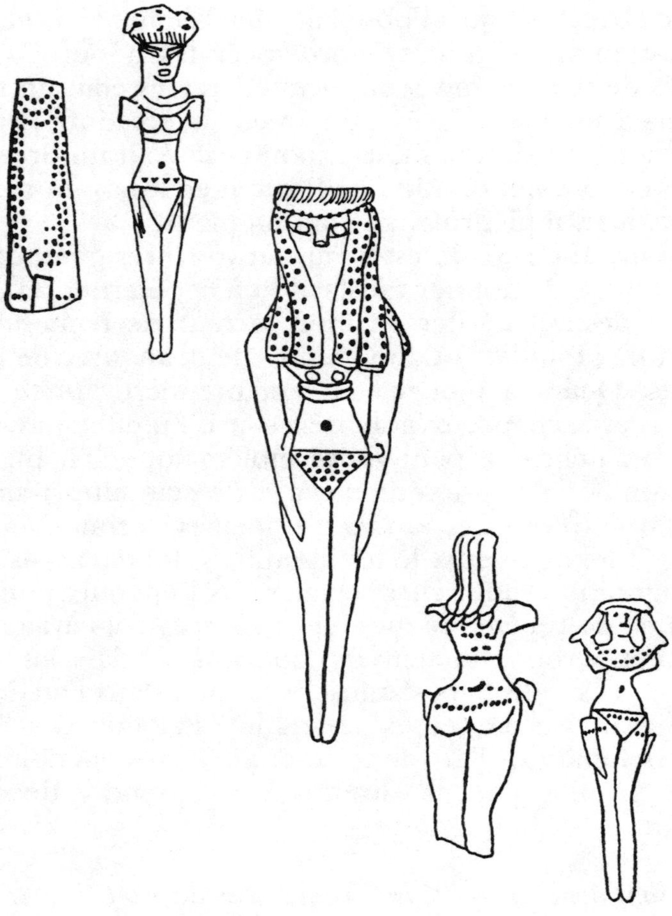

« Concubines du mort »

Exemples de statuettes évoquant le principe féminin, trouvées par Christiane Desroches Noblecourt dans la nécropole du Moyen Empire sur le chantier de fouilles d'Edfou.

généreuse. Échangez votre chantier contre le sien. Pensez que le pauvre homme n'a rien trouvé en deux ans et il vient de bénéficier d'une année supplémentaire... » Je ne pouvais pas refuser. Le lendemain matin, ce collègue avait mon chantier, et moi le sien. Et la chance m'a souri à nouveau... Les femmes sont curieuses, vous savez ! J'ai décidé de creuser au-delà de la zone dégagée par Maurice Alliot, mon avant-dernier prédécesseur sur le site, et j'ai découvert le complément du tombeau du vizir divinisé à la fin de l'Ancien Empire, le vizir Izi, qu'Alliot croyait avoir complètement fouillé. C'était une de ces tombes appelées « mastabas » par les égyptologues, parce que leurs formes rappellent les banquettes que l'on place devant les maisons dans les villages arabes. En l'occurrence, ce mastaba était parfaitement régulier avec une chambre funéraire et un sarcophage décoré de trois greniers à grain.

J'ai continué à fouiller, en cherchant des stèles, et soudain... je me suis trouvée devant la porte d'un autre tombeau. Je suis entrée : tout était intact ! Dans le sol, on voyait encore la trace du pied de l'ouvrier ou du prêtre qui avait refermé la sépulture. C'était la tombe de Seshsechet, la femme du vizir. C'était la première fois de ma vie que j'entrais dans une tombe non pillée. J'étais évidemment très émue.

Pauvre collègue !

Ah oui, le pauvre, il en a fait une jaunisse. Et il a encore fallu que je soigne sa jaunisse ! Les pièces trouvées dans la tombe de Seshsechet sont en partie dans une vitrine du Louvre, en partie au musée du Caire, notamment les très beaux vases de toilette en albâtre, de petites lampes en cuivre, une grosse aiguière et sa réplique miniature, un collier de coquillages. Il y avait un coffret en bois qui malheureusement s'est effondré au premier contact.

La découverte de la tombe de Seshsechet fut la première d'une longue série...

Oui, elle a précédé par exemple la découverte de la tombe de Touy, la mère de Ramsès II, dans la Vallée des Reines, contenant notamment le seul vrai portrait en albâtre de la reine, l'exploration de la grotte mystérieuse, sur le même site, la reconstitution du *mammisi* de Ramsès... mais je m'aperçois en vous parlant que ces découvertes concernent presque toutes la femme ou le féminin en Égypte (cf. pl. IX).

Vous avez dû faire la fête ce soir-là !

J'étais folle de joie, évidemment. Pourtant, je ne suis pas de celles qui gagnent au jeu. Nous avons fermé le chantier plus tôt que d'habitude, à quatre heures et demie, à cause du grand nombre de poteries à rapporter au campement. J'ai regardé les ouvriers qui passaient à la queue leu leu, avec des grandes jarres de l'Ancien Empire qu'ils portaient sur le dos ou sur la tête (cf. pl. III). C'était très beau, très émouvant.

Et tout d'un coup j'ai vu passer au loin (nous étions à la limite du désert), venant d'Edfou, deux voitures pleines de gendarmes. Je me suis alors précipitée vers notre campement derrière le temple d'Edfou pour mettre mon « trésor » à l'abri dans notre cabane en bois, tant j'avais peur d'être dérangée dans mon travail par un trop grand nombre de curieux. Il y avait un remue-ménage épouvantable à l'entrée du campement, et j'entends la voix de Michalovski, avec ses « r » roulés caractéristiques : « Sire, disait-il, Votre Majesté doit venir voir nos dernières découvertes. » J'étais persuadée que c'était une blague, car Michalovski en était coutumier. Et voilà qu'il m'appelle, alors que j'avais toujours le dos tourné : « Christiane, venez, le roi de Siam est venu nous rendre visite ! » Je me suis dit qu'il me faisait marcher, et j'ai gardé le silence. Il n'y avait pas si longtemps, il nous avait annoncé le roi d'Égypte ! J'étais à quatre pattes dans la poussière, classant mes poteries, transpirant à grosses gouttes, et comme il insistait encore j'ai fini par l'envoyer paître : « Je m'en contrefiche, de ton roi de Siam ! »

Il n'a plus rien dit, et j'ai tout de même fini par sortir de la baraque, pour me trouver face à face avec un petit Asiatique assis devant moi et qui me faisait un grand sourire. C'était bien le roi de Siam avec toute sa famille, à qui il faisait découvrir l'Égypte ! J'aime autant vous dire que la fin de cette journée a été plutôt surréaliste, à une époque où le tourisme n'existait pas en Égypte et que les visites sur un chantier de Haute-Égypte se comptaient sur les doigts de la main.

Comment une journée de fouilles se passe-t-elle, concrètement ?

Tous les matins, avant de partir pour le chantier à cinq heures et demie, je sortais les provisions pour le cuisinier. On se lève tôt, sur les chantiers, en principe pour travailler à la fraîche, mais à Noël, je me souviens d'avoir trouvé de la glace sur mon broc. Une nuit, j'ai eu tellement froid que j'ai posé ma valise sur mon lit, en plus des couvertures. On se levait, on prenait le petit déjeuner, puis on s'en allait sur le chantier. Chacun d'entre nous avait son secteur, son contremaître, ses ouvriers. Le travail sur un chantier consiste aussi à surveiller tout ce petit monde, c'est pourquoi il est exclu de rester assis pendant que les ouvriers creusent. Vous devez les retenir d'aller trop vite et vous assurer, dès qu'ils trouvent quelque chose, que l'objet en question ne disparaît pas aussi vite qu'il est apparu. Les fellahs ne sont pas malhonnêtes, mais pas idiots non plus. De temps en temps, on faisait la pause, on attendait que le *sebakh* retombe.

C'est un travail très minutieux.

Oui, on essaie de prendre toutes les précautions. En travaillant sur un « cavalier » de déblais, un talus aménagé en forme d'escalier, on s'approche peu à peu des couches antiques. Là, on progresse beaucoup plus lentement. On examine le terrain. Ici une brique, là une grosse pierre taillée : avant de les déplacer, vous les nettoyez, puis vous les dessinez ou les photographiez. Parfois, vous laissez cet objet en place deux ou trois jours pour l'examiner plus à loisir, toujours in situ. Le grand plaisir, c'est de découvrir des arasements logiques, laissant deviner des formes architecturales.

La première pause était vers neuf heures et demie. Les ouvriers s'installaient pour prendre une collation frugale : oignons, œufs durs, salade, tomates, fromage, pain blanc. Quand on passait devant eux, ils nous en donnaient :

« Goûte, allez goûte ! » Il fallait accepter un morceau de pain, de fromage ou un oignon, pour ne pas les offenser. Vous savez peut-être qu'en Égypte jamais personne n'est mort de faim. Le peuple égyptien est profondément généreux, j'ai pu le constater à maintes reprises. Chez les humbles, les ressources sont partagées de manière équitable, afin que personne ne manque de l'essentiel.

On reprenait le travail à dix heures, jusqu'à une heure – en fait jusqu'à midi et demi, car nous devions nous laver avant d'aller déjeuner, à cause du *sebakh*. Au campement les *tichtes* remplis d'eau tiède par les aides de camp nous attendaient, c'était délicieux, on sortait de là propre comme un sou neuf, et tout le monde passait à table, sauf moi, car je devais d'abord m'assurer que le cuisinier avait bien fait son boulot. Je ne le ménageais pas. Il était copte, donc chrétien comme moi, je pouvais me permettre de lui parler plus librement qu'à un musulman sans le froisser. Je me débrouillais pas trop mal en arabe égyptien, grâce au petit dictionnaire du père Jaumier qui contenait une initiation à la grammaire. Mais il se trouve que les habitants de Haute-Égypte ont un accent épouvantable et, quand je rentrais au Caire, les citadins me traitaient comme une provinciale qui débarque de son Massif central. « Ah, vous venez du Saïd ! » disaient-ils d'un air entendu.

Les fouilles n'avaient-elles lieu que dans la matinée ?

Pas du tout. Après le déjeuner, nous repartions sur le chantier jusqu'à cinq heures en été et quatre heures en hiver. Enfin, après le second bain, venait le sacro-saint moment du thé. Puis chacun s'absorbait dans ses tâches. Les architectes commençaient à tirer leurs traits. Je travaillais à mon catalogue des objets trouvés dans la journée puis je coordonnais mes notes prises sur le chantier, enfin je vérifiais avec l'architecte le plan de mon secteur de fouilles. Manteuffel, un helléniste de génie, un épigraphiste, professeur à l'université de Cracovie, mettait ses découvertes sur fiches. Il lisait couramment les ostraca. Un ostracon est un éclat de poterie à la surface lisse que les Égyptiens utilisaient pour écrire parce que le papyrus coûtait trop cher. Dès qu'on en trouvait un, Manteuffel arrivait, soufflait dessus pour enlever la poussière, crachait : tout d'un coup, l'encre millénaire réapparaissait. Il lisait le texte sans difficulté.

Pendant le déjeuner, dans la petite cabane de bois, il parlait de ses trouvailles. C'était un feu d'artifice. Une fois, il avait trouvé une lettre complète sur un grand ostracon. Un militaire à la retraite, un clérouque, écrivait au stratège de la région pour lui dire qu'il avait découvert un moyen d'irriguer la Thébaïde en faisant dévier le flot de l'inondation. Il demandait une audience pour expliquer son plan. Une autre fois, dans le quartier grec d'Edfou, Manteuffel avait mis au jour des ostraca contenant des recettes de pharmacopée très bizarres où revenaient toujours les noms de Joseph, Abraham et Isaac. Il avait découvert le quartier juif d'Edfou.

Le travail sur le chantier comportait-il des risques ?

Naturellement, et nous avons souvent dû soigner nous-mêmes les ouvriers blessés. Ils avaient pris l'habitude de nous montrer toutes leurs plaies. Ils refusaient d'aller à l'hôpital du village et j'avais toujours sous la main un garrot pour stopper une hémorragie et un nécessaire d'infirmerie pour faire une injection si quelqu'un était piqué par un scorpion ou un cobra. Hélas, nous n'avions pas encore de sérum contre les piqûres de vipère noire, et ainsi ai-je assisté, sans pouvoir faire quoi que ce soit pour l'aider, à la mort de Moussa, le charmeur de serpents.

Sur le chemin de notre campement, il y avait une drôle de fille qui vivait seule dans une cabane à la limite du désert. Elle était très belle, à moitié bédouine ; elle s'appelait Orétubia et charmait les serpents. Je la saluais tous les matins, en partant pour le chantier. On ignorait de quoi elle vivait. On ne savait pas si c'était une sainte ou une sorcière. Il y a cinquante ans de cela, mais je ne l'ai jamais oubliée.

Vous êtes-vous fait des amis parmi les Égyptiens ?

Oh oui ! J'ai connu, par exemple, un vieux Bédouin devenu paysan dans la région. Il s'appelait Gomaâ et venait passer un quart d'heure avec nous tous les soirs, après le thé, pour le plaisir de discuter. Il était philosophe. Vous imaginez, une conversation philosophique dans mon égyptien de cuisine ? On y arrivait, pourtant. Gomaâ nous parlait du ciel, des étoiles, d'Allah, de la France, de notre Dieu, et tout cela en une cinquantaine de mots ! Il portait un énorme turban blanc, qui n'était plus très propre. Sa femme, me disait-il, était trop vieille pour le laver tous les jours. Alors nous faisions traiter son turban par notre « blanchisseur » qui vivait à demeure sur le chantier.

Parfois, Gomaâ nous apportait des pierres qu'il avait négociées chez les Bédouins. J'en ai acheté quelques-unes. Je faisais venir le bijoutier du village, je faisais moi-même le dessin d'un bijou, je lui expliquais comment les sertir. Puis il les fabriquait devant nous. À Paris, ces bijoux du désert allaient faire la joie de mes amies et de mes proches.

Vous donnez le sentiment que ces gens sur le chantier d'Edfou étaient unis par de véritables liens d'amitié.

Cette équipe était tellement bien soudée que nous avons décidé de partir ensemble au Soudan à la fin de la saison. Nous voulions aller fouiller les sites de Sesebi et Soleb, rendus célèbres par un temple d'Aménophis III. À Assouan, nous avons d'abord embarqué sur le bateau égypto-soudanais qui faisait une fois par semaine, sur le Nil, le circuit de la première à la deuxième cataracte. C'était un beau navire colonial, un bateau à aubes semblable à ceux qui circulaient sur le Mississippi. On y accrochait en remorque une sorte de péniche ou de barge où se tenaient les Soudanais qui regagnaient leur pays avec leurs dromadaires et leurs ânes.

Et un beau jour, nous sommes arrivés à Abou Simbel. Pour la première fois, je voyais ces colosses extraordinaires, taillés dans la montagne, exposés au rayonnement solaire. C'était le point culminant du voyage. Hélas, nous avons dû repartir au pas de course, vingt minutes plus tard, pour attraper le Train blanc qui partait de Ouadi Halfa et traversait le désert jusqu'à Khartoum. Un voyage fabuleux !

À quoi ressemblait ce « Train blanc » ?

C'était un train de luxe, aux toits bombés à double cloison. L'intérieur des wagons était tapissé de panneaux en acajou, un arbre très répandu au Soudan, avec un double vitrage fumé aux fenêtres, et des domestiques silencieux, ce qui est inhabituel en Égypte, où ça braille de partout. Ils passaient des heures, un chiffon de laine dans la main, à astiquer les parois des couloirs et des cabines. Le chef de train, un Anglais, m'a demandé à quelle heure on devait venir chercher ma robe pour la repasser. Car il faut vous dire, à bord du Train blanc, en plein désert du Soudan (anglo-égyptien), on dînait en smoking et en robe du soir comme sur le *Champollion* !

Combien de temps durait le voyage de Ouadi Halfa à Khartoum ?

Le voyage a duré vingt-quatre heures et nous sommes finalement arrivés dans la ville de Khartoum, qui ne possédait pas encore tous les bâtiments qu'on y trouve aujourd'hui. C'était une petite ville sans relief, mais on se croyait aux Indes à cause des agents de police qui portaient, comme les policiers indiens, le turban kaki orné d'une touffe de poils de blaireau, le short et les chaussettes de laine assortis. Les rues étaient larges, bordées de bungalows protégés par des balustrades basses, faciles à enjamber, et fermées par ces loquets anglais que l'on pousse pour indiquer si l'on est *in* ou *out*.

Nous sommes descendus au Blue Nile Hotel où nous étions aux premières loges pour admirer le mariage du Nil Blanc et du Nil Bleu. Juste en face de l'hôtel, dans le jardin zoologique, on entendait le grondement de lions et le feulement de panthères, c'était très impressionnant. En m'installant dans ma chambre, je me suis aperçue que la porte ne fermait pas. Je suis allée voir le responsable de l'hôtel, un Soudanais très poli, je lui ai fait part de ce léger désagrément, et il m'a conseillé de louer les services d'un garde. J'ai donc embauché un grand Noir qui a couché devant ma porte. Il devait avoir un sommeil agité, car, chaque fois qu'il se retournait, j'entendais comme un coup de canon contre ma porte. Enfin, je n'ai pas beaucoup dormi à Khartoum ! Ce fut mon premier contact avec le Soudan (ou pays de Koush), séparé de l'Égypte par la Nubie (pays de Ouaouat) où j'ai accompli tant de choses par la suite. Nous sommes allés visiter les lieux pour préparer la prochaine campagne de fouilles prévue pour l'année suivante, mais entre-temps la guerre a éclaté.

9.

Ce que disent les ostraca

Sur le chantier de Bernard Bruyère à Deir el-Médineh. La maison égyptienne. Un dénommé Paneb ayant procuré des femmes au fils de Ramsès III. L'extraordinaire travail de Jaroslav Černý, disciple de sir Alan Gardiner. Le témoignage laissé par des ouvriers de l'Antiquité sur les chantiers.

Vous nous avez raconté comment cet helléniste de génie, Manteuffel, parvenait à lire couramment les ostraca grecs d'Edfou. Les temples, les tombeaux et les papyrus ne sont donc pas les seuls à livrer des informations sur la vie quotidienne des Égyptiens. À quoi servaient au juste les ostraca ?

Les ostraca, je vous l'ai dit, sont des fragments de calcaire ou de poteries sur lesquels les Égyptiens ont tenu le journal de leur extraordinaire traversée de quatre millénaires. Je les ai rencontrés durant l'hiver 1938, lors de mon premier séjour en Égypte. Le directeur de l'École du Caire m'avait envoyée auprès de Bernard Bruyère, qui fouillait l'emplacement du village de Deir el-Médineh (cf. pl. III). En tant que débutante de première année, je n'étais pas censée participer très activement aux fouilles. Il me fallait une période d'apprentissage. Quand je suis arrivée, Bruyère et son équipe venaient de pénétrer dans les ruines d'une ancienne maison privée.

J'étais bouleversée. Comme je vous l'ai dit, j'avais consacré ma thèse de l'École du Louvre à l'« habitation civile égyptienne » : c'était une occasion inespérée de confronter mes connaissances livresques avec la réalité.

On imagine aisément que vous n'êtes pas restée les bras croisés...

J'ai pu vérifier avec plaisir que l'habitation paysanne était bien constituée de trois pièces, la pièce d'entrée, où la famille se tenait dans la journée, une deuxième où l'on dormait, une troisième qui était probablement la cuisine, et où les fouilles étaient en cours. Bruyère m'a demandé si je pensais qu'il existait une cave sous la maison. Je lui ai répondu que dans les rares sites urbains subsistants dont j'avais étudié les rapports de fouilles, l'entrée des caves pouvait se trouver sous la dalle du foyer de la cuisine. Personne ne lui avait jamais dit une chose pareille, mais il a vérifié par acquit de conscience. Sous la dalle de la cuisine, il y avait une cachette contenant un fragment de sarcophage en bois, couvert d'or écaillé, portant une inscription dédiée à Ramsès III. Il provenait probablement du trésor funéraire de ce pharaon qui avait été pillé.

Or nous connaissions des papyrus trouvés à proximité de Deir el-Médineh, et provenant sans doute des archives du temple. Apparemment, il s'était tenu un procès au cours duquel un dénommé Paneb était accusé d'avoir pillé la tombe de Ramsès III. Paneb jurait ses grands dieux qu'il était innocent, et il avait obtenu un non-lieu. Pas de doute, trois mille ans après ce procès, nous venions de tomber sur la preuve de la culpabilité de Paneb, dans sa propre maison ! Nous avons montré le butin de Paneb à l'abbé Drioton, notre directeur des Antiquités, quand il est venu inspecter les fouilles. Il connaissait très bien ce filou de Paneb : « C'est Paneb qui procurait de petites femmes à l'un des fils de Ramsès III. Ils faisaient la noce dans tous les lupanars des berges du Nil. » Il fallait entendre le chanoine honoraire de la cathédrale de Nancy nous raconter ces histoires égrillardes dans un style qui était, quand il le voulait, inimitable !

C'est donc sur ce chantier de Deir el-Médineh que vous avez commencé votre enquête au long cours sur la vie quotidienne des anciens Égyptiens ?

Bernard Bruyère était un excellent archéologue, mais il ne prétendait pas savoir bien lire les inscriptions en hiératique, souvent très difficiles à déchiffrer. Il avait donc constitué un tandem de recherches avec le professeur Jaroslav Černý, un Tchèque qui avait été le disciple du grand égyptologue anglais sir Alan Gardiner. Ce Černý était un homme remarquable, d'une gentillesse extrême. Grâce à lui, on a commencé à reconstituer dans le détail la vie des ouvriers de la nécropole thébaine.

Les spécialistes qui ont hérité des fiches de Černý continuent d'exploiter son travail depuis deux générations. Tout ce que l'on raconte aujourd'hui, parfois à grand renfort de mise en scène, sur les ouvriers du village de Deir el-Médineh, puise sans retenue dans ces archives. Quand je pense que Bernard Bruyère a complètement vidé le thalweg d'un ouadi derrière la Vallée des Reines, et fouillé, avec patience et modestie, pendant quarante ans avant de trouver le village des ouvriers... Et le pauvre Jaroslav Černý, lui, s'est usé les yeux à lire leurs histoires, amplement diffusées aujourd'hui.

Qu'est-ce qui poussait ces ouvriers à écrire ?

Au Moyen Empire, lors de la Grande Fête de la Vallée, sur la rive gauche de Thèbes, les prêtres montaient au-dessus du temple de Montouhotep, en face du temple de Karnak, pour observer la procession de la barque sacrée. Ils avaient pris l'habitude de graver là, sur un mur, leur nom, la date du jour et des anecdotes qui concernaient la cérémonie. Lorsque le vaisseau divin apparaissait hors du temple, ils revêtaient leurs longues robes de lin blanc pour attendre le cortège. Par ailleurs, plus tard, toujours à Deir el-Bahari, lorsque fut réalisé le sanctuaire d'Hatshepsout, sur les chantiers, les ostraca servirent aux maîtres d'œuvre à prendre des notes, à faire des brouillons, à esquisser des plans et à veiller à la bonne marche de la construction. Les heures de travail des ouvriers étaient soigneusement consignées, exactement comme sur un chantier de nos jours. Sur cette base écrite on évaluait les tâches et le salaire de chacun. Résultat, la veille de la paye, tout le monde faisait des heures supplémentaires. Rien de nouveau sous le soleil !

Est-il possible d'identifier la calligraphie de chaque scribe ?

En réalité, les scribes n'étaient pas les seuls à rédiger des textes. Ils servaient d'écrivains publics comme autrefois dans nos villages, mais beaucoup d'ouvriers à cette époque savaient écrire leur nom ou copier des prières. Il y avait même une grande école, à Deir el-Médineh, où l'on apprenait à écrire des proses rythmées, des contes populaires, des prières. C'est là qu'on a trouvé la version « classique » d'un célèbre conte populaire, celui de Sinouhé et le premier *Livre de rêves.* Cependant, il peut arriver que les archéologues parviennent à identifier un scribe, voire à se faire une idée assez juste de l'homme qu'il était.

Par exemple, il y a Qenherkhopshef, à l'époque de Ramsès III. On le reconnaît tout de suite à sa signature. Ce Qenherkhopshef devait être un de ces types prétentieux qui signent en faisant trois ou quatre paraphes autour de leur nom. Nous savons qu'il supportait mal la chaleur dans la nécropole, car cet homme ingénieux avait découvert, non loin du chantier, un creux confortable dans les rochers, ménageant une place assise à l'ombre. Il y venait souvent et y avait inscrit : « L'endroit où j'aime à m'asseoir. » On a reconnu cette inscription à son inimitable signature.

On a plus de chance de léguer ses écrits à la postérité lorsqu'on les consigne sur des poteries que sur des bouts de papier.

C'est ce qui explique qu'on trouve vraiment de tout sur les ostraca et que ces indices, dans leur variété infinie, soient la chance des archéologues qui travaillent en Égypte. Les ouvriers qui creusaient les tombeaux de la Vallée des Rois venaient du village de Deir el-Médineh. À l'heure du déjeuner, quand le soleil était au plus haut, ils se reposaient à l'ombre rare des parois rocheuses et en profitaient pour laisser leurs propres graffiti. Les jours de congé, ils emmenaient leurs femmes et leurs enfants en excursion dans le Gebel et là, dans la montagne désertique, on retrouve les inscriptions de familles entières. Nous savons que les ouvriers avaient un jour de repos tous les dix jours, sans compter les jours de fête, qui étaient très nombreux : si l'on mettait bout à bout toutes les fêtes de l'Égypte, il ne restait plus un seul jour ouvrable. Il fallait donc choisir de ne célébrer que quelques dates locales, à côté des grandes cérémonies.

Il survenait parfois des pluies torrentielles, capables de détruire les villages de terre crue. Nous avons trouvé dans la montagne des témoignages gravés par des scribes qui sont allés se promener avec leur famille après une tempête. Ils racontent qu'ils sont allés voir l'endroit où l'« eau du ciel » était tombée, et qu'ils l'ont montré à leurs enfants. C'est très émouvant. On trouve aussi la trace de difficultés rencontrées sur les chantiers. « Aujourd'hui, le travail a été ralenti, nous avons trouvé la pierre », écrit un contremaître sur un ostracon.

Que voulait dire « avoir trouvé la pierre » ?

En creusant le tombeau d'un roi, les ouvriers étaient tombés sur une strate de silex. Une étude géologique de la région a révélé qu'en effet ce magnifique calcaire de la Vallée des Rois était comme zébré de morceaux d'une pierre si dure que les Égyptiens l'ont, peut-être dès la préhistoire, utilisée pour tailler le granit qui résiste à la plupart des métaux.

Un jour, Jaroslav Černý est arrivé, enchanté, avec un ostracon sur lequel une mère écrivait une lettre à son voisin pour lui demander d'empêcher son fils d'importuner sa fille. Tous les matins, le gamin attendait la petite fille pour lui lancer des pierres, et la petite n'osait plus aller à l'école toute seule. Rien n'est plus touchant que ces détails de la vie quotidienne.

Enfin les ostraca de Černý ont apporté la solution d'une très ancienne énigme. Les touristes, en effet, s'étonnent avec raison de voir que les peintures dans les tombes soient si bien conservées. Pour s'éclairer, les artistes devaient utiliser des lampes à graisse, qui auraient dû déposer de la suie sur les parois et les peintures. Mais les ostraca nous ont appris que les Égyptiens mettaient du sel dans leurs lampes pour les empêcher de fumer.

Savons-nous comment ils se nourrissaient ?

Il ne faut pas oublier que les ouvriers de Deir el-Médineh constituaient une communauté particulière. En tant que fonctionnaires du pharaon, ils dépendaient directement du vizir, qui les fournissait en provisions. Les femmes, qui ne travaillaient pas, recevaient des rations de poisson, de viande, de légumes, de bière, de lait et naturellement du pain, la base de leur nourriture. Elles étaient aidées par des femmes de ménage qui se chargeaient de la lessive et même de cuire le pain. La bière n'était pas à base de houblon, mais d'orge. J'ignore comment ils la mettaient à rafraîchir, peut-être la secouaient-ils, comme les Nubiens le font aujourd'hui pour le lait ou l'eau.

Le menu traditionnel se composait de fèves cuites, de pains ronds levés au soleil, fourrés de salade, d'aubergines et d'une tranche d'œuf dur. Le ragoût d'agneau, de mouton ou de bœuf était très apprécié, ainsi que les canards sauvages, rôtis à la broche, les jours de fête. Pendant l'inondation, l'eau recouvrait tous les champs, jusqu'à la limite du désert, léchant le pied des monticules où étaient construits les villages. C'est là que se trouvaient les marécages de papyrus, qui attiraient les oiseaux par milliers. On chassait ces oiseaux, que l'on mangeait salés, fumés ou grillés pour les grandes occasions. On fumait aussi certains gibiers ainsi que des poissons comme la muge, dont les Égyptiens étaient particulièrement friands, surtout parce que les œufs de muge leur permettaient de faire de la boutargue – qu'ils appelaient *beterekh.* En l'absence de sucre, on se servait du miel fabriqué par les abeilles sauvages.

10.

Les premiers égyptologues « de terrain »

Auguste Mariette en Égypte. Découverte du Serapeum de Memphis. La visite du prince Napoléon en Égypte. L'Exposition universelle de 1867. L'impératrice et le scarabée d'or. La disgrâce. *Aïda.* Le Scribe du Louvre. L'idée de sauvegarde du patrimoine mondial de l'Égypte.

Vous avez évoqué ces caisses jamais ouvertes dans les réserves du Louvre. À quelle date le musée en avait-il fait l'acquisition ?

Figurez-vous que lorsque j'ai commencé à travailler au Louvre, en 1934, presque rien n'avait changé depuis l'époque de Mariette. Le musée n'avait que quelques salles d'art égyptien et personne ne s'occupait des réserves. C'est Champollion qui a fait en 1828 l'acquisition de la première collection nationale d'égyptologie, dont il a été nommé conservateur à charge d'enseigner l'égyptologie à l'École du Louvre naissante. Mais c'est avec Auguste Mariette, dit Mariette Pacha, que l'activité du musée a vraiment commencé.

Mariette était professeur d'histoire à Boulogne, et journaliste de grand talent. Il s'est pris de passion pour l'égyptologie en 1842, date à laquelle il découvrit les collections du musée de Boulogne. Il se procura alors la grammaire de Champollion et se mit à apprendre tout seul les hiéroglyphes. Puis il écrivit à Emmanuel de Rougé, le conservateur du département des Antiquités égyptiennes du Louvre, pour lui soumettre ses essais. Emmanuel de Rougé, qui avait du flair, lui proposa de venir à Paris en lui assurant qu'il pourrait l'aider.

Comment est-il entré dans la profession ?

Mariette a donc débarqué dans la capitale avec femme et enfants, après avoir renoncé à tout pour l'égyptologie. Pendant quelques années, il a vécu pauvrement. Puis il a obtenu une bourse de l'Institut de France afin d'aller faire l'acquisition de manuscrits coptes dans les couvents égyptiens, où les Américains venaient de faire une énorme moisson. En attendant le *firman* – l'autorisation officielle –, il eut le temps d'explorer les déserts de Saqqarah et de Gizeh, où il fit ses premières découvertes. Il s'est aperçu qu'il circulait sans le savoir sur des dunes de sable qui recouvraient la partie supérieure des monuments que nous connaissons aujourd'hui.

Tout était ensablé ?

Absolument. Vous savez que Champollion, quand il est venu en Égypte, n'avait pu voir que le sommet de la pyramide à degrés, et qu'il ne connaissait pas les reliefs peints des mastabas qui illustrent la vie quotidienne.

Pendant ses pérégrinations, Mariette a partagé la vie des antiques paysans égyptiens représentée sur les parois des tombeaux creusés dans les falaises et des mastabas en grande partie encore à déblayer. Et là, il a mené tranquillement ses recherches en attendant le *firman* fatidique, sans se laisser intimider par les protestations de quelques Bédouins. Dans ses *Mémoires*, il rapporte que l'un d'entre eux a failli le tuer d'une balle heureusement maladroite. Mariette, qui était un fameux gaillard, lui a couru après, l'a planté dans le sable, comme un arbre, et lui a tiré un coup de pistolet juste audessus de la tête. La prochaine fois, il ne le raterait pas, lui a-t-il dit. Finalement, avec ces méthodes, il a obtenu le respect et l'amitié des Bédouins.

Comme le *firman* tardait encore, il a continué à explorer Saqqarah. Un jour, son pied a buté sur une pierre qui sortait des sables. C'était le coin émergé du socle d'un sphinx ! Il a poursuivi ses recherches et a fini par exhumer une allée de sphinx. Cet homme remarquablement cultivé s'est alors souvenu d'un passage de Strabon, décrivant l'entrée du Serapeum de Memphis à travers une splendide allée de sphinx.

Quelle émotion !

Il avait en effet repéré le Serapeum ! Puis les découvertes se sont succédé, plus extraordinaires les unes que les autres. Comme Mariette avait été journaliste, une fois rentré en France, il a su leur donner le plus grand retentissement possible. Tout le monde savait qu'il avait découvert le Serapeum de Memphis et obtenu qu'une partie des objets qui s'y trouvaient soit confiée au musée du Louvre. C'est ainsi que nous possédons des stèles du Serapeum, ces ex-voto des grands personnages de l'époque, placés au moment des funérailles d'un taureau Apis, émanation du dieu Ptah. Grâce à ces stèles, datées selon le règne, on arrive à établir une chronologie assez précise de l'histoire égyptienne de la période.

Le Louvre ne possède-t-il que ces stèles ?

Non, bien sûr. Les objets en provenance du Serapeum forment une collection d'une exceptionnelle richesse : monuments nombreux, sphinx, statue du taureau Apis et celle du petit génie Bès, reliques du tombeau du douzième fils de Ramsès, le prince Khaemouaset, grand prêtre du dieu Ptah, bijoux donnés par Ramsès pour les obsèques de son fils. Ces trésors proviennent probablement d'un premier tombeau qui a dû être pillé. On peut dire que Mariette est vraiment le premier homme de terrain de l'égyptologie. Sa contribution à l'histoire de cette science est considérable.

Quelles sont ses découvertes les plus importantes ?

C'est lui qui a repéré tous les monuments essentiels de la vallée du Nil égyptien. Mariette a fouillé ou fait explorer tout ce qui pouvait l'être à son époque, de la pointe sud du Delta (le Delta lui-même, étant recouvert quatre mois durant par l'inondation, n'était guère un lieu de fouilles) jusqu'au Soudan. C'est certainement lui qui a exhumé le plus grand nombre de sites en Égypte. Il a contribué à remplir de trésors le musée du Caire. En fait, chaque fois que vous tombez en arrêt devant une pièce maîtresse exposée au musée du Caire, vous pouvez être assuré que c'est Mariette qui l'a trouvée.

Avec son talent de narrateur, Mariette a raconté en détail les circonstances de ses découvertes. Un jour il avait trouvé une statue en bois dans une chapelle, sans doute la statue du mort. En la voyant, les ouvriers du chantier se sont exclamés : « C'est cheikh el-Beled, le maire du village ! » Le personnage antique était le sosie du maire de leur village, et cette statuette est devenue célèbre sous ce nom. C'est encore Mariette qui a découvert les oies de Meïdoum, peinture où les palmipèdes sont en train de picorer des graminées. Il a trouvé la statue de Rahotep et de la princesse Nofret, remontant à l'Ancien Empire. La liste est pratiquement infinie.

Était-il le seul alors à redécouvrir l'Égypte pharaonique ?

Non, mais sa fougue conquérante contrastait avec la manière habituelle des rares égyptologues de son époque, bien plus académique. Contre vents et marées, Mariette est donc parvenu à créer son Service des Antiquités, organisant ainsi la protection des monuments constamment menacés de pillage. Un beau jour, le khédive Ismaïl Pacha le fit appeler, lui annonçant qu'il allait bientôt recevoir la visite du prince Napoléon, surnommé Plon-Plon. Le khédive voulait lui offrir un beau cadeau. À cette époque-là, les membres du gouvernement égyptien ne se souciaient guère des vestiges de la splendeur pharaonique, mais ils savaient que les Occidentaux leur attachaient une grande valeur. Ils n'hésitaient donc pas à faire de somptueux présents à leurs hôtes étrangers, prélevés sans vergogne sur le patrimoine millénaire de l'Égypte. Grâce au khédive, Mariette avait pu poursuivre ses recherches dans la nécropole des rois de la XVIIe dynastie, au nord de Deir el-Bahari, en face de Karnak. Sur ce site, il avait encore fait une découverte majeure : les tombes des souverains ayant en quelque sorte « encadré » l'invasion des Hyksos.

Quel cadeau le khédive imaginait-il offrir au prince Napoléon ?

Le khédive demandait à Mariette de consentir à une petite mise en scène bien innocente : accepterait-il de réenterrer toutes ces pièces magnifiques, de manière à les exhumer le jour même de la visite du prince ? Ne serait-ce pas une merveilleuse surprise que d'assister, impromptu, à une découverte de cette importance ? Mariette a donc mis en place le stratagème, mais le prince n'a jamais gagné la Haute-Égypte.

Peu après, rappelé au Caire, il avait confié la poursuite de ses recherches à son raïs. Hélas, à peine arrivé au Caire, Mariette reçoit un émissaire du consul de France à Louqsor : une catastrophe s'était produite sur le chantier. Ayant entendu parler des trouvailles de Mariette, le gouverneur de la région (à Qéna) était arrivé au moment même où l'on réexhumait le trésor. Il l'avait confisqué et embarqué, comme un butin de guerre, sur son bateau en direction du Caire. Le gouverneur avait-il agi pour son propre compte ou pour faire un présent au khédive ? Furieux, Mariette remonta immédiatement le Nil sur son bateau à la recherche du gouverneur, le retrouva à la hauteur d'Assiout et se lança à l'abordage, un couteau dans une main, un pistolet dans l'autre. Il s'ensuivit une bagarre générale pendant laquelle la momie de la reine tomba dans le Nil. Mariette parvint à récupérer le trésor et repartit pour Le Caire, laissant le gouverneur en état de choc.

Ce geste ne risquait-il pas de lui attirer de gros ennuis ?

Naturellement ! Il avait insulté le gouverneur de la province. Très inquiet, il décida d'aller voir le vice-roi à Alexandrie en se disant qu'il n'avait rien à perdre et qu'il valait mieux tenter le tout pour le tout. Il savait qu'il suffisait de faire rire le vice-roi. Amuser le prince, c'est une technique très utilisée pour emporter une décision en Égypte. Je l'ai moi-même mise en pratique au moment de la campagne pour la sauvegarde des monuments de Nubie. Mariette, très en verve, se mit donc à raconter sa rencontre houleuse au milieu du fleuve avec le gouverneur et son abordage héroïque, le couteau entre les dents. Il fut brillant, il fut drôle : il fut pardonné. Le trésor put entrer au musée de Boulaq.

Le vice-roi, très détendu, voulut montrer ses richesses à sa favorite. Hélas, la belle n'eut d'yeux que pour la « chaîne-colonne » que Mariette exhiba, et au bout de laquelle était suspendu un magnifique scarabée en or incrusté de lapis-lazuli. La favorite fit un caprice. Il lui fallait ce bijou. Elle se voyait déjà parée de cette merveille. La mort dans l'âme, se sentant démuni du plus beau joyau du trésor, Mariette obtempéra. Trois jours plus tard, il envoya chez la favorite un émissaire avec mission de récupérer le précieux bijou. Ce dernier parvint heureusement à persuader la belle que son scarabée portait malheur !

C'est décidément une stratégie très utilisée en égyptologie...

Mais voici que l'Exposition universelle de 1867 se profilait à l'horizon. Le khédive Ismaïl ne put faire autrement que de demander à Mariette d'y reconstituer une maison égyptienne antique et d'y réunir les plus beaux trésors, dont le fameux scarabée. L'Exposition fut inaugurée par Napoléon III et l'impératrice Eugénie, une bien belle femme, au raisonnement un peu léger. Lisez les « Leçons à l'impératrice » que Fustel de Coulanges, sollicité par l'empereur, lui avait données, vous comprendrez ! Bref, l'impératrice arriva, tout admirative, et aussitôt, tomba en extase, comme la favorite du khédive, devant le scarabée.

Il existe une coutume égyptienne selon laquelle lorsque votre invité admire un objet que vous possédez, vous êtes tenu de le lui offrir. Eugénie voulut essayer la chaîne, et le khédive, selon la tradition, lui dit : « Elle est à vous, madame ! » Mais il se ressaisit aussitôt en voyant la mine renfrognée de Mariette et ajouta : « Si mon gouvernement l'autorise. » Le gouvernement, en l'occurrence, c'était Mariette Bey, et le gouvernement, par sa bouche, dit : « Non, c'est un trésor de l'Égypte. » Déconfite, Eugénie fit signe à Napoléon III pour qu'il insiste encore, mais Mariette resta inébranlable (cf. pl. XVI).

Figurez-vous que la belle Eugénie, une fois rentrée aux Tuileries, obtint de Napoléon III qu'il propose à Mariette la direction du département des Antiquités égyptiennes du Louvre. Mariette refusa, comme il refusa ensuite la croix de commandeur de la Légion d'honneur et la direction du musée du Louvre.

Mariette tomba-t-il alors en disgrâce ?

Quand il retourna en Égypte, il s'aperçut qu'on lui avait coupé ses crédits. Plus personne ne l'invitait. Or, en Égypte, tout se passe pendant les réceptions, et tout se sait. Il ne pouvait rien publier, ses inspecteurs n'étaient plus payés, il ne recevait plus de subventions pour les publications du Service des Antiquités qu'il avait créé. C'était une véritable catastrophe. Il était obsédé par les problèmes de sauvegarde et passait son temps à courir du nord au sud pour sauver ce qui pouvait l'être. C'est lui qui a fait désensabler Louqsor, Karnak, Edfou et Dendara. Il faut savoir que les gens, à l'époque, vivaient sur le toit des temples où s'étaient accumulés des dépôts millénaires.

Par chance, vint le temps de l'inauguration du canal de Suez en présence de l'impératrice. Le khédive, très angoissé, ne savait pas quoi organiser pour les festivités. Cette tâche revenait à un brelan d'étrangers, parmi lesquels quelques

Français dévoués, qui faisaient ce qu'ils pouvaient pour moderniser l'Égypte sans lui porter préjudice. Ce n'était pas toujours facile de lutter contre les lubies d'Ismaïl Pacha ! Ainsi avait-il même demandé à un ingénieur français de démonter la première pyramide pour construire un barrage avec ses assises de pierre calcaire. L'ingénieur éluda la question, mais le khédive insistait : « Et si la première pyramide ne suffit pas, tu démoliras la deuxième... » En désespoir de cause, l'ingénieur rédigea un énorme rapport, truffé de chiffres faux, prouvant qu'avec la première pyramide on ne pourrait construire au mieux que la première pile du barrage. Il précisait que les pierres des pyramides étaient de médiocre qualité, et qu'il valait mieux s'approvisionner ailleurs. Et voilà comment ce Français a sauvé les pyramides !

Ferdinand de Lesseps a donc soufflé à l'oreille du khédive que l'inauguration d'un canal étant un événement d'une grande solennité, il lui conseillait d'offrir à cette occasion le spectacle d'une grande pièce pharaonique.

C'est ici que resurgit notre Mariette ?

Mariette était en effet le seul à pouvoir écrire une telle pièce. On est donc venu le chercher dans sa prison morale et on l'a supplié d'écrire une pièce pour l'impératrice. C'est dans ces circonstances qu'il a écrit *Aïda* et que de Bey, il est devenu Mariette Pacha.

J'ai compris sa douleur quand j'ai lutté pour la sauvegarde des temples de Nubie dans les années 60. Vous savez, dès que vous avez un objectif à atteindre, vous devenez taillable et corvéable à merci. Le ministre de la Culture m'a d'abord demandé d'inspirer le thème d'un son et lumière à Karnak après celui des pyramides. J'ai accepté à contrecœur. Puis il m'a annoncé qu'il voulait monter une pièce de théâtre dans le temple funéraire de Mykérinos à Gizeh. J'ai répondu que c'était impossible dans une nécropole, mais comme il insistait, je suis allée chercher le directeur du TNP, Jean Vilar, et nous avons parcouru ensemble tous les sites susceptibles d'abriter un spectacle. Nous avons finalement choisi Louqsor et j'ai écrit *Les trois saisons de Dieu.* C'était une autre façon de travailler à la sauvegarde des temples de Nubie.

Mariette Pacha a encore découvert à Tanis une stèle concernant Ramsès et ses ancêtres et qui pose toujours problème aujourd'hui. Pierre Montet, qui fut son successeur sur le site, croyait qu'il s'agissait de la capitale de Ramsès II, Perramsès (XIXe dynastie). En fait, nous savons maintenant que Tanis était seulement la capitale des pharaons des XXIe et XXIIe dynasties. Le cours du Nil s'était modifié et ne permettait plus d'irriguer l'ancienne ville de Ramsès. Ces souverains ont donc déménagé les monuments de Ramsès II pour les installer plus au nord, dans leur nouvelle cité. Quand le patron de Mariette Pacha, Emmanuel de Rougé, vint au Caire, Mariette l'emmena à Tanis, lui montra la stèle et lui donna la copie du texte qu'il avait déchiffré. L'année suivante, il eut la surprise de voir qu'Emmanuel de Rougé avait publié la stèle sans l'en avertir. Ce sont des bonnes manières dont les égyptologues sont parfois coutumiers aujourd'hui encore.

Ce pauvre Auguste Mariette a été très critiqué parce qu'il n'a pas eu le temps de beaucoup publier. Évidemment, il se consacrait tout entier à ce travail monstrueux de sauvegarde. Il n'avait qu'une obsession : préserver les trésors de l'Égypte. Et quand on sait la difficulté d'obtenir quelque chose en Égypte, on ne peut qu'être saisi d'admiration devant son courage.

C'est bien dans la droite ligne de l'action de Mariette Pacha que vous avez proposé l'idée nouvelle de patrimoine mondial, à l'époque de votre action en faveur de la Nubie.

En effet, je me suis démenée comme un beau diable pour faire comprendre aux responsables du monde entier que les temples d'Égypte n'étaient pas le bien d'un pays, mais un trésor de l'humanité. On m'écoutait d'un air sceptique : « Mais pourquoi voulez-vous sauver des monuments qui ne sont pas français ? Continuez plutôt vos recherches ! C'est à ce moment que j'ai pris le mors aux dents. J'ai aussi pu apaiser les scrupules louables des Égyptiens en leur rappelant que nous avions également négligé nos propres trésors à l'abandon. « Les frontières sont imaginaires. Sans le maquignon qui a voulu, au XIXe siècle, agrandir ses étables, nous aurions encore l'abbaye de Cluny ! » J'ai entièrement initiée l'opération de sauvegarde des monuments de la Nubie, appuyée par René Maheu, directeur général de l'Unesco. Ce dernier créa ensuite une section consacrée au patrimoine mondial qui était placée, encore dernièrement, sous la direction avisée de l'ancien directeur du musée d'Alger, Mounir Bouchenaki, devenu maintenant directeur général adjoint de l'Unesco[1].

Est-ce bien à Mariette Pacha que nous devons le fameux Scribe qui se trouve au musée du Louvre ?

En effet, Auguste Mariette a découvert le Scribe et l'a fait parvenir au Louvre, n'ayant pas encore créé le Service des Antiquités du Caire. Le Scribe est l'un de ces objets magiques qui semblent à eux seuls résumer aux yeux du grand public toute une civilisation. Il faut dire qu'à l'époque personne ne s'étonnait qu'un égyptologue français expédie dans son pays quelques-unes de ses trouvailles. D'ailleurs, les gouvernements européens se livraient une bataille sans merci pour enrichir leurs collections à n'importe quel prix. L'Égypte était à la mode. Témoin ce grand sphinx dans la crypte du Louvre : Salt, consul d'Angleterre, l'avait intégré à un lot d'objets qu'il s'apprêtait à expédier à Douvres. Mais les émissaires de Champollion ont réussi à faire l'acquisition de cette collection avant qu'elle ne parvienne en Angleterre. C'est ainsi que ce sphinx est arrivé à Paris, comme la cuve du sarcophage de Ramsès III et bien d'autres trésors.

Mariette a consacré la fin de sa vie à la création du Service des Antiquités : une institution destinée à protéger les monuments des pillages éhontés qui étaient alors monnaie cou-

1. Pour plus de détails sur la sauvegarde des monuments de la Nubie, cf. Christiane Desroches Noblecourt, *La grande Nubiade. Le parcours d'une égyptologue*, Stock, Paris, 1992.

rante, non seulement de la part des voleurs traditionnels, mais aussi des touristes et des marchands, voire des autorités égyptiennes. Il fallait un sacré courage pour contrarier tous ceux qui vivaient de ce trafic ; les antiquaires qui rabattaient pour des collectionneurs, et surtout les consuls de France et d'Angleterre, Drovetti et Salt, qui rivalisaient d'avidité au nom de leurs patries respectives.

Mariette a combattu ces rapts avec toute son énergie. Il n'a pas pu tout contrôler, mais il a fait œuvre durable en créant un service d'inspecteurs chargés de faire cesser les fouilles clandestines. Quand Mariette est arrivé en Égypte, il est tombé dans une foire d'empoigne où des antiquaires et des consuls recrutaient des pillards pour constituer de splendides collections destinées à l'émigration. Par amour de l'Égypte, en tant que directeur des Antiquités, il a mis un terme à ces pratiques sauvages. Pour lui, la protection des monuments était la priorité absolue.

11.

Les pilleurs de tombes

Les sépultures de la Vallée des Reines. Vol de momies.
Les premiers chrétiens. Winlock sur la trace des pillards
à Deir el-Bahari. Les couvre-perruques du Metropolitan Museum.
Chez le collectionneur Arturo Lopez.

Il doit être très rare d'être le premier à pénétrer dans une tombe ?

Bien entendu. Le cas du tombeau de Toutankhamon est exceptionnel : en 1922, quand Carter l'a découvert, il était, semble-t-il, après une tentative de pillage durant l'Antiquité, le premier à y pénétrer depuis le jour lointain où les prêtres égyptiens avaient scellé la tombe. Pour ma part, j'ai surtout fouillé le versant occidental de Thèbes en Haute-Égypte, sur le piémont du Sahara, notamment la Vallée des Reines et le Ramesseum. Ces deux sites contenaient des témoignages de l'époque de Ramsès II que je souhaitais rassembler après avoir étudié les fondations de Ramsès en Nubie.

Quelles sont les personnalités de l'histoire égyptienne qui ont été inhumées dans la Vallée des Reines ?

La Vallée des Reines n'a pas été utilisée de tout temps. Elle contient plusieurs tombeaux de grandes personnalités de la

XVIIIe dynastie, sans doute des filles d'Aménophis III, quelques princes et même un vizir. Ramsès Ier a eu l'idée d'y enterrer son épouse Satrê, alors que sa propre tombe se trouve de l'autre côté, dans la Vallée des Rois. Son fils Séthi Ier a suivi son exemple. Il a fait creuser la tombe de sa femme, Touy, la mère de Ramsès II, dans la Vallée des Reines, où j'ai eu la chance de retrouver cette sépulture. Lui-même est enterré dans la Vallée des Rois, dans une tombe grandiose. Dans la Vallée des Reines, Ramsès II a installé la nécropole de ses grandes épouses royales et de certaines de ses filles.

Au début du xxe siècle, la Vallée des Reines fut fouillée par une équipe d'égyptologues italiens qui ont procédé à des sondages. Ils ont découvert les tombes de plusieurs princes, et surtout la sensationnelle tombe de Nofrétari. Soixante-dix ans après eux, nous avons repris le chantier où ils l'avaient laissé. Mais, entre-temps, toutes les tombes qui avaient été pillées, réutilisées puis abandonnées, montraient des ouvertures par lesquelles les hyènes et les loups étaient entrés. Nous avons commencé par tout déblayer. Nous avons trouvé alors plusieurs autres tombes princières, également saccagées et ayant resservi durant la Basse Époque. Elles contenaient des momies de cette période tardive. C'est ainsi que nous avons appris que la Vallée des Reines avait été utilisée comme nécropole par les citadins de la rive droite de Thèbes pendant des siècles, jusqu'à la christianisation de l'Égypte, en passant par les époques grecque et romaine. On se faisait enterrer dans les tombes des reines et des enfants de la Couronne, vidées par les voleurs.

Qu'est-ce qui caractérise les momies de la Basse Époque ?

Elles sont bitumées, je crois vous l'avoir signalé. La momification traditionnelle était sans doute réservée à ceux qui en avaient les moyens. Pour les autres, les riverains cherchaient une cache dans la nécropole, où les momies s'accumulaient. Quand elles étaient trop nombreuses, elles étaient couvertes de paille et on y mettait le feu. Une nouvelle couche de momies était ajoutée sur les cendres. Cette opération était renouvelée chaque fois qu'on avait ainsi besoin de place.

Les tombes servaient peut-être aussi à cacher des trésors ?

On prête aux Égyptiens bien des pratiques qu'ils n'avaient probablement pas. Et d'abord, quels trésors ? À mes yeux, leur véritable richesse résidait dans le savoir et l'expérience acquis dans de nombreux domaines, y compris celui de leur réelle sagesse.

On dit que ces nécropoles ont été habitées, et le sont parfois encore...

C'est en Égypte, il est vrai, que les premiers anachorètes sont apparus, ainsi que les premiers monastères. Il n'était pas rare qu'un saint homme prenne refuge dans une tombe vidée. Les Coptes ont même aménagé de petites églises souterraines dans la Vallée des Reines. J'y ai fait célébrer la messe des Rameaux par un prêtre de ma mission, le père du Bourguet. Les paysans musulmans sont venus à cette messe, en apportant leurs rameaux à eux, les vrais rameaux d'origine, des palmes.

Il est arrivé aussi que les Bédouins s'installent dans les tombes thébaines. Ces Bédouins se sont beaucoup enrichis avec le commerce des antiquités, car ils avaient l'art de dénicher, dans les caveaux dévastés par les voleurs, des objets oubliés par les pillards, et que les archéologues n'avaient pas trouvés ; ils les leur vendaient à prix d'or. Il y a cinquante ans, on trouvait à Karnak et à Louqsor des échoppes d'antiquaires proposant des objets volés sur ces sites. Aujourd'hui encore, certaines maisons de Gournah sont construites sur des tombes de vénérables et antiques nobles thébains, et englobent leurs caveaux.

Herbert Winlock, directeur des fouilles de Deir el-Bahari pour le compte du Metropolitan Museum de New York, a raconté que, dans les années 1920, il rendait visite aux pillards habitant dans les villages environnants. Il leur achetait des objets pour son musée. Un jour, il a découvert des fragments provenant de sortes de rosettes incrustées de lapis-lazuli et de cornaline. Intrigué, il fit sa petite enquête, et finit par découvrir le marchand qui était en possession du reste du butin. Aussitôt, il lui fit des propositions pour en réserver l'achat. C'est ainsi que le Metropolitan a hérité de deux extraordinaires couvre-perruques qui semblent avoir appartenu à trois princesses syriennes, prénommées Menoua, Menhet et Merty, épouses secondaires de Thoutmosis III. À l'arrière de ces petites rosettes incrustées, étaient gravés des hiéroglyphes tracés par une main maladroite – c'est pourquoi certains égyptologues ont pensé qu'il s'agissait d'un faux. Mais ces hiéroglyphes ont probablement été tracés par des Syriens de l'époque.

Pourquoi ont-ils utilisé des caractères égyptiens ?

Nous savons que les « Syriens » connaissaient les hiéroglyphes. Peut-être ces bijoux ont-ils été donnés aux princesses au moment de leur départ pour l'Égypte. Dans son rapport de fouilles, Winlock raconte qu'il a pu rassembler tous les morceaux épars, puis il a reconstitué les deux couvre-perruques avec l'aide des restaurateurs du Metropolitan : deux pièces uniques d'orfèvrerie ! Imaginez deux lourdes chapes recouvrant la totalité de la perruque, décorées de lunules incrustées de pierres semi-précieuses et de pâte de verre, juxtaposées, articulées et séparées par une petite rosette. Winlock était certain que son vendeur possédait d'autres objets. Il parvint, en définitive, à se faire conduire sur le lieu de la cachette. Après avoir vécu pendant des années dans une tombe désaffectée, son marchand s'était installé dans une maison, au sommet du village de Gournah. Il venait d'épouser une charmante petite Thébaine de quinze ans. Pendant sa lune de miel, ses voisins sont venus le prévenir que des *chaouich* se dirigeaient vers le village.

« Que vais-je faire avec mes pièces d'or ? » se demanda le marchand. Il les cacha dans un couffin, recouvrit le tout d'une cargaison de grains de blé et demanda à sa femme de descendre au village, comme si elle allait livrer des grains.

« N'aie pas peur des policiers, tu n'as qu'à les charmer, ce sont tous de vieux cochons, ils te laisseront passer. » La pauvre fille lui obéit, elle passa le barrage avec succès, mais elle était tellement émue qu'elle ne maîtrisa plus ses gestes, buta contre une pierre et s'étala de tout son long. Le blé se répandit sur la rocaille, parsemé de pièces d'or. Les policiers ne se donnèrent pas la peine d'arrêter la fille. Ils se précipitèrent sur les pièces d'or qu'ils se répartirent tout contents. C'est ainsi que Winlock a perdu son principal fournisseur et que le Metropolitan a dû se contenter des deux couvre-perruques ainsi que de très beaux gobelets en or massif. Grâce à ces anecdotes, les rapports de fouilles de Winlock demeurent passionnants. Sinon, il n'y a rien de plus fastidieux que ce genre de littérature.

Mais l'histoire n'est pas terminée. Vers 1950, je reçus un jour dans mon bureau la visite de mon collègue et ami Pierre Verlet, le conservateur en chef des objets d'art, un excellent chartiste (et un gaulliste de la première heure). Il me dit : « Vous savez que je suis en contact avec Arturo Lopez... » Il n'y avait rien de surprenant à ce que le conservateur des objets d'art du Louvre soit en relation avec lui.

Qui était cet Arturo Lopez ?

C'était un grand collectionneur, qui habitait l'hôtel Rodocanachi à Neuilly. « Un de ses amis possède de longue date un bijou égyptien de facture étrange, me dit Pierre Verlet. Il m'a demandé si vous accepteriez d'en faire l'expertise. » Quelques jours plus tard, Arturo Lopez arrive dans mon bureau avec son ami, M.H., et me présente son « bijou » : il s'agissait d'une plaquette en cuir sur laquelle étaient cousues des rosettes bleues et rouges serties d'or, alignées comme sur un collier. Stupéfaite, je constate qu'il s'agissait justement de pièces manquantes des fameux couvre-perruques des princesses syriennes ! Il est préférable souvent de tourner sa langue sept fois avant de parler. Prudemment, je dis : « Il s'agit certainement d'un élément de bijou. » Et je lui demande comment l'objet est parvenu en sa possession. « Il s'agit d'un héritage familial, me dit-il. Ma femme est une Antoniadis. » Et là, j'ai sursauté ; je savais que les jardins Antoniadis à Alexandrie appartenaient depuis le début du siècle dernier à une famille grecque richissime. Or les habitants riches d'Alexandrie avaient constitué de formidables collections d'objets d'art en tout genre chez les antiquaires et les fouilleurs clandestins. Les Antoniadis possédaient certainement une magnifique collection. Je n'aurais jamais imaginé une chose pareille !

Comment alliez-vous récupérer ces pièces ?

Trois semaines plus tard, Verlet me transmet une invitation à déjeuner chez les Lopez. J'accepte bien volontiers, en me préparant à négocier l'achat d'une partie du trésor. Nous avons été reçus somptueusement. Arturo Lopez et sa femme nous ont fait visiter leur splendide palais de Neuilly, flanqué d'un magnifique jardin. Chaque pièce du palais était meublée dans un style différent, décorée avec des meubles provenant des meilleures sources. La visite a commencé par une chambre à coucher de style gothique, avec des candélabres en fer forgé, agrémentés de fleurs de lis fraîches, renouvelées tous les matins. Puis nous avons visité le bureau hollandais, ensuite le boudoir Louis XV, avec des meubles précieux. J'ai le souvenir d'un véritable défilé des merveilles. Nous avons ensuite traversé un jardin d'hiver, orné de céramiques. Lopez avait fait faire des fouilles à Chantilly et il avait reconstitué dans son palais la « grotte turquoise ». Invraisemblable !

L'apéritif a ensuite été servi, et le déjeuner a commencé. Nous avons pris place autour d'un surtout de table en orfèvrerie Louis XV, un peu trop riche à mon goût, mais incontestablement magnifique, avec une énorme soupière, des candélabres, des saucières. Au moment de s'asseoir, Verlet me glisse en souriant : « Cette vaisselle nous a échappé à la dernière vente ! » J'étais placée à la droite d'Arturo Lopez. Or le valet de pied avait avancé entre sa chaise et la mienne un haut tabouret rond sur lequel est venu s'asseoir un petit chien, un de ces précieux brabançons au nez aplati. Poliment, je me suis exclamée avec peine : « Comme il est beau ! » Ce chien avait vraiment une sale trogne, mais son cou était entouré d'un collier vraiment splendide, fait de petits os en or : « Une création de Chaumet, me dit notre hôte. N'est-ce pas que c'est joli ? »

Mais les pièces que vous étiez venue négocier ?

J'y viens. Le repas – délicieux, évidemment ! – a suivi son cours, et Arturo Lopez m'a reparlé du bijou que son ami m'avait apporté au Louvre. « Il ne pourra rien en faire, lui dis-je, il ne s'agit pas d'un collier, mais d'éléments d'orfèvrerie disparates et disposés de manière factice. Je vais lui proposer de le céder au Louvre, qui pourrait s'en porter acquéreur pour ses collections. » Il est resté silencieux un long moment, puis, à la fin du repas, il m'a dit : « C'est entendu, votre prix sera celui de mon ami. » Je l'ai finalement obtenu pour cinq ou six mille francs de l'époque : une misère ! Arrivent les entremets, et Lopez s'adresse à Verlet : « Je vous ai vu regarder le surtout de table. C'est vrai, il vous a échappé... » Verlet lui répond qu'en effet il aurait voulu pouvoir l'acquérir pour le Louvre. « Eh bien, dit Arturo Lopez, il nous faut sceller ce déjeuner bien sympathique d'une manière un peu solennelle : je me ferai un plaisir d'offrir cette vaisselle au musée du Louvre. » En effet, ce déjeuner est resté inoubliable.

Quelques jours plus tard, Arturo Lopez est venu me voir dans mon bureau pour me remettre le fameux bijou, que je devais présenter au Comité des conservateurs avant d'en faire l'acquisition. Ensuite, il fallait faire monter le bijou (cf. pl. XVI). Je ne pouvais exposer ces éléments en vrac. J'ai donc fait appel à notre restaurateur, un certain Gauchereau, qui a ensuite participé à la préparation de l'exposition Toutankhamon. Je lui ai montré le bijou, ainsi que la photo des couvre-perruques du Metropolitan, et je lui ai demandé de reconstituer la « carcasse » sur laquelle je pourrais intégrer les éléments que je venais d'acquérir. « Faites-moi une perruque de mèches presque blanches, comme les cheveux des princesses de la Vallée des Reines. Nous n'avons que le cadre du visage, mais cela suffit. » Puis j'ai poursuivi mes occupations, et brusquement je me suis souvenue d'une confidence d'Arturo Lopez : l'héritage des Antoniadis avait été partagé entre la femme de son ami et la sœur de celle-ci. Il se pouvait fort bien que la sœur soit en possession de quelques autres fragments du bijou. J'ai donc pris contact avec elle.

Vous semblez avoir toujours joui d'une grande liberté d'action ?

Parce que le conservateur en chef de mon département, Jacques Vandier, était absent, atteint d'une myélite qui le cloua au lit pendant quatre ans. Je « faisais fonction » de conservateur en chef, jusqu'au jour où il put revenir dans son fauteuil roulant, ce qui bloqua toute activité pendant de longues années. Il était donc présent au moment de mon entrevue avec la belle-sœur de l'ami d'Arturo Lopez, mais il n'était pas convaincu : « Nous en avons déjà un exemple, cela suffit ! » J'ai dû attendre de prendre réellement sa succession pour conclure enfin cette acquisition et compléter le premier lot.

Gauchereau avait terminé son travail et je dois dire que le résultat était magnifique. Nous avons exposé cette grande perruque en mèches de nylon, recouverte en partie de rosettes et avec tous ses éléments manquants en plexiglas.

Pourquoi ces couvre-perruques vous passionnaient-ils autant ?

Au cours d'une enquête sur les coiffures des princesses et des grandes dames de la cour des rois de la XVIIIe dynastie, j'avais remarqué que les Égyptiennes n'avaient pas de rosettes sur leurs perruques. Peut-être préféraient-elles porter, comme le font certaines Africaines, des anneaux d'or intercalés dans leurs tresses ? Les princesses de cette dynastie sont représentées avec une espèce de *modius* sur leur coiffure, surmontée de fleurs piquées toutes droites, terminées par des rosettes. J'ai étudié de près ces favorites aux fleurs piquées, ce qui m'a conduite à m'intéresser aux petites figurines en terre cuite que l'on plaçait dans la tombe pour aider le mort à se reconstituer. Ce sont des Hathor, un genre de Vénus sans pieds et parfois sans bras. Elles ont quelquefois une sorte de galette sur la tête avec des trous, et dans ces trous on a pu trouver des restes de fleurs, des sortes de petites marguerites vues de face, des rosettes.

12.

Un bon canular...

Un *Bilitis* dans un pot à confiture. La mission suprême d'un égyptologue candide. L'humour des Égyptiens.

À vous entendre évoquer cette chasse aux trésors de l'ancienne Égypte, on ne peut s'empêcher de vous comparer à une détective, mais une détective qui aurait éprouvé un très vif plaisir à mener scrupuleusement ses enquêtes. Vous semblez vous être toujours amusée, non ?

Je crois qu'on ne fait pas ce métier sans passion, et vivre sa passion est certainement ce qui peut vous procurer les plus grands plaisirs, bien entendu. Ajoutez à cela que nous gardions, sur le terrain, le goût de nous amuser et de nous jouer parfois de bons tours. Je voudrais, à ce sujet, vous raconter une histoire amusante propre à un chantier de fouilles, une blague de collégiens. Il s'agit de deux anciens membres de l'IFAO, Varille et Robichon, qui, dans les années 30, décidèrent de faire une bonne blague à J., un nouveau promu, notre tête de Turc préférée avec qui j'avais travaillé sur le chantier d'Edfou. Celui-ci était très intelligent, agrégé de lettres, mais adorablement naïf. Orphelin de père, il avait été élevé par sa mère qui le suivait aux environs des chantiers de fouilles.

Le canular n'était pas bien méchant. Varille et Robichon prirent une noix *doum* – c'est une sorte de gros marron –, sur laquelle ils avaient fixé deux épines d'acacia dont ils avaient peint les extrémités en rouge. Puis ils ont adroitement dessiné dessus deux yeux sanguinolents, et cet animal fabuleux a été baptisé le *Bilitis*. J. sortait d'une jaunisse attrapée à Edfou et se trouvait alors au Luxor Hotel, en convalescence. Varille et Robichon avaient fourré le fameux *Bilitis* dans un pot à confiture et étaient allés voir le malheureux en délégation pour lui remettre solennellement le petit monstre. J. devait rentrer en France avant eux, et ils avaient décidé de le charger d'une mission de confiance. Ils lui racontèrent que, depuis des années, le directeur du Museum d'histoire naturelle leur avait demandé de lui rapporter une chrysalide de *Bilitis* de la région d'Edfou, une chose infiniment rare. Or le miracle s'était produit !

La grosse châtaigne avec ses deux épines d'acacia !

Le *Bilitis* était donc bien là, bien vivant, mais encore à l'état de chrysalide. Dans quelques jours, grâce aux bons soins de J., le Museum d'histoire naturelle de Paris aurait enfin son précieux coléoptère. J. n'aurait pas grand-chose à faire : il lui suffirait d'exposer le pot de confiture renfermant le précieux animal un quart d'heure au soleil levant tous les matins. Ensuite, surtout, il ne fallait pas oublier de le mettre à l'abri. Des trous avaient été ménagés dans le couvercle du pot pour qu'il puisse respirer. Sous aucun prétexte, bien entendu, J. ne devait ouvrir le pot de confiture. Le *Bilitis* était un animal très dangereux, aussi dangereux que la vipère noire. Si jamais il s'échappait au Caire ou à Paris, ce serait une véritable catastrophe.

J. jura ses grands dieux qu'il ne l'ouvrirait jamais. Et il parla à sa mère de la petite bête qu'on lui avait confiée. Or la maman de J. était la femme la plus bavarde du monde. Elle prenait le thé tous les après-midi dans le grand salon du Luxor Hotel avec la femme d'un éminent égyptologue russe, Golenichef, un personnage richissime qui avait constitué une très grande collection d'antiquités devenue le joyau du musée de l'Ermitage à Saint-Pétersbourg. J'étudiais la syntaxe égyptienne avec lui, et c'est Golenichef qui m'a raconté qu'à l'hôtel, quand J. est arrivé en portant le *Bilitis,* tout le monde était terrifié à l'idée qu'il pourrait ouvrir le pot à confiture et laisser échapper le monstre.

J. est donc parti pour Le Caire avec son pot à confiture. Tous les matins, scrupuleusement, il le plaçait au soleil levant. Puis il a pris le bateau et là, madame mère, très fière de la mission de son fils, s'est mise à parler du *Bilitis,* semant la terreur parmi les passagers.

Le Bilitis *a-t-il franchi la Méditerranée, pour finir ?*

Mais oui ! À Paris, J. envoya une lettre circonstanciée au directeur du Museum d'histoire naturelle. Il lui annonçait l'arrivée du *Bilitis,* en précisant qu'il s'en était bien occupé. Le directeur, en lisant cette lettre, s'est demandé s'il s'agissait d'un fou ou d'un explorateur ayant effectivement déniché une nouvelle espèce. Dans le doute, il lui donna un rendez-vous. Il s'agissait de recevoir un agrégé de lettres, après tout, membre de l'Institut français d'archéologie orientale du Caire...

Entre-temps, Varille et Robichon étaient rentrés en France. Ils attendaient avec beaucoup d'impatience le jour de la visite. J. arriva avec le *Bilitis* et commença à raconter son histoire. Le directeur du Museum l'a écouté avec une grande attention. L'entrevue a duré une demi-heure, et quand J. est sorti du Museum, il a rencontré Varille et Robichon, pliés de rire, qui lui ont expliqué que son *Bilitis* n'était qu'une grosse châtaigne. Je ne voudrais pas donner l'impression que nous ne faisions rien d'autre que des canulars, mais les jeunes égyptologues étaient parfois capables de se divertir... pacifiquement.

Les Égyptiens avaient-ils le sens de l'humour ? Trouve-t-on des traces de cet humour dans les textes, par exemple ?

L'Égyptien ne pouvait s'empêcher de sacrifier à l'humour le plus méditerranéen que je connaisse, qui n'était pas dénué d'une certaine subtilité, mais il savait aussi exprimer des plaisanteries légèrement « gauloises ». Il n'est que de lire le mythe d'Horus et de Seth remanié par la tradition populaire et dont les aventures truculentes ont dû faire rire plusieurs générations pharaoniques.

Dans un autre domaine, la finesse humoristique ne nous échappe pas lorsque nous nous trouvons devant les esquisses des dessinateurs du Nouvel Empire que nous ont laissées principalement les ouvriers décorateurs de la nécropole thébaine habitant à Deir el-Médineh. Ils n'hésitaient pas à ridiculiser leurs contemporains, et même Pharaon, en leur prêtant des traits animaux dans des situations cocasses.

13.

Un ministre du « Front popu »

Le « Louvre la nuit ». La « réaction » du 6 février 1934.
Charles Boreux ne veut pas recevoir le ministre « Front popu ».
Jean Zay contre la vindicte populaire. La visite du ministre
en Égypte. Sa mort.

Vous avez évoqué votre première mission en Égypte puis ces deux premières années à l'IFAO juste avant la guerre. Étiez-vous toujours chargée de mission au Louvre ?

Je demeurais chargée de mission, non rétribuée, au département égyptien, mais je ne revenais au Louvre que de fin juin à octobre. Jacques Vandier, dont je prenais la place à l'IFAO, venait d'y être nommé conservateur adjoint. Pour vous donner une idée de ce qu'était ce département égyptien tel que nous l'avons trouvé, il me faut revenir à l'année 1936, c'est-à-dire aux moments merveilleux du « Louvre la nuit ». Imaginez-vous que, deux fois par semaine, le musée restait ouvert jusqu'à minuit. Le Front populaire avait pris des initiatives formidables. J'étais résolument « Front popu » et, fort heureusement, mes parents ne m'ont pas découragée. Ma mère, un peu inquiète, m'a quand même demandé si j'allais défiler dans la rue. Elle se souvenait des événements du 6 février 1934 durant lesquels je m'étais bien malgré moi trouvée aux premières loges. En effet, pour rentrer chez moi, j'empruntais devant le pont des Arts un tramway qui roulait jusqu'à la porte de Versailles. Ce fameux jour, juste avant la place de la Concorde, on nous a fait descendre et là, je vous assure, ça pétait de partout ! Les gardes républicains empêchaient les manifestants de passer le pont de la Concorde pour aller vers la Chambre des députés. J'ai vu de mes yeux les jeunes membres de l'Action française, juste devant moi, cocarde à la boutonnière, lacérer les jarrets des chevaux des gardes républicains avec des lames de rasoir accrochées au bout de leurs cannes. Plusieurs personnes, près de moi, ont été touchées par des balles perdues. C'était la démonstration de force des « réactionnaires », et c'était vraiment odieux !

Ce sont ces événements de février 1934 qui ont précipité l'avènement du Front populaire.

Exactement. Et quand on a connu l'extraordinaire enthousiasme de cette époque, je peux vous dire que les socialistes d'aujourd'hui, à la mode de Mitterrand, paraissent d'irresponsables et faibles démagogues. En quelques mois, le gouvernement Blum a accompli des choses remarquables, les congés payés, la retraite pour les vieux, les assurances sociales... On n'avait jamais vu ça. Et pourtant, ces gens qui avaient tant fait pour la population et pour le pays ont été traînés dans la boue.

Mon conservateur en chef, qui dirigeait donc le département des Antiquités égyptiennes au Louvre, avait entendu parler de ma sympathie pour le Front populaire. Il me considérait évidemment comme une révolutionnaire et devait regretter de m'avoir nommée. Il me toisait du haut de son mètre quatre-vingt-dix. Doté d'une aimable culture, cet esprit typiquement « bourgeois » possédait, quoi qu'il en soit, un très grand goût et beaucoup d'autres qualités, mais quand il s'est agi d'inaugurer au Louvre notre département complètement modernisé, il me convoqua : « Mademoiselle, me dit-il, c'est vous qui recevrez Jean Zay, le ministre de l'Instruction publique. » Il ne voulait pas avoir à rencontrer un membre de ce gouvernement de gauche, bien qu'il en fût un fonctionnaire !

Il vous a donc chargée de rencontrer le ministre à sa place ?

Bien sûr, et j'étais très gênée. Comment, à un âge si jeune, pouvais-je prétendre recevoir un ministre ? J'ai consulté le doyen de la Conservation, Jean Charbonneau, responsable du département des Antiquités grecques, un homme très bon, très sage. Il m'a conseillé de faire ce que Boreux demandait.

Le jour dit, à dix heures, nous étions tous sur notre trente et un. Jean Zay est arrivé au Louvre, accompagné de son chef de cabinet Marcel Abraham et de Jean Cassou, tous deux futurs grands résistants. J'ai donc commencé par leur faire visiter le département. Le ministre m'écoutait attentivement et me regardait à la dérobée sans cacher sa surprise. Il avait sans doute la vision de vieux égyptologues barbus, et il tombait sur une petite jeune fille de vingt-deux ans, d'un mètre cinquante-huit – et vous voyez que je n'ai pas beaucoup grandi depuis ! À la fin de la visite, n'y tenant plus, il m'a demandé : « Dites-moi, mademoiselle, quel âge avez-vous donc ? – Vingt-deux ans, monsieur le ministre. » Et lui, avec un petit sourire malicieux : « Et vous êtes déjà conservateur en chef ? – Non, monsieur le ministre, je suis chargée de mission, non rétribuée. » Il m'a félicitée et m'a demandé de passer à son bureau le lendemain à onze heures et demie. Il avait compris qu'on lui faisait un affront.

Certains conservateurs ricanaient : « La carrière de Mlle Desroches est faite » (comprenez : le ministre cherche une aventure). Voilà toute la réflexion de ces messieurs !

Vous étiez scandalisée ?

Oh, je les aurais mordus ! Le lendemain je suis donc allée voir Jean Zay. Il avait trouvé la visite très intéressante et se demandait simplement si le conservateur était vraiment malade. Pour ne pas mentir, j'ai dit que ce n'était peut-être pas lui qui était souffrant, mais sa femme. Jean Zay m'a dit qu'il n'était pas dupe ; on lui avait déjà fait ce coup-là plusieurs fois. Il croyait d'ailleurs en connaître la raison et tenait à me la dire pour que je la fasse savoir. Tout cela remontait à l'époque de son passage à l'École normale supérieure. Il avait participé un jour avec ses camarades à un jeu de variations littéraires. Cela consistait à pasticher les écrivains célèbres. Le thème alors choisi était le drapeau national. Jean Zay s'est donc exécuté du mieux qu'il pouvait, traitant de la question du drapeau à la manière de Déroulède, de Victor Hugo... et tous les autres en firent de même. Et naturellement, dans son pastiche des écrivains réactionnaires, pleins de haine pour la République, il en est venu à utiliser des formules provocatrices du genre : « ce drapeau, ce torchon, ce torche-cul ». Tout cela était évidemment très satirique vis-à-vis des écrivains en question. Eh bien il s'est trouvé deux petits camarades de l'ENS pour diffuser ce dernier texte, en cherchant à prouver que Zay était un antipatriote, un ignoble individu, sans aucun respect pour la nation. Et cette réputation le suivait toujours. Il avait encore les larmes au yeux en m'en parlant. Il ne supportait plus cette réputation et me pria de raconter cette histoire si l'occasion s'en présentait.

Avez-vous eu l'occasion, en d'autres circonstances, de défendre la réputation de Jean Zay ?

Je l'ai rencontré en Égypte dès l'année suivante et, de nouveau, Jean Zay fut en butte à un ostracisme inadmissible. C'était avant que je sois nommée à l'IFAO, lors de mon tout premier séjour alors que j'étais en mission pour le CNRS pour trois mois. Au Caire, l'arrivée de Jean Zay avait provoqué une ridicule levée de boucliers. À l'époque, la France n'avait pas d'ambassadeur en Égypte, seule la Grande-Bretagne y avait droit. Nous avions un ministre plénipotentiaire, M. de Witasse. Ce dernier avait été harcelé par les agents du canal de Suez qui voulaient le convaincre de ne pas recevoir un ministre du Front populaire. Tous ces gens étaient royalement payés pour une tâche qui était loin de ne comporter que des désagréments, mais ils menaçaient de ne pas serrer la main du ministre. Dans cette ambiance glaciale, on conspirait pour empêcher Jean Zay de participer à l'inauguration du lycée français d'Héliopolis et pour le tenir à l'écart des congrégations religieuses, qui jouaient et jouent toujours un rôle si important en Égypte. Les jésuites, par exemple, s'occupaient des enfants des plus grandes familles musulmanes et leur enseignaient brillamment la culture française. Les religieuses faisaient elles aussi un remarquable travail auprès des jeunes filles égyptiennes musulmanes. Mais Jean Zay ne s'est pas laissé faire, il a demandé lui-même à rencontrer les représentants de toutes ces congrégations.

Ensuite, le ministre devait se rendre en Haute-Égypte dans un train officiel, spécialement affrété pour lui. Et c'est ainsi que, dès mon arrivée au Caire, j'ai appris qu'il y avait un changement de programme : au lieu de rejoindre directement le chantier de fouilles de Bernard Bruyère à Deir el-Médineh, j'étais invitée à participer au voyage du ministre. L'abbé Drioton m'offrait ainsi une occasion unique de visiter le sud du pays dans des conditions exceptionnelles. À l'arrivée à Louqsor, sur le quai de la gare, un comité d'accueil était réuni pour recevoir le ministre. Parmi ces gens, je me souviens d'un architecte maurrassien de choc qui ne cessait de marmonner : « Ah ! j'aurai sa peau ! » Cela ne l'a pas empêché de venir lui quémander la Légion d'honneur (cf. pl. IV).

Jean Zay avait donc encore une fois tout le monde contre lui ?

Mais non, pas du tout, car il a fini par gagner l'estime de tous. Même ceux qu'on appelait les « gens du canal », et qui étaient effroyablement réactionnaires, ont fini par admettre que ce ministre n'était pas trop mal... « pour un membre du Front populaire ». Sur le chantier de fouilles de Deir el-Médineh, le plus beau chantier de l'École du Caire, le ministre, après la visite des travaux, a été invité à déjeuner dans la maison de fouilles aménagée dans des chapelles de tombes sans décor. La femme de Bernard Bruyère avait commandé la fameuse dinde qu'on appelle *dic-roumi* en Égypte, c'est-à-dire le « coq des Européens », et que l'on sert avec du riz, des raisins et des pignons. Au moment de la découper, le cuisinier a demandé un volontaire, mais personne sur le chantier ne savait s'y prendre – sauf moi, grâce à mon père qui m'avait enseigné à faire le « bonnet d'évêque ».

Qu'appelle-t-on faire le « bonnet d'évêque » ?

Vous savez que l'on ne dresse pas une dinde comme on présente un canard ou un poulet. On la pose sur le ventre, puis on donne un coup sur la colonne vertébrale pour détacher d'un côté les ailes et la poitrine, et de l'autre les pilons. Ensuite on les retourne pour former un bonnet d'évêque. Je me suis donc rendue dans la cuisine – qui était aussi une tombe aménagée – et j'ai tout préparé. Quand Jean Zay est passé à table, il a été vraiment surpris de constater que dans un endroit aussi retiré et désertique de l'Égypte, on faisait si bien le bonnet d'évêque, entouré de tous les bons morceaux !

Cet homme intelligent et si humain a été arrêté en tant que patriote au moment où les Allemands sont arrivés en France. Après quatre années de prison, il a été conduit par les miliciens dans une forêt où il est mort fusillé en criant « Vive la France ! ».

14.

Évacuation du musée du Louvre

En 1939-1940, différentes missions. Des nouvelles alarmantes en provenance de la France. Retour au Louvre. Jean Cassou au secours du conservateur du musée de Compiègne. Les trésors du Louvre mis à l'abri. Transport des caisses jusqu'au château de Saint-Blancard.

Lorsque la guerre a éclaté, que s'est-il passé pour vous ?

Dès fin septembre 1939 j'ai été appelée en Égypte par Pierre Jouguet, le directeur de l'École du Caire, l'IFAO. Il avait besoin d'aide de toute urgence, les quatre autres camarades de ma promotion ayant été mobilisés. J'ai embarqué en octobre 1939 à bord du *Mariette-Pacha.* C'était la seconde magnifique unité des Messageries maritimes de la Méditerranée, à côté du *Champollion.* Au lieu de trois journées et demie comme d'habitude, le voyage a duré vingt et un jours parce qu'on nous avait annoncé – à tort – la présence de sous-marins allemands dans la Méditerranée. Nous avons donc fait toutes sortes de détours pour échapper à ces assaillants fantômes et, au lieu d'Alexandrie, nous sommes arrivés à Beyrouth où nous devions déposer des militaires anglais. Pourquoi allaient-ils au Liban ? Je ne sais plus, mais ce dont je me souviens, c'est qu'ils n'étaient guère disciplinés. Ils faisaient un tapage du tonnerre tous les soirs et se baladaient dans les coursives en fumant. Or vous savez qu'on peut déceler la lueur d'une cigarette à plusieurs kilomètres de distance. Deux d'entre eux avaient d'ailleurs été mis aux fers par le commandant pour indiscipline.

Je suis finalement arrivée au Caire avec les égyptologues qui ne pouvaient ni faire la guerre ni se rendre utiles à Paris : Bernard Bruyère, qui dirigeait les fouilles de Deir el-Médineh, un héros de la Première Guerre mondiale, avec sa femme, ainsi que l'une de mes camarades de l'École du Louvre qui dessinait pour Bruyère, Ginette Lamon, et enfin Jaroslav Černý, le grand spécialiste de l'épigraphie égyptienne, un Tchèque qui allait devenir le patron de l'égyptologie anglaise à Oxford – à l'époque, attaché à l'IFAO.

Quel sort vous a-t-on réservé au Caire ?

J'ai tout de suite demandé à m'occuper des réserves de l'Institut français et je suis restée là pendant un mois, à classer les antiquités au milieu des serpents et des scorpions qu'il fallait chasser en faisant du bruit. J'ai ensuite été désignée pour fermer le chantier de fouilles de Médamoud que nous avions fini d'exploiter. Cela revenait à décrire et commenter tous les monuments et objets qui devaient être partagés entre le Louvre et le gouvernement égyptien. Ensuite j'ai été affectée à Deir el-Médineh sur le chantier de Bruyère où je suis restée jusqu'à Pâques 1940.

En avril, nous nous sommes décidés à frapper un grand coup : nous avons demandé au gouvernement égyptien la permission de fouiller la zone qui se trouve au nord de Karnak, là où fut érigé le temple de Montou. Vous savez que le palladium de Thèbes comprend quatre temples voués à ce Montou, qui est le dieu des armes, et non le dieu de la guerre, la nuance est importante. Le culte de Montou est plus ancien que celui d'Amon dans cette région, il date du Moyen Empire. On trouve, sur la rive droite, ses temples à Tôd, Médamoud et Karnak. Le dernier se trouve sur la rive gauche, à Ermant.

Nous avons ouvert le chantier de Karnak Nord alors que soufflait le *khamsin*, un vent de sable brûlant. Une nuit, nos tentes se sont envolées et nous nous sommes tous retrouvés à la belle étoile sur nos lits de camp, sous nos moustiquaires. Je n'oublierai jamais le cri de Černý : « Mes fiches ! Mes fiches ! » Il les croyait perdues, mais il s'était couché sur ses précieux documents et ils étaient tous collés sur son dos. Dans les jours qui ont suivi, nous avons commencé à sentir une forte odeur de musc qui indique la présence de serpents. Nous avons fait venir le charmeur qui a découvert que notre campement était truffé de cobras et de vipères noires. Sur ce chantier, j'ai retrouvé Alexandre Varille, ancien membre de l'École du Caire qui avait été réformé...

L'inventeur du Bilitis ?

Lui-même. Varille avait de graves problèmes de santé, notamment des fontanelles qui n'avaient pas été soudées et son crâne changeait sans cesse de forme, ce qui le rendait caractériel. Au début du mois de mai, comme je n'avais pas de nouvelles de mon frère qui combattait dans la marine, je lui avais confié mon inquiétude. « Votre frère ? me dit-il. Il y a belle lurette qu'il est au fond de l'eau ! » C'était un type à l'humour cruellement noir. D'ailleurs il s'est comporté sans discernement par la suite, puisqu'il est devenu vichyste. Il avait une manière bien à lui de travailler, héritée de son maître Victor Loret, un excellent égyptologue, incollable en zoologie et en botanique. Il travaillait la nuit et dormait toute la journée, et la plupart de ses étudiants suivaient son rythme, soit parce qu'il n'y avait pas moyen de faire autrement, soit par affection ou par mimétisme. Je croisais donc Varille au petit déjeuner, puis il allait se coucher. Il émergeait vers cinq ou six heures du soir et commençait à travailler sous sa tente.

De mon côté, je m'efforçais de dégager la partie supérieure du temple de Montou, de l'époque d'Aménophis III. L'aventure a duré un mois et demi, jusqu'au jour où Varille, qui tenait les comptes du chantier, a décrété que nous n'avions plus d'argent et qu'il fallait tout arrêter. Il en a informé les ouvriers au dernier moment, d'une manière très brutale. Nous étions dans le quartier de Karnak Nord, peuplé de fellahs très durs, encore plus que les Bédouins de l'Ouest. Le lendemain, les ouvriers ont demandé à voir le chef de chantier. Je suis allée chercher Varille, qui s'était couché après le petit déjeuner, et je lui ai dit : « Ils sont là, vous devriez leur parler. » Varille s'est levé, il est venu à la porte nord où les ouvriers se tenaient accroupis derrière un mur de pierre, et leur a dit de « foutre le camp ». C'était sa psychologie !

Comment les ouvriers ont-ils réagi ?

Ils ont pris chacun une pierre, se sont levés et ont voulu le lapider. Jamais je n'ai vu quelqu'un courir aussi vite. Alors j'ai essayé de les calmer, en leur disant que ce n'était pas la faute de Varille, mais que nous n'avions plus d'argent dans la grande maison du Caire. Ils ne répondaient qu'une seule chose : « *Aouzin akoul' aïch* », ce qui veut dire : « Nous voulons manger du pain. » Varille a pris sa voiture pour aller chercher la *Hagana*, l'unité de gardes-frontière de Louqsor, montée sur dromadaire. De mon côté, j'ai pu obtenir que les fouilles se poursuivent pendant une semaine. Mais Varille ne s'est plus montré sur le chantier, il aurait risqué d'être tué. L'officier de police de Louqsor était venu voir ce qui se passait. Il avait un bel uniforme en drap-satin noir avec des brandebourgs dorés, une large bande rouge sur le côté du pantalon, et comme tous les Égyptiens raffinés, il tenait une tubéreuse entre ses doigts pour avoir une odeur agréable à respirer. Lui aussi a été accueilli avec des jets de pierre et il s'est enfui à toutes jambes. La *Hagana* est restée en faction tout autour du chantier et nous avons pu finir les fouilles.

Vous semblez dire que le rapport aux ouvriers qui travaillaient sur le chantier était particulièrement délicat ?

Il fallait montrer du respect à ces gens et, lorsque c'était le cas, ils savaient vous montrer leur gratitude aussi. Je veux illustrer ce propos d'un exemple. Au cours de ces fouilles, il se trouva qu'un échafaudage s'effondra. Un ouvrier fut blessé, il avait le pouce qui pendait à moitié et perdait beaucoup de sang. J'ai été obligée de lui mettre un garrot, puis de faire le pansement moi-même, car il ne voulait pas aller à l'hôpital de Louqsor. Les fellahs avaient souvent peur de s'y rendre. Je l'ai donc soigné pendant quelques jours puis l'ai confié aux bonnes sœurs du couvent voisin, et heureusement, nous avons évité une infection généralisée. C'était peu de temps avant mon retour en France.

Je ne suis revenue en Égypte qu'en 1948. Dès mon arrivée, je me suis rendue à Karnak pour enregistrer les textes de la porte de Montou dont les photos étaient restées entre les mains de Varille. Parvenue sur le chantier, je demandai à notre architecte Robichon de m'installer un échafaudage pour accéder au sommet de la porte et vérifier mes lectures. La porte avait vingt mètres de haut. Robichon n'ayant pas mis de protections, je grimpais sur des échelles qui donnaient sur une plate-forme sans aucun garde-fou ; il fallait encore monter sur une deuxième échelle. Là-haut, avec le vent qui soufflait, en plein mois de décembre, il fallait vraiment se cramponner.

Pourquoi votre collègue avait-il négligé votre sécurité ?

On peut imaginer qu'il était un peu antiféministe et très taquin... Toujours est-il que, le soir venu, j'ai demandé un gardien pour veiller sur le monument parce que les habitants de Karnak Nord, qui manquent de bois, ont l'habitude de se servir sur les chantiers. Le lendemain matin, je me préparais à grimper sur l'échafaudage en priant pour qu'il tienne le coup lorsque j'avisai, à la place du gardien de la veille, un nouveau visage. « Tu n'étais pas là hier soir ? – Non. – Où est passé le gardien ? Pourquoi as-tu pris sa place ? – Parce que c'était mieux comme ça. » Il avait l'air d'un brave homme, mais je sentais qu'il ne disait pas tout et je lui ai demandé de dire la vérité. C'est alors qu'il a sorti la main droite de sa poche et me l'a montrée. J'ai enfin reconnu cet ouvrier dont j'avais soigné la main blessée huit ans auparavant. « Le gardien qu'on t'avait donné, il aurait volé les planches là-haut, et tu serais tombée. Crois-tu que j'allais le laisser faire ? » Ce genre de geste est fréquent chez les Égyptiens de Haute-Égypte. Si vous savez les respecter, si vous ne blessez pas leur dignité, vous n'aurez jamais rien à leur reprocher, ce sont les plus fidèles amis (cf. pl. IV).

Lorsque j'avais quitté le chantier fin mai 1940, j'avais confié toutes mes notes et photos à Varille qui en a profité pour publier tout mon travail sans même citer mon nom, naturellement, dans le premier tome de *Karnak Nord* (FIFAO, 1940). C'est un autre genre de blague dont certains égyptologues sont coutumiers.

Dans quelles conditions êtes-vous rentrée dans la France du printemps 1940 ?

Les nouvelles d'Europe n'étaient pas bonnes. Vous savez que nos très astucieux gouvernants avaient construit une magnifique ligne Maginot, mais pour ne pas vexer nos amis belges, elle s'arrêtait au début de leur frontière, ce qui laissait aux Allemands une large ouverture où ils se sont naturellement engouffrés. Apprenant les événements, je suis retournée au Caire et j'ai demandé à mon directeur la permission de rentrer en France. Il a essayé de m'en dissuader, mais je ne pouvais concevoir de rester loin de mon pays dans ces circonstances. Sursaut patriotique peut-être, mais surtout réaction viscérale. On commençait à savoir ce qui se passait en Allemagne, et on ne pouvait rester loin de sa famille et de son sol.

On ne savait pas encore tout à fait ce qu'étaient les nazis...

Mais on s'en doutait. On ne connaissait pas l'existence des camps d'extermination mais on savait que les résistants allemands antinazis avaient été torturés, emprisonnés, liquidés. C'est ainsi que Ginette Lamon et moi sommes allées à Port-Saïd pour embarquer sur le *Jean-Laborde*, le dernier bateau en provenance d'Extrême-Orient qui passait par là. Nous l'avons attendu pendant deux jours, hébergées malgré nous, faute de place, dans l'hôtel de la ville qui se trouvait être... le bordel du port ! Sur le *Jean-Laborde*, il y avait de braves marins bretons qui avaient pour mission de rester au garde-à-vous devant les canons : tout le monde s'attendait à ce que les Italiens entrent en guerre.

Ce devait être émouvant de revenir en France à ce moment-là.

Nous n'étions pas au bout de nos peines ! À partir du sud de la Crète, les avions italiens ont commencé à survoler notre bateau. Quelques heures avant de passer le détroit de Messine, nous ne savions toujours pas s'il ne valait pas mieux bifurquer vers le sud. Finalement, le commandant a pris le risque de passer par Messine, toujours escorté par les avions italiens. Mais les marins bretons en avaient assez de cette compagnie. Ils ont ôté la housse de leurs canons et les ont pointés vers les avions. Les avions ont déguerpi en un clin d'œil ! Vous connaissez le proverbe que les Italiens qui ne manquent pas d'humour s'attribuent à eux-mêmes : « *Se il nemico viene da qui, fuggi dilà. Se viene dilà, fuggi di qui. Se non viene, fai una resistanza disperata.* » En français, cela donne : « Si l'ennemi arrive par ici, fuis par là. S'il arrive par là, fuis par ici... et s'il n'arrive pas, alors, oppose-lui une résistance farouche ! » À Marseille, nous avons appris que les Italiens venaient d'entrer en guerre. Le débarquement s'est passé dans une incroyable effervescence, les Marseillais tremblant de peur à l'idée que les Italiens décident de les bombarder.

Enfin j'ai pu prendre le train et je suis arrivée chez mes parents à la fin mai, trois semaines avant le discours du 18 juin. J'ai à peine pris le temps de les embrasser, et j'ai filé au Louvre. Il était urgent de mettre les collections à l'abri. J'avais terminé les emballages des derniers objets précieux en septembre 1939, et dès le mois d'octobre, ils avaient pris le chemin des châteaux de la Loire.

Étaient-ils à l'abri pour autant ?

Non, bien entendu, il restait maintenant à faire les évacuations de ces dépôts vers le Sud-Ouest. J'ai retrouvé Jaujard, le directeur du Louvre, dans son bureau. Tout le monde était sur le qui-vive, mais lui restait toujours aussi calme et rassurant. Je me souviens du conservateur du musée de Compiègne qui lui déclarait ne pas vouloir retourner à son poste : « On entend déjà le bruit des canons, je ne peux pas y aller, je vais me faire prendre. » Jaujard a insisté : « Mon vieux, vous êtes le conservateur du musée, allez donc me chercher les pastels de Georges de La Tour. » Mais le pauvre homme s'est avéré minable ; il a refusé d'y aller. Heureusement, venait d'arriver dans ce bureau un brillant écrivain, hispanisant émérite et directeur du musée d'Art moderne, un grand monsieur qui s'appelait Jean Cassou. Il s'est tourné vers Jaujard et lui a dit : « Laissez-le tranquille. J'irai moi-même chercher les La Tour. – Vous feriez cela ? demanda Jaujard. – Naturellement ! Donnez-moi un camion et je pars à l'instant. » Comme vous le savez, Jean Cassou allait devenir l'un des chefs de la Résistance.

Une fois le problème La Tour réglé, Jaujard s'est enfin tourné vers moi : « À nous deux ! » m'a-t-il dit. J'avais bien fait de rentrer, car il n'y avait plus personne dans mon département qui en fait, à l'époque, n'était composé que de trois personnes : Charles Boreux demeurait auprès de sa femme mourante, et Jacques Vandier devait subir l'ablation d'un rein.

Cela ne dut pas être une mince affaire pour Jaujard de mettre tous les trésors du Louvre à l'abri des pillages nazis.

Heureusement, Jaujard s'y était pris à l'avance, dès 1938, au moment de la crise de Munich. La guerre semblait alors imminente et nous avions déjà mis nos premiers chefs-d'œuvre en caisse quand Chamberlain et Daladier sont revenus de leur entrevue avec Hitler, soulagés, croyant avoir sauvé la paix. Mais Jaujard était resté sceptique : « On ne déballe rien », avait-il ordonné. Puis, à la déclaration de guerre, les collections du Louvre, une fois regroupées à Chambord, avaient été réparties dans les autres châteaux de la Loire. J'avais préparé moi-même, avant de partir pour l'Égypte à l'automne 1939, les trois cent quatre-vingts caisses contenant les antiquités égyptiennes les plus précieuses et les plus transportables. C'est ainsi que les grands colosses étaient restés au Louvre : Séthi II, la colonne d'Ounas, le sarcophage d'Abou Roash, les colosses de la XIIIe dynastie, l'Isis qui provient d'un jardin romain..., mais les plus belles pièces avaient déjà étaient évacuées : le Scribe, les bijoux, les objets les plus précieux. Les caisses étaient restées à Chambord pendant un mois. Puis, pendant mon séjour en Égypte, Boreux et son nouvel adjoint, Jacques Vandier, les ont entreposées au château de Courtalain, en Eure-et-Loir, dans le domaine du marquis de Gontaut-Biron, avec lequel Boreux jouait régulièrement au bridge.

Jaujard m'a exposé la situation en quelques mots. En ce début juin 1940, Courtalain n'était plus un abri assez sûr. Les Allemands approchaient, et le marquis de Gontaut-Biron avait proposé son château de Saint-Blancard, à quatre-vingts kilomètres de Toulouse. « Je vous donne deux camions demi-bâchés et deux chauffeurs. Débrouillez-vous avec ça. C'est tout ce que je puis faire. » J'ai hoché la tête, mais les deux camions étaient trop petits et j'ai dû faire le voyage entre la Loire et le Gers à trois reprises, en traversant chaque fois presque toute la France. La troisième évacuation eut lieu entre les lignes ennemies puisque les Allemands étaient déjà sur la Loire.

Vous n'avez pas chargé vous-même les camions, tout de même ?

Non, rassurez-vous, il y avait les chauffeurs, les gardiens et des bénévoles. Le premier voyage s'est effectué en compagnie de Paul Deschamps, un membre de l'Institut, conservateur du musée de Sculpture comparée du Trocadéro (où il avait succédé à Émile Mâle), créateur du musée des Fresques, spécialiste du Graal et des chevaliers du Moyen Âge.

Deschamps, à la retraite, avait été nommé par Jaujard responsable de notre nouveau dépôt. Il était accompagné par une superbe pin-up, une amie de sa secrétaire, qui avait fourni gracieusement l'un des véhicules accompagnant le premier convoi. Pendant tout le trajet, cette femme ravissante a fait de l'œil à ce pauvre Deschamps qui n'en pouvait mais – vous pensez, un père de douze enfants, fils du vicaire général de Paris qui était entré dans les ordres après avoir fait une bonne quinzaine de gosses ! Nous avons voyagé ensemble et à Courtalain, quand Mme de Gontaut-Biron a vu la pin-up sortir de la voiture, elle a refusé de la recevoir. Je lui ai dit : « Madame, je vous conseille d'être aimable avec elle, car c'est dans sa voiture que nous irons demain jusqu'à Saint-Blancard. » Mme de Gontaut-Biron était suffoquée : « Comment, vous prenez parti pour elle contre moi ? »

Le lendemain, quand nous sommes partis, la marquise boudait encore. Nous formions un drôle d'équipage ! Ce brave Deschamps et moi, et cette « fille » au volant d'une petite voiture de sport, que les deux chauffeurs de camion reluquaient en se léchant les babines. À l'arrivée du premier convoi, Paul Deschamps a pris la responsabilité du dépôt à Saint-Blancard. Je suis repartie à Courtalain avec les deux camions à vide. Les deux premières évacuations s'étaient à peu près bien déroulées, car l'exode n'avait pas encore commencé. Nous faisions halte, le soir venu, dans les cours des préfectures où notre passage avait été annoncé.

Au retour du deuxième voyage, j'ai fait escale à Courtalain sur la route de Paris pour utiliser le téléphone de service que le Louvre avait installé. Je devais prévenir les préfectures et les polices que les camions du Louvre allaient passer à nouveau. Mme de Gontaut-Biron m'en voulait encore. Ils recevaient le général Dubois à dîner ce soir-là. Je l'entendrai toujours déclarer : « Paris sera sauvé, j'ai fait dire des messes sur les collines qui entourent la ville. » Je me suis permis d'ironiser : « Vous croyez vraiment que vos messes vont arrêter l'invasion ? » Eh bien, plus personne ne m'a adressé la parole jusqu'à la fin du dîner ! Ma réputation chez les Gontaut-Biron était définitivement perdue : non seulement j'avais soutenu une « fille des rues », mais j'étais une mécréante. La marquise s'en est plainte plus tard à son cher monsieur Boreux, au cours d'un bridge... et cela n'a pas amélioré nos relations.

En plus des trésors du Louvre, avez-vous évacué aussi des personnes ?

Naturellement ! Pour le troisième convoi, les routes commençaient à être passablement encombrées par l'afflux des réfugiés. Quand je suis revenue à Courtalain pour charger ce troisième convoi, j'avais également à évacuer les femmes de nos gardiens, une grand-mère de plus de quatre-vingt-dix ans, une jeune maman avec un bébé d'un mois. Tout ce petit monde voyageait entassé sur les caisses. J'ai obtenu quelques provisions dans les cuisines de Courtalain mais nos hôtes ont protesté. J'ai dû déclarer : « Ordre de réquisition des musées ! » Bien sûr, je n'avais aucun ordre de réquisition, mais il me fallait nourrir ma troupe.

Ce troisième voyage a été épouvantable. Dès que nous avons passé la Loire, il est devenu impossible d'emprunter les routes. C'était une procession poignante, avec des voitures d'enfant, des charrettes, des bicyclettes, des matelas sur les toits des voitures, et toutes sortes de gens, des bancroches, des bancals, des vieux, des officiers de réserve encore en tenue avec la marmaille et la mémé dans leur voiture personnelle. Et les avions italiens qui mitraillaient la route... On s'arrêtait pour ramasser des blessés ou des morts. Ce déluge de feu a duré jusqu'au nord de Limoges.

Pendant la traversée du département de l'Indre, tout le monde avait faim. Nous nous sommes arrêtés dans une bourgade appelée Le Blanc où il y avait une épicerie que j'ai fait ouvrir, mais le boutiquier a refusé de nous vendre quoi que ce soit. Il y a eu des Français comme cela, vous savez. Nous avons repris la route et c'est là, à la sortie du Blanc, que j'ai aperçu des vaches qui meuglaient comme des damnées en traînant leurs pis gonflés. J'ai demandé un seau, je suis descendue et j'ai commencé à les traire.

C'était là l'héritage de vos séjours à la campagne...

Évidemment, mais les gardiens de musée étaient ahuris : « Vous savez traire les vaches, mademoiselle Desroches ? » J'ai pu donner du lait à la grand-mère, au bébé, à la jeune accouchée, à tout le monde. À certains croisements, j'ai aussi fait la police de la route... Enfin nous avons fini par gagner Saint-Blancard après avoir traversé la ville d'Auch, et là, il a fallu organiser le logement de tous ces gens, trouver un vêtement chaud pour la jeune maman qui n'avait qu'une robe d'été, réquisitionner de la laine pour tricoter une couverture pour le bébé, installer la popote... Ensuite Paul Deschamps a définitivement pris les choses en main et j'ai pu rentrer sur Paris.

15.

Le mouvement « Résistance »

Réapparition de Jean Cassou : « Voulez-vous être des nôtres ? » Naissance de la Société des amis d'Alain-Fournier, aux activités extra-littéraires... Un message pour l'amiral Boris en zone libre. Cassou destitué. Arrestation le 13 décembre 1940 à la gare de Moulins. L'interrogatoire.

Une fois les collections égyptologiques du Louvre mises en lieu sûr, à Saint-Blancard, pourquoi êtes-vous rentrée à Paris ?

Je n'allais pas rester planquée dans ce trou perdu de Saint-Blancard, pouvant être utile à mon musée à Paris. Quand je suis revenue, Jaujard m'a annoncé que j'étais chargée du département Égypte du Louvre : mes deux conservateurs Boreux et Vandier, pour les raisons que j'ai dites, étaient inopérants. « Faites pour le mieux », m'a dit Jaujard. Mais pendant quelque temps, j'étais un chef sans armée, une reine sans royaume. À part quelques statues restées sur place, les salles d'exposition étaient vides, tout étant entreposé à Saint-Blancard. J'ai donc dirigé une partie de mes activités vers l'enseignement de l'épigraphie à l'École du Louvre et les collections secondaires de nos réserves.

Vous avez continué à enseigner pendant l'Occupation ?

Bien sûr ! J'ai aussi pu sortir quelques objets des réserves et ouvrir le musée. Boreux est bientôt revenu, sa femme allait mieux. Sa présence était discrète, il faut le dire : il arrivait vers deux heures et demie de l'après-midi et repartait à cinq heures. Le pauvre, il allait mourir un an plus tard. Quant à Vandier, il a mis plusieurs mois à se remettre de son opération.

Quelques jours après mon retour de Saint-Blancard, le 18 juin, j'ai eu la chance d'entendre l'appel du général de Gaulle à la BBC, chez mes parents, rue La Fontaine. Mon père avait l'oreille collée sur le poste de radio en permanence, et je sais qu'il a été profondément touché, car jusque-là il avait plutôt une bonne opinion de Pétain, le vainqueur légendaire de Verdun. Mais quand il a entendu le général de Gaulle, il a changé d'avis. Nous avions tous les larmes aux yeux. Le général avait raison, mille fois raison. La France ne pouvait pas faire alliance avec un État nazi.

Deux jours plus tard, je sortais de la direction des musées et là, tout d'un coup, sur la place du Carrousel, j'ai aperçu Jean Cassou. Je m'en souviens comme si c'était hier, nous nous sommes croisés au pied de la statue de Gambetta, qui a disparu ensuite pour être fondue (maintenant nous bénéficions d'une réplique d'une statue de Louis XIV !) : au cours de l'hiver, les Allemands ont pris les bronzes de la capitale pour en faire des canons.

Gambetta transformé en canon allemand ! Triste fin...

Il n'est pas le seul : Voltaire a été fondu, lui aussi... comme tous les autres. Je n'avais pas revu Cassou depuis cette fameuse réunion où il s'était proposé d'aller chercher les pastels de Georges de La Tour. Il m'a souri d'un air navré et il m'a tout de suite dit : « Ma pauvre amie ! Nous voilà mal partis... » Je lui ai parlé de l'appel du général de Gaulle. « Ah, vous l'avez entendu ! Qu'en avez-vous pensé ? – La même chose que vous. C'est magnifique... » Alors Cassou m'entraîne à l'écart et me dit : « Nous nous sommes réunis hier avec quelques amis et nous avons fondé le mouvement "Résistance". Voulez-vous être des nôtres ? » C'était l'embryon de ce qui allait devenir la Résistance.

Qui étaient ces « quelques amis » rassemblés autour de Jean Cassou ?

Il m'a cité les noms des participants : Marcel Abraham, inspecteur général de l'Enseignement supérieur ; je le connaissais, il m'avait inspectée à l'École du Caire et avait accompagné Jean Zay en Égypte. Il y avait aussi Claude Aveline, Georges Martin-Chauffier, l'adjointe de Cassou, Agnès Imbert, les Duval, un couple de professeurs à Henri-IV, Jean Aubier, le petit-fils de Groussier, le grand maître du Grand-Orient, ainsi que les frères Émile-Paul, les derniers éditeurs d'Anatole France. Les frères Émile-Paul occupaient des bureaux rue de l'Abbaye, derrière l'église Saint-Germain-des-Prés, à côté d'un commissariat de police. C'est là que les réunions avaient parfois lieu.

J'étais très émue. J'ai demandé vingt-quatre heures de réflexion. Il n'était pas question de prendre une telle décision à la légère, car il ne pouvait s'agir que d'un engagement total et sans conditions. Mon choix était déjà fait, mais je m'inquiétais pour mes parents. Devais-je les avertir ? Il me sembla finalement plus sage de les tenir à l'écart. Le lendemain, j'ai retrouvé Jean Cassou : « C'est d'accord. » Et j'ai assisté aux premières réunions chez les frères Émile-Paul, organisées une ou deux fois par semaine avec des précautions de Sioux. Chacun ne connaissait que les noms de ses contacts immédiats. Ainsi, en cas de torture, nous n'aurions pu livrer tous les membres du réseau.

De quoi parliez-vous au cours de ces réunions ?

Les discussions portaient sur la nature des actions à mener. Nous prenions conseil à Londres par télégrammes chiffrés. On nous encourageait à soutenir le moral des patriotes, à saboter les installations allemandes, à fournir une quantité de renseignements, mais le plus souvent nous étions obligés d'improviser. Au bout d'un mois, nous avons reçu le soutien des pompiers de Paris, ainsi que du musée de l'Homme. Un jour, Agnès Imbert a donné l'alerte : « Mes enfants – elle nous appelait toujours ainsi –, je viens d'apprendre que l'administration nazie interdit les réunions de plus de trois personnes. Nous sommes très imprudents... » Cette interdiction était dramatique, car ces rencontres nous étaient indispensables.

Mais elle avait une idée : « Il nous faut une excuse : nous allons fonder la Société des amis d'Alain-Fournier. Nous préparons une très belle édition de son roman légendaire, *Le grand Meaulnes.* C'est la raison pour laquelle nos réunions ont lieu chez Émile-Paul. » C'est d'ailleurs ainsi que j'ai donné à mon fils unique le prénom d'Alain et qu'il a eu sept parrains, autrement dit les membres fondateurs du mouvement « Résistance », Martin-Chauffier, Abraham, Cassou, Aveline, Agnès Imbert, Duval, Aubier – Agnès Imbert dénoncée, peu de temps après, par un dénommé Gaveau qui avait réussi à s'introduire dans son entourage.

Cette arrestation mettait en danger votre mouvement...

Elle a été arrêtée par la Gestapo quelques jours plus tard, sous une porte cochère, alors que nous l'attendions juste à côté, chez les Duval. Nous avions des consignes très strictes : nous devions toujours pénétrer d'abord dans un autre immeuble que celui du lieu de rendez-vous. Si elle n'avait pas suivi la consigne, tout le groupe Résistance aurait été cueilli... Dans son malheur, Agnès Imbert a bénéficié peut-être d'un peu de chance, car nous étions au début de l'Occupation. Elle a été interrogée, puis torturée, mais on l'a seulement affectée à une usine de produits chimiques en Allemagne, où elle a eu les doigts rongés parce qu'elle travaillait sans gants. Quand elle est revenue après la guerre, elle m'a raconté : « Tu sais, là-bas, j'ai appris à soigner mes plaies. La seule chose qui me soulageait, c'était l'urine. »

Après son arrestation, nous avons continué à nous réunir en changeant chaque fois de lieu de rendez-vous. Nous n'allions plus chez les Duval, bien sûr. Et quand nous avions des rencontres très importantes, les Martin-Chauffier suggéraient à leurs filles d'organiser une immense surprise-partie où elles conviaient tous leurs amis. De la musique s'échappait ainsi souvent de leurs fenêtres ouvertes avenue Henri-Martin. Nous restions inaperçus dans l'agitation générale. Les gens qui passaient devant l'immeuble devaient penser que c'était un repaire d'odieux et provocants collabos. Qui d'autre aurait eu envie de danser pendant cette époque sinistre ? Et c'est ainsi que le mouvement s'est organisé petit à petit. Nous avons commencé à envoyer des renseignements à Londres. Jean Cassou et Claude Aveline se chargeaient des transmissions.

Quelle part personnelle preniez-vous dans le mouvement Résistance ?

Début décembre 1940, j'ai demandé à Jaujard de me faire signer un *Ausweis* officiel par Metternich, le responsable allemand de la protection des monuments en relation avec le directeur des Musées, pour inspecter mon dépôt de Saint-Blancard en zone « libre ». En réalité, je devais entrer en contact avec des membres de la Résistance qui séjournaient à Vichy, puis à Toulouse. Il m'a répondu, avec un sourire éloquent : « Vous avez raison, vos caisses ont besoin de vous. Quelle conscience professionnelle ! » À Vichy, je devais également transmettre un message au fils de l'amiral Boris, un arabisant, israélite, membre de l'École du Caire de ma promotion. Il avait été arrêté en Tunisie par les fascistes italiens, mais comme il avait adopté le costume local et parlait remarquablement l'arabe, les Italiens n'avaient pas réussi à l'identifier. Il s'apprêtait à partir pour l'Afrique du Nord rejoindre la division Leclerc. J'ai rempli ma mission auprès de lui et je suis repartie pour Saint-Blancard, puis je suis rentrée à Paris.

Là, j'apprends que Jean Cassou vient de perdre son poste de conservateur du musée d'Art moderne. C'est l'ambassadeur de Franco à Paris qui avait demandé sa tête à son vieil ami Philippe Pétain, lui-même ancien ambassadeur de France à Madrid. Les franquistes en avaient assez de cet homme de gauche qui avait soutenu les républicains espagnols et sauvé les chefs-d'œuvre du Prado, pendant la guerre civile. Jean Cassou a été remercié du jour au lendemain, et même Jaujard n'a rien pu faire. Pétain était vraiment aux ordres de Franco à cette époque-là ! Qu'allait devenir Cassou ? Il n'avait plus ni traitement ni travail. Il s'efforcerait de rejoindre Toulouse avec sa femme, qui était une grande pianiste – la sœur du philosophe Vladimir Jankélévitch. Elle pourrait gagner sa vie en donnant des leçons de piano. En attendant, je devais me rendre à Saint-Blancard et Cassou m'avait confié un document à passer en zone libre. C'était l'un de ces minuscules messages que transportent les pigeons voyageurs. Comme je ne portais pas de bague, je devais le coller entre deux doigts, l'annuaire et l'auriculaire.

Quel était le contenu du message ?

Je ne l'ai jamais su. Sans doute des renseignements rédigés et illustrés destinés à être câblés à Londres. Il valait mieux ne pas savoir ce que l'on transportait... J'ai pris le train pour Vichy, ma première étape, où j'avais des amis juifs, les Amselle, qui avaient quitté Paris et à qui je devais apporter des nouvelles de leurs parents. Je les avais aidés à déménager, une plaque de marbre m'était tombée sur le pied, et j'avais un énorme pansement à la cheville. Je suis donc partie, le 13 décembre 1940. Le train s'arrêtait à Moulins, sur la ligne de démarcation. La Gestapo est alors passée dans chaque compartiment en réclamant les *Ausweis*. Un soldat vise le mien, me regarde et hurle : « Descendez ! » Ça sentait le roussi.

Dans le train, les passagers s'étaient levés pour me voir passer, comme pour une haie d'honneur. En croisant leurs regards je voyais leurs pensées : « Encore une qui va être déportée ! » Je suis descendue sur le quai, encadrée par deux policiers. J'ai senti le froid qui transperçait mon manteau en mouton et mes gants de pécari – cadeaux de ma meilleure amie anglaise. De très beaux gants, assurément, mais ils m'ont probablement sauvé la vie. Les hommes aux uniformes noirs m'emmenèrent à la Kommandantur de la gare de Moulins.

Vous avez été aussitôt interrogée ?

Je me suis retrouvée dans une cellule minuscule. On ne m'avait toujours rien dit. Je me suis demandé ce que je devais faire du message collé entre mes doigts. Le déchirer ? Mais où jeter les morceaux ? L'avaler ? Ils étaient capables de me radiographier et je craignais bêtement qu'il ne fût visible. Finalement, je n'y ai pas touché. Et j'ai attendu des heures. Dans les pièces voisines, on entendait une musique militaire. Puis, de temps en temps, des hurlements. Il s'agissait en réalité d'enregistrements de malheureux qui avaient été torturés. On était tout de suite dans l'ambiance. Enfin, on est venu me chercher et on m'a emmenée dans une grande salle où sept ou huit gaillards en uniforme SS se balançaient sur leurs chaises, les bottes sur le bureau, en fumant des cigares. Sans doute des officiers ou des gens des Renseignements.

Ils m'ont demandé si je parlais allemand. J'ai résolument menti : « Non seulement je ne le parle pas, mais je n'en comprends pas un traître mot. » Je n'étais pas disposée à être aimable. De toute façon, ils se doutaient de quelque chose, j'allais sûrement être emprisonnée et déportée. Qu'est-ce que cela changerait ? Au moins je leur aurais dit ma façon de penser. Ils ont commencé alors à me cuisiner, me demandant qui j'étais, ce que je faisais, où j'allais... « Qu'est-ce que ça peut vous faire ? – On ne vous a pas demandé votre opinion. – Dites-moi d'abord pourquoi je suis ici. – Si vous ne le savez pas, vous le saurez bien assez tôt. » Et l'interrogatoire a continué sur ce ton amène.

Et le message entre vos doigts ?

Ils ont commencé à me fouiller, ils ont défait mon pansement, le sang a giclé, ils ont cassé mon parapluie et mes talons de chaussure, ils ont même défait l'ourlet de mon manteau et mes épaulettes. Mais ils n'ont pas pensé à regarder entre mes doigts qui étaient violets de froid sous mes beaux gants – on m'avait laissée pendant des heures dans cette cellule glaciale, j'étais frigorifiée. C'est ce qui m'a sauvée. Ensuite ils m'ont demandé de me déshabiller, mais j'ai exigé que la fouille soit faite par une femme. Ils en ont appelé une, qui a été odieuse, mais qui n'a rien trouvé non plus. J'ai raconté cet épisode à Claude Aveline, qui en a fait un chapitre d'un petit livre aux éditions de Minuit. Puis l'interrogatoire a recommencé.

Ils ne voulaient pas croire que j'étais égyptologue. Pour eux, j'étais une espionne. J'avais sans doute été dénoncée. Par qui ? Je ne le saurai jamais. Pour prouver mon identité, je leur ai conseillé d'étudier mon carnet d'adresses qu'ils venaient de me confisquer et d'appeler mes collègues allemands : « Ils vous diront qui je suis. » Après plusieurs heures de ce régime, j'ai commencé à leur dire tout ce que je pensais. À cette époque, les nazis se donnaient beaucoup de mal pour prêcher la collaboration et faisaient la cour aux élites parisiennes, prônant un rapprochement entre les deux nations. Alors je leur ai dit : « La collaboration sera possible entre nos deux pays lorsqu'il n'y aura plus la guerre et la police entre nous. Mon père, qui est germaniste et germanophile, était un ami de l'Allemagne de Stresemann, pas de celle de Hitler. Et si c'est en mettant les égyptologues en prison que vous espérez encourager la collaboration, ça n'ira pas bien loin. »

Peu à peu je me suis échauffée et je les ai vraiment engueulés : « Et dites-moi, où avez-vous été élevés ? Est-ce que ce sont des manières pour recevoir une femme, comme cela, les pieds sur la table ? » Ils ont essayé de me faire taire, mais j'ai continué, je n'arrêtais plus de les invectiver, et ils ont fini par me ramener dans ma cellule. Mais, chose incroyable, le surlendemain, ils m'ont à nouveau convoquée, pour m'annoncer que « pour cette fois », j'étais libre. Ils gardaient mon carnet d'adresses et j'aurais bientôt de leurs nouvelles.

Vous êtes alors relâchée. Où allez-vous ?

Je suis repartie pour Vichy où mes amis m'ont accueillie. Je me suis effondrée et j'ai dormi pendant quarante-huit heures. Puis par petites étapes j'ai gagné Toulouse et mon message a pris le chemin de Londres. De retour à Paris, je me doutais que les nazis allaient me faire suivre, et j'ai dû à l'époque éviter tous les gens que j'avais besoin de voir. Cela devenait infiniment compliqué. J'ai évidemment tout raconté à Jaujard qui avait déjà été prévenu, puis nous n'en avons plus parlé. J'ai commencé à recevoir tous les mois la visite de la Gestapo. Il fallait voir la tête des huissiers qui introduisaient les nazis en uniforme dans mon bureau ! Heureusement, c'était une formalité pour eux, ils voulaient être sûrs qu'on ne les oubliait pas, mais ils ne s'attardaient guère.

Ce manège a continué pendant une année, puis un jour, un nouvel officier leur a succédé, un homme qui ne partageait certainement pas la foi nazie de ses compatriotes. Il s'est présenté à moi d'une façon très correcte, ce qui était rare à l'époque, puis il a sorti de sa poche le carnet d'adresses qu'on m'avait confisqué à Moulins et il me l'a tendu en disant : « Je viens vous rendre ce document, madame, avec mes excuses personnelles, bien que je n'y sois pour rien. » Je l'ai vivement remercié. Il me rappelait un ami allemand de mon père, qui était venu chez nous en 1937, et qui nous avait expliqué que les seuls qui résistaient encore en Allemagne étaient des chrétiens. Cet officier avait en effet une allure de curé ; c'était un brave homme qui n'avait rien de nazi. Une perle rare à cette époque à Paris !

16.

Jean Cassou ou la France libre

Jean Cassou coordonne les réseaux de la Résistance depuis Toulouse. La mission confiée à Pierre Brossolette, son arrestation et sa mort. Les poèmes de Jean Noir. Une lettre perdue pour le philosophe Vladimir Jankélévitch.

Qu'est denenu Jean Cassou après avoir été remercié et écarté de ses fonctions ?

Jean Cassou s'est installé à Toulouse où il a reçu pour mission de coordonner les différents réseaux de la Résistance en zone sud. Grâce à Jaujard, j'ai obtenu un *Ausweis* régulier qui me permettait de passer la ligne de démarcation pour me rendre à Saint-Blancard. Au retour, je m'arrêtais à Toulouse pour voir Jean Cassou. J'y retrouvais aussi André Noblecourt, un ami de mon frère que j'avais connu dans ma jeunesse, il m'aidait alors à faire mes devoirs de maths où, je dois l'avouer, je n'excellais pas. Nous nous sommes mariés en 1942.

Cassou me reçoit donc et me dit : « Vous arrivez bien ! Nous avons eu quelques émotions hier... » La nuit précédente, il était allé en pleine nuit récupérer une « aérienne », autrement dit un largage d'explosifs qu'il avait rapportés chez lui. Et le matin, un camarade était venu l'avertir que la

▲ Bernard Bruyère lors de l'exposition Toutankhamon au Petit Palais en 1967. Contemporain de la découverte du trésor de Toutankhamon, cet égyptologue chevronné a bien survécu à la prétendue malédiction du jeune souverain. (p. 44)

▼ Masque de Toutankhamon (musée du Caire). Christiane Desroches Noblecourt assiste au musée du Petit Palais à l'ouverture de la caisse contenant le masque d'or qui va figurer dans l'exposition de Paris. (p. 168)

▲▼ Sésostris III « divinisé ». Cette statue, qui fut acquise en salle des ventes par François Pinault, présente les traits d'un roi très probablement figuré à la XIIIe dynastie divinisé en raison de son œuvre, essentielle pour la défense du pays. (p. 240)

▲Trésor de la dame Seshsechet (musée du Louvre). Cette femme, qui fut l'épouse d'un vizir de la fin de l'Ancien Empire, a été enterrée dans la nécropole d'Edfou, en Haute-Égypte. Défilé des ouvriers emportant les objets découverts dans sa tombe. (p. 64)

▲ Campement d'Edfou où les égyptologues logeaient sous des tentes. (p. 59)

► Christiane Desroches à Deir el-Médineh sur la terrasse de la maison de fouilles. (p. 71)

▲ Messe des Rameaux dans une tombe de la Vallée des Reines. Chrétiens et musulmans assistent ensemble à la célébration de l'office.

▲ Le chanoine Etienne Drioton et Jean Zay lors de la visite du ministre en Égypte en 1937. (pp. 24, 104)

◀ Soins donnés à un ouvrier blessé sur un chantier. (p. 111)

▲ Mur à redans de Saqqarah. (p. 139)

◀ Dégagement du temple d'Aménophis III à Karnak Nord (1940). Statue représentant Aménophis III protégé par Amon, qui fut trouvée par Christiane Desroches au cours des fouilles. Les vestiges de plâtre portaient encore des traces de dorure ainsi que la plupart des statues royales de pierre dure. (p. 252)

► Relief figurant le prince Khaemouaset (musée du Louvre). Le douzième fils de Ramsès II est connu pour avoir été un « prince archéologue ». (p. 144)

▲ Tombeau de Pétosiris (Tounah el-Gebel). La chapelle funéraire de ce prêtre réputé pour sa grande sagesse adopte la forme d'un temple. (p. 223)

► Cueillette du raisin (musée du Louvre). Ces charmantes jeunes femmes, parce qu'elles appartenaient au clergé de Neith, déesse démiurge, semblaient pouvoir participer à la vendange, tâche habituellement réservée à la gent masculine. (p. 302)

▼ Godet en forme de débarcadère, bordé de lotus et contenant l'image de deux poissons *inet* (musée du Louvre). La grenouille de la renaissance orne, comme souvent, le débarcadère mystique du défunt. (pp. 160, 223)

▲ Le temple de Dakkê en Nubie, presque entièrement submergé par les eaux du premier barrage. (p. 194)

► Le temple de Dakkê remonté dans la « nouvelle Nubie » au moment des premiers voyages organisés sur ces sites.

▲ Christiane Desroches Noblecourt, conservateur du département des Antiquités égyptiennes, devant la célèbre porteuse d'offrande du musée du Louvre (photo prise en 1977).

▲ Au Ramesseum, en 1978, Christiane Desroches Noblecourt corrige le relevé des reliefs qui décorent les colonnes du temple jubilaire de Ramsès II. (p. 189)

▼ Photo prise à l'Elysée, à l'issue de la remise par le président de la République, Jacques Chirac, de l'insigne de grand officier de l'ordre national du Mérite à madame Desroches Noblecourt, accompagnée de son époux et de son fils.

Gestapo faisait une descente en zone libre avec la bénédiction de la Milice. Il avait seulement eu le temps de cacher les explosifs dans le lit de sa fille qui avait une fièvre terrible. La Milice était venue et avait fouillé toute la maison, sauf le lit de la pauvre petite secouée par des convulsions.

Cassou me chargea d'une mission de confiance à Paris. « Nous devons envoyer un ambassadeur de la Résistance à Londres, et c'est Pierre Brossolette qui a été choisi. Seulement il ne le sait pas encore. Allez le prévenir. – Mais je ne connais pas ce M. Brossolette... – Aucune importance, vous aurez un mot de passe. Vous irez le voir avec Jean Aubier. Vous lui direz qu'il est nommé ambassadeur de la Résistance auprès du général de Gaulle. »

Saviez-vous qui était Pierre Brossolette ?

Je savais seulement qu'il avait été révoqué par Vichy du lycée Janson-de-Sailly où il était professeur. Pour survivre, il tenait la librairie en face du lycée. C'est là que je devais le rencontrer. Cassou m'a donné les mots de passe et je suis rentrée à Paris, où j'ai immédiatement téléphoné à Jean Aubier. Je le connaissais pour avoir suivi des concerts de musique ancienne dans son appartement, avec un groupe d'amis... du même bord. Nous sortions de temps en temps, le soir, pendant l'Occupation, et je garde un vif souvenir de ces promenades nocturnes. Les rues étaient désertes, la police allemande discrète. Nous avions toujours quelques morceaux de sucre (au détriment du maigre rationnement !) dans nos poches pour les glisser dans les réservoirs des voitures allemandes... afin qu'elles ne puissent pas démarrer le lendemain matin. La Résistance, pour nous, était permanente, c'était un mode de vie, une manière d'être.

Jean Aubier est venu me chercher rue La Fontaine, nous avons marché ensemble jusqu'à la rue de la Pompe, et nous sommes entrés dans la librairie. Il y avait là un vieux monsieur très digne qui parlait à Brossolette en pleurant. Et Brossolette lui disait : « Je voudrais bien, moi, mais comment voulez-vous que je fasse ? » Enfin le vieux monsieur est parti, et Brossolette nous a dit : « C'est un grand-père qui vient me supplier de faire quelque chose pour son petit-fils, un de mes anciens élèves. Il doit être fusillé demain au mont Valérien. » C'était vraiment poignant. Nous vivions des scènes comme celle-là tous les jours. Je lui ai expliqué les raisons de notre présence, et je l'ai informé de la mission qui lui avait été confiée par la Résistance.

Qu'a-t-il décidé ? Il a dû prendre tout de même le temps de réfléchir...

Pensez-vous ! Il est resté silencieux un bref instant, puis il a dit : « C'est entendu. Je serai prêt dans deux jours, le temps de prévenir ma femme. » Il était comme ça, très sec, pas de fioritures. Et il est parti pour Londres. Sa femme a été admirable, m'a-t-on rapporté. Les Allemands risquaient de se venger sur sa famille. Elle a donc attendu deux ou trois jours en écoutant à la radio « Les Français parlent aux Français », pour s'assurer que Brossolette était bien arrivé à Londres. Dès que le message est passé à la BBC, elle est allée au commissariat de son quartier en prenant un air affolé : « Je viens signaler la disparition de mon époux, cela fait trois jours qu'il est parti, avec sa secrétaire, j'en suis sûre ! Je vous demande de faire des recherches, ce salaud m'a plaquée en pleine guerre, avec mes enfants... Il m'a laissée sans un sou, et je ne suis même pas capable de tenir sa librairie, je n'y connais rien, à tout ça... » Elle a joué une comédie formidable et les Allemands n'y ont vu que du feu, à ce moment-là.

Pierre Brossolette allait accomplir d'innombrables missions en France. Mais un jour il a raté son aérienne. Il devait repartir par la Bretagne, et comme son transport tardait, il a pris le risque de s'embarquer sur un bateau de pêche qui a été arraisonné par les gardes-côtes vichystes. Il a été transféré à la préfecture de Rennes où il est resté emprisonné un mois. Le pauvre, il n'a pas eu de chance. Il avait au-dessus du front une mèche de cheveux blancs qu'il teignait en noir. Hélas, pendant sa captivité la mèche blanche est réapparue et la Milice, qui avait son signalement, a fini par l'identifier comme étant l'ambassadeur de la Résistance à Londres. De Rennes, il a été conduit dans la capitale où on a commencé à le charcuter. Lorsqu'il a vu qu'il ne pourrait plus ne pas parler, il s'est jeté par la fenêtre. Voilà qui était Brossolette.

Le sort de Jean Cassou n'a pas été bien meilleur, n'est-ce pas...

En effet, c'est Jean Cassou qui a été ensuite arrêté par la Milice à Toulouse même. Il a été mis au secret pendant cinq mois dans le noir. Là, il est entré dans une autre forme de résistance, la résistance morale. Il a passé son temps à écrire des poèmes dans sa tête, publiés par la suite sous le nom de Jean Noir, aux éditions de Minuit. Il est sorti des geôles de la Milice peu avant le débarquement. Je n'étais plus en contact avec lui pendant cette période, mais j'ai appris qu'il était resté auprès de ses maquisards au moment où la division Das Reich – celle du massacre d'Oradour-sur-Glane – battait en retraite en dévastant tout sur son passage. Avant de partir, Das Reich a liquidé une partie des maquis de la région. Après le départ des Allemands et des miliciens, les résistants sont retournés chercher leurs camarades tombés au combat. Parmi les corps qu'ils ont retrouvés entassés, il y en avait un qui n'était pas raidi : c'était celui de Jean Cassou. Il est resté quarante jours dans le coma mais il s'en est sorti.

À la libération de Paris, il a été convoqué par le général de Gaulle qui lui a dit : « Que voulez-vous ? Demandez ce que vous voulez, vous l'aurez. » Mais Cassou a répondu : « Je veux seulement retourner dans mon musée, s'il vous plaît. » C'était un homme admirable, je suis heureuse de l'avoir connu. Hélas, il m'est arrivé une fois, bien malgré moi, de ne pas honorer le contrat de confiance que nous avions passé. Il m'avait donné une lettre pour Vladimir Jankélévitch, son beau-frère. Le jour où j'ai été arrêtée, j'avais pris soin de ne pas garder sur moi la lettre destinée à Jankélévitch et de la glisser sous le miroir des toilettes du wagon où j'étais montée. Elle y est sans doute encore, qui sait ? Peut-être réapparaîtra-t-elle un jour ?

17.

Le Conseil supérieur des Beaux-Arts

Les héros et les autres. Alfred Cortot devant le Conseil supérieur des Beaux-Arts. La chanteuse Madeleine Croisat et Arthur Honegger. Jaujard, gardien du temple. Un Allemand d'exception.

À l'exemple de Jean Cassou, du vôtre, avez-vous l'impression que le milieu des Beaux-Arts se soit mobilisé contre l'occupant ?

Pour ne parler que des musées nationaux, je dirais que l'atmosphère n'était pas très propice à la Résistance. Pourquoi ? Je veux bien croire que certains des fonctionnaires étaient gaullistes de cœur, mais cela ne se voyait guère ! Bien sûr, quelques figures se détachent du lot. Un homme comme Pierre Verlet, par exemple, était un véritable patriote. Il a sauvé un enfant juif qui devait être déporté avec ses parents et l'a élevé comme son treizième enfant. Toutes les semaines il allait à la campagne, sac au dos, chercher des pommes de terre pour nourrir sa famille.

J'ai déjà longuement parlé de l'action admirable de Jaujard, le directeur des Musées de France, ainsi que de Jean Cassou. Il faudrait citer aussi René Huyghes, le conservateur de la Peinture. Il y avait également Rose Valand, bien placée pour relever les itinéraires indiqués sur les caisses d'œuvres d'art saisies aux israélites et qui transitaient dans les entrepôts des Musées nationaux avant leur départ en Allemagne. Elle a pu ainsi aider à les récupérer après la guerre. Ceux-là ne sont pas nombreux mais ils ont été de remarquables héros. Ils ne sont maintenant plus parmi nous.

À la fin de la guerre, Jaujard m'a convoquée d'urgence : il devait constituer un Conseil supérieur d'enquête des Beaux-Arts, habilité à évaluer le comportement des fonctionnaires du ministère pendant l'Occupation. Or la direction des Beaux-Arts relevait encore de l'Éducation nationale. Il fallait donc quelqu'un pour représenter les musées. « Il faudra vous y coller », me dit-il. J'ai accepté, bien sûr, mais ce fut une épreuve terrible, qui devait durer presque un an.

En somme c'était un comité d'épuration ?

Absolument pas. Je n'aurais jamais accepté d'y participer. Il y avait un certain nombre de dossiers à gérer par ce Conseil supérieur. J'étais le seul membre de la Conservation des Musées de France au sein d'une assemblée composée de fonctionnaires du ministère et de membres de la direction des Beaux-Arts. Une fois le Conseil réuni, nous avons nommé un président, en la personne du juge Siber, un homme remarquable, d'une équité absolue, dont l'expérience devait nous être précieuse. Nous étions chargés des cas les plus graves : les gens qui avaient manifesté ostensiblement leur sympathie pour les nazis et avaient œuvré en leur faveur. Et bien sûr, c'est avec les artistes qui avaient cédé aux charmes de la collaboration que nous avons eu les pires difficultés. Les Allemands avaient été assez astucieux pour faire venir en France quelques-unes de leurs vedettes et la séduction n'a pas manqué d'opérer.

Pouvez-vous citer quelques exemples ?

Le pianiste Alfred Cortot, qui était très vaniteux, s'était laissé subjuguer par des musiciens allemands qui le flattaient et qui lui ont remis des décorations. Il s'était laissé faire et il en avait honte. Je lui ai parlé carrément : « C'est ridicule, lui ai-je dit. Un grand artiste comme vous ! Vous ne pouviez pas voir un peu plus loin que le bout de votre nez ! – Ah madame, ne me torturez pas, je sais que j'ai péché. Pour me punir, j'irai me promener sur les boulevards avec ma francisque à la boutonnière, et tout le monde pourra me gifler... – Mais non, monsieur. Pour votre punition, tâchez de faire moins de fausses notes ! » J'étais ravie de ma formule, car son attitude me scandalisait. La leçon n'était donc pas volée, mais l'unique punition bien douce.

Ensuite est venue, entre bien d'autres, l'audience de Madeleine Croisat, professeur au Conservatoire, une artiste qui avait propagé la chanson française dans le monde entier. Atteinte d'hitléromanie aiguë, elle avait placé plusieurs portraits du Führer sur son piano à queue. Quand elle recevait des visiteurs, elle leur faisait admirer son nouveau héros. Elle était devenue sa meilleure propagandiste. Mais le plus grave, c'est qu'elle avait contaminé son fils et l'avait incité à s'engager dans la division Charlemagne, celle des soldats français qui combattaient aux côtés des Allemands contre les Soviétiques sur le front de l'Est.

Madeleine Croisat s'est donc présentée devant nous le jour de sa convocation. Manifestement elle n'avait rien compris, elle n'avait pas enregistré la défaite de l'Allemagne, et elle ne voyait nullement ce qu'elle avait fait de mal. Voici que subitement un huissier entre et prévient le président : « Un monsieur demande à vous parler d'urgence. » Le président, qui n'avait nulle envie d'être dérangé dans son travail, me demande de rencontrer cet importun. Je saute sur l'occasion, car cette Croisat m'agaçait au plus haut point et je me dirige vers ce monsieur désirant être reçu au cours d'une audience. Il était dans la salle des pas perdus du ministère, rue de Valois où siégeait le Conseil supérieur, au premier étage. C'était un grand escogriffe maigre, nerveux, impatient : « Madame, est-ce qu'on va enfin me recevoir ? Il faut absolument que j'entre dans cette salle. – Pour quelle raison ? – Je sais que vous êtes en train de juger Madeleine Croisat, et j'ai mon mot à dire sur la question. – Mais vous n'avez pas été convoqué, que je sache. » Il était suffoqué, c'est tout juste s'il ne m'a pas insultée. « Mais enfin, madame, Madeleine Croisat est la mère de mon fils. Je suis Honegger ! »

Il s'agissait du musicien Arthur Honegger ?

Absolument. Je connaissais très bien sa musique, je l'appréciais mais cela n'empêchait pas que ses manières m'insupportaient franchement et m'indignaient. J'ai pris alors un air surpris et j'ai dit : « Qui c'est, Honegger ? » Ce qui a eu le mérite de le plonger dans une violente fureur. « Mais il s'agit de mon fils ! » Il criait. Alors je me suis plantée devant lui et j'ai dit : « Vous êtes le père de ce malheureux ? Vous n'avez pas honte ? Vous l'avez abandonné alors que vous auriez pu le garder en Suisse ! Vous l'avez laissé entièrement sous l'influence de sa mère, jusqu'à ce qu'il se retrouve sur le front de l'Est dans la division Charlemagne ? Non, je vous assure, vous n'avez rien à faire ici. » J'étais scandalisée. Ce grand artiste venait tout simplement dénoncer la mère de son fils, après les avoir abandonnés ! J'ai appelé deux huissiers qui l'ont expulsé du bâtiment. Depuis cet épisode, je n'ai plus jamais pu écouter sa célèbre symphonie, *Pacific 231*.

Vous savez, ceux qui ont collaboré pendant la guerre s'en sont souvent très bien sortis. Je pense à Louis Hautecœur, le directeur des Beaux-Arts à l'époque, un très « livresque » savant, membre de l'Institut. Tout le monde l'a oublié, mais pendant la guerre, Hautecœur a été simplement lamentable. En dépit du protocole qui avait été mis au point et respecté par Jaujard et Metternich pour qu'aucune œuvre de nos musées nationaux ne soit saisie, c'est Hautecœur qui a, entre autres, aidé Goering à s'emparer du *Bain de Diane* de Boucher et du retable de *L'Agneau mystique* de Van Eyck de Gand, que nous avait confié le gouvernement belge, alors entreposés au château de Pau. Et c'est Hautecœur qui a eu la condamnation la plus lourde : dix ans d'indignité nationale, une misère, à mon avis. Il s'est expatrié en Suisse, où l'université lui a offert une chaire d'histoire de l'art. Et il est revenu à Paris dix ans plus tard, flambant neuf. Oui, j'ai eu largement occasion de sonder les vilenies humaines pendant cette année d'enquête.

Vous avez souvent rendu hommage à l'attitude de Jaujard. Comment a-t-il empêché les nazis de mettre la main sur le patrimoine artistique de la France ?

J'ai en effet rendu hommage à l'action admirable de Jaujard durant toute l'Occupation, ainsi qu'à celle du comte de Metternich, à cette époque un des seuls Allemands à s'être toujours montré parfaitement correct vis-à-vis des musées. Jaujard était resté à son poste et avait tout organisé pour la sauvegarde de ses collections, alors que la plupart des hauts fonctionnaires s'étaient enfuis à Bordeaux. La « sainte trouille » en a fait courir plus d'un ! Quand les Allemands sont arrivés à l'entrée du Carrousel, ils ont vu Jaujard qui les attendait en haut des escaliers, les mains derrière le dos – c'était le minimum. Un officier de la Wehrmacht s'est avancé vers lui, s'est incliné et lui a dit : « Monsieur, vous êtes le premier haut fonctionnaire français que je trouve à son poste. Je vous félicite. » C'était le comte de Metternich. Il était chargé de la protection des œuvres d'art des musées. Jaujard et Metternich ne se sont jamais serré la main, mais ils s'entendaient très bien.

Cela rappelle l'histoire du film de Jean Renoir, La grande illusion...

Avant d'être un film, *La grande illusion* était un livre de sir Norman Angel Lane, un Anglais que j'ai bien connu car, comme je vous l'ai dit, nos familles se fréquentaient depuis plusieurs générations. Nous avons souvent passé des vacances dans son île, Norway Island au nord-est de l'embouchure de la Tamise. Quand la guerre a commencé, cette île était l'un des premiers sites désignés par Hitler comme devant être bombardés, sans doute parce que le livre de sir Norman lui était resté sur l'estomac... J'ai souvent eu l'occasion d'exposer le rôle joué par Jaujard pendant la guerre. Ce grand homme ne s'est pas contenté d'organiser l'existence et le fonctionnement des dépôts : il a sauvé la vie d'innombrables personnes. Le Louvre n'a jamais embauché autant de gardiens de musée que pendant cette période. Toutes les occasions étaient bonnes pour engager quelqu'un, surtout les jeunes qui étaient désignés pour le travail obligatoire en Allemagne : ils peuplaient nos dépôts du Sud-Ouest !

Je me souviens d'avoir rendu visite un jour à mon vieux maître Gustave Lefebvre, qui venait déjà de perdre un fils au début de la guerre, fou d'angoisse, car son second fils venait d'être réquisitionné par le STO. Je lui ai dit : « On va arranger cela avec Jaujard. » De retour au musée, j'ai demandé à ce remarquable directeur s'il n'avait pas besoin d'un nouveau gardien... et c'est ainsi que Jean-Paul Lefebvre a été embauché par le Louvre.

Ce Jaujard a donc joué un rôle essentiel pour protéger les œuvres et les hommes durant la guerre...

Il y a deux ans, la direction des Musées de France a organisé un colloque sur la protection de nos œuvres d'art pendant l'Occupation. J'ai raconté alors tout ce que Jaujard avait fait. Le public n'en revenait pas.

Tout le monde avait oublié cet homme extraordinaire, beaucoup de résistants ayant déjà disparu. Quant aux nouveaux membres des musées, ils ne l'ont jamais connu. J'ai donc fait un exposé d'une heure environ, qui a été publié par les Musées de France.

La tâche de Jaujard avait été rendue particulièrement délicate par la présence de l'ignoble Abel Bonnard, le ministre de l'Éducation nationale de Vichy, en l'occurrence secondé par Hautecœur. Jaujard avait signé un protocole avec Metternich, destiné à protéger les œuvres d'art mises en dépôt dans les entrepôts et les châteaux. Ce protocole a été appliqué à la lettre par les deux hommes jusqu'en 1942, date à laquelle Metternich a été envoyé sur le front russe, sans doute pour le remercier de ses bons et loyaux services. Il en est revenu, fort heureusement.

Jaujard et Metternich étaient d'accord sur l'essentiel : préserver les chefs-d'œuvre. En faisant cette conférence sur leurs relations, privilégiées mais difficiles, je me suis souvenue de certains détails. Par exemple, lors de mon arrestation à Moulins, les Allemands ont sûrement dû consulter Metternich sur mon cas, car pour que j'aille inspecter officiellement le dépôt de mon département en zone libre, il avait signé mon *Ausweis.* On a dû prendre des renseignements auprès de lui et il a sans doute calmé les soupçons de la Gestapo ; c'est pourquoi on m'a relâchée si rapidement. J'ai alors compris que je lui devais peut-être la vie, car à l'époque une arrestation risquait de vous mener tout droit dans les camps de concentration. J'étais surprise de ne pas y avoir pensé plus tôt. Je me félicite qu'on ait donné après la guerre la Légion d'honneur à cet Allemand d'exception.

18.

Grandeur et misère de l'égyptologie

Le prix des idées novatrices. Premier ouvrage d'égyptologie, Le style égyptien. Étude du mur à redans de Saqqarah. L'hypocrisie intellectuelle. Un collègue mal intentionné.

Après la Résistance, vos activités se sont sans doute centrées à nouveau entièrement sur la recherche scientifique. Revenons donc à l'égyptologie et aux égyptologues : ceux-ci doivent faire preuve d'une certaine ouverture d'esprit pour ne pas risquer de plaquer sur ce qu'ils découvrent des grilles d'interprétation inopérantes. Vous avez tenté vous-même ce pari difficile de laisser parler l'Égypte sans vous exprimer à sa place. Comment cet effort est-il reçu ?

Il faut vous dire que malheureusement, dans le domaine qui m'a le plus intéressée, les recherches novatrices n'étaient pas toujours bien comprises. Certains égyptologues refusent encore d'admettre ce qui pourrait remettre en question leurs certitudes. Si vous faites une découverte, il peut arriver qu'ils ne vous le pardonnent pas. Il y a encore des Anglais qui renient les travaux de Champollion. Certains de mes collègues n'acceptent toujours pas l'idée que le trésor funéraire de Toutankhamon puisse avoir une signification symbolique.

Citez-nous un exemple...

Prenez le cas de Jean-Philippe Lauer, qui a vécu à Saqqarah près de soixante-dix ans. Il a eu la chance de bénéficier de l'appui scientifique de Pierre Lacau, alors directeur général des Antiquités de l'Égypte, un grand égyptologue qui nous a légué peu d'écrits, hélas, car il était débordé par les devoirs administratifs, les mondanités obligatoires et la sauvegarde des antiquités.

J'ai entrepris la rédaction de mon premier ouvrage d'égyptologie pendant la guerre. J'étais donc encore très jeune. Cela s'appelait *Le style égyptien*, c'était un manuel d'archéologie égyptienne qui devait s'insérer dans une collection « Art, style et technique » chez Larousse. J'avais naturellement commencé par consulter les livres de mes prédécesseurs mais je n'avais trouvé personne pour m'expliquer un tant soit peu le symbolisme égyptien, sauf Alexandre Moret, qui avait travaillé sur Osiris, dans la tradition de sir James Frazer, l'auteur du *Rameau d'or*. Figurez-vous que j'ai même eu la chance d'assister à un cours de James Frazer que Moret avait fait inviter au Collège de France, tout à la fin de sa vie : c'était une ouverture. À part cela, dans les ouvrages de référence sur l'archéologie égyptienne, les tombeaux, les temples, les statues, je trouvais surtout beaucoup de discours descriptifs.

À la fin de la guerre, j'ai été amenée à étudier le mur à redans (retraits et saillies) de Saqqarah (cf. pl. v). Après avoir travaillé à fond sur le sujet, j'ai avancé l'idée que ces redans étaient la copie des murs de citadelles prédynastiques telles que celle de Hiérakonpolis. Par ailleurs, j'ai examiné quelques sarcophages, eux aussi décorés avec des redans. Le plus bel exemple est celui d'Abou Roash, découvert par le directeur des fouilles du Louvre, Fernand Bisson de la Roque au début du siècle. Le fameux mur à redans était en fait une enceinte, une clôture magique « plaquée » contre la paroi, destinée à défendre le dernier habitat du mort.

Dans *Le style égyptien*, qui est paru en 1946, j'exposais les conclusions de cette étude – et j'eus de vives discussions avec Jean-Philippe Lauer. Je lui faisais beaucoup de peine, forcément, car tout ce que j'avançais, preuves en main, contredisait ses propres vues ! Il n'a jamais accepté cette interprétation pourtant si évidente.

Je me suis surtout intéressée à la salle souterraine décorée de plaquettes turquoise évoquant le milieu aquatique, car il s'agit selon moi de l'une des salles de transformation du mort (cf. pl. XV). Selon le schéma représenté sur le « Lac de Turquoise » dont nous parlerons plus loin (cf. p. 149), le défunt commence par se fondre dans l'eau des marécages qui évoquent l'océan primordial. Puis le mort, après un long périple, est destiné à renaître à la vie comme un soleil. Ce parcours peut vous sembler d'une simplicité élémentaire, quand je vous le résume ainsi en quelques mots, mais j'ai mis quarante-cinq ans à le reconstituer.

Vous décrivez-là un climat de compétition et de suspicion propre à tout domaine de recherche intellectuelle et scientifique...

En fait, ce que j'ai eu le plus de mal à supporter dans ce milieu, c'est l'hypocrisie intellectuelle de certains égyptologues. Quelques-uns d'entre eux font semblant d'être sincèrement dévoués à leur science, mais préfèrent nier les évidences si elles bousculent leur routine. C'est un manque flagrant d'honnêteté scientifique. Vous faites partie du sérail, on vous fait des courbettes. Vous n'êtes pas du sérail, vous n'existez tout simplement pas. Vous êtes étranger au milieu très fermé des spécialistes des pharaons de telle dynastie ? Alors prenez toutes les précautions avant de marcher sur leurs plates-bandes, car le moindre faux pas pourrait vous être fatal. Je ne peux vous en dire davantage sans citer des noms – les noms de ces gens qui ont essayé de confisquer l'égyptologie en France. Sachez simplement que leur mentalité et leurs méthodes sont aux antipodes de mes conceptions. C'est pourquoi j'éviterai de les citer pendant ces entretiens – ils comprendront.

Une brève anecdote vous permettra de saisir l'état d'esprit qui règne dans ma profession. Pendant la guerre, j'ai partagé mon bureau du Louvre avec un collègue qui voulait prendre ma place et qui a bien failli avoir ma peau. Fait prisonnier, il avait été libéré par la grâce du Maréchal. À son retour de captivité, pour l'aider, je lui ai fait obtenir un poste de chargé de mission au département égyptien, et c'est ainsi que nous avons cohabité pendant plusieurs mois dans le même bureau avant qu'on lui aménage le sien.

Après mon arrestation à Moulins et ma libération miraculeuse, j'ai prévenu certains de mes collègues de la Conservation qu'ils devaient désormais faire très attention à tous leurs faits et gestes, car j'étais surveillée. Je connaissais tous ces confrères de longue date, et j'étais certaine que le message était bien passé.

À la fin de la guerre, pendant les derniers combats pour la libération de Paris, Jaujard, le directeur du Louvre, nous a convoqués. Je n'avais pas pu encore m'installer comme les autres, car j'étais au chevet de mon père qui avait contracté un grave abcès à la gorge. C'est aussi pourquoi j'étais ce jour-là en retard. M'étant vêtue en « bleu-blanc-rouge », je pris ma bicyclette et fonçai vers le musée. Place de la Concorde, je vis un char-tigre qui manœuvrait au pied des Tuileries, et qui tirait sur le cinquième élément de la colonnade du ministère de la Marine. Je continuai en pédalant à toute allure, le long de la Seine.

Au pied de la passerelle des Arts, juste en face de mon bureau, j'aperçus un deuxième char-tigre, le canon pointé sur ma fenêtre, la troisième en face de la passerelle. Sachant que j'étais en retard, je passai par la petite porte de la Cour carrée pour grimper quatre à quatre l'escalier à vis de la Conservation, et j'entrai en trombe dans mon bureau. Et là, j'eus la surprise de trouver Jaujard, Max Chamson (le frère d'André), Élisabeth Jouguet, qui était venue se réfugier au Louvre, et ce collègue qui avait partagé mon bureau...

De qui s'agissait-il ?

Je préfère taire son nom. Les grands volumes in-folio des *Lepsius Denkmäler* avaient été retirés de ma bibliothèque et renversés sur le sol. Mon collègue était debout, tenant une boîte de balles. Quant à Jaujard, il avait en main un revolver, l'air consterné.

Dès le début de l'Occupation, le directeur du Louvre nous avait prévenus que le musée était susceptible de subir des perquisitions et avait ordonné à tous ceux qui avaient pu cacher des armes de les faire disparaître au plus vite. Or, ce jour-là, ce « bon camarade » déclara avoir dissimulé un revolver et une boîte de balles sous une des bibliothèques de *mon bureau*, derrière les *Lepsius Denkmäler*, alors qu'on lui avait affecté le sien depuis plus de trois ans. Sachant très bien que j'avais été arrêtée et que j'étais étroitement surveillée par les Allemands, il connaissait les risques que cela me faisait courir : si la Gestapo avait trouvé ces armes, j'aurais été fusillée sur-le-champ.

Vous avez dit ses quatre vérités à ce charmant collègue ?

Plutôt ! La chose fut aussi ébruitée par Élisabeth Jouguet, dont le père était le chef des gaullistes du Caire et également le directeur de l'IFAO, ainsi que par André Chamson, qui l'avait su par son frère. Puis, peu après la Libération, mon bon maître Lefebvre m'a convoquée dans sa maison de Versailles. Il était aux quatre cents coups, parce que, sur la liste des pensionnaires devant partir en Égypte que Jouguet lui avait renvoyée, le nom de ce collègue avait été barré. Il me demanda si je savais pourquoi. Je lui répondis qu'il devrait plutôt s'informer auprès d'Élisabeth Jouguet. Quand il apprit ce que ce type avait fait, Lefebvre a annoncé qu'il ne voulait plus de lui en égyptologie. Cependant, les choses ne me paraissaient pas aussi simples, car il avait femme et enfants. Quant à moi, je ne lui voulais aucun mal : je souhaitais simplement ne plus avoir affaire à lui. Il a donc été envoyé au Soudan, où il est resté un certain nombre d'années. À la fin de sa vie, il fut élu membre de l'Académie des inscriptions et belles-lettres !

Ce sont des choses que l'on n'oublie pas...

Je n'ai pas de rancune, j'ai simplement appris à me battre. On n'arrive à rien sans lutter, vous savez. Je n'ai jamais cherché le combat. Si je suis devenue une bagarreuse, c'est par nécessité. Mais laissons ces noirceurs. À côté des « forbans », j'ai rencontré de très grands maîtres, comme l'abbé Drioton, qui ont bien voulu me donner ma chance, et parmi mes collègues, des amis chaleureux et des savants estimables.

Il devait être plus facile de faire de l'égyptologie à l'époque ?

Au contraire, il me semble que c'est plus facile aujourd'hui, car il existe beaucoup plus de publications égyptologiques et au moins quelques postes à pourvoir. De mon temps, il n'y avait pas de chaire d'égyptologie à la Sorbonne : l'Égypte n'y était étudiée que dans le cadre du cours d'histoire de l'Antiquité. Au Louvre, les conservateurs donnaient presque gratuitement des cours d'archéologie, selon une tradition établie par Champollion lui-même, qui avait été nommé conservateur, à charge pour lui d'enseigner l'histoire et l'archéologie à travers les collections du musée. Sainte-Fare Garnot a obtenu le premier poste d'histoire d'art égyptien à l'Institut d'art et d'archéologie après la guerre. Puis quelques postes d'assistants ont été attribués à la chaire d'égyptologie de la Sorbonne et à celle du Collège de France.

Il existait également un enseignement à l'École pratique des hautes études de la Sorbonne, notamment au sein de la quatrième section, « philologie », et de la cinquième, « histoire des religions ». Il se trouvait aussi une chaire d'égyptologie à Strasbourg et à Lyon, mais celles de Lille et de Montpellier n'ont été créées qu'après la guerre. À la même époque l'égyptologie fit son entrée au CNRS (initialement destiné aux seules sciences exactes, autour de l'équipe des Joliot-Curie) où elle fut introduite dans la section des « langues et civilisations orientales », grâce à un autre de mes maîtres, Alexandre Moret. Il y a aujourd'hui de nombreux chargés de mission, des postes proposés par les Hautes Études, l'Institut catholique... On ne peut donc pas comparer la situation de l'égyptologie aujourd'hui à celle que j'ai connue avant la guerre. Les chances d'entrer dans la profession sont un peu plus nombreuses qu'autrefois, mais le nombre des postes est encore très insuffisant.

19.

Le prince archéologue

Khaemouaset, grand prêtre de Ptah à Memphis. Son œuvre de restauration. Hatshepsout efface les traces de l'invasion des Hyksos. Construire du nouveau à partir de l'ancien. Une Peugeot à la mer.

Les Égyptiens avaient-ils la même vénération que nous à l'égard des antiquités ?

En partie, oui. On retrouve souvent dans nos fouilles des récipients d'albâtre méticuleusement réparés. Nous connaissons aussi quelques hauts dignitaires qui se sont penchés sur les vieux monuments. Le premier d'entre eux, Khaemouaset, était le douzième fils de Ramsès II. Sa mère était Isisnofret, une des premières grandes épouses royales du pharaon. Ramsès II ne s'est d'ailleurs pas arrêté en si bon chemin car, durant les soixante-sept années de son règne, six grandes épouses royales au moins se sont succédé à ses côtés. Il est mort à quatre-vingt-douze ans.

Khaemouaset avait un penchant très net vers l'intellectualité (cf. pl. v). À Memphis, devenu grand prêtre de Ptah, le dieu protecteur des artisans et des artistes, il s'est pris d'intérêt pour les monuments et les objets que l'Égypte avait hérités de son passé. Il s'est inquiété de l'état dramatique dans lequel les prédécesseurs de son père avaient laissé les monuments. Pour cette raison, nous l'avons surnommé le « prince archéologue ».

Il a fait de la restauration ?

Son œuvre fut notable. Il a sauvé des statues prises sur des monuments effondrés et les a replacées dans d'autres temples. Il s'est inquiété de l'état de délabrement dans lequel se trouvaient les pyramides de la Ve dynastie à Saqqarah. Il a donc imaginé un projet de restauration ambitieux qui consistait notamment à remplacer les dalles de calcaire du revêtement de la pyramide. Ce travail une fois accompli, il a laissé une inscription sur une face de la pyramide d'Ounas, un peu en amont de la pyramide à degrés, pour rappeler que lui, prince Khaemouaset, avait fait restaurer ce monument. C'est très émouvant.

Mais il n'a pas été le seul à s'inquiéter du patrimoine architectural égyptien. Les termes « *oua èm ouas* », qui désignent les monuments qui tombent en ruine, réapparaissent souvent durant les périodes troublées. Et le souverain qui tente de reprendre la situation en main écrit alors : « Je suis venu, j'ai trouvé ces monuments "en voie de disparition" et je les ai fait réparer. »

Vous pensez que, du temps des Égyptiens, les monuments étaient régulièrement entretenus ?

Oui, car ils n'auraient sans doute pas connu une telle longévité sans cela. Quand la reine Hatshepsout a pris le pouvoir, le pays venait de subir jusqu'en Moyenne-Égypte l'invasion des Hyksos que les premiers rois du Nouvel Empire avaient chassés. Les prédécesseurs de la reine – et notamment en tout dernier lieu son père – avaient eu fort à faire pour consolider les frontières de l'Égypte et ne s'étaient donc pas souciés de remettre le pays en état. La souveraine bénéficiait alors d'une situation beaucoup plus stable. Elle a accompli son œuvre maîtresse de relever l'Égypte et s'est entourée de collaborateurs remarquablement compétents pour restaurer les monuments, en ériger de nouveaux et rétablir l'ordre dans le pays.

Certains pharaons ont démonté les édifices de leurs prédécesseurs pour construire leurs propres monuments, à partir de l'énorme masse de matériaux qu'ils récupéraient ainsi. C'est le cas par exemple de ce cher Ramsès II qui a prélevé des colonnes protodoriques dans le temple de la reine Hatshepsout à Deir el-Bahari, pour les placer dans la longue salle nord-ouest des annexes de son Ramesseum. Un autre cas plus spectaculaire fut le démembrement du temple jubilaire d'Aménophis III, le père d'Akhénaton, dont ne subsistent guère aujourd'hui que les illustres colosses de Memnon à Kom el-Hettan. De nombreuses statues y ont été prélevées, destinées à orner ailleurs d'autres monuments. La statue de Nephthys en granit noir que nous exposons au Louvre provenait d'Héracléopolis où elle avait été réutilisée, après avoir été prélevée dans le temple d'Aménophis III, sur la rive gauche de Thèbes. De même, des salles entières ont été démolies et leurs éléments décorent encore aujourd'hui d'autres édifices.

Il faut alors compter avec l'état d'esprit qui était celui des Égyptiens : ils réutilisaient pieusement des pierres consacrées par leurs ancêtres. Ce n'est pas ainsi que nous agissons de nos jours, nous ne vivons plus dans un monde magique ou sacré. La particularité de Khaemouaset est qu'il s'est occupé non seulement des pyramides, mais aussi des objets et des statues. On pense qu'il a été enterré au Serapeum où l'on a trouvé le dépôt d'une partie de son trésor et son masque funéraire, qui est maintenant conservé au Louvre.

Les constructeurs des églises romanes et des cathédrales ne se sont pas privés de prélever des pierres sur les temples gallo-romains...

Les Égyptiens ont toujours été très respectueux de ce qu'ils appelaient les « *menou* », autrement dit les fondations, mais la pratique de prélever des éléments sur des monuments anciens ne leur était pas inconnue. Ils la justifiaient en pensant que quelque chose de l'ancien édifice passait de la sorte dans le nouveau. Je ne trouve pas que ce soit une excuse suffisante. Pour agrandir le temple de Karnak, on a commencé par démonter de petits monuments du Moyen Empire, comme la Chapelle blanche de Sésostris Ier, ainsi que la Chapelle rouge d'Hatshepsout. Pourquoi ? Parce qu'il est impensable de construire en dehors de l'enceinte du *temenos*, autrement dit de l'espace sacré. On a donc d'abord besoin de faire de la place. Arrive alors un souverain qui veut ériger un nouveau pylône, c'est-à-dire une porte monumentale. Comme on ne peut pas vider toutes les carrières, on se tourne vers les vestiges des chapelles démontées, autant de pierres qui ont été consacrées par des rites, qui sont donc sacrées et qui vont prendre naturellement place au sein de la nouvelle construction.

Cette pratique s'est poursuivie avec les Romains. Ils avaient entreposé dans le port d'Alexandrie toutes les pièces prélevées, dont les fameux obélisques, qu'ils souhaitaient emporter à Rome. Les fouilles menées par Jean-Yves Empereur montrent à quel point les Romains avaient eu les yeux plus gros que le ventre et ont fini par transformer le port d'Alexandrie en une immense poubelle.

Un jour, j'ai voulu me débarrasser de ma voiture de mission, une Peugeot 203 devenue inutilisable, et j'ai demandé aux concessionnaires égyptiens de la reprendre. Ils me l'avaient du reste massacrée entre chaque mission puisque je la laissais à leur entière disposition. Eh bien j'ai appris qu'ils l'avaient jetée dans la mer !

Qui sait si votre Peugeot 203 ne figurera pas un jour parmi les trésors d'Alexandrie...

20.

Le Lac de Turquoise

Une photo écornée dans un tiroir. Une vente à Drouot. Scènes relatives à la renaissance du mort. Les sept Hathor. Un « petit veau à la bouche de lait ». Renaissance et non réincarnation.

Il semble que chaque pièce étudiée soit pour l'égyptologue une nouvelle pierre de Rosette à travers laquelle la civilisation égyptienne, lentement, se révèle.

C'est tout à fait juste, en plus modeste. La difficulté, pour tout égyptologue, n'est pas de faire parler un objet, mais au contraire de le laisser parler. J'aimerais vous donner un exemple de cette parole qui jaillit d'une pièce demeurée longtemps muette, à propos d'un petit bassin rectangulaire en schiste émaillé que j'ai appelé le « Lac de Turquoise ». En effet, dans l'un des Textes des Pyramides il est dit que le soleil, juste avant de se lever, prend son bain dans le Lac de Turquoise. Il s'agit d'une pièce tout à fait exceptionnelle propre à rappeler ce mythe.

Tout a commencé lorsque j'ai été nommée en 1934 aux Antiquités égyptiennes. Je vous l'ai dit, ma première tâche a été de mettre de l'ordre dans les réserves et les combles de mon département du Louvre où nous avons installé par la suite nos bureaux. À cette époque, je passai mon temps à déménager au milieu d'un véritable capharnaüm. Un jour, dans une réserve, je dus vider le tiroir d'une table assez ordinaire. Le tiroir contenait une plume d'oie, des bésicles ovales, avec des branches en fer, qui avaient appartenu à M. Pierret, conservateur dans le dernier quart du XIXe siècle, et une petite photographie écornée portant au dos la mention « Collection Mutiau ».

Que montrait ce document ?

Ce document montrait l'une des quatre faces d'un petit bassin rectangulaire ornée de l'image de sept déesses : aussitôt, j'ai reconnu l'une des rares représentations des sept manifestations de la déesse Hathor. Je débutais en égyptologie et, naturellement, je ne connaissais rien des collections. Mais si on m'avait nommée chargée de mission, c'était tout de même parce que je possédais déjà quelques connaissances sur la civilisation des anciens Égyptiens. Je savais par exemple que la déesse Hathor a la capacité de se démultiplier : elle est la déesse de l'amour, de la nécropole thébaine, mais aussi de la renaissance, etc. Au total, elle peut aussi prendre sept formes comme les bonnes fées des contes de Perrault.

Ces déesses étaient-elles très populaires dans l'ancienne Égypte ?

On les trouvait dans les légendes populaires qui faisaient partie des grands classiques de la littérature égyptienne que j'avais découverts pendant mes études. Dans le conte intitulé « Le prince prédestiné », le roi fait venir les sept Hathor le jour de la naissance de son fils afin qu'elles prédisent l'avenir du nouveau-né. Six sont de bonnes fées, la septième est notre Carabosse... Je reconnus donc les sept Hathor mais il y avait devant elles un personnage féminin que je ne parvins pas à identifier. La présence de cette photographie dans le bureau d'un ancien conservateur prouvait qu'il s'était intéressé de près à cette image. Un égyptologue photographie surtout ce qu'il ne comprend pas.

Les choses sont demeurées en l'état jusqu'en 1950. J'avais

séjourné à l'École du Caire puis, à Paris, j'avais été nommée en 1942 assistante des Musées, l'un des premiers postes rémunérés que Jaujard avait créés. Il avait compris que j'étais vraiment passionnée par ce métier et qu'il fallait me donner les moyens de poursuivre décemment mon travail. Puis j'ai été promue (la première femme encore) conservateur en 1949. En réalité, je jouais déjà ce rôle. Après cela, comme je vous l'ai expliqué, je fis fonction de conservateur en chef jusqu'au retour de Jacques Vandier après son long congé de maladie. Quelques années avant d'être mise à la retraite, j'ai même été nommée inspecteur général, titre qu'on a transformé désormais en celui de conservateur général.

Nous avons oublié notre Lac de Turquoise en chemin...

Vous avez raison, mais j'y viens. Donc, un jour – ce devait être en 1952 –, je devais participer au Comité des conservateurs, près du Carrousel, siège de la direction du Louvre à cette époque, dans une salle datant de Napoléon III. Étaient présents les représentants des sept grandes conservations des Musées nationaux : celles du Louvre et du musée Guimet, auxquelles s'ajoutaient celles des châteaux de Versailles, de Saint-Germain-en-Laye et de Pau, soit, à l'époque, une vingtaine de conservateurs en chef environ. Il fallait aussi compter le directeur des Musées et le secrétaire général de la Réunion des Musées nationaux.

Le Comité devait commencer à quatorze heures trente et chacun était installé devant son buvard, comme dans un conseil d'administration. J'avais une demi-heure devant moi. J'aperçus sur la table un catalogue de salle des ventes que je feuilletai distraitement et je vis à la date du jour : « Vente à Drouot, collection Mutiau. » Mon sang ne fit qu'un tour ! Je lus la liste des pièces proposées et je tombai sur la mention : « Petit godet avec images mythologiques. » Je me précipitai sur le directeur des Musées pour lui demander de m'allouer une somme sur les « petits crédits » qu'on utilisait en cas d'urgence, pour ne pas avoir à demander l'accord des confrères. Il m'en demanda la raison et je lui parlais aussitôt du Lac de Turquoise : je lui dis mon pressentiment. Bref, j'étais tellement excitée qu'il finit par m'accorder la somme de cinq cent mille francs anciens, ce qui n'était pas énorme. Je n'avais pas la moindre idée du prix demandé pour le « petit godet ».

Aviez-vous encore le temps de vous rendre à Drouot ?

Eh bien, il était deux heures et quart, la vente commençait quinze minutes plus tard. Je suis partie en courant. Vous voyez où se trouve le Carrousel ? J'étais jeune, en bonne santé, j'avais fait de la course à pied, mais tout de même, aller du Carrousel à l'hôtel Drouot en dix minutes, c'était un exploit !

En passant devant la Bibliothèque nationale, rue de Richelieu, j'ai bousculé tout le monde, je crois même avoir fait tomber quelqu'un. J'étais comme folle. Je suis arrivée au moment précis où le commissaire-priseur, entouré de tout un fatras d'objets, présentait le petit bassin rectangulaire !

Vous l'avez aussitôt reconnu ?

Il l'avait en main ! Si les musées ne sont souvent pas de taille à se battre financièrement contre un antiquaire ou un collectionneur, ils ont toujours la ressource de faire valoir le droit de préemption de l'État. Comme il ne s'agissait pas d'un objet connu, j'ai préempté à cinq mille francs et le Lac de Turquoise m'est revenu. Je suis rentrée au Louvre, mon petit bassin en schiste émaillé à la main.

Vous aviez pu l'emporter tout de suite ?

Quand on intervient pour le compte du Louvre, on a le droit de partir avec l'objet, s'il n'est pas trop encombrant. Ce petit godet tenait dans la main. Je l'ai donc rapporté au Louvre et je l'ai examiné. Il était émaillé sur les quatre côtés. L'intérieur était du schiste vernissé d'un vert turquoise clair presque émeraude. C'était vraiment une pièce unique, d'une élégance exquise. La technique et le matériau utilisés faisaient tout de suite penser à l'époque d'Aménophis III et ce vert quasiment émeraude évoquait la reine Tiyi, qui semblait beaucoup l'apprécier. Je savais surtout que cette couleur particulière n'était apparue que sous Aménophis III.

Et vous n'aviez encore examiné que l'une des quatre faces...

Les sept Hathor, uniquement. Lorsque j'ai découvert les trois autres côtés, j'étais émerveillée, je n'en croyais pas mes yeux (cf. pl. XVII) ! Je ne savais naturellement pas par quelle face on devait commencer à déchiffrer le message. D'un côté, je pouvais voir deux génies de l'inondation accroupis qui posaient leurs mains sur un poisson. Au-dessus était un bouton, qui avait été cassé et qui, compte tenu du collier floral en relief tout autour, devait certainement avoir épousé la forme d'une tête de vache, l'animal d'Hathor. Ensuite venait le second petit côté avec les sept déesses, l'image que je connaissais. Les sept Hathor se dirigeaient toutes en file indienne vers une silhouette qui tenait un sceptre et un sistre et qui ne pouvait être que la grande Hathor. Sur une des longues faces latérales, on découvrait des animaux, en une attitude paisible, avançant de gauche à droite dans un paysage désertique. Ils se déplaçaient dans la même direction, comme sur les bas-reliefs égyptiens et, puisque sur la face suivante on voyait la déesse Hathor, on pouvait en conclure qu'ils marchaient à sa rencontre.

Venait ensuite le second grand côté, orné d'une série de scènes extraordinaires : un vol d'oiseaux au-dessus d'un filet ; d'autres volatiles pris au filet par un homme sur une barque ; un nocher à ses côtés muni d'une perche grâce à laquelle il faisait avancer l'embarcation ; plus étonnant encore, un petit veau sur la barque et, sortant de l'eau, une tête d'hippopotame, la gueule largement ouverte. Toutes ces scènes étaient gravées en « relief en creux », en miniature sur les flancs d'un godet d'environ huit centimètres de long !

À partir de ces éléments apparemment disparates, j'ai donc tenté de découvrir le fil caché qui permettrait de relier ces scènes entre elles. J'ai d'abord réfléchi sur le simple fait qu'il s'agissait de la reproduction d'un bassin. Le passage dans les Textes des Pyramides où il est dit que le soleil, immédiatement avant son lever, se baigne dans le Lac de Turquoise, date de l'Ancien Empire, aux commencements, « aux temps du Dieu ».

Par ailleurs, on peut admirer la frise de lotus qui borde, à l'intérieur, les quatre scènes du Lac de Turquoise. Dans la symbolique égyptienne, il ne faut pas confondre un lotus avec un lis ou un papyrus. Le papyrus et le lis croissent dans les eaux primordiales tandis que le lotus est au-dessus du niveau des eaux : c'est du cœur d'une fleur de nénuphar que le soleil se lève.

Peut-on imaginer là une influence orientale ?

Dès que j'ai abordé la mythologie égyptienne, je me suis en effet souvenue que le lotus occupe une place essentielle dans les religions orientales, mais avec une signification différente. L'histoire de l'Égypte ne nous permet pas de supposer un emprunt. En outre, cette influence est celle du Proche-Orient et on ne la retrouve que dans l'art décoratif à partir des premiers contacts de l'Égypte avec ces contrées.

Pour en revenir à notre godet, tout me portait à croire que la frise de lotus entourait un bassin où le défunt attendait de renaître. Le soleil jaillit du cœur du lotus comme le mort émerge du Lac de Turquoise orné de nénuphars. J'avais donc déjà cadré mon objet, mais comment comprendre le choix de ces scènes figurées en creux ? Placées à l'extérieur de la frise végétale, elles devaient servir à préparer la régénération du défunt. Il devait s'agir de mythes relatifs à l'apparition dans le monde de l'éternité.

Dès ce moment, j'ai eu la certitude que le bouton qui avait disparu devait être à l'effigie de la déesse Hathor : s'il s'agit de renaissance, on pense à elle qui veille à ce que le mort se reconstitue en elle, dans la grande matrice universelle. C'est de ce « bassin » que va ressortir le soleil. Au point de départ du périple, il devait y avoir une image d'Hathor. Puis je me suis penchée sur la symbolique du poisson dans la religion égyptienne (au cours de ces recherches, j'ai retrouvé l'origine de la symbolique du poisson *Ichthus*).

Comment mène-t-on une telle enquête ? À partir de quels documents, de quels objets ?

Cette étude m'a pris plusieurs mois. Il a fallu plonger dans les textes, analyser d'autres scènes de pêche pour en cerner, petit à petit, la dimension mystique. À cette époque, la symbolique du poisson n'avait jamais été sérieusement étudiée. Le Lac de Turquoise m'en fournissait une occasion inespérée. J'ai fait l'hypothèse que, pour l'Égyptien, quand un homme meurt, il se retrouve dans les eaux primordiales, il retourne dans le liquide amniotique de la mère. Il va y séjourner pour se préparer à renaître, comme un petit poisson. On le voit partout sur les peintures murales, ce poisson typique du Nil, appelé *Tilapia nilotica* ou *boulti*. Il est l'image du mort promis à la renaissance qui séjourne dans les profondeurs du fleuve, protégé par les génies du Nil. Chaque année, l'inondation ramène tous ces petits poissons à la surface. Je voudrais revenir plus tard sur ces importantes questions (cf. chap. 21).

Nous nous trouvions donc symboliquement au début du processus de transformation. Prenons l'une des grandes faces de l'objet. Voici des animaux dans le désert, marchant de gauche à droite. Seconde observation : ce sont des animaux sauvages, une autruche, un lion qui bondit, un taureau, un cerf, un ibex... Les textes religieux et magiques nous rappellent pourtant que les Égyptiens redoutaient le désert.

Ces animaux donnent bien le sentiment d'aller tous dans la même direction, comme si on les avait contraints à ne pas se retourner, comme si on dirigeait leur marche. Si vous constatez que le mort vient lui aussi du côté gauche, vous comprenez alors qu'il va traverser ce désert qui est un lieu d'épreuves. Il va éviter les animaux. Dans ces régions, les démons sont figurés par les animaux du désert. C'est ainsi que j'ai commencé à étudier le bestiaire égyptien.

Les quatre faces du Lac de Turquoise représenteraient les étapes de l'avancée du mort vers sa renaissance ?

Les quatre faces évoquent les points cardinaux. Le défunt va traverser quatre épreuves au cours desquelles il doit chaque fois se transformer. Il s'engage dans ce périple chthonien, jusqu'au moment où il sera prêt à renaître sous la forme d'un soleil. Au cours des épreuves, les sept bonnes fées seront appelées à prédire, comme dans les contes populaires, la naissance prochaine d'un enfant. Elles sont figurées en file indienne, comme dans un défilé. À qui s'adressent-elles ? À une déesse ? Je ne sais pas. Probablement à la Mère, à celle qui, sous les traits de la déesse Hathor, va mettre au monde le nouveau-né.

C'est donc sur la quatrième face que le défunt va enfin renaître. Or, que voyons-nous ? Un nocher, qui conduit une barque sur laquelle se tient un petit veau. Eh bien, dans tous les textes religieux, savants ou populaires, il est dit que le soleil apparaît sous la forme d'un petit veau à la bouche de lait, et ce petit veau est le fils de la vache Hathor. Il n'a pas réellement tété le lait de sa mère puisqu'il n'est pas encore né. On voit parfois un jeune pharaon en train de s'alimenter au pis de la déesse qui peut avoir la forme d'une vache ou même parfois d'une femme : cela signifie qu'il est toujours dans le ventre de la déesse. Cette source nourricière n'est rien d'autre que le placenta : sur ces représentations, le roi est donc figuré au cours de ses métamorphoses jubilaires ou funéraires. L'enfant n'est pas encore réapparu, mais en train de se transformer.

En revanche, dans la scène qui nous occupe, le veau vient de naître, il est sur sa barque. En Égypte, le bateau évoque toujours le mouvement : quand le soleil apparaît au-dessus des stèles funéraires, il se déplace dans une embarcation traversant le ciel. Pourtant, jusqu'au dernier moment, notre petit veau est menacé. Par quoi ? Une fièvre puerpérale peut se déclarer pour la mère ; le veau peut être tourné dans le mauvais sens et la naissance serait alors compromise. Aussi, à l'arrière de la barque, voyez-vous un homme occupé à lancer son filet pour attraper les oiseaux de mauvais augure.

Et l'hippopotame ? C'est aussi un symbole ?

Lorsqu'il se dresse sur ses deux pattes arrière, c'est l'hippopotame femelle : une entité bénéfique, peut-être l'image de l'enveloppe qui contient le fœtus. En revanche, l'hippopotame mâle sur ses quatre pattes est la plupart du temps un animal dangereux qui doit rester au fond des eaux. Il ouvre grand la gueule. Il essaie d'empêcher la barque d'avancer. Heureusement, grâce au nocher, il n'y a rien à craindre. Bientôt, le mort va sortir du bassin bordé, à l'intérieur, des lotus de la renaissance. On devait sans doute faire des libations rituelles avec cet objet précieux.

Lorsque vous proposez une interprétation comme celle-ci, êtes-vous suivie par vos confrères ?

Ont-ils le choix ? Je veux dire que la démonstration donnée par l'artisan égyptien est d'une logique impeccable. C'était la première fois que l'on retrouvait, rassemblés sur une seule pièce, des éléments que nous ne connaissions que dispersés sur une quantité importante d'objets ou de représentations funéraires.

Peut-on le voir au Louvre aujourd'hui ?

Bien entendu. Je l'ai installé avec de petites glaces placées de chaque côté afin qu'on puisse l'admirer sous toutes ses facettes. Tous les objets funéraires n'ont pas cette finesse et ne sont pas aussi chargés symboliquement. Ce bassin aurait pu appartenir à la reine Tiyi. La matière dans laquelle il a été taillé, le schiste, laisse penser qu'il provient peut-être de Malgatta, la résidence d'Aménophis III sur la rive gauche du Nil, face à Louqsor.

Les Égyptiens croyaient-ils vraiment que le mort allait réapparaître dans cet objet au terme de son périple ?

Mais non, bien sûr ! Les Égyptiens considéraient que les images enfermées avec le défunt devaient s'animer par magie après les obsèques. Un modeste godet pouvait prendre aussitôt la forme d'un lac, un lac de turquoise en l'occurrence. Aucun objet ne demeurait symboliquement dans l'état où il avait été déposé dans la tombe.

Quels sont les obstacles que le trépassé doit affronter pour renaître ?

L'adversaire pourra prendre la forme d'un animal démoniaque errant dans le désert, ou bien celle d'un pion de jeu de l'oie. Je répète que tout cela est d'une logique parfaite. Quand Malraux a vu la reine Nofrétari dans sa tombe jouant au jeu de *sénèt* (cf. pl. x), il m'a demandé : « Mais que fait-elle ? – Vous voyez bien, ai-je répondu, elle joue. – Mais elle n'a pas d'adversaire », a-t-il remarqué. En effet, l'artiste n'avait pas voulu représenter l'adversaire de la reine au jeu de *sénèt* ; elle lutte contre un génie invisible. Les « démons » représentent les obstacles sur le chemin de la renaissance. Ils peuvent aussi être figurés par des animaux fantastiques qui incarnent tout ce qu'il y a d'agressif dans l'homme.

Chez nous, quand nous voulons évoquer les difficultés que nous avons rencontrées, nous parlons des pierres sur notre chemin. Les Égyptiens pouvaient sans doute dire qu'ils avaient rencontré une autruche ou un ibex. C'est un langage symbolique extrêmement précis, mais il n'avait jamais été compris dans ce sens. Cet exquis petit godet m'a donné la clef de tous ces rites funéraires civils – on dit « civils », par opposition aux rites royaux qui ont leur propre langage symbolique.

La renaissance du défunt est-elle analogue à une réincarnation ?

Pas du tout ! Les Égyptiens n'ont jamais cru à la réincarnation. Ils ne sont pas de ce bord. Pas davantage de la manière dont les gens parlent de la réincarnation aujourd'hui. Vous vous souvenez de la façon dont Socrate a réglé la question ? Il était entouré de gens qui se vantaient d'avoir été, dans une autre vie, le roi Untel ou une merveilleuse princesse... et Socrate déclara : « Moi, dans une autre vie, j'ai été un chien. » Il avait probablement raison de se moquer.

Non, les Égyptiens proposent quelque chose de beaucoup plus intéressant. Ils ne disent pas explicitement où vont les défunts, ils laissent simplement entendre qu'ils vont quelque part, et ceci depuis la plus haute Antiquité. Une fois mort, est-ce que vous serez ici, là-bas, ici et là-bas à la fois ? Tous ceux qui ont abordé la mort une fois dans leur vie ne peuvent faire autrement que de se poser ces questions.

La mort était-elle pour les Égyptiens une autre forme de vie ?

Pourquoi pas ? Cela dépend de ce que vous appelez la vie, l'existence. Je ne sais pas. Non, la mort est un moyen de passer du côté du divin. Mais qu'est-ce que le divin ? À la mort, vous rejoignez le Grand Tout, lit-on dans les textes. Le divin, c'est ce Grand Tout. Enfin, je vous confronte en quelques heures à des questions qui me préoccupent depuis plus de soixante-cinq ans, presque soixante-dix...

J'ai mis en effet des années, comme beaucoup d'entre nous, à essayer de comprendre ce que les Égyptiens avaient imaginé à propos de la mort, considérée comme un passage, mais un passage vers quoi ? Nos maîtres très sages se gardaient bien de se prononcer. J'ai moi aussi essayé d'aborder un peu la question, comme certains de mes confrères.

21.

Petits poissons en mal d'éternité

La perche et le *chromis* du Nil. Le mort pêchant son « âme ». L'« âme » d'hier et celle de demain. L'origine de *Ichthus* : *Iesus Christos Theo Uios Sôter.* La science alchimique des Égyptiens. À quoi servaient les *shaouabati.* Comment les morts travaillent à la renaissance de l'Égypte.

Lorsque l'Égyptien meurt, avez-vous dit, il retourne symboliquement dans le liquide amniotique de la mère, c'est-à-dire se retrouve dans les eaux primordiales, sous la forme d'un petit poisson. Quelle belle image...

En effet ! Nous avons identifié plusieurs espèces de poissons dans les peintures murales : le *Lates niloticus,* la grande perche du Nil, ainsi que la *Tilapia nilotica,* le *boulti* ou *chromis,* qui devient le poisson *inet* sous le pinceau des Égyptiens. Le *boulti* a des nageoires aux reflets un peu rouges. C'était un poisson porte-bonheur, ce qui n'est pas le cas de tous les poissons pêchés dans le fleuve sacré. L'*inet* est l'image du mort retombé dans les eaux primordiales dont il est issu, et dont il doit ressortir pour se projeter dans l'éternité. En étudiant attentivement les scènes de pêche au filet, on trouve toujours un poisson *inet* parmi les poissons pêchés. Je suis persuadée que le défunt commence sa préparation à la vie éternelle en replongeant mystiquement dans l'eau, mais il aspire à renaître et doit donc repêcher son « âme ». Tout cela coïncide assez bien avec ce que nous savons des origines de la vie sur la Terre.

Pourquoi deux poissons ?

En travaillant sur la symbolique égyptienne, j'ai rencontré deux formes distinctes qui occupaient une place importante dans les rites funéraires. C'est dans une tombe de Deir el-Médineh que j'ai remarqué sur le décor mural un grand poisson représenté momifié, sur un lit funéraire qui évoquait le défunt, encadré par les deux déesses qui accompagnent Osiris. Il ne pouvait s'agir d'une plaisanterie dans un tel contexte. Les Égyptiens avaient voulu représenter le trépassé sous la forme d'un poisson. Or il ne s'agissait pas du *boulti* ou *inet*, que nous connaissions déjà, mais d'une espèce dont les représentants sont beaucoup plus volumineux. J'ai donc fait un peu de zoologie et j'ai identifié le *Lates niloticus*, cette perche que l'on trouve dans le Nil et qui peut avoir la taille d'un homme. Ainsi ai-je compris que ces deux poissons différents symbolisaient deux aspects du mort en cours de transformation. On les retrouve d'ailleurs pendant près de trois mille ans, de l'Ancien Empire aux temples ptolémaïques. Parfois le défunt attrape le petit poisson *inet* au bout de sa pique – le *boulti* représente son « âme » qui s'apprête à renaître –, mais parfois c'est la perche du Nil, un avatar de sa momie, qu'il repêche (cf. pl. XVIII). Qu'est-ce que cela signifie ? Probablement que le défunt possède deux « âmes », celle d'hier et celle de demain, le corps ancien et le fœtus solaire (cf. pl. VII).

La différence entre le *boulti* et le *Lates niloticus* se précise progressivement au cours de l'Ancien Empire. Au Nouvel Empire, le *Lates niloticus* s'allonge démesurément, jusqu'à évoquer la momie de manière irrésistible. Quant au *boulti*, le poisson solaire, il devient de plus en plus rond et dodu. Le premier symbolise le défunt qui vient de mourir, le défunt momifié ; le second évoque sa future renaissance. Lorsque le défunt repêche ses deux « âmes », il est figuré devant le souvenir de ce qu'il fut et il s'embarque pour l'éternité. C'est aussi pour cette raison que les Égyptiens momifient le corps, afin que l'on en conserve sa trace.

Le milieu aquatique symbolise le lieu de la transformation ?

Exactement. Le défunt est assimilé à Osiris qui devient le soleil. Toutes ces découvertes à propos des scènes de pêche funéraire m'ont inspiré un article que j'ai intitulé « Poissons tabous et transformations du mort ». C'était l'époque où mes équipes en Nubie travaillaient à étudier le temple Kalabsha, au sud d'Assouan, avant que l'on soit assuré de la sauvegarde des monuments de Nubie. Je devais m'y rendre, notamment pour compléter leur documentation archéologique. J'étais accompagnée de plusieurs de mes collègues, dont François Daumas. J'avais complété la mission de deux photogrammètres qui utilisaient des appareils de photographie stéréoscopique qui servent à transcrire le relief en « courbes de niveaux » afin d'obtenir le volume des représentations.

Nous étions à la fin du mois d'août, il faisait 58° à l'ombre, et les vipères noires sortaient de leurs cachettes. Elles faisaient des bonds dans les sables. On trouvait partout les empreintes de leurs petits corps ; on aurait dit des traces laissées par d'énormes limaces mais leur morsure était mortelle. J'avais demandé aux Égyptiens qu'un médecin soit attaché à la mission. On nous avait donc envoyé sur place un brave homme inefficace et qui ne disposait pas du moindre sérum dans sa trousse. Comme notre bon docteur ne savait pas quoi faire, il passait son temps à pêcher de petits *boulti* dans le puits de Kalabsha.

Un jour, je passais par là avec deux Nubiens, qui lui ont lancé : « Arrête de pêcher nos ancêtres ! » On aurait cru entendre parler les Égyptiens de l'Antiquité ! Rien n'avait changé depuis des millénaires... Ils étaient furieux et l'ont menacé de le jeter dans le puits. Alors le gros docteur s'est abstenu de pêcher des *boulti*, à son grand regret, car ils étaient délicieux.

Pouvez-vous revenir sur le lien entre ces deux poissons et la symbolique du poisson dans le christianisme des origines ?

Les deux poissons égyptiens sont parfois montrés au moment où ils sont pêchés, suspendus à un fil. Cette image n'existe nulle part ailleurs qu'en Égypte, sauf précisément dans le zodiaque de certaines églises romanes comme j'ai pu le constater à Vézelay. On devine aisément qu'elle symbolise alors la résurrection des morts.

Pensez-vous que les premiers chrétiens d'Égypte aient eu connaissance de cette ancienne tradition ?

Sans aucun doute. On a trouvé dans les premiers monastères, au Ouadi Natroun et dans les Kellia, au sud d'Alexandrie, cette figure du poisson *boulti* traversé par une croix, avec cette inscription : « Je suis la vie, je suis l'espoir, je suis la résurrection. » On peut voir au Louvre l'une de ces images, trouvées dans une chapelle des Kellia par l'équipe de François Daumas. C'est bien là, nous en avons la certitude, l'origine du monogramme *ichthus*, emblème des premiers chrétiens d'Égypte, autrement dit : *Iesus Christos Theo Uios Sôter*, « Jésus-Christ, Fils de Dieu Sauveur ».

Pensez-vous que la formule soit égyptienne, elle aussi ?

Certainement. Le poisson *inet* est devenu *ichthus*, le symbole ésotérique des premiers chrétiens. Les preuves sont là, qui établissent cette filiation. C'est ainsi que notre compréhension de la symbolique funéraire égyptienne nous permet aujourd'hui d'éclairer le premier christianisme. Si nous pouvons affirmer que les scènes agricoles représentées sur les murs des chapelles funéraires ont une signification symbolique, c'est que, pour les Égyptiens, tout ce qui est mort participe d'un travail obscur, sans lequel l'« âme » des défunts ne pourrait revenir à la vie. C'est dans l'humus que se fait la germination des plantes futures. Les travaux agricoles symbolisent ce travail souterrain, invisible, qui s'enclenche chaque année après l'arrivée de l'inondation. Les morts participent donc de ce cycle, ils enrichissent l'Égypte de leur maturation secrète. L'eau de l'inondation qui revient est chargée des « âmes » à renaître. Une formule le dit très bien : « ses pères, qui sont dans l'inondation ». On ne peut pas ne pas évoquer, à ce sujet, la grande question de la transformation, c'est-à-dire de l'alchimie. D'ailleurs, l'origine du mot « alchimie » serait égyptienne. *Al Kemit* signifie la Terre noire, autrement dit l'Égypte. Je pense plutôt que, lorsque les Grecs sont arrivés en Égypte, ils ont été émerveillés, parmi tant de splendeurs, par la science des pigments, l'art de la céramique, la technique permettant de reconstituer de l'électrum (provenant du pays de Pount), fait d'un alliage d'or, de cuivre et d'argent, qui donnait un or fin et pâle, et qu'ils ont analysé pour le fabriquer. En fait, ils ont découvert de véritables usines chimiques. Ils ont appelé cette science l'« égyptienne », qui se dit *kemi* en égyptien, et les Arabes en ont fait *al-kemi*, alchimie.

Finalement, le défunt n'a pas tellement le temps de se reposer...

Ah non, il faut travailler afin de demeurer pour l'éternité au sein du cycle qui anime le Grand Tout.

Qu'est-ce que le Grand Tout ?

Les Égyptiens imaginaient une force universelle qui se manifestait en particulier dans l'inondation. L'image du défunt se retrouve aussi dans les statuettes dites *shaouabti* qui évoquent encore le mort. On les trouve à partir du Moyen Empire, entre 2000 et 1800 avant notre ère. À cette époque, elles sont souvent assez sommaires, parfois à peine ébauchées. On les a appelées *shaouabti* à cause du bois de *shaouab* dans lequel elles étaient alors sculptées. Le nom s'est ensuite transformé pour devenir *oushebti.*

Pourquoi ?

À partir du Nouvel Empire, vers 1600 avant notre ère, on relève sur ces statuettes des inscriptions (chapitre 6 du Livre des Morts) commençant toujours par : « Ô toi ! Quand l'on te demandera de faire les travaux agricoles, de transporter le sable d'est en ouest, de faire ceci, de faire cela, tu répondras : me voici ! » Les *shaouabti* sont donc devenus les *oushebti* (« ceux qui répondent »), de *ousheb,* qui signifie « répondre ». Dans la mesure où toutes les tombes ont été pillées, nous ne savons pas combien de statuettes étaient déposées auprès du défunt, mais on peut être assuré que ceux qui pouvaient en faire l'acquisition possédaient trois cent soixante-cinq petites effigies (une par jour), auxquelles s'ajoutaient trente-six statuettes supplémentaires appelées fautivement par les égyptologues des « contremaîtres ». Certains collègues croient encore qu'il s'agit de domestiques que le mort emportait avec lui dans l'au-delà pour accomplir ses tâches aux champs Élysées ! Et ces domestiques-momies sont censés être accompagnés de « contremaîtres », vêtus d'une robe plissée et portant des sandales. Ces explications enfantines ne circuleraient plus si l'on faisait l'effort de se représenter le monde selon la logique des Égyptiens eux-mêmes. On oublie de noter, par exemple, que les prétendus « contremaîtres » arboraient souvent le symbole de l'oiseau-« âme » sur la poitrine, maintenu dans leurs bras croisés, et qu'ils étaient vêtus de leur costume d'apparat pour leur « sortie au jour », vers l'illumination, au cours des trente-six décans de l'année.

Que retenir de ces représentations, finalement ?

Représentés en momie, les *shaouabti* sont l'image lointaine du défunt en tant qu'Osiris qui flotte dans l'eau. L'inscription figurant sur la statuette précise que le défunt doit effectuer les travaux des champs. Pour que ce soit bien clair, il emporte avec lui sa houe pour bêcher et le sac de grains peint sur son dos. Mais que va-t-il faire ? Va-t-il fumer son narguilé pendant que ses domestiques et ses contremaîtres font le travail spirituel à sa place ? Tout cela est invraisemblable. Ce travail, assigné au mort, désigne certainement, d'une manière symbolique, l'énergie du mutant, la lente transmutation du cadavre en humus, cet humus venu d'Éthiopie, la « Terre du Dieu », apporté au Nil par son affluent, l'Atbara, et qui faisait la richesse de l'Égypte. Les trépassés travaillent à la renaissance de l'Égypte.

Ce travail, cependant, est interrompu par une apparition cosmique, symbolisée non par un « contremaître » habillé de blanc, mais par le mort lui-même tenant son *ba*, son oiseau-« âme », entre ses mains. Ce que je vous dis là est confirmé par une représentation dans la chapelle osirienne du temple jubilaire de Ramsès III à Médinet Habou : c'est bien le roi en personne qui pousse sa charrue, coupe le blé avec sa faucille et fait une offrande à l'inondation (chapitre 110 du Livre des Morts). C'est grâce à ces images que j'ai enfin compris la fonction des *shaouabti*. En égyptologie, il ne faut jamais croire qu'on a compris aussi facilement, et surtout, il faut savoir laisser parler les vieilles pierres. Voilà sans doute pourquoi, dans la Vallée des Rois, certaines inscriptions traitent Osiris de « pourri ». Tout cela se tient parfaitement. Osiris est « pourri » parce qu'il est en pleine germination. C'est une cosmogonie extraordinaire.

Maintenant j'aimerais me tourner vers Isabelle Franco et lui poser à mon tour une question. Isabelle, n'y a-t-il pas lieu de parler à présent d'Anubis et, sur ce sujet, je crois que nous partageons des commentaires assez proches...

Anubis est représenté par un chien aux oreilles pointues. On pense qu'il serait le prototype d'Horus. C'est lui qui préside à la transformation de la pourriture en un être renaissant. Il sert de catalyseur : la momie en décomposition va devenir un soleil. Osiris pourrissant est aussi une graine porteuse de vie. C'est là que réside le mystère ultime, ce dont les Égyptiens ne parlent jamais. C'est le fameux sheta *et c'est le point extrême de la* Douat, *le monde invisible où se déplace et se transforme l'astre nocturne avant de renaître. Le* sheta, *c'est le mystère, mais pas au sens chrétien. C'est la constatation essentielle que la vie renaît perpétuellement d'elle-même en un processus que l'on ne peut ni décrire ni expliquer. C'est le cœur du mythe d'Osiris qui évoque en même temps l'œuf et la coquille, l'être renaissant et l'être pourrissant. L'enfant auquel il donne le jour n'est rien d'autre que la prolongation de lui-même, le réceptacle de son principe vital ; c'est ainsi que dans la pensée égyptienne le fils justifie et permet symboliquement l'existence de son géniteur. De ce fait, Horus donne la vie à Osiris, comme Shou (ainsi que sa sœur Tefnout) donne la vie à Atoum, et ainsi de suite. En somme, l'enfant donne la vie à son père.*

Mon père disait que les enfants font toujours plus ou moins évoluer leurs parents. Le fils justifie l'existence du père... Mais nous reviendrons à Anubis, un peu plus loin.

22.

Dans la tombe de Toutankhamon

Carnarvon aux côtés de Carter. « Je vois des choses merveilleuses. » L'inscription effacée. Quatre salles évoquant les points cardinaux. La grande statue d'Anubis dans la salle du nord.

Si la tombe est, comme vous le suggérez, ce lieu de transformation alchimique où le mort redevient germe de vie, on ne s'étonne pas alors de trouver autant de tombeaux et de pyramides sur le sol égyptien.

Il faut que je vous parle à ce sujet de la tombe de Toutankhamon. Dans le livre que je lui ai consacré jadis, j'ai rassemblé un grand nombre de mes observations, mais comme il s'agissait d'un ouvrage illustré également accessible au grand public, peu de mes collègues français ont vraiment pris la peine de le lire. C'était la première fois que l'on publiait les photographies en couleurs du trésor de Toutankhamon. Il y a dans ce livre quelques petites erreurs que je préférerais ne pas avoir écrites (ainsi, Horemheb ne s'est certainement pas vengé comme on le disait), mais pour le reste, je n'ai pas à rougir, d'autant plus que j'y ai travaillé dans des conditions particulièrement difficiles. En effet, en ce début des années soixante, j'étais occupée par la campagne de sauvegarde des temples de Nubie et je passais la moitié de mon temps entre l'Égypte et Paris. Franchement, je me demande comment j'ai fait pour tout mener de front. Je n'ai guère eu le temps de l'enrichir d'un arsenal de références scientifiques.

Donc, je racontais notamment qu'Alan Gardiner, le grand égyptologue qui a été plus tard anobli par la reine d'Angleterre, était sur place, dans la tombe de Toutankhamon, au moment où Carter a commencé à vider la première salle du trésor (cf. pl. I). J'ai personnellement recomposé l'inventaire de ce qui se trouvait dans chaque salle de la tombe à l'occasion de l'exposition que j'ai organisée à Paris en 1967. J'avais même reconstitué le couloir de descente que Carter avait emprunté. Les visiteurs découvraient, par une ouverture, le lit en forme de vache dorée qu'il avait lui-même aperçu à travers un trou ménagé dans la porte. « Que voyez-vous ? lui a demandé Carnarvon. – Je vois des choses merveilleuses », avait répondu Carter.

Il avait fallu deux saisons entières pour vider cette première salle. Le lit de la vache Hathor se trouvait entre ceux de l'hippopotame et du guépard. Au fond de la salle, il y avait un mur qui portait une inscription que Gardiner, qui était un excellent philologue, a aussitôt déchiffrée. Heureusement qu'il était là, parce que le texte n'était qu'une empreinte laissée sur des briques de terre crue. Par la suite, Carter a fait tomber toutes les briques et le texte a disparu.

Qu'avait lu Gardiner ?

C'est ce que j'ai expliqué dans mon livre. Le texte disait : « Je suis Anubis Horus. » Il n'y avait plus de doute. Cette phrase allait constituer pour moi une manière de sésame. Elle m'a permis d'identifier cette première salle comme étant la salle de la jeunesse, c'est-à-dire la salle de l'est, celle de la renaissance. Gardiner est le seul témoin de l'existence de cette inscription, mais on peut faire toute confiance à ce grand égyptologue. Le trésor de Toutankhamon a fait couler beaucoup d'encre, vous le savez. On a évalué sa valeur, son poids, mais on n'avait jamais cherché à comprendre ce que signifiait ce mobilier funéraire. C'est à ce travail que je me suis consacrée dans ce livre.

La tombe de Toutankhamon, bien que toute petite, était composée de quatre salles qui correspondaient, j'en suis persuadée, aux points cardinaux. J'ai ensuite pu comprendre que les objets déposés dans chacune de ces salles étaient en relation avec le périple du défunt qui devait traverser les quatre régions du monde, correspondant aux quatre éléments. C'est le trajet que j'ai évoqué ici à propos du Lac de Turquoise et qui s'exprimait avec une richesse de symboles parallèles, suivant la loi de la « multiplicité des approches ». La momie était inhumée à l'ouest, dans la chambre funéraire qui évoque la terre. Le défunt commençait son périple en passant dans la salle du nord, celle de l'eau. C'est là qu'avaient été déposés les différents bateaux et les *shaouabti*, dont certains étaient dans des coffres ornés d'images de bateaux, ce qui constitue une preuve supplémentaire à l'appui de ma thèse. Toutes les statues contenues dans cette salle sont noircies au bitume, parce que l'on se trouve dans le domaine d'Anubis.

Et c'est aussi à la sortie de cette pièce que se trouvait la grande statue d'Anubis, ou plutôt de Toutankhamon, sous les traits du chien Anubis. Que représente cette statue ? Une sorte d'enveloppe protégeant le mystère de la transformation. Je me suis même demandé si elle ne symbolisait pas le fœtus du mort en cours de métamorphose, alimenté par le placenta de la Mère primordiale. Anubis trône au seuil de la salle de l'eau parce qu'il est à la fois la porte, celui qui conduit le mort, et l'enveloppe dans laquelle il va se reconstituer. C'est pourquoi les textes disent qu'il prend le mort par la main. Anubis est lunaire, il vit dans les ténèbres, il a un « museau d'argent ». Il accompagne le défunt pendant tout son périple, que celui-ci dure une semaine, une année ou mille ans.

Pourquoi avoir choisi un chien ? À cause de sa fidélité ?

Isabelle, pouvez-vous encore nous éclairer ?

Anubis veut dire le « jeune chien », inpou, *mais à mon avis le mot vient du verbe* inep, *pourrir. Par la suite, le terme devait également désigner le fils aîné du roi avant qu'il ne devienne « Horus » en montant sur le trône, mais seulement à partir de la XVIIIe dynastie.*

Bien sûr, c'est *oualeb.* Quand les Égyptiens parlent aujourd'hui d'un tout petit enfant, ils le définissent comme un *oualeb.* À l'époque pharaonique, on disait *inpou* pour désigner un nourrisson, peut-être même un enfant pas encore né. Or le mot *oualeb* en arabe est peut-être phonétiquement comparable au mot *inpou* en égyptien. Dans Anubis, on a l'idée de ce qui va venir, de l'enfant qui s'annonce, mais avec cette précision qu'il s'agit seulement de l'enfant *destiné à la royauté.*

Anubis est à la fois le fœtus et la matrice. Vous voyez que nos conclusions sont proches.

Oui, vous y êtes parvenue à travers votre lecture des textes funéraires, alors que mon chemin passe aussi par l'archéologie et la symbolique, mais nous sommes arrivées aux mêmes conclusions.

À vous écouter toutes les deux, on se dit que les femmes ont beaucoup de choses nouvelles à apporter à l'archéologie égyptienne.

Avec leur sensibilité dans certains domaines, sans aucun doute. Mais revenons à Anubis. S'il est à la fois le fœtus et l'enveloppe du fœtus, Anubis joue assurément et parallèlement le rôle de guide du mort tout au long de sa transformation. Ce n'est pas un hasard si les Romains, quand ils sont arrivés en Égypte, ont donné à son image un corps de légionnaire et une tête de chien ; ils en faisaient un défunt cheminant vers sa renaissance. Vous vous rappellerez aussi que dans l'iconographie chrétienne primitive, saint Christophe est représenté avec une tête de chien. Comment ce mystérieux Anubis est-il interprété dans la mythologie égyptienne ? Il est reconnu comme l'un des fils d'Osiris, mais un enfant né dans les ténèbres, car Osiris l'a engendré en fautant avec Nephthys, sa propre sœur qui était également celle d'Isis. Anubis est donc un enfant adultérin.

Cependant, d'après Plutarque, Osiris ne l'a pas fait exprès !

Sans doute parce que les deux sœurs se ressemblaient comme deux gouttes d'eau.

Incluses dans le mythe osirien, Isis et Nephthys sont les deux facettes l'une de l'autre.

Oui, ce sont aussi les deux mères primordiales, les dédoublées. Anubis m'intéresse parce qu'il m'oppose une énigme. Il est réputé vivre dans les ténèbres, mais pourquoi est-il « commenté » dans une chapelle orientale, parallèle à celle de la déesse Hathor, au deuxième étage d'une colonnade protodorique du temple de Deir el-Bahari ? Saviez-vous qu'il existe deux chapelles d'Anubis à Deir el-Bahari ? L'une d'entre elles est bien connue, mais il s'en trouvait une seconde, très réduite, aménagée dans le mur de l'autel solaire du niveau supérieur. La chapelle d'Hathor se trouve au sud, celle d'Anubis est au nord – vous vous rappelez que dans la pensée égyptienne, tout ce qui se situe au nord participe du féminin, de la naissance, de l'enfance. Mais le plus étonnant, c'est qu'il existe cette autre chapelle consacrée à Anubis jouxtant le sanctuaire solaire, le lieu même de la renaissance. C'est le seul exemple, à ma connaissance, où Anubis est associé à une chapelle solaire : en cet endroit, Hatshepsout consacra le lieu de renaissance jubilaire pour son père Thoutmosis Ier.

23.

La Grande Avaleuse

Pourquoi conserver le corps ? Le corps, l'ombre, le *ka*, le *ba* le nom du mort et le *akh*. La pesée des « âmes ». *Amam Ourèt*, la Grande Avaleuse. La « religion » (ou plutôt : les « croyances ») égyptienne aboutit à des notions scientifiques que nous ne comprenons pas encore complètement.

Cette conception du décès en vue de la renaissance signifie-t-elle que les Égyptiens envisageaient la mort sereinement et ne la craignaient pas ?

Ils devaient être comme tout le monde, vous savez : ils devaient la redouter, et tout faire pour éviter d'y parvenir avant l'heure. Nous savons qu'ils avaient une médecine et une pharmacopée relativement efficaces, notamment grâce aux connaissances anatomiques acquises grâce à la momification. On connaît quelques Égyptiens centenaires, comme les pharaons Pépi II et approximativement Ramsès, mais en général, on ne vivait pas bien vieux en Égypte. L'espérance de vie n'était que d'une trentaine d'années : on peut imaginer que, dans ces conditions, l'idée de la mort était toujours présente et agissante. Si elle est envisagée comme un passage permettant d'aller de l'autre côté et si le peuple semble avoir adhéré à cette croyance, cela n'a certainement pas empêché toutes sortes d'angoisses.

Les Égyptiens croyaient-ils à l'immortalité ?

Sans aucun doute ils y aspiraient. Ils furent certainement les seuls dans la haute Antiquité à souscrire à cette croyance d'une façon aussi originale. Leur vision de l'éternité s'inspirait du retour perpétuel de l'inondation, le jour de l'An. L'éternité est un grand cycle répétitif de la nature, dans lequel tous les morts, tous les désincarnés contribuent à renforcer la puissance de ce fleuve qui redonne vie chaque année à l'Égypte. Pour cette raison, le jour de l'inondation, on fête le renouveau d'Osiris.

Pourquoi faut-il conserver le corps des morts ?

Le corps doit reposer dans la terre pour que l'« âme » s'envole vers le ciel. Les textes insistent souvent sur cette idée. On pourrait dire que le corps est quelque chose comme les racines du mort. Absorbé par l'éternité, il garde cependant un lien vital avec la terre par l'intermédiaire de son corps, d'où la nécessité de le préserver des morsures du temps. La religion chrétienne a bien évidemment repris cette idée.

On pourrait se contenter de mettre le corps dans le sol. Pourquoi se donner tant de mal pour le conserver ?

Notre corps a été le réceptacle du cœur, support de notre énergie vitale, mais aussi de notre intellect, de notre vie. Il témoigne de ce que nous avons été. Le cœur est la mémoire et, à ce titre, il mérite d'être conservé et replacé dans la momie. Le corps fait partie intégrante de la terre d'Égypte. Une fois mort, l'Égyptien redevient le corps de l'Égypte.

Comment les Égyptiens conçoivent-ils les éléments qui se détachent du corps ?

Ils ne le disent pas. Nous essayons de le comprendre à travers les textes et les symboles, mais ce n'est pas facile, car l'« âme » dont ils parlent n'est évidemment pas celle que nous concevons. Les Égyptiens considèrent que l'individu est composé de plusieurs entités qui se dissocient au moment de la mort. Quelles sont-elles ? Nous avons parlé du corps, la part matérielle qu'il faut protéger afin que les éléments spirituels vivent leur éternité. Il y a aussi l'ombre, qui s'évanouit au moment du trépas – marcher sur l'ombre du pharaon valait condamnation à mort. Le *ka* peut être en partie défini comme la puissance divine procréatrice de l'homme, mais il ne le possède pas sur terre. Seul le roi bénéficiait de son *ka* sur terre – il existe d'ailleurs un lien entre le *ka* royal et son épithète de « taureau puissant ». Quant à l'« âme », elle est souvent assimilée à ce que les Égyptiens nomment le *ba* et qu'ils représentent par un oiseau à tête humaine. Mais en réalité, nous n'en savons guère plus. Qu'en pensez-vous, Isabelle ?

On peut sans doute penser que le ba *était l'énergie de communication, la dynamique de l'être, ce qui donnait à la personne son souffle, alors que le* ka *ancrait l'être humain dans l'imaginaire, autrement dit dans le monde divin. C'était la part divine de l'homme.*

Je ne sais si le *ka* ancrait l'Égyptien dans le monde divin, mais il est certain que c'était son étincelle divine. En ce qui concerne le pharaon, le *ka* était créé par le démiurge et l'accompagnait partout d'une façon invisible, lui conférant toute la force divine sur terre. Cette part divine était représentée comme un être en miniature tenant l'enseigne du roi et son nom d'Horus. Contrairement à Pharaon, l'homme ordinaire était une parcelle du divin, mais répétons-le, il n'avait pas son *ka* sur la terre. Les textes nous l'apprennent de manière allusive ; quand l'homme mourait, on disait : « Il passe à son *ka.* » Il retrouvait donc son double divin, qui avait été créé en même temps que lui.

Pouvez-vous préciser davantage la différence entre le ka *et le* ba *?*

Le *ba* était un concept matériel. Nous connaissons des images du *ba* venant s'abreuver dans l'inondation. Cependant, nous ne savons pas très bien ce qu'était sa fonction avant la mort. Nous nous efforçons de mieux percevoir le rôle de l'ombre, mais celle du *ba* ? Les Égyptiens ont manipulé des notions qui sont absolument étrangères à notre culture.

Ce dont nous sommes sûrs, c'est qu'en mourant l'homme était convaincu de retrouver sa part divine, son *ka.* Mais à côté du corps, de l'ombre, du *ka* et du *ba,* vous aviez encore le nom du mort, et le *akh,* la partie lumineuse de l'être, qui se révèle quand il passe de l'autre côté, l'esprit glorieux, si vous voulez. Dans l'état actuel de nos connaissances, il est difficile d'aller beaucoup plus loin.

À quel moment intervient l'épisode, si souvent représenté, de la pesée des « âmes » ?

Dès que l'homme meurt, il passe en jugement. Il n'avoue pas les péchés qu'il a commis, les péchés véniels ou péchés capitaux : il énumère plutôt ce qu'il n'a pas fait. De cette façon il peut apparaître blanc comme neige devant ses juges. L'épisode de la pesée intervient à la suite de ces aveux, pour en vérifier l'authenticité. Le juge Osiris n'est pas aveugle, il connaît bien ses frères. Le cœur du défunt est alors placé sur l'un des plateaux d'une balance, tandis que sur l'autre on dépose la plume de la Vérité : c'est le symbole de Maât. D'après les représentations, il s'agit d'une plume d'autruche. Si votre grand-mère avait un éventail en plumes d'autruche, alors vous savez qu'il suffit d'un souffle imperceptible pour que les barbes bougent et fassent pencher la balance dans le mauvais sens.

Dans certains chapitres du Livre des Morts (26 à 30) qui concernent le cœur, il est recommandé d'en prendre soin : « Ô cœur de ma mère, cœur que ma mère m'a donné pour ma naissance, ne t'oppose pas contre moi, ne témoigne pas contre moi. » C'est notre cœur qui va rendre compte de nos actes devant le juge. C'est lui, sur le plateau de la balance, qui dira si nous avons menti. « Ô mon cœur, ne sois pas *denès* », lit-on dans ce chapitre, ce qui signifie : ne sois pas lourd, ne contrarie pas l'équilibre, ne fais pas varier le plateau de la balance. À partir du Nouvel Empire on plaçait d'ailleurs sur la momie un « scarabée de cœur » en schiste vert.

Qu'était-ce que le cœur pour les Égyptiens ?

Le siège de la conscience, de la réflexion, de la mémoire... Mais les médecins savaient aussi que le cœur était le moteur de la circulation sanguine. Ils avaient acquis ces connaissances extraordinaires, comme je vous l'ai dit, à travers les pratiques de l'embaumement. Encore une fois, je n'y étais pas. Et je voudrais éviter les hypothèses trop farfelues, surtout celles qui ont un parfum romanesque.

Existait-il pour eux quelque chose comme un enfer ?

On sait que les Égyptiens imaginaient un enfer mais nous ne savons pas très bien ce qu'il représentait pour eux. On aperçoit, il est vrai, à côté de la balance de Maât, un monstre aquatique, moitié crocodile, moitié hippopotame. Il surveille la pesée du cœur. Or les Égyptiens nommaient ce monstre hybride *Amam Ourèt,* qui signifie : la Grande Avaleuse devenue, pour certains égyptologues, une figure de l'enfer. Mais selon moi, ce monstre suggère bien davantage la descente du mort dans les profondeurs de l'eau. À dire vrai, nous touchons là à un domaine qui relève encore d'intuitions et je n'ai toujours pas trouvé le temps de pousser plus avant mon enquête. Il y a tant de sujets de recherche possibles (cf. pl. XVIII).

Avez-vous émis ces hypothèses au cours de votre travail sur Toutankhamon ?

En fait, ce dont je vais vous parler maintenant, je ne l'avais pas encore compris quand j'ai écrit ce livre. J'avais, bien sûr, étudié le mobilier funéraire trouvé par Carter dans la tombe, et je me doutais bien que ces objets ne devaient pas réellement servir à distraire le roi pendant son éternité. Or on a vite fait de se tromper. Vous savez qu'il y avait trois lits, dans la tombe de Toutankhamon. Le premier lit possède une tête de guépard (cf. pl. XII). Sans réfléchir, tout le monde a parlé d'une panthère. Mais vous avez déjà vu une panthère aux yeux cernés de taches en forme de larmes ?

Parce que les guépards pleurent ?

Je suis très amie avec les guépards, figurez-vous ! Le guépard a un long cou, deux larmiers qui tombent du coin des yeux et il est le protecteur du roi. Il s'agit donc d'un lit bénéfique. Le deuxième lit possède une tête de vache, il est donc dédié à la déesse Hathor. Le troisième lit a une tête d'hippopotame, il évoque Thouéris, la déesse de l'enfantement. Elle se tient dans l'élément liquide, qui symbolise le liquide amniotique : ainsi elle protège le mort. Il s'agit donc, vous en conviendrez, de trois lits qu'on pourrait qualifier de mystiques. Carter avait bien fait l'inventaire de ces objets mais sans les commenter, sans pouvoir en chercher le sens.

Or voilà qu'un jour, en passant une nouvelle fois au musée du Caire, j'ai regardé d'un peu plus près la barre horizontale du pied de lit « à l'hippopotame », et j'ai pu lire quelque chose qui m'a permis d'aller plus loin. Je vous rappelle que j'avais déjà publié mon ouvrage sur Toutankhamon et que ma compréhension du mobilier funéraire était restée incomplète. Je l'avais examiné, bien sûr, mais, comme je ne suis pas très grande, il avait fallu que je demande un tabouret au gardien pour atteindre la partie supérieure des lits. Et même perchée sur mon tabouret, je n'avais pas pu découvrir à travers la vitrine ce que j'ai trouvé quelques années plus tard.

Et ce jour-là, au musée du Caire, j'ai compris que le personnage de Amam, *Amam Ourèt,* le fameux monstre qui figure aux pieds de la balance de Maât, n'est pas du tout un monstre de l'enfer comme on l'avait cru. Au contraire ! *Amam Ourèt,* la Grande Avaleuse ingurgite le mort qui doit refaire son périple parce qu'il ne s'est pas assez débarrassé de ses imperfections.

Que représentaient alors ces trois lits dans la tombe de Toutankhamon ?

Ces lits étaient des moyens de transport, des véhicules de l'au-delà si vous voulez. Il y en avait parfois quatre, comme ils peuvent être figurés dans certaines tombes de la Vallée des Reines. Ces lits-véhicules ont chacun une symbolique particulière. La figure du guépard concerne le parcours : il a une fonction protectrice. J'ai tendance à penser que la vache, image d'Hathor, suggère l'idée de l'entrée dans l'autre monde et du périple que le mort devra refaire une seconde fois, mais je n'en ai pas la preuve. Au pied de la balance, la Grande Avaleuse attend le verdict du juge. Si le jugement est mauvais, le mort est avalé afin qu'il puisse refaire son parcours. Enfin la figure de l'hippopotame symbolise la sortie, là-dessus il n'y a aucun doute.

Me voilà en train de tenter de vous transmettre ce que j'ai mis cinquante ans à essayer de comprendre ! La difficulté est de retrouver dans nos explications la logique des Égyptiens. Ils n'avaient absolument pas notre mentalité et le travail de l'égyptologue est de tenter d'épouser la leur.

Comment le symbolisme des lits peut-il se relier à la pesée du cœur et à la dissociation des éléments opérée par la mort ?

Les Égyptiens nous rappellent que nous sommes multiples. Nous n'abritons pas des personnages multiples en nous, mais nous avons plutôt des aspects multiples. Tous ces éléments font partie de ce que nous sommes, nous permettent d'être ce que nous sommes. Nous avons donc besoin du *ba*, du *ka*, de l'ombre, du nom, du corps, et certains de ces éléments poursuivront leur périple après notre mort. Ne me demandez pas d'aller plus loin, cela ouvrirait la voie à ces vaines cogitations qui engendrent les idées occultistes. Il m'est toujours apparu que lorsqu'on approchait ces questions sur le sens des rituels, sur la signification des croyances des anciens Égyptiens, il fallait uniquement privilégier l'approche scientifique.

Ma conviction profonde est que les croyances égyptiennes aboutissent à des notions scientifiques que nous ne connaissons pas, mais qu'ils possédaient parfaitement et qu'ils exprimaient par des symboles. Les Égyptiens ont abordé ces questions éternelles autour desquelles tourne toute la recherche métaphysique menée par les grandes civilisations qui se sont succédé sur la Terre. Ils ont essayé de les résoudre à leur manière. C'est là leur plus grand mérite. Je suis convaincue qu'il y a quelque chose que tous nos sens et notre intellect ne saisissent pas, mais je ne sais pas quoi. Ces rites, ces symboles encore hermétiques, nous les comprendrons probablement lorsque nous passerons de l'autre côté.

24.

Éloge de l'Atbara

Une civilisation qui force le respect. Le savoir astronomique des Égyptiens. Le Nil Blanc et le Nil Bleu. Les eaux rouges de l'Atbara. L'étoile Sothis. La découverte d'Auguste Mariette à Deir el-Bahari. Les amours du dieu Amon et de la reine. Le *mammisi* de Ramsès II.

Pourquoi avons-nous un tel respect pour la civilisation égyptienne ? Avez-vous trouvé, dans ce monde perdu, une sagesse toujours pertinente aujourd'hui ?

Certainement. Déjà, Diodore saluait leurs connaissances : « L'observation des positions et des mouvements astraux est aussi l'objet de l'attention des Égyptiens plus que de tous les autres peuples. Ils conservent les relevés sur chaque astre depuis un nombre incroyable d'années et leur zèle s'y exerce chez eux depuis les temps reculés. » Les spécialistes qui se sont penchés sur l'astronomie égyptienne, et notamment sur les textes inscrits dans le temple ptolémaïque de Dendara – inauguré à l'époque de Cléopâtre VII –, confirment que les Égyptiens avaient acquis dans ce domaine des connaissances extraordinaires.

À travers les renseignements qu'ils nous ont laissés, nous pouvons presque donner la date de la fondation du temple, à une heure près (cette précision a été calculée grâce aux travaux de Sylvie Cauville[1]). À l'époque ptolémaïque, ces secrets ont soudain été dévoilés et gravés sur les murs des temples, car les Égyptiens redoutaient certainement de les voir disparaître. Ils révélèrent alors leurs connaissances sur les parois des demeures divines, mais le fruit de toutes leurs recherches devait avoir été utilisé depuis fort longtemps.

Face à un tel savoir, on demeure interdit. Voyez l'extraordinaire parti que ces gens ont tiré de leur science ! Quand on examine de plus près les monuments qu'ils ont dressés avec les moyens rudimentaires dont ils disposaient, on est littéralement émerveillé. Les Égyptiens étaient parvenus à une connaissance des lois physiques qui leur permettait de tenter les plus formidables paris architecturaux. Comme ils redoutaient l'abstraction, ils exprimaient leurs pensées abstraites à travers des images, des objets concrets. C'est ainsi que leur langage symbolique avait des bases scientifiques.

Sait-on à quelle date remonte leur savoir astronomique ?

C'est dans la tombe de Sénenmout qu'apparaît le premier plafond astronomique réel égyptien. On voit très bien que la journée est découpée en vingt-quatre unités. Il existe douze mois regroupés en trois saisons de quatre mois chacune. Chaque mois compte trente jours, auxquels s'ajoutent cinq jours supplémentaires à la fin de l'année ; le quart de jour manquant correspondait à cet impondérable qui appartient toujours au dieu. Le calendrier lunaire a été utilisé parallèlement à celui des temples et des agriculteurs, que le retour de l'inondation inaugurait à date fixe, le premier de l'An. Il est probable que les Égyptiens vivaient dans la terreur que l'inondation ne vienne pas ou qu'elle soit en retard.

C'était sans doute la raison d'être des deux temples d'Abou Simbel créés par Ramsès II : ils étaient dédiés selon moi à l'actualisation régulière de certains mythes nécessaires au retour de l'inondation. Quand Maât avait été insultée,

---

1. Cf. S. Cauville, *Le Zodiaque d'Osiris*, Peeters, Louvain, 1997.

comme par exemple lorsque les Soudanais sont arrivés en Égypte, on s'attendait à ce que la crue ne vienne pas : ainsi fallait-il prier la force divine Hémen, seigneur de Héfat.

Comment, sur le plan climatique, explique-t-on la régularité de l'inondation ?

Le Nil, vous le savez, résulte de la rencontre du Nil Blanc et du Nil Bleu, puis de l'Atbara. Du côté des grands lacs, se trouvent le mont Albert, le mont de la Lune (mon préféré !) et tous les autres avec leurs neiges que l'on dit éternelles, qui fondent une partie de l'année. Ils alimentent le Nil Blanc, qui est le premier à parvenir ainsi gonflé à Khartoum aux environs du 15 juin. Il charrie alors avec lui les papyrus arrachés à cette région qu'on appelle le Sudd – les gens y vivent encore sur des îlots de papyrus dans des cahutes de fortune. Ce sont ces têtes de papyrus qui donnent naturellement au Nil cette couleur verdâtre.

Le Nil Bleu éthiopien, de son côté, complété par les eaux du Nil Blanc qu'il rencontre à Khartoum, forme un grand fleuve alors, au niveau de la cinquième cataracte, nourri d'un affluent venu encore de l'Éthiopie : l'Atbara. D'un point de vue symbolique, c'est évidemment très spectaculaire. Tout se passe entre le mois de mai et le mois de juillet. L'arrivée du Nil Blanc symbolise la perte des eaux de la mère, autrement dit les eaux primordiales que les têtes de papyrus annoncent. Viennent ensuite, quinze jours ou trois semaines plus tard, les eaux rouges de l'Atbara qui évoquent le sang de la mère mettant au monde l'enfant Horus le premier jour de l'année. Ce petit dieu solaire qui se manifeste, évoqué en Égypte par son image tenue dans les bras de sa mère Isis, ce sera bien entendu plus tard l'image de l'enfant Jésus.

J'ai tenté dans *Amours et fureurs de la Lointaine* d'approcher certaines des croyances avec lesquelles les Égyptiens vivaient. Le cycle des eaux du Nil était expliqué par des mythes parmi les plus riches et les plus émouvants de ceux qui nous viennent de l'Égypte ancienne.

Avez-vous assisté à l'arrivée du Nil Vert ?

Non, je n'ai jamais pu venir en Égypte à ce moment précis. En revanche, j'ai vécu la période des flots rouges, à Abou Simbel, à la fin d'août 1956. C'était extraordinaire : l'eau était devenue très épaisse, d'un rouge brique. J'avais fait venir pour l'occasion des spécialistes de l'Institut géographique national. Ils ont commencé à prendre des photos pour leurs « restitutions » photogrammétriques du relief, et comme nous étions à mille cinq cents kilomètres du Caire, ils développaient leurs pellicules couleur sur place : c'était une véritable gageure avec 58° à l'ombre. Il leur fallait de l'eau pure pour travailler. Il était donc nécessaire de filtrer les eaux du Nil à sept ou huit reprises.

Pour cela nous avons fait venir d'Angleterre, via l'Unesco, des filtres en terre réfractaire extrêmement fine pour les purifier. À chaque passage, le filtre sur lequel la boue s'était agglutinée sur deux centimètres devait être longuement brossé. Ces eaux écarlates, chargées d'alluvions ferrugineuses, étaient donc le symbole du renouvellement du monde, ces alluvions qui ont formé l'Égypte marquaient le début d'un cycle.

Les Égyptiens ont gardé cette habitude de vous souhaiter la bonne année, en toute saison, au commencement de chaque renouveau. Lorsque vous arrivez en Égypte, ils vous disent : « *Koulou san'a enta taieb* », ce qui veut dire « bonne année ». Au Caire, il y a un demi-siècle, on pratiquait encore la fête du fameux *Khadig* (la digue) : quand le jour de l'An arrivait, il fallait faire tomber le mur de terre crue pour que l'eau parvienne dans le canal du Caire.

Sur le plan religieux, comment les prêtres accueillaient-ils l'inondation ?

Quand l'inondation arrivait, il fallait aussi renouveler l'énergie des statues divines grâce à la lumière solaire. Les prêtres les sortaient et les hissaient sur le toit des temples, pour qu'elles reçoivent le baiser du premier soleil de l'année.

Cette coutume est passée chez les Grecs et les Romains d'Égypte. Dans tous les temples, les prêtres allaient remplir des vases. Ils puisaient de l'eau boueuse de l'inondation, ensuite ils s'offraient mutuellement cette eau sainte du bonheur, l'eau du nouvel An. Trois vases sacrés, ceux d'Amon, de Mout et de Khonsou, la triade du temple de Karnak, servaient à puiser l'eau sainte pour les ablutions rituelles.

On remplissait d'abord le vase d'Amon qui avait un bouchon en forme de tête de bélier et était l'image de la force créatrice qui se trouve dans le Nil (le bélier de Khnoum est aussi le potier divin qui façonne l'image du monde). À Karnak, devant le grand pylône actuel, on distingue encore les descenderies qui permettaient aux prêtres d'aller puiser l'eau avec ces récipients dans le canal occupant l'emplacement de la route actuelle.

Toute l'Égypte participait à ces festivités ?

Bien entendu, dans l'Égypte entière, on puisait l'eau de l'inondation qui était l'eau de la fécondité, du bonheur, de la protection, etc. On s'adressait des jarres d'eau en cadeau (un peu comme de l'eau de Lourdes) ! Nous avons retrouvé de petites coupes qui servaient à goûter cette eau. On peut en voir une au Louvre ornée de l'image en relief de l'étoile Sothis, sur fond de vigne et de raisin.

N'oublions pas que l'inondation coïncidait avec la période des vendanges. Le vin, c'est aussi le sang d'Osiris que l'on retrouve dans les églises chrétiennes et coptes, le sang du seigneur, l'ivresse divine ; il était nécessaire pour les fêtes d'Hathor de connaître une certaine griserie mystique qui permettait de communiquer avec les forces supérieures. Bien plus tard, les Grecs en ont tiré leurs rites dionysiaques. Drioton a jadis publié un texte inscrit dans le temple de Médamoud, au nord de Karnak, où les fidèles déclarent : « Je bénis les ivrognes de la fête qui me réveillent la nuit, parce que cela me permet de faire ainsi ma prière à la déesse Hathor ! » On devait boire beaucoup de vin, la nuit du nouvel An, la nuit de l'inondation.

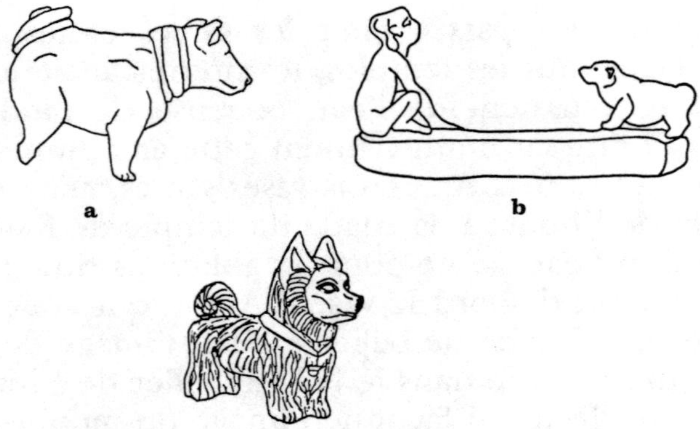

a b c

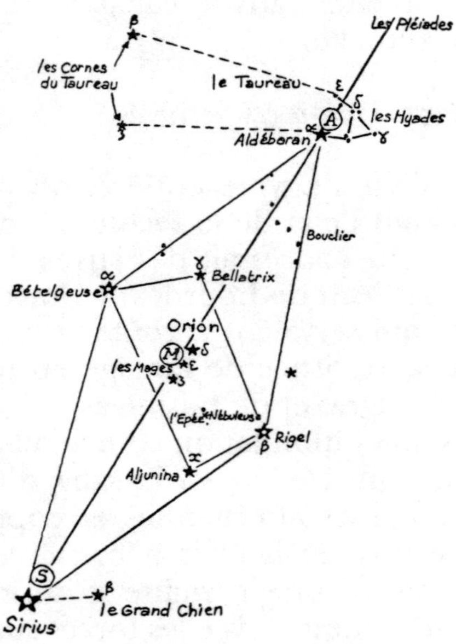

La constellation du Grand Chien (Canis major)

La plus brillante des étoiles, en bas à gauche, est Sothis que nous appelons Sirius.

a) Chienne de Sothis protohistorique
b) Chienne de Sothis devant l'enfant solaire
c) Chienne de Sothis à l'époque gréco-romaine

Je viens de vous parler d'une petite coupe, décorée, sur fond de vigne, d'une petite chienne représentant l'étoile Sothis. Sur cette chienne qui a toujours la queue enroulée et de petites oreilles droites, l'image de cette même déesse faite femme est assise en amazone. En général, c'est cette charmante figure féminine montée sur une chienne qu'on retrouve, de préférence à celle du chien, sur les plafonds astronomiques des temples. Elle est parée de deux hautes plumes et elle lève un bras. Eh bien, sur cette coupe, destinée à puiser et à boire l'eau du Nil, on avait exactement cette même figure.

Que symbolisait l'étoile Sothis ?

Depuis la préhistoire on trouve l'image de cette étoile associée au retour de l'inondation, et donc à la renaissance du monde. En effet, l'étoile Sothis (Sirius, de la constellation du Grand Chien) réapparaît aux alentours du 18 juillet, après avoir sombré dans le néant pendant soixante-dix jours. Lorsqu'elle est de nouveau visible, le soleil se lève juste à côté d'elle, quelques instants plus tard, et en principe, c'est le signal de l'inondation. Ce phénomène est appelé le « lever héliaque de l'étoile Sothis » (tous les 365 jours 1/4). Cette habitude de faire commencer l'année le jour de la réapparition de l'étoile Sothis existait encore à l'époque de Jules César qui, en arrivant en Égypte, n'a pu manquer de s'interroger sur cette pratique. Les prêtres lui ont expliqué les principes du calendrier solaire égyptien, et il les a aussitôt adoptés à Rome. Et tout l'Occident a suivi. Ce calendrier a donc été appliqué de façon très fidèle par les Européens jusqu'à ce qu'on oublie son origine (cf. pl. XIV). Vous retrouvez ces principes traduits dans le zodiaque roman, tel celui qui orne le tympan de la Pentecôte dans le narthex de la basilique de Vézelay.

Vous faites alors de l'inondation une manière de clef de voûte de votre compréhension de ce qu'on peut appeler la métaphysique des anciens Égyptiens.

Les égyptologues n'insistent jamais assez sur le fait que toute la vie de l'Égypte tourne autour de l'inondation en tant que symbole du renouveau du pays, du renouveau du roi, du renouveau du dieu, car c'est le dieu Osiris en léthargie – le grain – qui revient en un soleil régénéré chaque année avec l'inondation.

Les Égyptiens avaient mille façons d'illustrer le thème de la renaissance de l'astre du jour – ou du renouveau de l'Égypte. Ils dessinaient un œil au milieu du disque solaire, sur une barque. Parfois, ce sont les singes qui apportent l'œil mystique qui représente l'année nouvelle, le renouveau du soleil. Vous avez encore le lotus supportant un petit bonhomme accroupi, le doigt dans la bouche. Qui se souvient aujourd'hui du fameux docteur Voronov qui injectait aux messieurs un peu fatigués, il y a cinquante ans, un élixir de jeunesse – l'équivalent de notre Viagra ? L'inondation annonçait semblable réveil du pays.

Les Égyptiens pouvaient-ils exprimer par d'autres images le renouveau de l'année coïncidant avec l'apparition du jeune Horus ?

Champollion avait été le premier à pénétrer dans le temple de Deir el-Bahari, suivi quelques années plus tard par le grand égyptologue allemand Lepsius, qui en a ramené des témoignages aujourd'hui conservés au musée de Berlin. Ensuite, lorsque Mariette Pacha est arrivé à Deir el-Bahari, il a dégagé des ruines, derrière la deuxième colonnade, une scène qui l'a beaucoup frappé. Elle rassemblait tous les éléments d'une « théogamie » : ainsi, le dieu Amon avait décidé de féconder une reine afin que l'enfant qu'il désirait engendrer, et qui passerait par le canal de cette épouse royale, soit reconnu comme son fils et règne sur l'Égypte. C'est une manière de montrer que le roi est bien le représentant du divin sur terre.

En voici le tableau : Amon commence par expliquer à son envoyé, Thot, qui se trouve être en même temps le dieu du calendrier et de la science, qu'il va féconder la reine. Dans la scène suivante, Amon accomplit son désir. Comme toujours chez les Égyptiens, la représentation est extrêmement chaste. Le dieu et la reine sont assis sur un siège l'un en face de l'autre, les yeux dans les yeux, les pieds soutenus par des déesses. Amon prend le signe de vie qu'il présente au nez de la reine. L'hymen est évoqué simplement par le croisement de leurs genoux. C'est très beau. Les paroles qui accompagnent cette magnifique scène préfigurent d'une certaine manière ce dialogue d'amour qu'est le Cantique des cantiques. La reine sublime le parfum du dieu qui la pénètre.

Il s'agit de son union mystique avec le dieu qui a pris la place de pharaon.

C'est bien cela, et la reine endormie ignorait évidemment les intentions d'Amon. Vous voyez tout de suite ce que cela peut évoquer.

L'immaculée conception !

Thot, l'intelligence divine, annonce à la souveraine qu'elle va mettre au monde le fils du dieu. Viennent ensuite d'autres séquences que l'on distingue mal mais que l'on peut deviner. Deir el-Bahari évoque la naissance d'Hatshepsout, quinze siècles avant notre ère. On trouve aussi, dans une pièce du temple de Louqsor, une scène à peu près identique pour le règne d'Aménophis III. Nul doute que cette représentation ait été inspirée par la magnifique composition de Deir el-Bahari. La reine mère est enceinte, et cela se voit – il faut le noter car, en général, les Égyptiens ne montrent pas beaucoup les formes avant la naissance. Le jeune dieu est mis au monde dans la salle des naissances évoquant le domaine rouge de la grande Hathor. Il est évident que cette tradition s'est maintenue très longtemps, car les palais romains possédaient encore une salle des naissances, revêtue de dalles de porphyre rouge, pour accueillir l'enfant impérial, qu'on appelait le porphyrogénète.

Pourquoi cette couleur rouge ?

L'enfant sort du sein de la déesse, rouge comme les parois de la grotte peinte que j'ai explorée au fond de la Vallée des Reines, et dont je vous reparlerai (cf. ch. 39). De même qu'à l'arrivée de l'inondation les eaux sont rouges. Vous savez que les grottes préhistoriques, dans toute l'Europe, ont été peintes en ocre rouge, très probablement pour évoquer la naissance.

N'y a-t-il pas un lien évident entre ces scènes de théogamie et celles qui ornent les mammisi *des époques tardives ?*

Il apparaît en effet à la Basse Époque des édifices complémentaires des temples, appelés *mammisi*, où l'on célébrait la naissance de l'enfant divin. Certaines scènes sont directement inspirées des théogamies du Nouvel Empire. Cependant, ces dernières étaient localisées à l'intérieur d'un sanctuaire et non dans un monument distinct du temple principal.

J'ai pu retrouver l'étape intermédiaire : lorsque je travaillais dans la Vallée des Reines, je fouillais également le Ramesseum, le temple jubilaire de Ramsès II (cf. pl. VIII). Or, contre le flanc nord du grand sanctuaire de Ramsès II, j'ai remarqué les traces au sol d'un petit édifice disparu. Il ne restait plus que les bases des colonnes conservées sur une étendue équivalente à la longueur de la salle hypostyle contre laquelle il avait été adossé. Il se trouve qu'une équipe américaine avait jadis fouillé les angles du site et dégagé les bases de ces colonnes ainsi que des dépôts de fondations. Ceux-ci livrèrent de petits objets sur lesquels le nom de Séthi, père de Ramsès II, était apparu. Mes confrères en avaient conclu qu'il s'agissait des vestiges du temple jubilaire de Séthi Ier. En fait, comme vous le savez, il ne s'agissait pas de ce type de monument, mais d'un *mammisi*, chapelle vouée ici à la naissance divine du roi.

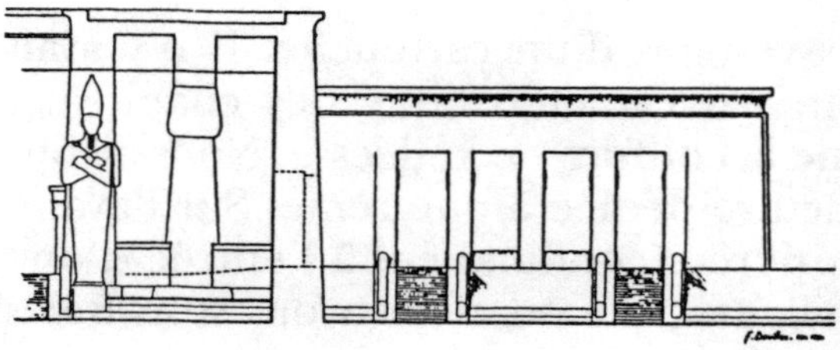

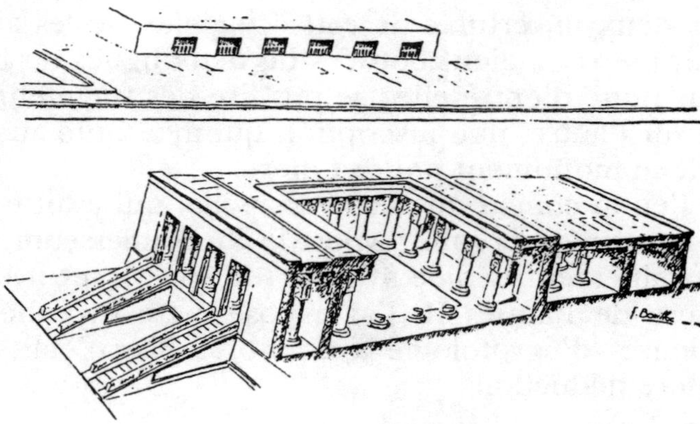

Reconstitution du mammisi *de Ramsès II au Ramesseum*

Élévation de la façade reconstituée, parallèle à celle du vestibule du temple jubilaire de Ramsès II.
Reconstitution axonométrique du mammisi, *situé au nord du Ramesseum dont on aperçoit, à l'arrière-plan, la terrasse de la salle hypostyle.*

Qu'est-ce qu'un temple jubilaire ?

C'est un temple consacré au jubilé annuel terrestre, puis post mortem d'un souverain – à ne pas confondre avec le grand jubilé trentenaire du roi, qui n'a rien à voir. Tout tourne en Égypte, je vous l'ai dit, autour du jour de l'An, qui symbolise en même temps la réapparition d'Osiris en soleil. Étudiant le Ramesseum dans les années 70, j'ai donc voulu en avoir le cœur net. En grattant la surface du sol qui était un peu meuble, au nord du temple, j'ai fait apparaître un fragment de pierre plate, portant d'un côté le reste d'une volute et de l'autre les vestiges d'un cartouche. Il n'y avait pas à hésiter : la volute est caractéristique des chapiteaux hathoriques où elle orne la coiffure de la déesse. Nous avions donc affaire à une structure dédiée à une reine. Sur l'avant, deux rampes assez détériorées conduisaient à l'entrée d'une petite chapelle. En fouillant à la base, nous avons trouvé des pierres en dos d'âne, gravées, enfouies dans les ruines, provenant de l'encadrement des deux rampes qui montaient vers les deux ouvertures de cette chapelle ; je les ai retournées. Ces pierres étaient bordées de deux lignes de hiéroglyphes. Sur l'une d'entre elles, je pus lire des fragments de prières, et sur l'autre, une inscription qui m'a sauté au cœur : « Il a fait ce monument pour sa mère. »

J'en ai conclu que cette chapelle, qui avait exactement la longueur de la salle hypostyle du Ramesseum, était en fait certainement dédiée à Touy (de son vivant : *Mout-Touy*), la mère de Ramsès II. J'ai exposé cette hypothèse lors d'un congrès d'égyptologie à Grenoble. Ce n'était qu'une première déduction.

L'égyptologie est l'école de la patience et de la détermination, non ?

J'étais comme ces paléontologues qui, avec un petit bout d'os, doivent reconstituer un animal préhistorique dans son entier. L'année suivante, je suis retournée sur le terrain et je me suis souvenue que non loin du Ramesseum, dans la cour d'entrée du temple de Médinet Habou dédié à Ramsès III, il y avait une chapelle construite par Hatshepsout et Thoutmosis III, puis agrandie au cours des différentes dynasties qui se sont succédé. Le fond de la chapelle était dédié à Hatshepsout puis à Thoutmosis III et à son épouse : Mérytrê-Hatshepsout. Dans les adjonctions de la Basse Époque j'ai trouvé des réemplois, des pierres provenant d'un autre monument – les inscriptions qu'elles portaient prouvaient qu'elles remontaient à une période différente. C'est là que j'ai repéré, placés à l'envers, dans le mur du temple, des reliefs contenant une partie du dialogue entre Amon et la reine, leurs genoux entrelacés. J'ai déniché ensuite d'autres pierres sculptées se rapportant elles aussi à la théogamie, qui truffaient le monument de Basse Époque : placées elles aussi à l'envers, elles avaient dû, au moment de leur réemploi, être recouvertes par un lit de chaux. J'avais maintenant suffisamment d'éléments pour reconstituer les piliers hathoriques et mettre en évidence dans leurs chapiteaux des fragments du visage de la déesse Hathor à qui, sur une paroi du *mammisi*, l'enfant de Touy (le futur Ramsès) est présenté au moment de sa naissance.

Pouvez-vous rappeler qui était la déesse Hathor ?

C'est la mère universelle, parfois évoquée sous l'aspect d'une vache. C'est elle qui met au monde le petit veau, qui est aussi le soleil, celui que les Textes des Pyramides appellent le « petit veau à la bouche de lait ». Nous l'avons rencontrée au moment où je vous ai présenté le Lac de Turquoise. Ce petit veau est parfois figuré entre deux arbres qui sont, soit les deux tours d'un pylône, soit les deux arbres de turquoise dont parlent les textes religieux, autrement dit les cuisses de la déesse qui engendre le soleil et qui réenfante le monde.

Comment pouvez-vous avoir la certitude que ces blocs provenaient du Ramesseum ?

Parce que, sur le plafond, on a aussi retrouvé le nom de la mère royale Touy, avec cette même inscription : « Il a fait ceci pour sa mère », et ce, accompagné d'autres scènes de la théogamie provenant des murs d'origine. J'avais donc découvert les éléments du *mammisi* évoquant la naissance divine de Ramsès, *mammisi* qui avait été démonté à la fin de l'époque saïte (vers 550 av. J.-C.), pour en prélever les pierres. À partir des dimensions des bases des colonnes subsistantes, j'ai pu reconstituer ce petit temple, son entrée, avec ses chapiteaux hathoriques. J'ai donc pu prouver que des scènes des *mammisi*, apparues sous Hatshepsout puis sous Aménophis III et appartenant à une salle du temple, figuraient dès le début de la XIXe dynastie, détachées, dans un monument indépendant bien avant la Basse Époque où l'on croyait les avoir vues seulement apparaître.

Est-il important que ce petit temple soit situé au nord ?

C'est essentiel, évidemment, car le masculin procède d'Osiris et de l'arrivée de l'inondation : il est donc au sud (et même sud-ouest), alors que l'élément féminin est toujours au nord, nord-est, là où apparaît le soleil, consacré à la naissance. Dans les temples jumelés, surtout en Nubie, cette répartition des symboles est extraordinairement claire : le sud-est toujours pour le roi, Amon ou Osiris, le nord-est pour la reine ou Horus le Jeune, dieu solaire. De même, à Abou Simbel, côté sud, a été creusé le grand temple que tout le monde connaît et à cinquante mètres au nord vous trouvez le temple de Nofrétari. Puis à une époque bien plus tardive, vous rencontrez le temple d'Edfou au sud et le temple d'Hathor au nord à Dendara.

Le temple de la femme est-il toujours plus petit, plus secret, plus discret ?

Ce jumelage des temples est, cependant, assez rare. Mais on ne demande pas à la reine de montrer qu'elle a guerroyé pour défendre les frontières. L'édifice féminin est plus intime, c'est le giron maternel, le berceau du renouvellement du monde.

Tous ces éléments existaient déjà en égyptologie mais personne n'avait tenté de dégager une explication cohérente. Quand vous pensez au *mammisi*, quand vous songez aux cérémonies du renouvellement, il faut vous tourner vers les sources du Nil et vous demander pourquoi la date du retour de l'inondation a été choisie par les Égyptiens pour marquer le jour de l'An. Tout cela tient au régime naturel de ce fleuve qui est alimenté par deux sources principales qui sont le Nil Blanc venant des grands lacs et le Nil Bleu qui vient d'Éthiopie et une source essentielle, l'Atbara. N'oubliez pas que l'Atbara apporte l'humus, c'est l'Atbara qui a fait l'Égypte.

25.

Religion ou science ?

« Êtes-vous égyptienne ou française ? » Les « dieux » sont les manifestations du Grand Tout, et les prêtres des savants qui étudient ces manifestations. La tradition osirienne. Qu'est-ce qu'un initié ? « Le dieu sonde le cœur et les reins. » La pile Osiris de Saclay. Des bibliothèques qui brûlent.

La fréquentation de l'ancienne Égypte a-t-elle exercé une influence sur votre philosophie de la vie ?

Je vous répondrai en évoquant un voyage organisé pour inciter à la découverte de la « nouvelle Nubie » après la mise en eau du lac Nasser en 1964. C'était une croisière culturelle organisée par la société Clio. Huit ou dix jours de voyage, ponctués chaque soir par une conférence de deux heures et demie que je donnais sur la Nubie, la vie des anciens Nubiens, les temples de Nubie, la sauvegarde, l'histoire du Nil, l'inondation (cf. pl. VII)... Nous étions partis de Louqsor en direction d'Assouan et d'Abou Simbel. Le matin, nous nous rendions sur les sites et je faisais la présentation d'un temple qui avait été déplacé et remonté. L'après-midi était consacrée à une initiation à l'égyptologie, conduite par trois jeunes femmes remarquables recrutées par Clio, toutes trois docteurs en archéologie. Tout cela était parfaitement préparé. Les visites du matin, les « travaux pratiques » et ma conférence étaient synchronisés.

À la fin de ce séjour, un vieux monsieur – je crois qu'il était conseiller d'État – a fait un gentil petit laïus pour me remercier de tout le mal que je m'étais donné. Puis, avant de conclure, il m'a demandé : « Je me permets de vous poser une question, madame. Qui êtes-vous ? Êtes-vous égyptienne ou française ? Êtes-vous une femme du XXe siècle ou une princesse de la XVIIIe dynastie ? » Il croyait dur comme fer que j'étais une réincarnation. J'ai répondu : « Je vous préviens tout de suite. Je ne suis pas une réincarnation ! » Il voyait que j'étais non pas possédée, mais pénétrée par l'Égypte.

Vous avez eu, comme vous nous l'avez confié, des maîtres remarquables qui vous ont donné accès à ce monde fascinant mais par ailleurs tellement hermétique.

À ce propos, je voudrais dire ma dette à l'égard du très grand égyptologue russe qu'était Alexandre Piankoff. Il s'est penché sur les tombes de la Vallée des Rois, sur les grandes chapelles dorées de Toutankhamon et sur les textes funéraires. En son temps, son apport a été considérable. Piankoff avait étudié l'hébreu et le persan avant de devenir égyptologue. C'était un jeune Russe blanc, qui s'était trouvé hors de son pays au moment de la révolution. Il avait dix-sept ans lorsqu'il s'est engagé en Ukraine dans l'armée Wrangel. Il attrapa alors une dysenterie dont il ne s'est jamais remis, et dont il a fini par mourir.

Démobilisé, sans plus aucune famille, il s'est rendu en Allemagne, pour suivre les cours de deux maîtres, Adolf Erman et Kurt Sethe. Là, il a pu faire de l'ancien égyptien, du néo-égyptien et du moyen égyptien, de l'hébreu et du persan. Ensuite, ainsi que beaucoup de Russes blancs, il est venu à Paris. Comme il connaissait aussi le copte, sans parler du latin, du grec et de l'araméen, il a trouvé du travail à l'Institut byzantin de Paris, ce qui l'a sauvé.

Il s'est intéressé à l'archéologie byzantine, et l'abbé Drioton l'a même soutenu financièrement (je vous rappelle qu'avant la dernière guerre, il n'y avait pas de budget propre pour l'égyptologie au CNRS). Quand j'ai rencontré Piankoff, il travaillait dans les tombes de la Vallée des Rois. Dès septembre 1939, alors qu'il venait d'obtenir la nationalité française, il s'est engagé dans l'armée, sans doute par reconnaissance pour sa nouvelle patrie. Il avait déjà quarante-cinq ans et avait insisté pour être incorporé. Envoyé en première ligne, il a perdu un œil.

Quel désastre pour quelqu'un qui travaillait comme lui sur les textes !

Une calamité ! Quand il est rentré à Paris, il est venu me voir, et j'ai essayé de le sortir de l'impasse. Je l'ai fait envoyer en Égypte par le CNRS, et par la suite il a été nommé pensionnaire de l'École du Caire. Il le méritait amplement. Puis il a travaillé avec des mécènes américains grâce à qui il a publié ses travaux sur les tombes de la Vallée des Rois. Quand les Américains ont cessé de subventionner ses missions, je l'ai fait réintroduire au CNRS où il est resté jusqu'à sa mort. Piankoff a été en butte au snobisme de beaucoup d'égyptologues à cause de ses origines étrangères. C'est pourquoi je tiens à rappeler qu'il a été infiniment plus patriote que beaucoup d'autres pendant la guerre.

C'était un homme remarquable, large d'esprit, cultivé jusqu'au bout des ongles, connaissant tout, un vieux sage. Épatant. On sent toutes ces qualités dans le style de ses articles. Il fut considéré comme un maître par beaucoup d'égyptologues français et étrangers versés dans l'étude de la religion, tel Hornung, mais personne ne l'a encore dépassé. Nous avions de longues conversations, il voulait me persuader d'aller travailler dans les tombes des rois mais, avec mes responsabilités au Louvre, je ne pouvais me spécialiser dans la religion funéraire royale. J'avais d'autres centres d'intérêt. De nos conversations surgissait toujours un enrichissement certain qu'il aurait fallu approfondir. C'est le rôle qui revient maintenant à Isabelle Franco.

Vous n'avez jamais regretté d'avoir œuvré dans ce sens ?

Pas vraiment. J'aime bien toutes les expressions de la pensée.

Au fond, ce qui vous passionne, ce qui vous intrigue, c'est la façon dont la civilisation égyptienne a élaboré son sentiment du divin.

Selon moi, il ne s'agit pas de dieux, mais de manifestations divines. Il existe une incommensurable Volonté qui envoie une pluie de forces dans toutes les directions. Ce sont ces forces que les Égyptiens ont appelées des dieux, en leur donnant des noms et des formes. Vous me direz que je n'ai pas vécu avec les Égyptiens et que je peux me tromper, mais je ne parle pas de la religion populaire, des croyances des gens du commun qui n'allaient jamais dans les temples et qui savaient seulement qu'Amon avait des plumes sur la tête, Thot un bec d'ibis, et que le scarabée poussant une boule symbolisait le soleil levant. Pour ceux-là oui, sans doute, les « dieux » existaient, mais je pense à ceux qui avaient une compréhension plus large, plus profonde, les savants, les prêtres, les sages.

Je vous l'ai déjà dit, mais c'est vraiment une notion qu'il faut avoir présente à l'esprit dès qu'il s'agit de la religion égyptienne : les prêtres étaient avant tout des savants. Les temples et les « maisons de vie » où ils travaillaient étaient l'équivalent de nos laboratoires. Il y avait là des scribes, des physiciens, des astronomes, des mathématiciens, des géomètres, des chimistes, des médecins qui cherchaient à comprendre les manifestations de la divinité. J'irai plus loin, et je vous avouerai que, de mon point de vue, les Égyptiens n'avaient pas de religion, du moins au sens où nous l'entendons.

Mais vous êtes l'auteur d'une histoire des religions égyptiennes...

Vous avez raison : si c'était à refaire, je donnerais un autre titre à cette étude. Je n'avais que trente-quatre ans quand elle a été publiée et c'était un de mes camarades qui avait insisté pour que je choisisse ce titre. Je me suis laissé influencer et je le regrette. Car, j'y insiste, ce que nous appelons la religion égyptienne n'est pas une religion.

Que considérez-vous alors comme une religion ?

On pourrait penser qu'une religion est un phénomène issu de la pensée des sages et des mystiques à la fois qui sont reliés entre eux par une croyance commune.

La seule religion qui existe, en Égypte, c'est la religion funéraire accessible à tous, la tradition osirienne, car elle pesait sur la ligne de conduite de chacun sur terre. C'est un credo éthique auquel les Égyptiens, dans leur ensemble, sont restés fidèles. Toute la mythologie concernant Isis et Osiris est au service de cette éthique qui est progressivement devenue, à la fin, la religion officielle, une religion de la morale, du pardon, de la tolérance et de la charité. C'est pour le peuple que les prêtres ont créé les fêtes. En dehors des grandes panégyries du jour de l'An, il y avait la fête des morts, celle des moissons, et les festivités particulières à chaque saison et à chaque région.

Le rituel consistait à sortir du temple une statue représentant la divinité et à la véhiculer sur les épaules des prêtres dans une barque – c'est sans doute un vaisseau analogue qui est encore utilisé dans les processions de la Vierge en Bretagne ou en Pologne. Il y avait sur le parcours de l'embarcation des stations où le peuple pouvait contempler, une fois écartés les rideaux, la statue qu'ils voilaient, le réceptacle matériel de la force divine. À mon sens, nous ne devons pas considérer la statue du dieu comme une idole. Les Égyptiens savaient très bien que la statue n'était pas le dieu lui-même. Il ne s'agissait que de l'évocation matérielle du dieu, réanimée par les rayons du soleil.

Vous semblez persuadée que les prêtres n'y croyaient pas...

Je suis tout aussi certaine qu'ils ne croyaient pas non plus à leurs oracles. Au début de la XVIIIe dynastie, les pharaons sont désignés ou confirmés par l'oracle du dieu ; cela signifie que les prêtres, investis du pouvoir de choisir le roi, pouvaient aisément incliner d'un côté ou de l'autre la statue du dieu dans sa barque. Tout était entièrement arrangé. La réputation de ces oracles était si répandue qu'Alexandre, quand il est arrivé en Égypte, a exigé de rencontrer l'oracle d'Ammon de Siouah en Libye afin de se faire sacrer pharaon – il s'agit bien d'Ammon, avec deux « m », dont dérive l'orthographe de l'ammonite, ces nombreux coquillages fossiles découverts dans cette région et dont la forme rappelle celle des cornes du bélier d'Amon.

La question que nous nous posons concerne plutôt la manière dont les connaissances scientifiques des Égyptiens, et notamment leurs connaissances en matière de physique, étaient utilisées pour impressionner le peuple. Vous devez savoir que toute pratique magique peut devenir, mille ans plus tard, une vérité scientifique ! Il ne s'agissait pas d'une magie noire, destinée à nuire, mais d'une aptitude à maîtriser un tant soit peu les grandes forces de l'univers.

Pourquoi Alexandre est-il allé en Libye ?

À cause de cet oracle d'Ammon qui avait une grande réputation. L'Égypte avait conquis des territoires sur la Libye, et l'oasis de Siouah, à la latitude du Delta, se trouvait en terre égyptienne à cette époque. Comme personne ne parle de cet oracle de Siouah à l'époque pharaonique, je suppose qu'il date de l'époque saïte.

Dans l'ensemble, diriez-vous que les prêtres étaient des sages ou des prestidigitateurs ?

C'était une communauté de sages parmi lesquels s'étaient probablement infiltrées quelques crapules. Serge Sauneron s'est même amusé à montrer comment certains d'entre eux avaient été personnellement impliqués dans des scandales. Quelques prêtres ont pu être troublés devant les quantités d'or que les pharaons rapportaient de leurs conquêtes. C'est contre ces habitudes qu'Aménophis IV aurait pu réagir, non pas tant contre les prêtres d'Hermopolis ou de Memphis, que contre les prêtres d'Amon. Bien sûr, ils œuvraient à la gloire du dieu, mais en même temps ils amassaient un trésor qui faisait d'eux de véritables banquiers.

Les prêtres d'Amon étaient-ils nombreux ?

Il y avait de nombreux prêtres dans le domaine d'Amon, sans compter un nombre impressionnant de serviteurs. Ils possédaient des propriétés partout, et jusqu'en Nubie.

Vous semblez opposer la « sagesse » populaire à celle des prêtres.

On trouve, à partir de la XIXe dynastie, des textes laissés par les ouvriers de la corporation royale dans les tombes de Deir el-Médineh : réflexions sur la morale, sur le cycle de la vie et de la mort, sur la divinité. Soit, souvent, ils s'offrent les services d'un scribe pour écrire à leur place – plus tard, les pèlerins grecs allaient eux aussi payer un scribe pour transcrire des hiéroglyphes en grec –, soit ils écrivent eux-mêmes. Peu à peu, on voit leur niveau d'instruction s'améliorer. En fait, lorsque les prêtres égyptiens se sont décidés à inscrire quelques fragments de leur science sur les murs des temples, c'est à la Basse Époque, au moment où ils sentent que ce savoir risque de se perdre.

Ceux-ci, je vous l'ai dit, étaient avant tout des chercheurs, au sens moderne du terme, et tout ce qui avait lieu dans les temples, y compris la sortie du dieu hors du sanctuaire – indispensable pour souder la communauté – participait en réalité de cette démarche scientifique. La fonction du rituel est de s'assurer l'adhésion du peuple en satisfaisant son besoin de croire, mais c'est aussi de déclencher certaines forces et de parvenir à l'union avec le divin, souvent grâce aux danses extatiques à la manière des soufis de l'islam mystique qui pratiquent le *sikhr.*

Comment pouvons-nous être sûrs que nous n'interprétons pas encore une fois la pratique religieuse des anciens avec nos concepts modernes ?

Je ne fais que décrire les faits. Ces temples étaient des maisons de la science. Une grande énergie s'y manifestait et leurs emplacements n'étaient pas choisis au hasard. Le même phénomène se retrouve par exemple à Vézelay. Il suffit d'y aller pour se sentir ému par la puissance du lieu. Les hauts lieux existent, ils ne sont pas une fantasmagorie, et le choix de l'emplacement d'un temple résulte d'une véritable connaissance scientifique.

Qu'est-ce qu'un initié, finalement, sinon un homme qui possède un savoir ? L'homme qui a eu le triste privilège de concevoir la bombe atomique était un initié. Pasteur était un initié. Quand il s'agit de l'Égypte, on se gargarise en parlant de magie, on détourne le sens premier de termes comme ésotérisme, occultisme ou initiatique, on entoure ces pratiques d'un voile de mystère, alors qu'il suffit de regarder. Les prêtres égyptiens ont laissé par leurs constructions la démonstration évidente de formules scientifiques qui nous font pressentir ce qu'ils ont pu comprendre.

Un jour, au début des années 70, à la fondation Gulbenkian de Lisbonne, je suis tombée en arrêt devant une stèle représentant Aménophis III et son épouse, portant figuré au-dessous un bonhomme en prière, et cette inscription qui évoquait une phrase bien connue et que je cite de mémoire : « Ce que je dis est vrai, il n'y a pas de mensonge, car le dieu sonde les cœurs et les reins. » Vous connaissez cette formule, bien sûr. On la trouve dans le Livre des Morts égyptien, mais aussi dans l'Apocalypse de Jean. J'ai toujours gardé ces mots à l'esprit, notamment quand j'ai dû m'occuper de la momie de Ramsès, sans grand plaisir, car je n'aime pas spécialement les momies.

Vous savez peut-être que les embaumeurs éviscéraient totalement le cadavre. On ôtait même le cerveau à l'aide de crochets passés dans les narines. Une fois que tout ce travail était fait, pour préparer le défunt au jugement d'Osiris, on remettait en place *le cœur et les reins.* C'est intéressant, vous ne trouvez pas ? Pour les Égyptiens, le cœur était le siège de la conscience, le moteur de l'individu. Ils avaient compris beaucoup de choses en ouvrant les corps, et nous connaissons un papyrus médical où l'auteur explique, entre autres, le cheminement du sang dans les vaisseaux.

D'après nos livres d'histoire, la circulation du sang n'a été découverte qu'au XVIIe *siècle par Harvey.*

Les Égyptiens connaissaient le rôle des ventricules, des veines et des artères. Nous disposons même du témoignage d'un médecin qui s'appelait Amenemhat et qui avait utilisé une clepsydre afin de prendre le pouls du roi (XVIIIe dynastie).

Pensez-vous que notre fascination pour l'Égypte viendrait finalement de cette aptitude des anciens Égyptiens à expliquer les mystères avec un esprit scientifique ?

Oui, avec cette réserve que leurs raisons ne sont pas matérialistes. Nos savants nous le disent tous les jours : plus ils avancent, plus les explications se multiplient, et plus le mystère grandit, dans l'infiniment grand comme dans l'infiniment petit.

Ainsi le progrès du savoir irait de pair avec le progrès de l'ignorance...

Mais notre ignorance est totale ! C'est pourquoi un scientifique adonné à la recherche ne peut être que modeste, sans quoi il scierait la branche sur laquelle il est assis. Mon frère était ingénieur de la marine et a consacré une partie de sa vie à la recherche, mon mari était membre du Commissariat à l'énergie atomique, et j'ai fréquenté des scientifiques toute ma vie. J'ai bien connu le professeur Debiesse, physicien et directeur du centre nucléaire de Saclay. Je l'avais rencontré au bureau de la mission laïque, créée par Édouard Herriot, qui regroupait les lycées français en Orient et en Extrême-Orient, et dont j'ai été vice-présidente pendant des années. Debiesse s'intéressait beaucoup à l'égyptologie et j'ai été souvent invitée aux déjeuners qu'il organisait à Saclay. C'est ainsi que, vers 1958, je suis devenue la marraine de la pile Osiris à Saclay. Je garde un vif souvenir de ces déjeuners avec de nombreux savants du XXe siècle. Et je peux vous dire que je n'ai jamais rencontré un physicien matérialiste !

D'après Einstein, ce qui est incompréhensible, c'est que l'univers soit compréhensible. Il pensait qu'il existait une certaine congruence entre l'esprit humain et la structure de l'univers.

Cela ne fait aucun doute.

Pourtant, vous n'avez jamais été tentée par le mysticisme.

L'excès de mysticisme n'éclaircit pas notre rapport au monde, au contraire, il trouble notre perception et notre pensée. Dans un état de transe, vous perdez tout contact avec cette réalité que la raison appréhende, et dont elle fait son objet d'étude.

Malheureusement, nous en sommes réduits aux conjectures en ce qui concerne la profonde pensée religieuse des Égyptiens. Il ne nous reste que des textes épars. Pourtant, il devait exister de véritables bibliothèques de papyrus dans les temples. Elles ont presque entièrement disparu dans les décombres des villes anciennes dont les vestiges se superposent. Si les ruines de la cité de Troie ont sept niveaux, celles d'Edfou en ont vingt-cinq !

Gustave Lefebvre m'a raconté cette anecdote vécue par Gaston Maspero. Un jour, ce dernier arriva aux environs d'Hermopolis, la ville de Thot, et fut intrigué par une énorme fumée qui montait au-dessus des terrasses. Les paysans étaient en train de fabriquer de l'engrais, lui a-t-on expliqué – en mettant le feu à un mélange de paille, de canne à sucre, de cette matière azotée qu'on appelle *sebakh* et de tous les déchets que l'on trouvait dans les ruines. Les cendres ainsi obtenues servaient à fertiliser les champs. Ils étaient en train de brûler des papyrus antiques ! Le pauvre Maspero est arrivé trop tard pour arrêter le massacre.

Il a dû y en avoir beaucoup, des feux comme celui-là, tout au long de l'histoire égyptienne. Des bibliothèques entières ont été transformées en engrais, répandues sur les champs. Concernant les textes égyptiens, la bibliothèque d'Alexandrie ne contenait sans doute pas tous les livres scientifiques précieux conservés dans l'ensemble des temples.

26.

Le pharaon sans sexe

Religion savante et religion populaire, morale osirienne et morale chrétienne. Les théologies amonienne, solaire, memphite et hermopolitaine. Le mythe d'Osiris. La révolution amarnienne. Le secret des prêtres d'Abydos. La reine Hatshepsout, sage précurseur d'Aménophis IV.

Ces notions si subtiles étaient-elles intelligibles pour les gens du peuple ?

Les Égyptiens valorisaient l'étude et le savoir, mais ce ne sont évidemment pas les paysans qui se penchaient généralement sur les textes.

Prenons l'exemple du Ramesseum, le temple jubilaire de Ramsès II, sans doute le plus bel édifice qui puisse nous servir de témoin. Il est entouré d'annexes en terre crue où se trouvaient des maisons de prêtres. Il y avait aussi les fameux magasins, qui furent, de même que les pyramides, considérés à tort comme les fameux greniers de Joseph dont parle la Bible. En réalité, toutes sortes d'objets précieux et de produits alimentaires y étaient conservés. Pharaon récompensait ses sujets avec de l'or mais il les payait aussi en nature, c'est-à-dire qu'il les nourrissait et leur faisait parfois des dons. À côté des greniers, des maisons des prêtres et des annexes pour le culte, il y avait certainement des ateliers et des laboratoires. Je suis persuadée que Karnak devait fourmiller de ces lieux de recherche où les astronomes, les médecins, les pharmaciens, les chimistes développaient leurs connaissances. Tout cela se faisait dans le voisinage immédiat du dieu. On allait vers le divin en essayant de comprendre les secrets de la nature.

Que cherchaient donc tous ces prêtres ?

Je ne parle pas de ceux qui ne se préoccupaient que de leur carrière ou de leur fortune. Ceux-là devaient être nombreux, comme ils le sont aujourd'hui. Pour moi, je vous l'ai dit, il va de soi que les prêtres de haut rang étaient aussi des savants qui tentaient de percer les mystères de l'univers. De découverte en découverte, ils poursuivaient une certaine idée qu'ils se faisaient de la Vérité. Ainsi chacun de ces savants, travaillant à proximité des temples, ajoutait sa petite pierre au grand édifice du savoir égyptien. Les papyrus religieux étaient recopiés au scriptorium de la Maison de Vie afin d'être mieux préservés, pour que tous ces trésors ne disparaissent pas et aussi, pour une certaine part, afin de les diffuser.

Le petit peuple, lui, ignorait probablement les préoccupations de ces chercheurs retirés dans leurs laboratoires. Un paysan ou un « commerçant », dans les petites villes et les campagnes, n'avait aucun contact avec eux, sauf peut-être à l'occasion de certaines fêtes. L'Égyptien moyen ne connaissait que les prêtres « horaires » qui accomplissaient le service du culte dans le temple local. Dans les petites écoles de campagne, on devait apprendre aux gamins des légendes édifiantes, destinées à dégrossir leurs esprits. Un vieux scribe du village leur enseignait la sagesse et la morale.

Il semble qu'il y ait eu, très tôt, je vous l'ai dit une sorte de religion populaire faite pour inciter les gens à suivre la « voie droite », c'est-à-dire la voie osirienne, qui recommande de faire le bien sur terre, d'aimer son voisin, de ne pas commettre de fautes. En contrepartie, on leur promettait une récompense dans l'au-delà. Les gens n'imaginaient sans doute pas que cette contrepartie était la vie terrestre reconstituée. Que leur disait-on ? Tu bénéficieras du bonheur auquel tu as droit. Quel bonheur ? Tu seras près du dieu. Cela ne gênait personne de parler des dieux, d'un côté, et du dieu tout court, de l'autre. Il existait donc un enseignement auquel chacun pouvait accéder.

La religion du peuple se réduisait alors, selon vous, à une morale pratique.

Une morale absolue. La religion populaire, dans le fond, était la religion osirienne, une religion funéraire. Et la légende osirienne, comme vous le savez, est construite autour de l'idée de l'affrontement du bien et du mal. De tout cela, le christianisme s'est abondamment inspiré.

Vous pensez que la morale chrétienne ressemble à la morale osirienne ?

Oui, de façon troublante. La morale osirienne prescrit de suivre l'exemple d'un dieu bon, sage, équitable, le dieu juste qui tend la main aux pauvres et aux déshérités. N'oubliez pas qu'un des rôles majeurs d'Osiris est fondé sur l'épisode de la pesée de l'« âme » au cours duquel le juge évalue les actes accomplis par le défunt. Il ne doit pas avoir enfreint la loi de Maât, comme je vous l'ai dit. Sur l'un des plateaux de la balance se tient Maât, qui symbolise la justice, l'équité et surtout l'équilibre divin, l'équilibre cosmique. Sur l'autre plateau se trouve le cœur du mort, évoquant ses actions, bonnes et mauvaises. Avez-vous troublé l'ordre cosmique par vos mauvais agissements ? Le voyage qui commence au-delà de ce jugement est une sorte de « purgatoire » où vous payez pour vos vilenies. Au terme du voyage, les Égyptiens concevaient sans doute une sorte de paradis, mais ils n'ont jamais été très explicites à ce sujet.

La morale sur terre serait donc le miroir d'une loi cosmique ?

Chacun doit se conformer à l'ordre cosmique qui s'exprime par la loi de Maât. La mission de Pharaon est de faire régner cette loi sur la terre et celui qui ne sert pas cet ordre supérieur donne prise au chaos. Cette religion populaire s'est mise en place progressivement. Les premières citations de ce qui devait devenir le Livre des Morts apparaissent dès le Moyen Empire, dans les Textes des Sarcophages, mais nous pensons que la morale osirienne devait être en place depuis très longtemps.

Quelle est la différence entre cette religion populaire et la théologie des élites ?

Les élites n'ont pas une théologie mais plusieurs, correspondant aux différents courants de pensée qui se sont exprimés au long de l'histoire égyptienne : la théologie amonienne, la théologie solaire, la théologie memphite, la théologie hermopolitaine. On a longtemps cru qu'il s'agissait de systèmes de croyances opposés, mais lorsqu'on les étudie de près, on perçoit d'évidentes convergences.

Quatre grandes théologies. Par laquelle commençons-nous ?

Commençons par les prêtres d'Hermopolis, ce qui est logique, puisque leur théologie concerne l'histoire du cosmos avant la création du monde. À mon avis, ces prêtres sont les véritables promoteurs de l'esprit scientifique égyptien. Il s'agit d'une métaphysique très complexe. Les souverains les plus évolués sont toujours restés fidèles à la théologie hermopolitaine.

Pour eux, lorsque le monde n'existait pas encore, il y avait une grande soupe initiale – on pourrait y voir la confusion originelle que nos physiciens décrivent. Dans ce brouet primordial, il n'y a ni lumière ni soleil, seulement des éléments mâles et femelles qui s'agitent, un peu comme des atomes. Ces éléments se rencontrent et on voit surgir, au milieu de rien, la première terre, ou plutôt une sorte de tertre d'où le soleil va sortir, né de la fusion d'un élément mâle et d'un élément femelle, en un mot, la lumière.

Quelles sont selon eux les forces premières qui président à la naissance de notre monde ?

Les Égyptiens les symbolisent par des formes humanoïdes, avec des têtes de grenouille ou de serpent, des sandales à tête de chien aux oreilles dressées, toujours dans l'eau et dans l'obscurité. La grenouille et le serpent évoquent sans doute la rencontre d'éléments mâles et femelles complémentaires convergeant vers une manière de big-bang d'où sont issus le soleil, la lumière et l'enfant solaire. Voilà donc l'essentiel de cette théologie hermopolitaine, avec tout ce qu'elle représente comme recherches médicales, physiques, géophysiques, astronomiques. À mes yeux, les prêtres d'Hermopolis sont les plus évolués de tous ceux de l'histoire de l'Égypte.

Ce n'est donc pas un hasard si Aménophis IV, ou Akhénaton, a décidé d'installer à Tell el-Amarna, c'est-à-dire Akhétaton, sa nouvelle capitale, juste en face d'Hermopolis, qui est la ville du très savant Thot : on voit bien dans les textes qu'il était très influencé par cette religion épurée, scientifique. Dans ses sanctuaires solaires, l'astre était censé pénétrer partout : il n'y avait donc pas de plafond. Deux tours formant les pylônes portaient chacune cinq mâts, les cinq éléments mâles et les cinq éléments femelles de la théologie hermopolitaine, alors que les portes monumentales des autres temples en comptaient un, deux ou quatre.

Quelles sont les autres grandes théologies élaborées par les prêtres égyptiens ?

Pour les prêtres d'Héliopolis, la lumière est apparue et le monde va pouvoir être créé. C'est la deuxième étape. La troisième concerne l'apparition des hommes : ce sont les prêtres de Memphis qui élaborent cette mythologie autour de la figure du dieu Ptah qui préside aussi, naturellement, aux acti-

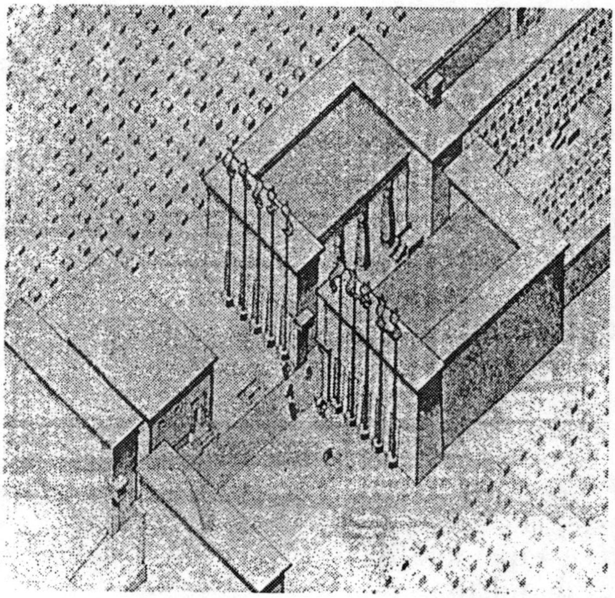

Pylône amarnien

Cette reconstitution de l'entrée du grand temple d'Aton permet de constater que les pylônes amarniens sont ornés de deux fois cinq mâts à oriflamme.

vités artisanales. Viennent alors les prêtres d'Abydos, interprètes éclairés de la légende osirienne qui fut diffusée dans tout le pays. Vous connaissez l'histoire d'Osiris, bien sûr, commentée tardivement par Plutarque.

Rafraîchissez-nous la mémoire.

Plutarque raconte que ce dieu a régné sur terre pendant des millénaires. Il serait le dernier être divin à avoir régné sur la terre. Il a comme épouse bien-aimée la déesse Isis, mais il est surprenant, vous ne trouvez pas, que ce couple idéal n'ait pas un seul héritier au bout de plusieurs millénaires alors qu'une famille égyptienne avait souvent une dizaine d'enfants ? Il s'agit donc d'un mythe. Isis et Osiris règnent sur l'humanité, puis ils œuvrent ensemble pour son bonheur.

Ils créent la morale, la « civilisation », montrent la ligne de vie, mais Osiris est en butte à la jalousie de son frère Seth, le perturbateur par excellence, qui finit un jour par le mettre à mort, dans un guet-apens. Isis sauve une fois son époux, mais elle échoue après le second meurtre. Seth retrouve le corps d'Osiris, le découpe en quatorze ou seize morceaux et le jette dans le Nil. Or le nombre seize rappelle étrangement les seize coudées de l'inondation idéale.

Car le mythe osirien évoque l'inondation qui donne la vie à l'Égypte. Les fragments du corps démembré d'Osiris sont épars dans l'élément aquatique. Pendant ce temps Isis, grâce à un tour de magie, s'est transformée en oiseau. Elle survole le Nil et retrouve les unes après les autres toutes les parties du dieu. Une fois ces morceaux rassemblés, elle fabrique la première momie, mais elle s'aperçoit qu'il y manque, comme vous le savez, l'organe de la reproduction. Or, je le répète, ils ont vécu ensemble bien longtemps, Osiris et elle, sans engendrer de rejeton.

Dans ces conditions, c'était un peu normal !

En effet. Alors, usant de ses pouvoirs magiques, Isis restitue à la momie le membre manquant, se transforme de nouveau en oiselle et vient se poser sur le corps du dieu. Une fois fécondée, elle se cache dans les marécages, car Seth veut empêcher Osiris d'avoir un héritier. La plupart des égyptologues s'accordent à prétendre qu'elle se réfugie dans les marécages de Chemmis, mais je suis persuadée qu'il faut faire une lecture symbolique de cet épisode.

La déesse est donc dans le marécage, de même qu'Horus, l'enfant qu'elle attend, baigne dans le liquide amniotique. Isis est maintenant la mère initiale, la grande Déesse mère dont toutes les religions ont parlé. Elle se confond avec Hathor, la déesse de l'amour et du devenir perpétuel. Quand le défunt accomplit ses rites de passage, il doit se fondre dans le sein de la mère universelle pour renaître à la félicité sous la forme de l'enfant solaire. Cet itinéraire est essentiel. La mort n'existe pas. Elle n'existe que pour être transcendée, pour être dépassée.

À partir de là, on peut tenter d'y voir un peu plus clair dans ce qu'on appelle la révolution amarnienne, le fameux coup de force d'Aménophis IV – Akhénaton. Contrairement à ce qui a été dit, Akhénaton n'a pas cherché à transformer les croyances égyptiennes. Il a d'abord certainement tenté de les épurer en s'inspirant de l'enseignement des prêtres d'Hermopolis. Un peu comme Jean XXIII, si vous voulez, il a tenté de rendre la « religion » plus scientifique, plus compréhensible aux hommes et aux femmes de son époque. Quel est en effet le plus grand mystère ? Le mystère de la vie et de la mort. Akhénaton a décidé de rendre ces choses intelligibles aux hommes de son temps, mais il est allé beaucoup trop loin.

Pourquoi trop loin ? Expliquez-nous cela.

Pour la remercier de son action en Nubie, le gouvernement égyptien a donné à la France un buste d'Aménophis IV, une des premières représentations du pharaon après sa réforme (cf. pl. xx). Lorsque la statue fragmentaire entra au Louvre, en 1971, j'ai été amenée à m'intéresser de plus près à la prétendue « hérésie » amarnienne. C'est à Karnak qu'Aménophis IV a essayé d'exprimer son projet dans un monument, selon une démarche typiquement égyptienne : traduire une idée religieuse par la forme architecturale, et par tous les détails architectoniques de l'édifice, en l'occurrence par ses fameuses statues osiriaques.

Les desseins d'Aménophis IV, j'en suis intimement persuadée, se sont inspirés de ceux que la reine Hatshepsout avait tenté d'exprimer dans son temple de Deir el-Bahari et que Ramsès traduisit par la suite au Ramesseum : il n'y a pas deux dieux mais deux formes, émanations d'une entité supérieure qui est en même temps nuit et jour, féminin et masculin, force créatrice et force de réaction protectrice. Rê et Osiris incarnent le même principe divin, mais à deux étapes différentes. Il n'y avait rien d'iconoclaste là-dedans, même si on a prétendu que le pharaon avait voulu détruire toutes les formes divines. Ce sont les images d'Amon (le « Caché ») qu'il a voulu faire disparaître, mais a-t-il souhaité, comme on le prétend aussi, détruire les rites osiriens ? Nullement !

Lorsque vous arrivez à l'est de Karnak, vous rencontrez les vestiges des temples que ce roi a érigés à sa nouvelle religion, et là, ô stupeur, vous découvrez des piliers osiriaques représentant Aménophis IV. Et même si son tombeau a été complètement détérioré et pillé, il nous reste des vestiges qui nous permettent de comprendre qu'il a été en réalité enterré suivant le rite funéraire osirien, ayant été momifié. On a retrouvé dans son tombeau des *shaouabti*, statuettes funéraires représentant le défunt sous les traits d'Osiris.

Où est passée la momie d'Akhénaton ?

Je n'en ai aucune idée ! Il a sans doute été enterré à Akhétaton, mais je n'en ai aucune preuve. Il y avait certainement pensé puisqu'il a fait préparer sa tombe pour lui-même et au moins Néfertiti (cf. pl. XIX) et l'une de ses filles. Il semble que les témoins d'un mobilier funéraire ont été retrouvés, ce qui prouverait que le souverain a bien été inhumé dans sa capitale.

On ignore vraiment jusqu'à ce jour les circonstances qui ont suivi la disparition d'Akhénaton et même les raisons de cette disparition. On ne peut qu'affabuler et je m'interdis ce genre de spéculation. En ce qui concerne la Vallée des Rois qui abrite depuis la première moitié de la XVIIIe dynastie la plupart des dépouilles royales, la quasi-totalité de ses caveaux ont été violés par convoitise. De plus, les prêtres thébains se trouvaient à proximité pour prendre en main les vestiges de ces pillages, pour s'efforcer de les sauver. En ce qui concerne la nécropole royale creusée dans la falaise de Tell el-Amarna, il ne s'agissait pas d'un ensemble de plusieurs sépultures, mais d'une seule. Naturellement, elle peut avoir été pillée par les adversaires du roi qui y aurait été inhumé, mais pourquoi pas plutôt par des voleurs cherchant à s'emparer de trésors lucratifs ?

Que s'est-il passé à la mort d'Akhénaton ?

Personne ne peut encore le dire exactement. Néfertiti, associée comme corégente normale au trône, a-t-elle pris le pouvoir ? Sémenekhkarê, son successeur immédiat, a-t-il réellement été roi et a-t-il même régné éventuellement une seule année, marié à l'une des filles d'Akhénaton ? De même encore, certains fidèles de la famille d'Aménophis III et surtout de la reine Tiyi, mère du roi « révolutionnaire », ont-ils transporté les reliques d'une tombe déjà pillée dans une réserve aménagée dans la Vallée des Rois, le fameux caveau n° 55 se trouvant à l'entrée de ce ouadi ?

Vous dites alors qu'Akhénaton n'était pas ce pharaon iconoclaste qu'on a prétendu et qu'il n'a donc jamais lutté contre le culte osirien ?

Non, il a lutté contre une fautive interprétation de la religion osirienne. Seulement, il a osé une chose incroyable qui a probablement provoqué sa mort : il a voulu dévoiler ostensiblement et brutalement, crûment, le secret d'Osiris, lever le voile qui protégeait la *blessure* du dieu, ce que la reine Hatshepsout n'avait pas osé ou voulu révéler.

Quel était donc ce secret ?

Akhénaton tenait à révéler qu'Osiris, au moment de sa mort, était bien privé de la possibilité de procréer parce qu'il n'avait plus de sexe. Je vous expose cela d'une manière un peu trop simpliste mais c'était là un enseignement d'une très grande profondeur. Aménophis IV a choisi de se faire représenter en Osiris (sans sexe). Pour rappeler que le mystère de la mort et de la vie participait aussi de celui de l'inondation, il s'est fait sculpter, à l'image du génie de la future crue, avec un abdomen démesuré et de larges cuisses. Les archéologues se sont interrogés sur ce phénomène et cet aspect d'un être asexué. « C'est Néfertiti », ont dit certains. « C'est un eunuque », ont dit les autres. « Vous n'y êtes pas : c'est un hermaphrodite. »

Contre un pilier, il est nu, avec sa coiffure de pharaon. Contre le pilier voisin, se trouvait sa statue en soleil rayonnant et vêtu de son pagne de roi vivant. La symbolique est simple : hier et demain, obscurité et lumière. Cette double représentation exprime cette force atomique qui monte à l'orient le matin et qui disparaît le soir, mais pour la majorité des Égyptiens, l'audace du pharaon était effrayante. Il dévoilait le secret divin, qui faisait la fortune et la raison d'être des prêtres d'Osiris. Ces derniers ne le lui ont jamais pardonné. Ils ne l'avaient pas davantage pardonné à la reine Hatshepsout qui, pourtant, était demeurée plus discrète dans le message qu'elle avait laissé.

Comment la communauté scientifique a-t-elle réagi ?

Évidemment, j'ai eu le plus grand mal à convaincre certains de mes collègues de cette interprétation. Je me souviens d'un confrère anglais qui voulait nous faire admettre que le pharaon était atteint du syndrome de Freulich – une forme d'obésité où les cuisses grossissent tant qu'elles finissent par tout envahir. Pauvre Akhénaton, qui voulait signifier à ses descendants son grand projet de réforme religieuse ! Certains observateurs ont prétendu que le pharaon était impuissant, mais nous savons qu'il a eu six filles ! De surcroît, à cette époque, on ne représentait que les filles parce que seul l'élément féminin était rituellement pris en compte. On n'imagine pas un roi se faire figurer nu et asexué, alors que le pharaon est, dans les citations officielles, le « Taureau puissant » d'Égypte ! Non, le problème de nombreux égyptologues est qu'ils sont prisonniers de leur mentalité occidentale, et certains en arrivent naturellement à dire des énormités. Je dois dire qu'en revanche d'autres m'ont fait bon accueil. Ainsi Aristide Théodoridès a-t-il consacré un trimestre de son enseignement à l'Université libre de Bruxelles en faisant travailler ses étudiants sur ce que je venais de mettre en lumière.

Il est vrai que chacun doit s'en tirer avec les moyens du bord car, comme je vous l'ai dit, nous ne possédons aucun détail écrit à ce sujet. L'histoire de l'Égypte ancienne est un naufrage. Les villes, où se trouvaient sans doute les bibliothèques, ont toutes disparu sous les cités modernes, je vous le répète, et les temples ont été pillés. Nous n'avons retrouvé que des miettes. Comme le suggérait Gaston Maspero, c'est un peu comme s'il fallait reconstituer l'histoire de France à partir des stèles du Père-Lachaise.

Pourquoi Aménophis IV s'est-il engagé dans cette voie alors qu'il risquait d'être mal compris par les siens ?

Je pense sincèrement qu'il s'est trouvé un précurseur en la personne de la reine Hatshepsout. C'était une femme extraordinaire. Avec l'aide de son grand intendant Senenmout, elle a essayé pour son peuple de faire évoluer la compréhension des mystères de la vie et de la mort. À l'époque, l'Égypte venait de repousser l'invasion des Hyksos. Son père, ses prédécesseurs et surtout les dames royales avaient contribué à rétablir dans les temples le rituel du culte journalier parce que tout avait été plus ou moins détruit. À la mort de son époux, Thoutmosis II, Hatshepsout et Senenmout se sont interrogés sur le sens des rites et des mystères. Senenmout était sans doute un homme génial, un grand savant, comme en témoigne le plafond de sa tombe astronomique.

Comment ont-ils réussi à piloter cet extraordinaire vaisseau qu'était l'Égypte ?

Quand Hatshepsout fit construire son temple jubilaire, qu'on appelle improprement funéraire, elle chercha à exprimer ses conceptions sur le devenir de l'humain. Elle conçut un extraordinaire chef-d'œuvre, notamment cette sorte d'escalier qui monte à l'assaut de la falaise de la nécropole thébaine. C'est un Versailles religieux, un monument unique dans l'histoire égyptienne. On y trouve des piliers osiriaques, parce qu'il s'agit du jubilé de la reine, de son éternel renouvellement : la veille du jour de l'An, elle est Osiris, le lendemain, elle redevient le soleil.

C'est là qu'elle exploite une idée géniale qui n'a pas dû

plaire aux prêtres d'Osiris. Dans les mains de ses statues osiriaques « jubilaires », elle tient naturellement ce qu'on a appelé un fouet et un crochet, emblèmes qui ont fait couler beaucoup d'encre. Certains ont dit que le crochet servait à aller recueillir la résine, l'oliban, et que le fouet servait à décrocher la gomme. Il me semble que ces gens n'ont jamais vu comment on fait sortir la gomme d'un tronc de pin : on fait une entaille et la résine s'écoule dans un seau. Ils ont pu s'imaginer que le pharaon décrochait des boulettes de résine avec son fouet. Je pense que le *flagellum* évoque le genre féminin, jumelé avec le nord, et que le crochet *héqa* représente le sud, mais l'énigme est encore sans solution.

Osiris se réveille donc au matin comme le soleil. Pharaon est alors irradié par l'énergie de l'astre. C'est pourquoi Hatshepsout ajoute dans les mains de ses colosses osiriaques les deux symboles du soleil, le signe de vie *ânkh* et le signe *ouas*, deux éléments qui se retrouvent dans tous les emblèmes religieux qui expriment le soleil et son action. Plus tard, quand Aménophis IV a voulu commenter le rôle de l'astre, il l'a fait figurer projetant ses rayons. C'était une innovation. Or ces rayons se terminent par de petites mains ; au début de son règne, ces mains tiennent alternativement le signe de vie *ânkh* et le signe *ouas*, le souffle solaire.

Ainsi, sur les piliers osiriaques du temple jubilaire de la reine Hatshepsout, nous détectons toute la réforme amarnienne en gestation. Osiris est à la fois la forme solaire et le repos nocturne en une seule image. C'est ce qu'Aménophis IV a exprimé à travers ses statues osiriaques : celle qui le représente dans sa nudité devenue stérile, celle qui le montre en soleil rayonnant, mais par la suite sa réforme devient trop radicale, trop exclusive, et ce manque de souplesse, dans son ivresse mystique, fera sa perte.

Ramsès II dut hériter de ces deux réformateurs, mais comme il possédait un esprit politique, il prit soin de ménager les prêtres d'Amon, au point de renier ouvertement l'héritage excessif du roi d'Amarna. Lorsqu'il établit la liste de ses ancêtres, il supprima celui dont la pensée religieuse pouvait déplaire au clergé de Karnak : Aménophis IV.

Le pharaon sans sexe

On a dit qu'Aménophis IV était l'inventeur du monothéisme ?

C'est un monothéisme qui n'a rien à voir avec ce que nous appelons ainsi. Les prêtres égyptiens tentent avant tout de comprendre l'ordonnancement secret du cosmos. Leur langage symbolique, que nous avons tant de mal à décrypter, sert à communiquer ces révélations entrevues. En Égypte, l'idée d'un principe divin unique est moins une idée religieuse qu'une hypothèse scientifique.

27.

Maât ou l'Harmonie du monde

Un manuel de médecine. Un pot de terre cuite destiné à recueillir du lait de femme. La prophétie faite à la mère de Champollion. Le collège des prêtres d'Amon. Pétosiris, grand prêtre d'Hermopolis, champion de la morale osirienne. Osiris et Maât.

Comment les prêtres étaient-ils recrutés ?

Au Nouvel Empire, les enfants les plus doués étaient envoyés à l'école du temple, la Maison de Vie. À l'Ancien Empire, nous ne savons pas vraiment comment les choses se passaient.

N'y avait-il pas d'écoles dans les villages ?

Si, certainement. Elles devaient ressembler aux écoles coraniques d'aujourd'hui, mais il a existé très tôt un enseignement supérieur. Nous connaissons, par exemple, le cas d'une femme médecin, donc certainement diplômée, dès la fin de la IVe dynastie.

Les élèves d'un très haut niveau n'avaient-ils pas leur propre maître ?

Bien entendu. Le musée de l'université de Chicago possède un célèbre papyrus, dit papyrus Edwin Smith, du nom de son propriétaire qui en a fait don au musée. C'est le grand égyptologue américain James Henry Breasted qui l'a publié. Il s'agit d'un manuel de chirurgie, rédigé par un chef de clinique, qui enseigne aux étudiants la manière d'établir un diagnostic, ainsi que de soigner les blessures de guerre. « Si le blessé présente tel phénomène, tu le soigneras de la manière suivante... S'il ne peut plus parler, tu t'y prendras de cette manière[1]... » Malheureusement, le papyrus est incomplet, et nous ne connaissons pas les prescriptions conseillées par ce praticien. À notre connaissance, les Égyptiens dominaient au moins quatre spécialités : la cardiologie, l'ophtalmologie, la gynécologie et la médecine générale. Ils étaient également d'excellents vétérinaires et disposaient d'une extraordinaire pharmacopée.

Lorsque j'ai commencé à travailler au Louvre, je vous l'ai dit, j'ai débuté en faisant l'inventaire des réserves de notre département. Dans une caisse qui n'avait pas été ouverte depuis plus d'un siècle, j'ai trouvé la base d'un petit pot de terre cuite qui représentait la partie supérieure d'une femme accroupie, tenant un enfant. Quelque temps plus tard, j'ai retrouvé la partie inférieure de cette poterie (cf. pl. XI). Je savais qu'un objet presque semblable existait au musée de Moscou : il avait été étudié par un de mes collègues qui l'avait identifié comme une représentation d'Isis. À l'époque, je travaillais avec Gustave Lefebvre, un de mes maîtres, qui préparait une somme sur la médecine égyptienne. Il commençait à devenir aveugle et ne pouvait aller dans les bibliothèques. Je faisais donc des recherches pour lui et j'étais ainsi informée des textes religieux concernant la médecine, qu'il étudiait avec Jean Porge, un agrégé de médecine remarqua-

1. Pour plus de détails, voir Th. Bardinet, *Les papyrus médicaux de l'Égypte pharaonique,* Fayard, Paris, 1995.

blement versé en égyptologie. J'ai commencé à mettre en doute l'interprétation qui avait jusqu'alors été donnée.

Pour quelles raisons ?

On ne pouvait simplement pas prendre toutes les représentations féminines tenant un garçon pour des figurations d'Isis ! Non, il s'agissait simplement d'une femme qui montrait son nouveau-né, un enfant nu qui ne pouvait pas encore marcher. J'en ai déduit que ce petit pot de terre cuite était sans doute destiné à recevoir le lait d'une femme qui venait de mettre au monde un enfant mâle. Je n'aurais peut-être jamais trouvé cette explication si je n'avais pas lu pour Lefebvre ces textes sur la guérison par le lait d'une femme qui venait de mettre un enfant mâle au monde. Ce lait était censé guérir également les ophtalmies, le coryza et les maux de gorge.

Cette histoire de petit pot m'a rappelé une prophétie qui a été faite avant la naissance de Champollion. Sa mère, qui se croyait stérile, était allée consulter un vieux mage oriental – peut-être un Égyptien, l'histoire ne le dit pas. Et le vieux mage lui dit : « Tu vas faire un lit d'herbes sèches et odorantes, tu dormiras dessus, tu seras bientôt enceinte d'un enfant mâle. » Évidemment, nous supposons que Mme Champollion a aussi demandé la coopération de son mari... mais cette prophétie m'a intéressée, j'ai cherché dans les vieilles légendes régionales françaises des histoires comparables et cette quête m'a emmenée au-delà du Moyen Âge. Cette légende datait bien de l'époque romane mais, à mon avis, elle provenait certainement de la tradition égyptienne. C'est ainsi que la même prédiction concerne la légende de saint Remi de Reims. Le vieux mage sollicité par sa mère (lorsqu'elle était encore inféconde) lui prédit la naissance miraculeuse d'un fils, alors que son lait guérirait un aveugle. La médecine empirique des Égyptiens a fait ses preuves, puisqu'elle s'est transmise à tout l'Occident par l'intermédiaire des Grecs. Hippocrate n'a fait que diffuser ce qu'il avait appris des Égyptiens.

Que signifie empirique ?

Cela signifie que si vous utilisez un médicament une dizaine de fois et que vous obtenez à chaque fois le même résultat, vous en déduisez que la recette est bonne.

C'est la définition de la méthode scientifique...

Mais bien sûr, je ne cesse de vous le dire ! Les Égyptiens étaient pour leur époque de grands scientifiques et leurs recettes pharmaceutiques étaient le résultat d'une expérimentation rigoureuse. Lorsqu'ils recommandaient une huile spécifique pour soigner les rhumatismes, ce n'était pas au hasard. Ils prescrivaient de l'ail pour certaines morsures de serpent : c'est une méthode que l'on utilise encore aujourd'hui en Égypte.

Comment était organisé le collège des prêtres ?

Je ne peux vous répondre que pour ce qui concerne les prêtres d'Amon, car les autres collèges sont moins bien connus. Le mot *Amon* vient du mot *imen*, qui signifie le « Caché ». Amon est la force créatrice présente dans tous les phénomènes, la puissance génésique, le Créateur. Le grand prêtre du collège d'Amon se faisait simplement appeler premier serviteur d'Amon (expression autrefois traduite par « premier prophète du dieu »). Après lui, selon une stricte hiérarchie, venaient encore trois prêtres adjoints. À côté de ces officiants il y avait les *ouab*, les purs, les sacristains. Ils étaient épilés des pieds à la tête et pratiquaient des ablutions rituelles avant de pénétrer dans le temple. Et puis il y avait les prêtres horaires, appelés ainsi parce qu'ils donnaient quelques heures par jour au service du temple. Comme chez nous, un certain nombre de laïques étaient préposés au service du culte et à l'entretien du temple. Il existait encore les chanteuses d'Amon, dirigées par une grande maîtresse qui était souvent une princesse ou une reine. Les Grecs ont fait courir la rumeur selon laquelle toutes les femmes qui vivaient dans la proximité des temples étaient des prostituées. Cela est naturellement faux !

Y avait-il un savoir occulte qui se transmettait de bouche à oreille, de grand prêtre à grand prêtre ?

Certainement. Les conservateurs du Louvre se transmettent des secrets, eux aussi. Pourquoi les grands prêtres n'en auraient-ils pas fait autant ? Et les ministres donc ! Prenez l'exemple de Pétosiris, qui fut un grand prêtre, mais aussi gouverneur d'Hermopolis. Nous savons qu'il a vécu entre les deux invasions perses, celle de 525 avant notre ère et celle d'Artaxerxès III Ochos (vers 350 av. J.-C.). Pétosiris nous a légué des textes passionnants, dans son magnifique monument funéraire qui a les allures d'une chapelle royale, voire d'un temple. Il raconte que son propre frère a été contraint de collaborer avec les Perses et a perdu, pour cette raison, sa situation honorifique. Lorsque le grand prêtre a repris en main le gouvernement de la ville d'Hermopolis et l'administration du temple, tout avait été saccagé. Il a tout reconstruit. Les inscriptions laissées par son frère, son fils et sa femme disent qu'il était un sage : « Pétosiris a suivi la voie du dieu. » Et l'on s'aperçoit peu à peu que la figure de Pétosiris, tout auréolé de morale osirienne, apparaît comme une figure préchristique. Ce prêtre a laissé des hymnes extraordinaires qui ont été traduits par Gustave Lefebvre et qui préfigurent des passages entiers des Psaumes (pour certains, même, c'est un « mot à mot ») (cf. pl. VI).

Cette morale osirienne si proche de la morale chrétienne. C'est cela ?

Absolument. Ne pas faire de mal à son prochain... Pour le dire rapidement, Osiris serait l'avenir en germe dans la mort, et Maât, qui symbolise l'équilibre et l'harmonie, serait la force assurant la permanence du divin, au-delà des transformations. La morale osirienne concerne le comportement de l'homme sur terre, qui doit tenter de s'approcher de Maât.

La différence entre Osiris et Maât correspondait un peu à la différence entre la morale et la métaphysique ?

Si vous voulez, mais en Égypte la morale est étroitement liée à la métaphysique, car c'est l'équilibre du monde qui est bafoué quand la morale n'est plus appliquée. Celui qui ne respecte pas la morale est amené à enfreindre la loi de Maât, mais il ne faut pas mettre Maât à toutes les sauces comme on a tendance à le faire de nos jours. Celle-ci ne peut être approchée que par le souverain, dont le rôle est de la faire respecter sur la terre. Pour maintenir cet équilibre, il doit veiller à ce que ses sujets se conforment à l'idéal osirien.

La pensée égyptienne n'est pas une philosophie éthérée, elle est composée d'idées très simples. Lorsque les Occidentaux se penchent sur les textes religieux, ils croient y voir des mystères compliqués, alors qu'il suffit parfois de se mettre au diapason de cette simplicité pour les comprendre. Alors on se dit : « Mais c'est donc cela qu'ils voulaient dire ! Mais c'est l'évidence ! » On en ressent alors une grande satisfaction.

Vous nous avez déjà parlé de la présence de Maât lors du jugement des morts et de la pesée du cœur : que symbolise cette petite plume d'autruche que l'on déposait sur la balance ?

Pour les Égyptiens, Maât désigne l'équilibre, le moteur du monde, l'Éros qui préside à la perpétuation du monde. Depuis que certains brillants égyptologues allemands ont remis Maât à la mode, les spécialistes s'imaginent qu'ils ont enfin compris le rôle de Maât dans la civilisation égyptienne, mais je peux vous dire qu'Alexandre Moret, en 1932, faisait déjà l'essentiel de ses cours sur Maât et qu'il en avait largement percé la signification.

Peut-on dire que Maât, c'est l'équilibre ?

Certes, mais de quel équilibre s'agit-il ? Comment l'obtient-on ? Comment le maintenir ? À quelles conditions parvient-on à rester dans le cycle, à ne pas tomber dans le néant dont les Égyptiens avaient une grande peur ? Force érotique qui permet à la vie de se survivre à elle-même, Maât incarne l'équilibre au sens de l'harmonie cosmique et concerne toutes les facettes de cette réalité qu'on appelle l'univers. Sans cette équation universelle, rien ne pourrait exister. Comment mieux définir cette notion complexe ? Disons que Maât serait la résultante de toutes les forces qui finissent par se neutraliser pour que triomphe la paix cosmique. Chaque Égyptien, en s'approchant de Maât, participe donc à ce grand mouvement vers l'harmonie universelle.

Nous disposons d'un texte du seigneur Pahéry, d'Elkab, la profession de foi d'un Égyptien qui explique que selon lui Maât est un idéal de sagesse qu'il entend suivre avec application. Maât est la ligne de conduite idéale de tout homme qui prétend vouloir le bien. Le roi lui-même gouverne selon les lois de Maât. C'est la raison pour laquelle, sur certains reliefs, on le voit présenter Maât à l'esprit divin. Comment interpréter cette « remontée » de Maât vers le Créateur ? Le souverain a la charge de responsabilités innombrables : il doit rétablir et maintenir la marche du monde, protéger les frontières de l'Égypte, assurer le pain quotidien des Égyptiens, veiller à ce que l'inondation ne soit pas retardée, entretenir les canaux... Il est secondé par le vizir, qui est lui aussi le serviteur de Maât. C'est pourquoi il porte, suspendu à son cou, l'image de la déesse avec sa petite plume sur la tête.

Gouverner l'Égypte, c'est donc gouverner l'univers ?

Le pharaon règne sur l'Égypte en suivant le plan divin. Il lutte contre le chaos, il maintient l'ordre conçu par le démiurge, c'est ainsi qu'il fait remonter Maât à son origine divine.

Existe-t-il des temples consacrés à Maât ?

Seulement de petites chapelles, car Maât ne réside pas dans un temple, mais dans l'univers tout entier. Devant les pylônes des temples, il y avait un endroit où l'on rendait la justice, et qui s'appelait *routy di Maât,* « La porte où la justice est rendue ». Il faut se garder de prendre Maât pour une déesse. Ce que nous appelons les dieux n'étaient pour les Égyptiens que des expressions de la divinité – une manière d'identifier les actions et les manifestations de la puissance universelle. Ramsès l'explique très bien lui-même dans un papyrus conservé au musée de Leyde : « Ne croyez pas à tous ces dieux, dit-il en substance. Lorsqu'un homme pense une chose puis une autre, accomplit ceci puis cela, vous ne dites pas : il y a ici plusieurs hommes. Eh bien, c'est la même chose pour les dieux. » On ne saurait mieux dire. Les dieux égyptiens expriment les multiples dimensions d'un ordre cosmique qu'il ne faut surtout pas déranger. Ainsi la notion de Maât est-elle centrale dans la pensée égyptienne. J'espère que nos philosophes parviendront à définir un concept aussi éclairant, aussi original.

28.

L'ascension d'un scribe

Recevoir son écritoire. Le calame, pinceau des scribes.
La culture, valeur la plus précieuse dans l'Égypte des pharaons.
La Maison de Vie. L'itinéraire d'un « riz-pain-sel ».
Lettre à une morte.

Les études et le savoir étaient socialement valorisés dans l'Égypte des pharaons ?

« Ton calame t'a fait monter jusqu'aux pieds du roi », lit-on sur certaines inscriptions. Un paysan pauvre mais astucieux est allé à l'école du village, c'est-à-dire chez le vieux sage local, qui lui a enseigné quelques hiéroglyphes et quelques poèmes. Ensuite, il a pu bénéficier de l'enseignement de l'école du temple pour suivre une formation de scribe. À la fin de ses études, il a reçu son écritoire au cours d'une cérémonie qui est, si vous voulez, l'équivalent de notre bachot. L'écritoire était une sorte de palette ou de plumier où étaient insérés, dans de petites ouvertures, des calames faits de roseaux dont on mâchonnait une des extrémités pour lui donner l'aspect d'un pinceau.

À côté de la palette étaient placés un gobelet contenant de l'eau, un pain d'encre noire et un pain d'encre rouge, réservée aux titres – d'où l'invention par les Romains du mot

« rubrique », qui vient de *ruber*, rouge. On apprenait aux étudiants à vénérer les savants qui les avaient précédés et qui avaient chacun leur place dans l'arbre généalogique de la culture. Dans certains papyrus de l'époque ramesside (XIXe dynastie), on cite les auteurs classiques comme Hordjedef, Neferty ou Ptahhotep : « Leurs noms sont devenus éternels... Ils n'ont pas construit pour eux de pyramides de cuivre, ni de stèles de fer... mais leur nom est demeuré grâce à leurs écrits. » Une magnifique apologie de la culture, vous ne trouvez pas ?

Une manière de vénération des traces écrites...

Le scribe trempe donc son calame dans l'eau et le frotte sur le pain d'encre rouge, puis inscrit le titre de son écrit sur le papyrus. Le Louvre possède un très joli godet tronconique, bleu turquoise foncé, avec une inscription au nom de son propriétaire : il s'agit du scribe Paser, un des vizirs de Ramsès. Il annonce qu'avant d'écrire il trempe son calame dans le godet, puis jette trois gouttes d'eau en hommage à Imhotep, le patron des savants. La réponse à votre question est oui, la culture est une valeur très précieuse dans l'Égypte des pharaons.

Comment les études étaient-elles organisées ?

Dans ce domaine, nous avons plus d'intuitions que de certitudes. Il est probable qu'après l'école primaire, les meilleurs éléments allaient à l'école du temple, la fameuse Maison de Vie qui devait correspondre aux études secondaires d'aujourd'hui. Nous avons retrouvé des papyrus contenant des problèmes de géométrie : par exemple, calculer l'inclinaison et la longueur de la rampe nécessaire pour véhiculer des blocs de pierre depuis le quai de débarquement jusqu'au pied de la pyramide. Nous avons également retrouvé la trace de véritables cours de géographie : si le roi fait une expédition en Syrie, par quelles villes devra-t-il passer ? Il y avait certainement des cours d'histoire, bien entendu. Nous disposons d'une copie faite par des auteurs classiques d'un papyrus disparu, où sont indiqués tous les règnes de tous les rois d'Égypte, avec leurs noms, la manière dont on les prononçait à leur époque, le nombre d'années de leur règne (voir par exemple le papyrus royal du musée de Turin). Il y avait donc dans les temples des historiens professionnels.

L'enseignement était-il réservé aux garçons ?

Nullement ! Nous avons, je vous le rappelle, la trace d'une femme médecin qui vivait à la fin de la IVe dynastie.

À quel âge était-on admis dans la Maison de Vie ?

On suppose que les enfants allaient à l'école vers quatre ou cinq ans. Vers dix ou douze ans, les plus brillants pouvaient parfois rejoindre l'école du palais, qu'on appelait le *kep*, où étaient éduqués les fils du souverain et même de vassaux étrangers. Il existait donc un enseignement à deux vitesses : une grande école pour l'élite, l'enseignement ordinaire pour les autres. Il s'agissait d'une sélection par le mérite, non par la classe sociale : il arrivait que des enfants de paysans parviennent dans les plus hautes sphères de l'État, non moins que les fils de seigneurs.

Pouvez-vous en citer un exemple ?

Je pense à ce petit scribe qui était rattaché à l'intendance du pharaon. C'était une sorte de « riz-pain-sel », si vous voulez (du nom argotique qui était donné pendant la Première Guerre mondiale à ceux qui tenaient l'intendance des armées). Évidemment, ce genre de fonction favorise souvent les petits ou grands détournements, et donc l'enrichissement personnel... Ce scribe avait gravi tous les échelons et connu une belle réussite, puisqu'il accompagnait Pharaon dans ses campagnes lointaines. On le connaît par une « Lettre au mort ». Ce genre d'inscription figurait sur des poteries contenant une offrande de blé que l'on déposait sur la tombe d'un « revenant ». Les premières « Lettres au mort » ont été publiées par le fameux philologue anglais sir Alan Gardiner. J'étais encore étudiante lorsque je les ai découvertes et j'avoue que cela me distrayait agréablement de la grammaire égyptienne. Nous devons à ce riz-pain-sel antique une missive étonnante adressée à sa défunte épouse, qui ne le laissait pas en paix. C'était la coutume, pour chasser les fantômes, de leur écrire une lettre.

L'écriture avait donc, pour les Égyptiens, une vertu magique ?

Bien sûr ! Le scribe était en déplacement avec le pharaon et son armée lorsque son épouse est décédée. Depuis, elle le persécutait toutes les nuits. Au retour de sa lointaine expédition, il avait pris la décision d'en finir une fois pour toutes avec elle.

« Écoute, lui écrit-il grosso modo, quand je t'ai épousée, nous étions de petites gens, toi et moi. Puis mes affaires se sont améliorées, je suis monté dans l'échelle sociale. J'ai tout fait pour être à la hauteur de cette nouvelle situation, j'ai affiné mes manières, j'ai cherché à me perfectionner, à rencontrer des gens intéressants. Mais toi, pendant ce temps, tu n'avais qu'une idée en tête : acheter de belles robes, recevoir l'hommage de mes amis et de mes inférieurs qui étaient obligés de s'agenouiller devant toi et de t'apporter des présents. Tu me tirais vers le bas. Tu me ridiculisais. Tu avais des manières impossibles. Tu n'as jamais voulu changer, je t'ai pourtant gardée et n'ai pas divorcé.

« Quand tu es morte, hélas, j'étais au loin, au service de Pharaon. J'ai donné toute ma solde pour qu'on te fasse de belles funérailles. J'ai tout sacrifié pour que l'on puisse t'acheter les meilleurs onguents pour embaumer ton corps. Depuis ton décès je n'ai pas approché de femme, je n'ai pas cherché une nouvelle épouse ! Et toi, pendant ce temps, tu as continué à m'ennuyer. Et après tout ce que j'ai fait pour toi, tu viens encore me déranger. Eh bien, cela suffit ! Maintenant, je t'ordonne de cesser ! Ne cherche plus jamais à entrer en contact avec moi ! »

Il reproche à sa femme de ne pas avoir voulu évoluer.

« Moi aussi, j'étais un petit, mais j'ai su monter... Tu m'as toujours fait honte... »

C'est étrange, il ne donne pas l'impression d'écrire à une morte, mais à une mégère bien en vie...

Mais elle venait lui tirer les pieds toutes les nuits ! Comment n'aurait-il pas été persuadé que son épouse continuait à vivre quelque part ? Bien sûr, cette histoire nous prouve qu'il était possible de sortir de sa condition et de grimper dans la hiérarchie, jusqu'au sommet. Elle prouve aussi qu'il y a rien de neuf sous le soleil : combien de nos hommes politiques, de nos capitaines d'industrie ont abandonné leur première femme en cours de carrière, sans même lui demander d'évoluer, pour en épouser une autre, plus jeune ou plus séduisante ?

29.

Naissance de l'humanisme

La justice égyptienne. Les premiers humanistes de l'histoire.
Le conte du vieux sage au pied des pyramides.
Le règne d'Aménophis III, apogée de la civilisation égyptienne.
Le conte du naufragé.

Chaque fois que vous parlez des anciens Égyptiens, c'est pour en faire l'éloge. Vous nous donnez l'image d'un peuple serein et juste, dénué d'esprit de conquête. Étaient-ils donc sans défauts ?

Impossible ! Personne n'est parfait, mais je vous assure que l'étude attentive de la civilisation des pharaons nous fait mesurer le fossé qui sépare les anciens Égyptiens de leurs voisins. Leur justice par exemple était sévère, mais jamais systématiquement cruelle.

La peine de mort existait-elle ?

Certainement. L'un des fils de Ramsès III, Pentaour, avait fomenté un complot contre son père avec la complicité de sa mère, une Libyenne semble-t-il. Il y a eu procès, et le prince est passé devant les juges. Du fait de son ascendance royale, il eut le droit de choisir sa propre mort. Une momie anonyme a été trouvée dans la « cachette royale » de Deir el-

Bahari, à l'endroit où les prêtres avaient rassemblé les momies des tombes pillées de la Vallée des Rois. Il s'agit peut-être de celle de ce prince condamné à mort. L'autopsie et l'observation de son visage montrent encore qu'il a dû mourir par asphyxie dans d'atroces souffrances.

A-t-il été enterré vivant ?

Je ne crois pas. Les Égyptiens n'avaient pas ces pratiques cruelles. Nous connaissons un unique exemple où le supplice du pal fut appliqué à un chef barbare issu du Proche-Orient. En général, les sévices les plus atroces et les mises à mort étaient réservés aux grands criminels.

Le pillage des tombes était-il puni ?

Bien sûr, très sévèrement. Ceux qui avaient pillé une tombe de roi ou la barque d'un dieu pouvaient être exécutés, être exilés à Gaza ou vers Aniba (la *Miâm* de Nubie). On les identifiait par le fait que le cartilage de leur nez avait été sectionné. Une fois en exil, ils avaient le droit de vivre normalement, et même d'exercer un métier. Quand les Grecs sont arrivés en Égypte, surtout après Alexandre, ils ont appelé la future Gaza *Rhinocoroura,* la « ville des nez coupés ».

Il n'existait pas de travaux forcés ?

Il devait y avoir des forçats dans les mines. Étaient-ils des prisonniers de guerre ou des condamnés de droit commun ? Nous ne savons pas, peut-être les deux.

Que savons-nous des prisons égyptiennes ?

Nous les connaissons bien grâce aux « livres d'écrou » retrouvés qui donnent des informations sur les détenus. L'administration égyptienne tenait un compte précis des délits et des peines infligées. Permettez-moi d'insister sur ce point : selon moi, les Égyptiens ont été les premiers humanistes de l'histoire. Dans le domaine du respect de l'être humain, ils n'ont de leçons à recevoir de personne. Voyez, à la même époque, les récits effrayants rapportés par la Bible. Sans doute les ancêtres des Hébreux ne disposaient-ils pas des mêmes conditions de vie et avaient-ils à lutter pour assurer leur survie dans le désert. Les Égyptiens bénéficiaient des avantages d'une région irriguée par l'inondation, une région qui semblait bénie des dieux, une extraordinaire oasis. Ces conditions exceptionnelles ont pu contribuer à adoucir les mœurs et à faire naître cet humanisme antique dont on retrouve la trace dans les contes.

Pouvez-vous en donner un exemple ?

Je peux évoquer l'un des contes dits du papyrus Westcar, tirant son nom de celui qui en avait fait l'acquisition. Un jour, le roi Khéops s'ennuyait. On rassembla autour de lui tous ceux qui pourraient le divertir : bateleurs, prestidigitateurs, danseuses vêtues d'un filet orné de perles. Elles montèrent sur une barque et ramèrent pour charmer Sa Majesté. Mais l'une d'entre elles arrêta de ramer : son pendentif en forme de poisson *inet* était tombé dans l'eau. Elle s'efforça en vain de le récupérer. Alors, un magicien fut convoqué et ouvrit le lac pour reprendre le bijou. Malgré cela, Khéops s'ennuyait toujours. Il appela son conseiller : « Ne peux-tu trouver quelque chose de plus intéressant ? – Je connais un vieux sage qui habite au pied des pyramides, dit le conseiller. – Ah, c'est cela ! Va vite me le chercher ! » On envoya donc chercher le vieux sage, qui avait cent dix ans. Les envoyés du pharaon arrivèrent chez lui. Le vieux sage venait de faire une longue marche et un petit garçon était en train de lui masser les pieds devant sa maison (je trouve cette notation adorable). « Le pharaon a besoin de toi, dirent les envoyés. Que peux-tu faire pour le divertir ? – Tout ce que vous voudrez. » On l'emmena chez le pharaon qui lui demanda : « Pourrais-tu couper une tête et la recoller ? – Bien sûr, pourquoi pas ? » Khéops ordonna donc qu'on lui amenât un prisonnier de guerre. Alors le vieux sage s'empressa de déclarer au pharaon : « Non, seigneur mon maître, pas le bétail du dieu ! » C'est très émouvant. Alors Khéops demanda : « Qu'on m'apporte une oie ! » Et le vieux sage coupa le cou de l'oie, puis recolla sa tête.

Vous voyez, ces coutumes n'ont rien à voir avec celles que pratiquaient d'autres ethnies qui écorchaient les gens, paraît-il sans état d'âme. Thoutmosis Ier est intervenu pour punir un chef koushite qui avait anéanti un village égyptien et s'était montré particulièrement cruel. Il l'a transpercé de son épée, l'a suspendu par les pieds au mât de son bateau et l'a ramené ainsi jusque sous les murs de Karnak. C'était un avertissement. Les Égyptiens n'ont jamais pratiqué de supplices comparables à ceux de l'Inquisition.

Si vous aviez le choix entre vivre en Égypte à l'époque des pharaons et vivre en Europe...

À l'époque de l'Inquisition ? Je choisirais l'Égypte, sans aucun doute. Il ne m'aurait pas déplu de vivre à l'époque d'Hatshepsout ou à la cour d'Aménophis III.

Pourquoi Aménophis III ?

C'est l'apogée de la civilisation égyptienne. La paix est préservée, il y a une recherche du dépouillement dans l'art, la littérature. C'est l'époque où la pensée philosophico-religieuse atteint son plus bel épanouissement. Non, je n'aurais sans doute pas choisi de vivre à l'époque où nous sommes, qui est assez détestable ! Regardez ces chevaliers d'industrie, ces preneurs d'otages, ces tueurs en série, la guerre du pétrole, le cynisme et l'égoïsme, la pollution des mers – à ce propos, que fait le fameux Greenpeace ?... Tout cela donne froid dans le dos. Il est vrai qu'il y a aussi, dans leurs tours d'ivoire, des scientifiques qui préparent le voyage sur Mars, qui traquent les secrets de la génétique, ainsi que ces hommes et ces femmes comme l'abbé Pierre ou sœur Emmanuelle... Et notre siècle nous a offert des conditions matérielles tout à fait grisantes. C'est sur le plan moral que le bât blesse, si vous voulez mon avis : moralement, l'humanité n'a pas évolué depuis l'époque des pharaons. Peut-être même a-t-elle régressé.

Avez-vous une tendresse particulière pour les contes que nous ont laissés les anciens Égyptiens ?

Ces contes sont éducatifs et transmettent une morale. Ils contiennent toujours un morceau de bravoure où l'on explique qu'il faut écouter le roi, pratiquer la justice, respecter la loi, faire preuve de bon sens, faire respecter ses droits... Les choses les plus belles, les plus touchantes, sont aussi souvent les plus simples, et nous sommes émus par l'extrême simplicité avec laquelle les Égyptiens envisageaient les grandes questions qui nous paraissent si angoissantes. La sagesse émanant de ces contes ne peut évidemment pas s'appliquer aux réalités complexes que nous affrontons dans les sociétés modernes. Tout cela reste un peu enfantin. Pourtant, il existe certains contes qui peuvent encore nous délivrer un enseignement utile.

À quoi pensez-vous ? Nous donnerez-vous un exemple ?

Je pense par exemple au conte du naufragé. C'est une histoire très curieuse. Un homme est envoyé en mission dans le sud, aux mines du prince. S'agit-il de la Nubie ou d'un pays plus lointain ? Nous ne savons pas. Il revient après avoir vécu toutes sortes d'aventures, mais sans avoir réussi, semble-t-il, à accomplir sa mission. Il se confie à un ami : il craint de se faire punir par le pharaon. Pour le rassurer, son ami lui raconte sa propre histoire. « Tu as eu de la chance, lui dit-il, il aurait pu t'arriver bien pire. Ce qui m'est survenu est infiniment plus grave. Écoute plutôt ceci. Et tâche désormais d'accepter les choses comme elles viennent. » Son histoire est la suivante. Il est parti en voyage lui aussi, sans doute vers le pays de Pount, et tout semblait se dérouler pour le mieux. Mais surgit une terrible tempête. Son navire se brise par le milieu et tous les passagers sombrent dans les flots. Par une chance extraordinaire, il parvient à s'accrocher à une planche.

Au bout d'un temps indéfini, il finit par échouer sur une île, sous un arbre. Là, il reste évanoui pendant trois jours. Quand l'homme se réveille enfin, il cherche à boire et à manger. Heureusement, les victuailles abondent en ces lieux et il ne lui faut pas longtemps avant de trouver un figuier chargé de fruits, des vignes, des poissons, des oiseaux. Il ne manque de rien. Pendant qu'il se restaure, il entend un bruit effrayant, se retourne et voit un gigantesque serpent d'une longueur de trente coudées (une coudée = 0,52 m). La description de l'animal est sidérante : sa barbe et ses sourcils sont en lapis-lazuli véritable, ses écailles en or. « Je me suis mis sur mon ventre », dit alors le naufragé, ce qui veut dire qu'il s'est mis à prier. Et le serpent lui demande : « Qui t'a amené ici, petit ? – La grande vague de Ouadjour (le Grand Vert, l'inondation). » Le serpent saisit alors le naufragé dans sa gueule et le traîne sous un arbre dans un recoin de l'île. Et le serpent demande à nouveau : « Qui t'a amené ici, petit ? – Une vague du Grand Vert », répond encore le naufragé. Le serpent finit par comprendre que le naufragé dit vrai. « Ah, tu n'as pas à te plaindre, dit le serpent. Si tu savais ce qui m'est arrivé ! » Et il lui raconte son histoire.

« Tous mes congénères ont été détruits par une étoile tombée du ciel. Je suis le seul survivant. Alors tu vois, ce qui t'est arrivé n'est pas si grave... Ne t'inquiète pas, tu retourneras chez toi, tu retrouveras ta famille et cela est meilleur que tout ! » Le naufragé, reconnaissant, promet de raconter au roi les merveilles qu'il a vues et de faire adresser à son hôte les produits les plus précieux destinés aux dieux. Cette suggestion fait rire le serpent, car il est le maître de l'encens et son royaume est celui de la myrrhe. C'est lui qui finalement comble le voyageur malchanceux après lui avoir prédit la venue d'un nouveau bateau et un retour heureux.

Que diriez-vous de ce conte ? Quel enseignement porte-t-il ?

Je dirais qu'il s'agit, à l'évidence, d'un conte mystique. Dans de tels récits, il faut toujours porter grande attention aux chiffres : mesures du bateau, nombre des matelots, durée du séjour sur l'île, celle prévue pour le retour, etc. Ces chiffres sont toujours des éléments essentiels pour le décryptage. Je vous fais grâce des détails, mais, en additionnant ceux de ce récit, je suis arrivée à mettre bout à bout les trois saisons de l'année (de quatre mois chacune). Il s'agit d'une illustration narrative de la pensée cyclique des anciens Égyptiens.

30.

L'affaire Sésostris III

La statue de Sésostris III acquise par François Pinault. L'expertise. Comment les sculpteurs égyptiens ont-ils pu travailler une pierre aussi résistante que la granodiorite ? Un portrait posthume du pharaon. Décrypter les contes et les textes sacrés n'est déjà pas une mince affaire. Décrypter un objet a priori muet doit être encore plus difficile...

Quel genre de problème l'analyse d'une antiquité égyptienne pose-t-elle ?

Il se trouve mille exemples au sujet desquels nous ne savons pas quelle attitude encore adopter en face d'un problème posé par une antiquité égyptienne. Je voudrais vous citer un cas fort intéressant. L'affaire a commencé par un coup de téléphone, au mois d'août 1999. C'était l'avocat de François Pinault, Me Gauser, qui m'appelait dans ma maison de campagne pour me dire : « M. Pinault vient d'acheter une statue de Sésostris III en salle des ventes, et dès le lendemain, un bruit a circulé d'après lequel un doute planait sur l'authenticité de la statue. Un article dans *Libération* appuie ce doute. M. Pinault fait appel à votre expérience pour savoir ce qu'il en est. » Il avait acquis cette statue pour la somme de cinq millions de francs. Le commissaire-priseur de Drouot et l'expert de la vente avaient même daté l'antiquité. J'appris aussi que Mme Pinault, avant la date de la vente, s'était déjà adressée à un conservateur du Louvre, Élisabeth Delange, qui avait émis un avis de première vue, favorable. Mme Pinault demandait donc si nous acceptions d'unir nos efforts pour examiner la statue de Sésostris III (cf. pl. II).

Élisabeth Delange est l'une de mes anciennes étudiantes. Je ne l'avais pas revue depuis des années. Elle avait passé le concours des musées et était devenue l'un des conservateurs en chef au département égyptien du Louvre, où elle avait justement publié le catalogue des statues du Moyen Empire. Or Sésostris III est l'un des plus éminents pharaons de cette époque. J'ai donc accepté cette proposition avec plaisir. Deux semaines plus tard, j'ai reçu du tribunal de grande instance un papier officiel confirmant cette mission. Ah, la prose administrative ! Heureusement que nous ne parlons pas ce langage, il y aurait de quoi mourir de chagrin. Bref, nous avons commencé à travailler, chacune de notre côté. Au bout d'un mois, nous nous sommes rendu compte que nos recherches étaient parallèles, et nous avons décidé de faire équipe.

En quoi consiste une expertise ?

Telle qu'un égyptologue le comprend, c'est une étude archéologique très minutieuse. On procède aux observations et comparaisons, centimètre par centimètre. L'une de mes premières questions concernait la technique utilisée par le sculpteur. Comment avait-il pu entailler cette pierre si dure, la granodiorite, qui résiste aujourd'hui encore aux instruments les plus tranchants ? La statue de Khéphren, par exemple, qui est au musée du Caire est en granodiorite, ou plutôt en gneiss.

Avec quel instrument travaille l'artiste égyptien ? Avec un diamant ?

Les Égyptiens ignoraient le diamant. Ils n'avaient pas établi de route vers les Indes, ni vers Le Cap. Non, nous ne savons toujours pas comment ils ont réussi à travailler un matériau aussi résistant. Les archéologues ont établi que ces pierres provenaient des carrières de Toshké, en Nubie. On a trouvé un ciseau en *cuivre*, appartenant à un sculpteur ou un carrier de Khéops !

Comment le cuivre pourrait-il entamer un matériau aussi dur ?

Vous avez raison, le cuivre est un matériau très malléable. Aucun des ingénieurs que j'ai interrogés ne comprend comment les carriers égyptiens ont pu détacher avec seulement des abrasifs ces énormes blocs de diorite à cette époque et avec des instruments de cuivre. Certains spécialistes ont émis l'hypothèse que ces ciseaux de cuivre étaient traités comme du bronze. Mais sous la IVe dynastie, les Égyptiens ne connaissaient pas encore le bronze. Or ce ciseau date bien du règne de Khéops (vers 2650 av. J.-C.). Mais de toute façon le bronze ne permettrait pas non plus de travailler la diorite, alors...

Je me souviens d'avoir reçu dans mon bureau du Louvre, il y a une cinquantaine d'années, le directeur de la société la Dolérite de France, spécialisée dans la protection des sols dans les usines où sont manipulés des produits corrosifs. La poudre de diorite utilisée par cette société servait à fabriquer des dalles de dolérite, aptes à résister à l'action des produits les plus dangereux. Cet homme intelligent préparait une plaquette de prestige pour les investisseurs et voulait savoir comment les Égyptiens entamaient la dolérite. Je lui répondis que nous n'en savions rien, et je lui parlai de ce ciseau retrouvé en Nubie. Il était stupéfait. « C'est impossible ! À moins peut-être de tremper ce ciseau dans des acides... » Nous savons que les Égyptiens étaient d'excellents chimistes, mais tout de même... Le mystère demeure. Mais il est hors de doute que nous nous trouvions devant un des ciseaux des carriers et que d'autre part les ouvriers utilisaient des abrasifs.

Comment est-il possible d'identifier Sésostris III avec certitude ?

Nous connaissions d'autres statues de Sésostris III assis, dans la même attitude, l'une au musée de Brooklyn, la deuxième au musée de Baltimore, la dernière au musée de Boston. Celle de François Pinault était, dans cette position, la quatrième. Toutes dataient du XVIIIe siècle avant notre ère. Je me suis donc installée avec mon Sésostris, les yeux dans les yeux, et j'ai commencé cette longue procédure d'identification qui d'habitude précède tout achat au département des Antiquités égyptiennes, car il ne s'agit pas d'une expertise superficielle, mais d'une étude complète servant à établir si le département peut se porter acquéreur.

Cette statue est-elle un chef-d'œuvre ?

Celle-là oui, dans son genre, sans aucun doute. Mais devant son visage, je ressentais une sorte de malaise. Toutes les antiquités égyptiennes ne sont pas des chefs-d'œuvre. Quand je suis arrivée au département des Antiquités égyptiennes, il y avait dans les réserves des caisses qui n'avaient pas encore été ouvertes comme je vous l'ai dit, depuis près d'un siècle. Elles contenaient, par exemple, les collections qu'Auguste Mariette et ses successeurs avaient rapportées au Louvre. Vous imaginez ce que j'ai ressenti en les ouvrant ?

Vous deviez être bouleversée.

Eh bien, j'étais très déçue ! Les statues et les objets ne ressemblaient en rien à ce qu'étaient pour moi les antiquités égyptiennes. Certaines œuvres datant des périodes de transition sont sans grand intérêt artistique. L'art égyptien ne se résume pas à ce qui est montré dans les livres ou dans les salles des musées. C'est pourquoi un égyptologue qui a travaillé dans les réserves d'un musée avant d'aborder les fouilles dispose d'un grand avantage. J'ai souvent trouvé par exemple des objets qui avaient tout l'air d'être des faux et qui étaient parfaitement authentiques. La première règle, pour l'expert, est donc : ne pas s'arrêter uniquement à la première impression. D'une manière générale, l'expert ne se propose pas d'admirer un objet, mais de poser des questions pratiques. D'où vient-il, à quoi servait-il, qui était le personnage représenté, etc. ? Sans poser ces questions simples, il est impossible de comprendre un objet égyptien.

Que donnait la comparaison entre la statue en cours d'acquisition et celles de Sésostris III déjà connues ?

Dans l'ensemble, le pharaon a une tête peu amène, on n'aimerait pas le croiser sur son chemin, n'est-ce pas ? Le roi Sésostris avait-il réellement cet aspect ? Nous disposons de certaines statues de Sésostris III qui montrent déjà, en effet, ce visage effrayant. Mais celle-ci avait un aspect encore plus étrange. Cela suffisait-il pour conclure qu'elle était fausse ? C'était un pas que je me refusais à franchir. J'ai écrit aussitôt à mon collègue Dietrich Wildung, conservateur du musée de Berlin, celui qui avait émis des doutes sur la statue, pour lui demander de me communiquer ses arguments. Ma lettre commençait par « Mon cher confrère et ami », car nous étions depuis longtemps en excellents termes. Mais dans sa réponse, il se contentait d'énumérer les différentes ventes où la statue avait été présentée. Il ne donnait aucun argument pour étayer son opinion car, disait-il, il l'avait très superficiellement étudiée. Et il ajoutait : « Si maintenant l'égyptologie se fait au tribunal de grande instance... »

Nous avons donc commencé par réunir toutes les autres représentations disponibles de ce pharaon : statues entières ou visages meurtris, une quarantaine au total. C'est alors que nous nous sommes rendu compte que toutes ces statues présentaient une particularité étonnante : l'angle externe de la paupière supérieure de l'œil du pharaon recouvrait un peu la base de la paupière inférieure.

C'était le « signe particulier » de Sésostris III, tel qu'il était autrefois mentionné sur les passeports ?

C'est cela. Or, justement, la statue achetée par François

Pinault ne possédait pas ce signe particulier. Qui représentait-elle donc ? Nous avons étudié naturellement tous les détails : la place du serpent sur le bandeau, les guiches de cheveux recouvertes par la coiffure, la forme exacte des sourcils et des yeux, les muscles... C'est bien simple, nous avons passé des mois à la comparer à toutes les autres statues du pharaon. Et quand nous avons épuisé ce filon, nous avons continué avec les statues de quatre ou cinq successeurs de ce pharaon, jusqu'à la fin de la XIIIe dynastie, qui marque la fin du Moyen Empire. Il y avait entre toutes ces statues de nombreuses similitudes.

Et il faut bien dire que notre Sésostris ne leur ressemblait guère. Nous n'avions pour indice que son nom de couronnement, gravé sur la boucle de sa ceinture. Son visage était très différent. Sur toutes les statues, nous avons mesuré l'écartement des oreilles, la longueur des lobes, la hauteur des oreilles par rapport aux yeux, la façon dont la bouche était tracée, la forme du menton, la forme du visage – parfois triangulaire, parfois plus ovale –, la pomme d'Adam, la forme du *némès*, cette coiffure en toile empesée qui entoure la chevelure du roi et encadre son visage, les deux retombées du *némès* et sa pliure qui doit correspondre, chez Sésostris, à la hauteur du visage, alors qu'elle est variable chez les autres pharaons. Enfin, tout ! Si le roi était assis, il fallait vérifier la forme du pilier dorsal, la place du siège royal, etc. Tout cela nous a pris environ trois mois. Il fallait rassembler toute une documentation permettant d'attester le bien-fondé de nos observations.

Il existait donc, pour chaque pharaon, un code artistique précis ?

Pour chaque école. Le pharaon inspire sa propre école, mais les variations de style ne portent en général que sur des détails secondaires et les traits essentiels sont les mêmes pour tous les pharaons. Nous n'avons pas d'instructions écrites correspondant à ces canons artistiques, c'est nous qui tentons de les interpréter ou de les reconstituer, sur la base de nos observations. Quoi qu'il en soit, après avoir étudié tous ces détails, nous sommes arrivées à la conclusion que notre Sésostris datait de la fin du Moyen Empire, probablement de la fin de la XIIe dynastie ou du début de la XIIIe, et qu'il ne s'agissait pas d'une représentation du pharaon vivant, mais d'une statue commémorative, faite plusieurs décennies après sa mort.

C'était évidemment le point essentiel, et nous aurions pu arrêter là notre expertise. Il s'agissait bien d'une authentique antiquité égyptienne, une œuvre influencée par l'école des ateliers de Sésostris III, mais postérieure à son règne. Cette statue était dans son genre un chef-d'œuvre qui valait bien qu'on se penche sur elle – bien que le sujet représenté possédât un visage pour le moins patibulaire. Je me suis dit que François Pinault serait sans doute ravi de savoir qu'il avait acheté une statue authentique, même s'il ne s'agissait pas d'un portrait de Sésostris III réalisé de son vivant.

N'est-ce pas ce qui la rendait encore plus intéressante ?

Mais naturellement ! Cela nous obligeait à aller plus loin. Si nous voulions savoir pourquoi son visage était si différent, cela revenait à nous demander qui était Sésostris III ? Pourquoi avait-on inscrit ce nom-là sur la ceinture ? Cette statue était postérieure à son règne, mais ce n'était pas un faux pour autant. Les Égyptiens ne s'amusaient pas à ce genre de choses. J'ai donc repris ce que l'on savait de Sésostris III. Il a passé dix-neuf ans de sa vie à lutter contre les futurs Soudanais, les « vils du pays de Koush », comme il était écrit dans les vieux textes, pour les empêcher d'envahir la Nubie et ses mines d'or, pour protéger l'Égypte. Ces gens de Koush étaient très intelligents, mais d'une cruauté assez effrayante, et il est vrai qu'ils ont toujours eu l'ambition de conquérir la Nubie et l'Égypte. Sésostris craignait qu'ils ne s'allient avec les ennemis de l'Égypte pour la prendre en étau – et c'est d'ailleurs ce qui est arrivé un siècle plus tard, quand le pays a été conquis par les Hyksos. Ce pharaon a donc consacré une grande partie de son règne à fortifier le sud de l'Égypte et de la Nubie contre ces envahisseurs, et lorsqu'on voit les grands travaux de Sésostris, on peut, toutes proportions gardées, établir la comparaison avec l'œuvre de Vauban.

Sésostris a construit une série de châteaux forts, sur une longueur de dix kilomètres, en briques de terre crue, de vingt mètres de haut, avec des murs d'égale épaisseur, des chemins de ronde, des créneaux, des ponts-levis. Il y avait un immense donjon central et des barbacanes extraordinaires : si l'ennemi avait enfoncé une première porte fortifiée, il devait encore en passer une seconde, du haut de laquelle on pouvait massacrer l'assaillant. Ces fortifications étaient toujours flanquées d'une chapelle ou d'un temple, de la maison du gouverneur, de logements pour la garnison, les administratifs, et des cabanes des Nubiens qui cherchaient ainsi à se protéger non seulement des Soudanais, mais aussi des Bédouins. Au niveau de la deuxième cataracte, en plein Soudan, au début du pays de Kerma, il a donc fait édifier neuf citadelles presque jointives, couvrant un espace de dix kilomètres vers le sud, bouclant ainsi presque complètement l'accès de l'Égypte. Seuls les bateaux pouvaient passer.

C'est incroyable, deux mille ans avant notre ère...

Oui, c'est phénoménal ! Cet homme avait tellement fait pour son pays qu'on l'a divinisé. C'est le seul roi égyptien à avoir été réellement divinisé pour son action. On retrouve des temples qui lui sont dédiés jusqu'au Nouvel Empire, dans les citadelles qui ont été reconstruites après l'invasion des Hyksos. Il y a notamment deux temples bien connus, Semné et Koummé, consacrés aux dieux de la cataracte et à Sésostris III divinisé. Et il y en a certainement eu beaucoup d'autres. Après ce travail, nous avons donc fait un exposé à l'attention de M. et Mme Pinault, pour les informer de la nature exceptionnelle de leur statue et de la grandeur de l'homme qui l'avait inspirée. Nous étions très heureuses de révéler à ses heureux propriétaires la valeur de cet objet. Mais ils avaient changé d'avis, ils n'en voulaient plus !

La presse, comme trop souvent incomplètement renseignée, avait jeté une ombre sur cette acquisition, et l'affaire ne l'intéressait plus. Il ne voulait pas introduire un objet contesté dans sa collection, et il était sans doute plus facile pour lui d'expliquer à ses amis qu'il s'agissait d'un faux que de raconter toute cette histoire et de dire que la presse s'était trompée. La femme de César ne doit pas être soupçonnée. Je n'avais jamais vu une chose pareille ! Nous avons appris que le conservateur du musée de Berlin l'avait contacté directement et avait poursuivi sa propagande de dénigrement.

Qu'est devenue la statue de Sésostris ?

L'affaire a continué entre le vendeur, ses avocats et ceux de Pinault.

Pourquoi le conservateur du musée de Berlin avait-il déclaré que la statue était fausse ?

Peut-être parce qu'elle avait été présentée à l'achat au musée de Berlin en 1980 et 1981, et que le précédent conservateur n'en avait pas fait l'acquisition, car il était alors atteint d'une terrible maladie. Wildung ne pouvait admettre, en reconnaissant l'authenticité de l'objet, que son musée avait failli.

Y avait-il d'autres raisons à son attitude ?

Cette statue avait été proposée à M. Settgast par une certaine Mme Wolmüller, après avoir été montrée à Hans Wolfgang Müller, le directeur du musée de Munich, l'un des meilleurs spécialistes d'archéologie égyptienne. J'ai très bien connu ce dernier à l'époque où il venait chaque année au Louvre avec une trentaine de ses étudiants ; il leur faisait cours dans nos locaux. Müller a donc examiné ce Sésostris, et il a clairement déclaré que, pour lui, rien dans cette statue ne permettait de dire qu'il s'agissait d'un faux. Seulement voilà, Dietrich Wildung avait été l'élève préféré de Müller et lui avait succédé (avant d'être nommé à Berlin) aux postes de conservateur du musée et de professeur à l'université. Voilà pourquoi Wildung ne pouvait admettre que cette statue soit authentique : parce que son maître avait dit qu'elle l'était. Or il continua, malgré l'évidence, à répandre ce bruit chaque fois qu'il en a l'occasion. Il l'a dit à Genève où j'ai fait mon enquête, et il a fait retirer la statue de la foire des antiquaires de Bâle. C'est un acharnement invraisemblable ! Il est vexé parce qu'il ne connaissait pas cette statue quand il a fait sa thèse de doctorat sur les statues du Moyen Empire. Il est tellement plus sécurisant d'adhérer à la non-authenticité d'une œuvre. On ne se compromet pas, on évite les responsabilités...

Comment a-t-il pu répandre ce bruit si aisément ?

Parce que la provenance n'était pas bien établie. Tous les collectionneurs de statues égyptiennes le savent : les statues se trouvaient dans les temples, non dans les maisons. Ainsi le temple de Deir el-Bahari, dédié à la reine Hatshepsout, a livré les vestiges de plus de cinq cents statues. C'est pourquoi je suis persuadée que cette statue était placée dans l'un des temples où l'on vénérait Sésostris III divinisé et très probablement en Nubie, dans le temple de Semné, où il est représenté divinisé en train de légitimer l'accession au trône de son très lointain successeur, Thoutmosis III. Une inscription nous apprend même qu'on faisait encore offrande à sa statue durant le règne d'Hatshepsout. Or vous savez que l'on peut tout demander à un collectionneur, sauf de vous dire la manière dont il s'est procuré un objet. Moi-même quand j'achetais des objets pour mon musée, j'étais tenue de garantir au Comité des conservateurs que l'objet provenait d'une vieille collection. On préférait renoncer à un achat plutôt que devoir reconnaître qu'il avait été volé en Égypte.

Le jour de cette réunion, l'antiquaire et le commissaire-priseur s'attendaient à ce que nous confirmions qu'il s'agissait d'un faux. Bien au contraire, nous expliquâmes qu'il était question probablement de la seule statue connue à ce jour du Sésostris III *divinisé*, et qu'elle avait donc une valeur particulière.

Il n'y avait donc plus de raison de rejeter cette pièce...

Deux jours après la présentation de notre rapport, paraît un deuxième article dans *Libération*. Le même journaliste, Vincent Nocé, criait : Cocorico ! « Les experts ont prouvé que la statue était bien celle du pharaon... » Comment le savait-il ? Sans doute par l'expert de la vente, trop heureux de notre verdict inattendu. Or la réunion s'était tenue à huis clos, et nous n'avions pas le droit d'en faire état avant d'avoir rendu notre rapport au tribunal de grande instance. Le téléphone s'est mis à sonner sans arrêt. Tout Paris ne parlait plus que de ce rapport secret. Élisabeth Delange a été convoquée par son conservateur général, Christiane Ziegler, responsable du département des Antiquités égyptiennes, qui elle-même a été convoquée par Pierre Rosenberg, directeur du Louvre à l'époque...

C'est alors que l'avocat de Pinault nous a informées que ce dernier ne reprendrait pas l'objet, malgré notre expertise. Nous lui avons répété qu'il avait grand tort de refuser une statue qui avait une telle valeur. Et il l'avait déjà achetée ! Voilà donc la situation comme elle se présentait : François Pinault répudie sa statue de Sésostris parce qu'un journaliste de *Libération*, manipulé par un égyptologue irascible, a répandu le bruit, totalement infondé, que cette statue était fausse.

Tout cela n'est-il pas tout de même un peu frustrant pour vous ?

Cette expertise nous a permis de mieux préciser la place de Sésostris III dans l'histoire de l'Égypte. C'est déjà ça, vous ne trouvez pas ? Pour son œuvre remarquable, Sésostris III a commencé à être divinisé vers la XIIIe dynastie. On a déjà trouvé à Assouan des représentations d'un style analogue. Parmi tous les écrits qu'il a laissés sur une stèle en Nubie, on peut lire ceci : « Qui maintiendra cette frontière, établie par ma majesté, sera bien mon fils engendré par ma majesté. » Et en effet, ses successeurs ont eu à cœur de pérenniser son œuvre et de protéger les frontières de l'Égypte, et l'Égypte et la Nubie lui ont témoigné leur reconnaissance.

Où en est aujourd'hui, en 2003, l'affaire Sésostris ?

François Pinault, mécontent des conclusions de notre expertise, a fait appel. Un nouvel expert a été sollicité, mais il s'agit d'un inconnu dans le milieu scientifique de l'égyptologie. Je ne vois pas ce qu'il pourrait apporter de plus. Comme je vous l'ai dit, malgré toute notre expérience, Élisabeth Delange et moi-même n'avons pu parvenir à des résultats sérieux qu'après des mois de recherches et de comparaisons.

Existe-t-il des éléments nouveaux pouvant contredire vos conclusions ?

Non, en ce qui concerne l'expertise de la statue elle-même. Je tiens plutôt à aborder un autre aspect du litige : ce sont les traces de métal retrouvées sur la statue. Je vous rappelle que l'effigie de Sésostris divinisé a été réalisée en diorite, une pierre qu'il semble impossible de travailler sans outils fondus dans des alliages très durs. On a avancé que les Égyptiens ne pouvaient avoir sculpté la statue, puisqu'ils ignoraient l'usage du fer et a fortiori de l'acier. Dans ce cas, je vous demande comment ils ont fait pour réaliser, par exemple, un des chefs-d'œuvre du musée du Caire, la merveilleuse statue du roi Khéphren qui régna plusieurs siècles avant le Moyen Empire ?

Les Égyptiens connaissaient donc l'usage du fer ?

Cela est évident pour le Nouvel Empire (XIIIe siècle avant notre ère) où l'emploi du fer semble être apparu sous l'influence des voisins de l'Égypte. Pourtant les riverains du Nil étaient, depuis les plus hautes époques, des métallurgistes renommés. De plus, des recettes médicinales conservées par un texte du Moyen Empire préconisent l'application de fer « râpé » pour soigner les enflures. Bien que l'on n'ait retrouvé que très peu d'objets en fer avant le Nouvel Empire, on ne peut en exclure totalement l'usage pour des pièces plus importantes.

Le « métal du ciel », fer d'origine météorique, est utilisé dès la préhistoire, mais de petits objets de cette période reculée, comme des perles ou des lames coupantes, ont été bel et bien réalisés en métal tellurique. Il n'existe évidemment aucune preuve d'un emploi massif d'outils en fer, malgré l'existence d'une mine à Assouan.

Pourquoi, dans ce cas, n'en a-t-on pas retrouvé ?

Si des instruments de fer tellurique n'ont pas été retrouvés, c'est que la plupart des objets antiques ont été découverts dans des tombeaux. Destiné à l'éternité, l'équipement funéraire ne pouvait contenir d'éléments fondus dans ce métal qui pouvait rouiller. En outre, le fer était censé constituer les « os de Seth », force divine redoutable et difficile à manipuler. Un défunt ne devait pas être exposé à un tel danger. Le métal d'origine céleste, en toute petite quantité, pouvait en revanche faire partie du trousseau du mort.

L'énigme demeure donc...

Pas tout à fait ! Comme je viens de vous le dire, l'absence d'objets en fer dans une tombe n'exclut pas son emploi pour la fabrication d'outils qui ne nous seraient pas parvenus. La statue de Khéphren est une réalité ; on ne peut nier la fabrication antique de celle de Sésostris III sous prétexte que la diorite était trop dure à travailler. Au Nouvel Empire, les secrets de fabrication de ce métal, si utile, étaient jalousement gardés. À l'époque romaine, le fer était trempé dans de l'urine ou du sang animal. Peut-on totalement écarter l'hypothèse que les Égyptiens, dont les remarquables chimistes étaient connus depuis les hautes époques, aient découvert un procédé de durcissement du fer ?

Pour en revenir à Sésostris III...

Les traces de métal sur la statue ne peuvent servir à mettre en doute son authenticité. Pour mener à bien une expertise honnête, il faut être conscient qu'un objet ancien a forcément subi de nombreuses vicissitudes au cours de l'histoire. Les statues égyptiennes, recouvertes d'une couche de plâtre qui était ensuite dorée ou peinte, sont rarement parvenues jusqu'à nous dans cet état (cf. pl. v). L'enduit ayant souvent souffert du temps s'est écaillé et peu à peu a disparu. Certains antiquaires n'ont d'ailleurs pas hésité à « nettoyer » une pièce en éliminant les vestiges peu esthétiques de leur aspect antique, utilisant pour ce faire des objets... de métal. Il faut donc, pour être certain de l'origine des traces d'acier sur la statue de Sésostris, être capable de déterminer si le métal est ancien ou moderne, et encore...

31.

La momie de Saint-Maur

Le trafic des momies. Le secret des maîtres du clair-obscur. Décapage à grandes eaux des parois du temple de Derr (Nubie). Les couleurs des artistes égyptiens. La dame Nesa et le seigneur Sepa à la rencontre des visiteurs du Louvre.

Êtes-vous souvent sollicitée pour des expertises ?

Je dirais, plutôt, pour des avis. Les occasions ne manquent pas. Il y a peu de temps, justement, quelqu'un m'a téléphoné pour connaître mon avis à propos d'une momie retrouvée à Saint-Maur, dans la banlieue parisienne. Je lui ai demandé de m'en faire déposer les photos. Il a évoqué un cartonnage de Basse Époque, recouvrant la momie et chargé de hiéroglyphes.

Une vraie momie, dans la banlieue de Paris ?

Mais oui, et il ne s'agit ni d'une plaisanterie, ni d'un cas isolé.

Saint-Maur, c'est un lieu tout indiqué pour une momie, non ?

Je ne vous le fais pas dire ! Il a existé entre la France, l'Europe et l'Égypte un important trafic de momies, et ce depuis le Moyen Âge. Des momies, achetées ou volées en Égypte, ont été parfois repérées dans les arrière-boutiques des environs de Paris. Pour une raison mystérieuse, il y en avait une quantité impressionnante dans les caves de l'île Saint-Louis. Elles étaient particulièrement prisées par les peintres qui, à partir des momies de la Basse Époque recouvertes de bitume, fabriquaient ce qu'on appelait la *moumia*, la poudre de momie vendue en bocal chez les apothicaires et les marchands de couleurs. La *moumia* est l'un des secrets des clairs-obscurs de Rembrandt.

Comment ces momies ont-elles pu se conserver dans des caves humides ?

Elles finissaient par pourrir, bien sûr. Mais comme je vous l'ai dit, les momies de la Basse Époque étaient recouvertes de bitume, elles étaient donc réputées pour résister aux outrages du temps. Pour fabriquer la *moumia*, on découpait la momie en morceaux, que l'on écrasait et que l'on pilait.

Les Égyptiens n'auraient-ils pas été choqués par cette utilisation pour le moins inattendue de leurs dépouilles ? Ne faut-il pas mettre sur le compte de la malédiction des Égyptiens toutes les tempêtes et catastrophes écologiques à venir ?

Vous pouvez, c'est certain, mettre sur le dos des Égyptiens tout ce que vous voudrez, comme on l'a fait pour Toutankhamon. Pourquoi pas ? N'oubliez tout de même pas que les Égyptiens avaient une vision extrêmement généreuse de la transmutation des éléments et des formes. Souvenez-vous du défunt qui repêche le poisson *inet*... Les Égyptiens seraient peut-être amusés de savoir qu'ils revivent à travers la peinture occidentale.

En chair et en os, littéralement ! Les artistes égyptiens avaient-ils des pratiques analogues ?

Nous ne le savons pas, mais je ne le crois pas. C'est impensable ! Leurs couleurs étaient stupéfiantes, c'est vrai. Quand je suis arrivée pour la première fois en 1963 dans le temple de Derr, en Nubie – dans ce pays à moitié submergé à cause du premier barrage d'Assouan –, qui n'avait pas été visité depuis quatre-vingts ans, les murs étaient entièrement noirs. Nous avions exactement deux semaines devant nous pour établir notre documentation, deux semaines avant que la mise en eau de la partie inférieure du nouveau haut barrage n'envahisse à nouveau les salles du temple. Je ne voyais pas comment nous allions faire pour travailler. Les parois étaient enduites d'un mélange de sable et de boue laissé par les inondations successives, coagulé par la suie produite par les feux des Bédouins qui avaient fait de ce temple un campement. Comment nettoyer en si peu de temps une si grande surface ? Puis j'ai eu une idée.

Puisque les eaux du Nil étaient limoneuses, il suffirait peut-être de doucher les parois à forte pression pour leur rendre leur splendeur passée ? Nous disposions d'un groupe électrogène que j'avais fait livrer par l'Unesco six mois auparavant, d'une péniche qu'il fallait transformer en laboratoire et de notre immense détermination. Et nous avons commencé les travaux. Magnifique ! Le jet d'eau a peu à peu décollé la croûte de dépôt, et des couleurs d'une fraîcheur vraiment renversante sont apparues. Une peinture murale représentant entre autres deux barques de procession, transportant la statue divine escortée par Pharaon revêtu d'une peau de guépard : elle semblait avoir été peinte la veille (cf. pl. XI). Je me suis félicitée d'avoir eu cette idée du jet d'eau : si nous avions frotté les murs, nous aurions abîmé ce chef-d'œuvre.

Quel était donc le secret de ces couleurs ?

Je vais peut-être vous surprendre : je n'y étais pas ! D'après les analyses chimiques, les peintres égyptiens utilisaient plusieurs types de liants, notamment de la gomme de résineux et beaucoup de blanc d'œuf d'autruche. Autre exemple particulièrement frappant de cette résistance surprenante des couleurs employées par les artistes égyptiens : en 1936, le Louvre a décidé d'exposer hors de leurs vitrines les statues

▲ Tête de Touy (musée de Louqsor). Ce portrait d'albâtre, autrefois incrusté et polychromé, de la mère de Ramsès II fut trouvé dans sa tombe de la Vallée des Reines. (p. 63)

► Bas-relief ptolémaïque trouvé à Edfou en 1938. Étude d'artiste représentant très probablement la déesse Isis (musée du Louvre). Ce relief est remarquable tant par sa beauté que par les détails de la coiffure, des bijoux et du costume. (p. 61)

▲ Nofrétari jouant au *sénèt* (Vallée des Reines). La reine est représentée jouant son passage dans le domaine chthonien, en train de vaincre les adversaires invisibles qui pourraient l'assaillir. (pp. 37, 157)

► La dame Nesa (musée du Louvre). Cette statue qui porte la marque de la IIIe dynastie présente encore le fard vert sous les yeux qui, très vite, sera remplacé par le khôl (antimoine). (p. 256)

◄ Ramsès II accompagnant la barque d'Amon en Nubie (temple de Derr). Les scènes qui décoraient ce sanctuaire étaient recouvertes par les dépôts millénaires des eaux de l'inondation. Après nettoyage, elles ont retrouvé l'éclat de leurs couleurs d'origine. (p. 255)

▼ Pot médicinal (musée du Louvre). La partie supérieure de ce vase à lait pharmaceutique suggère par sa forme qu'il contenait du « lait d'une femme qui vient de mettre au monde un enfant mâle ». (p. 220)

▼ « Tête bleue » (musée du Louvre). Cet objet en pâte de verre de deux teintes différentes a très probablement appartenu à une statuette de Toutankhamon. (p. 258)

▲ Senynefer, haut fonctionnaire d'Aménophis II et son épouse, la dame Hatshepsout (acquis pour le musée du Louvre par Christiane Desroches Noblecourt). Seule la partie supérieure de ce magnifique groupe subsiste. Le couple est figuré grandeur nature et présente encore toutes les traces de polychromie. (p. 300)

► Tête de lit rituel de Toutankhamon en forme de guépard (musée du Caire). Les taches en forme de larmes restituées sous les yeux sont très caractéristiques de ce félin. (p. 177)

▲ Temple de Deir el-Bahari. Une habitation du pays de Pount dans son environnement typique de la « Terre de Dieu ». (p. 288)

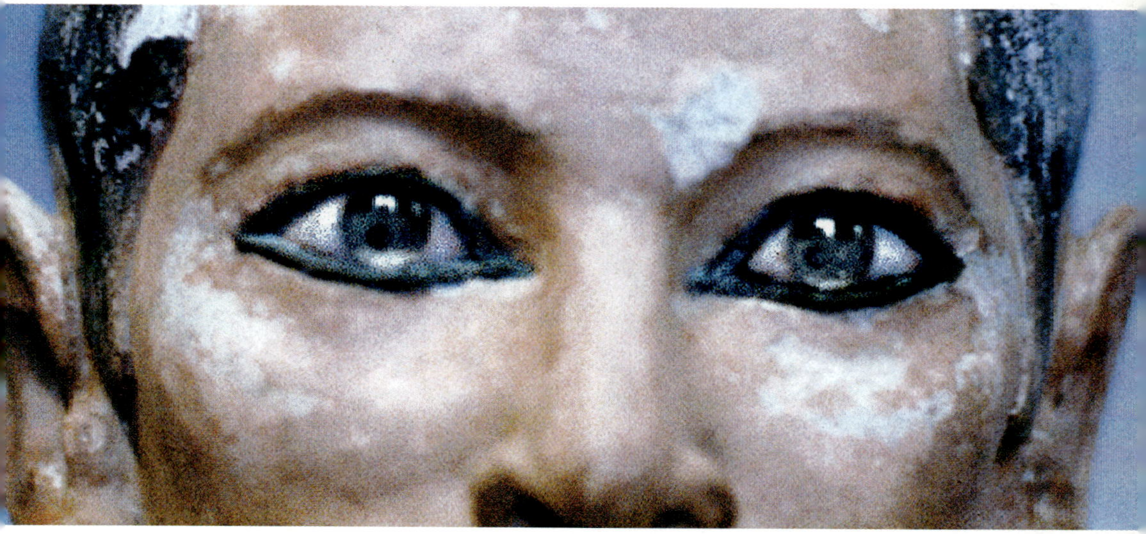

▲ Les yeux du « Scribe » (musée du Louvre). La pupille n'est pas, comme on l'a longtemps cru, marquée par un clou d'argent, mais est simplement rendue par un évidement en forme de cône. (p. 17)

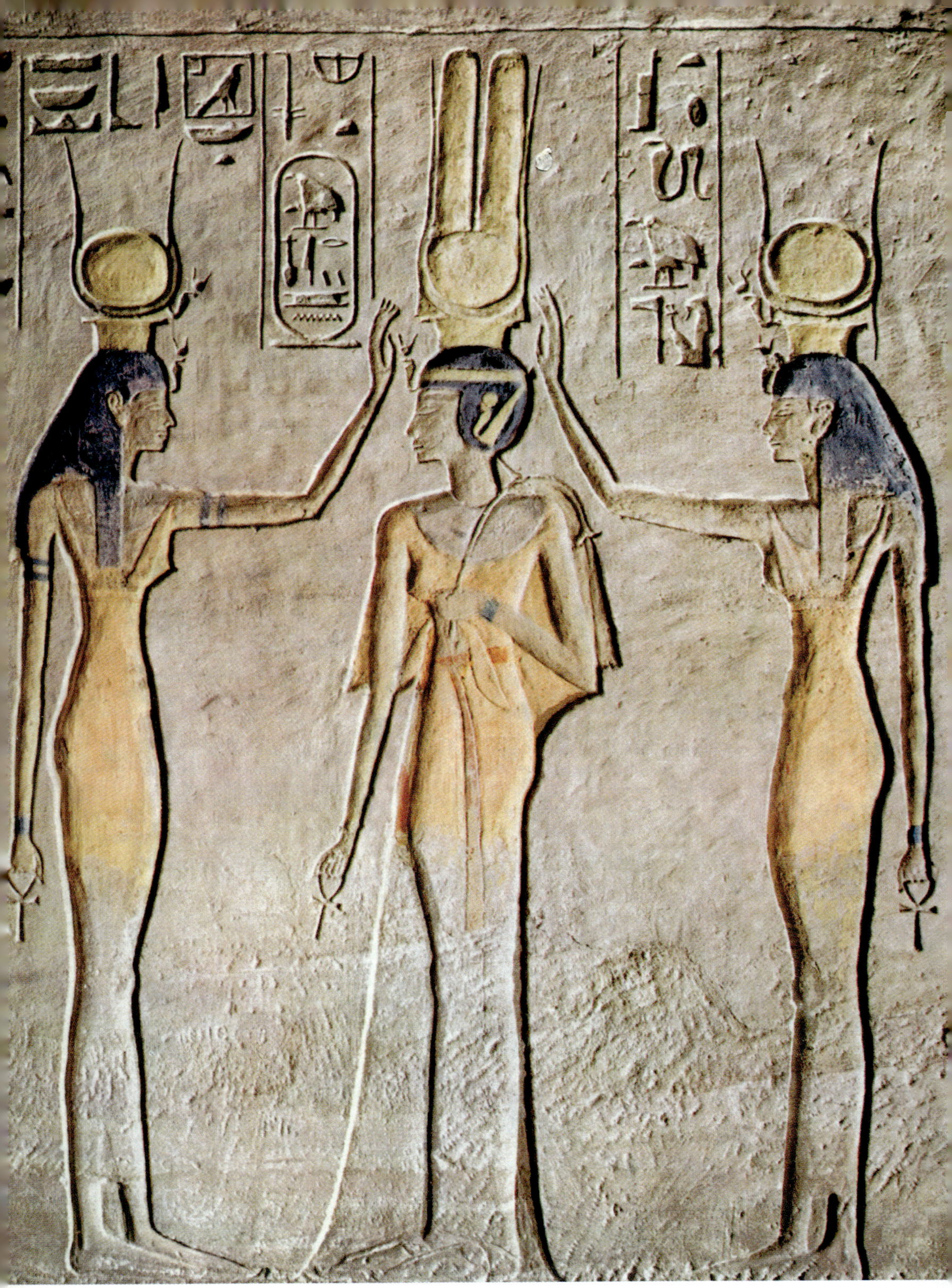

▲ Nofrétari transformée par Isis et Hathor en déesse incarnant l'étoile Sothis (petit temple d'Abou Simbel). (p. 356)

▲ Une des salles souterraines du monument funéraire du roi Djéser à Saqqarah. Course symbolique du roi durant ses transformations pendant son séjour dans les marécages de papyrus. (p. 140)

▼ Chaîne-colonne en or et scarabée incrusté de lapis-lazuli de la reine Iâh-hotep (musée du Caire). Dès sa découverte, ce très beau bijou fut l'objet des convoitises de plusieurs grandes dames. (p. 83)

▲ Fragments d'orfèvrerie provenant d'un cache-perruque ayant orné la chevelure de l'une des trois favorites syriennes de Thoutmosis III (acquis pour le musée du Louvre par Christiane Desroches Noblecourt). (p. 94)

▼ Petite boîte ayant contenu des statuettes funéraires et exemples de deux de ces *Shaouabti* ayant appartenu aux membres de la famille de Sennedjem, artisan de la Vallée des Rois (acquis pour le musée du Louvre par Christiane Desroches Noblecourt). (p. 360)

Un « Lac de Turquoise » (acquis pour le musée du Louvre par Christiane Desroches Noblecourt). Avant sa renaissance, le mort passera dans le bain du Lac de Turquoise ourlé, à l'intérieur, de fleurs de lotus. Les principales phases des transformations qui précèdent son apparition à l'aube sont évoquées. (p. 152)

◄ « L'âme », sous la forme du petit poisson *inet*, est réchauffée par les génies de l'inondation.

▲ Le défunt parvient à se faufiler à travers les zones hostiles, sans être vu par les animaux du désert.

◄ Sa naissance est prévue : les sept Hathor prédisent son destin.

▼ Dans un paysage nilotique, l'enfant solaire, sous la forme du petit veau de la vache Hathor, apparaît sur une barque, protégé des oiseaux nocifs qui sont pris au filet, et hors des attaques du dangereux hippopotame venant du fond des eaux.

▲ Scène de pêche (tombe de Menna). De l'Ancien Empire à la Basse Époque, cette scène dans les marécages est constante. Le mort traverse les régions aquatiques où il doit repêcher son « âme » avant d'en sortir glorieux, en ayant éliminé les canards sauvages symbolisant ses adversaires. (pp. 34, 160)

▼ « Psychostasie » ou pesée de « l'âme » dans la salle du jugement d'Osiris (chapitre 125 du Livre des Morts, papyrus d'Ani, British Museum). (p. 176)

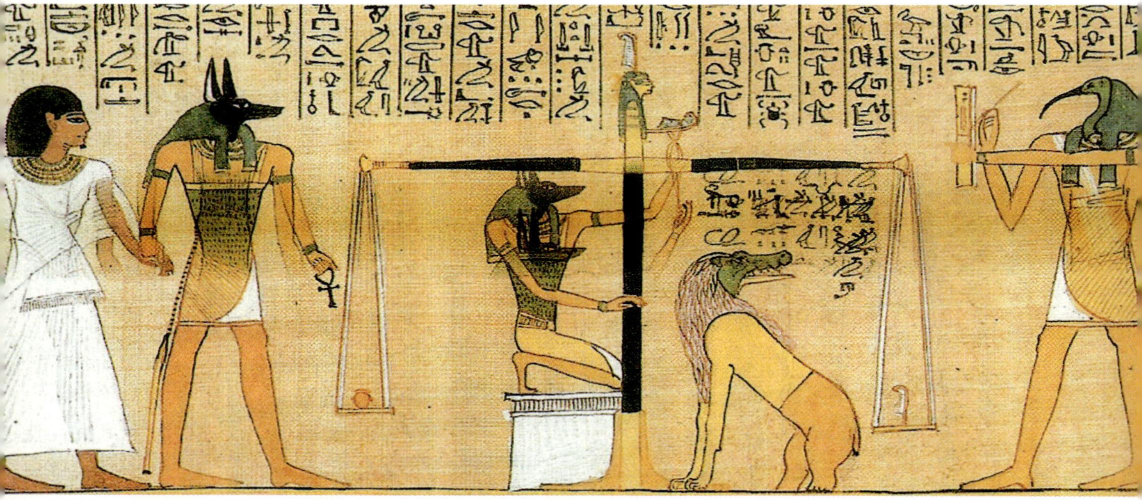

▲ Statue fragmentaire de Néfertiti (?) en quartzite rouge (acquise pour le musée du Louvre par Christiane Desroches Noblecourt). Ce plissé plaqué sur le corps de la reine est typique du style amarnien au temps de sa splendeur. (p. 213)

▲ Colosse d'Aménophis IV (entré au musée du Louvre à l'époque de Christiane Desroches Noblecourt, don de l'Égypte à la France). Il s'agit du buste de l'une des grandes statues représentant Aménophis IV – Akhénaton – passé dans le domaine d'Osiris. (p. 212)

▲ Nofrétari, grande épouse royale de Ramsès II. La reine est représentée sur la façade de son temple d'Abou Simbel en tant que déesse Sothis apparaissant à l'horizon. (p. 356)

◀ Bague aux chevaux (musée du Louvre). Provenant très vraisemblablement du Serapeum de Memphis, ce bijou aurait, d'après un texte, été porté par Ramsès II pour honorer son attelage chaque jour. (p. 267)

▶ Tête de Toutankhamon (musée du Caire). Une des images très suggestives pour évoquer la renaissance du mort, dont la tête, tel un nouveau soleil, sort de la fleur d'un lotus. (p. 48)

▲ Entrée de la grotte se trouvant au fond de la Vallée des Reines. L'accès de ce lieu mystique est orné de deux « jeux de la nature » retouchés par l'homme : à gauche, la tête de la vache Hathor et, à droite, un hippopotame en train de pénétrer dans la caverne. (p. 305)

Obélisque de la place de la Concorde. Pose du pyramidion plaqué d'or au sommet de l'obélisque de Ramsès II afin de redonner à la pierre sacrée son aspect originel. (p. 339)

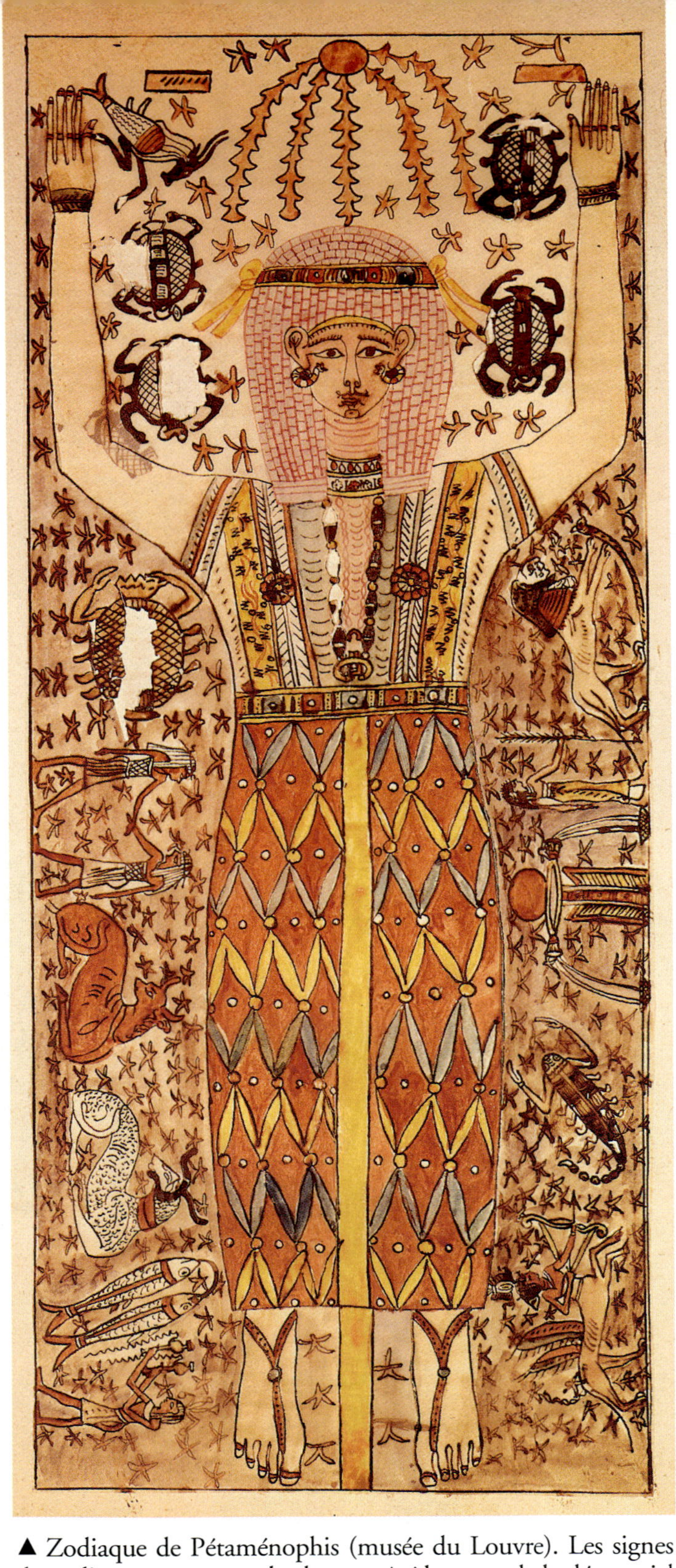

▲ Zodiaque de Pétaménophis (musée du Louvre). Les signes du zodiaque entourent de chaque côté le corps de la déesse-ciel et tracent ainsi le cheminement de l'écliptique sous le couvercle du sarcophage qui contenait la momie. (p. 186)

Photographies : D.R.

de la dame Nesa et du seigneur Sepa, datant de la IIIe dynastie, soit deux mille ans avant notre ère. Le Louvre venait d'être ouvert au public en séances nocturnes pour la grande joie des visiteurs. Mais bien entendu, comme nous l'avions redouté, ceux-ci ont admiré avec les mains, et c'est ainsi que la dame Nesa et le seigneur Sepa se sont retrouvés avec des épaules toutes noires (cf. pl. x).

Nous avons demandé l'aide du plus ancien restaurateur du Louvre, M. Dorse. Il nous a conseillé d'emprunter deux grands sarcophages à nos collègues des Antiquités romaines, qui en conservaient plusieurs dans leurs réserves, de les remplir d'eau, et mieux encore, d'eau de pluie et d'y faire baigner la dame Nesa et le seigneur Sepa pendant trois semaines. Nous lui avons obéi en tremblant. Ce traitement de choc allait-il altérer l'état de nos précieuses statues, qui montraient encore les traces de leur fard de malachite vert autour des yeux ? Nous leur rendions des visites anxieuses. Eh bien, lorsque les statues sont sorties du bain, elles étaient intactes, sauf leurs perruques qui avaient un peu pâli : elles n'avaient perdu que l'excès de noir qui avait été rajouté au XIXe siècle, et le fard de malachite était parfaitement intact. Le calcaire dont elles étaient faites avait retrouvé sa teinte d'ivoire.

32.

Les limites d'une expertise

Le cas de la « tête bleue » datant de l'époque de Toutankhamon. Un restaurateur des Musées nationaux, involontaire artiste en faux. Comment le mythe de la malédiction des pharaons peut inciter un banquier à se débarrasser de ses antiquités égyptiennes.

Vous avez évoqué la laborieuse expertise du buste de Sésostris III. Les expertises sont-elles toujours aussi longues ?

En tout, en comptant les prolongations, nous y avons passé près de cinq mois – mais il m'est arrivé de garder des statues pendant un an dans mon bureau, à l'occasion d'un achat pour le Louvre. Ce cas était particulièrement complexe, je le répète, dans la mesure où la statue de Sésostris III était posthume, destinée à être placée dans un temple où ce roi était vénéré comme le sauveur du pays. Un peu comme si nous allions rendre de nos jours un culte à Churchill ou de Gaulle.

Arrive-t-il qu'une pièce résiste à votre interrogatoire ?

Bien sûr ! L'abbé Drioton disait toujours : « Un conservateur doit rester discret sur la provenance des objets. » Quand je lui ai succédé, j'ai reçu un jour un appel de M. Cooney, à l'époque conservateur du musée de Brooklyn, qui souhaitait venir au Louvre pour étudier pendant une semaine la « tête bleue » (cf. pl. XI). Il s'agissait d'une tête en pâte de verre bleue, une pièce très belle avec un visage bleu pâle et la coiffure plus foncée présentant tous les signes de l'art amarnien. Drioton m'avait dit qu'il s'agissait d'une tête de Toutankhamon, car il m'assurait en soupçonner la provenance. Cette tête avait été achetée par Georges Bénédite en Égypte.

Cooney est donc venu à Paris et, tous les matins, j'allais chercher la tête bleue dans la vitrine où elle était exposée et je la plaçais sur une estrade dans mon bureau où il venait l'étudier. C'était un ancien bijoutier, qui s'était consacré à l'étude des bijoux, puis de l'art égyptien. Il avait la réputation d'être un assez bon archéologue et avait été nommé au musée de Brooklyn, en tant que spécialiste des verres anciens.

Je ne le laissais jamais seul ; on ne laisse jamais personne seul avec un trésor du Louvre, fût-ce un conservateur de musée. À la fin de sa première semaine d'étude, il me dit : « Je suis arrivé à une conclusion qui confirme ce que je pensais depuis longtemps. Le visage est faux, mais la perruque est vraie. » Je n'ai fait aucun commentaire, et quelques années plus tard, il m'a écrit de nouveau : il avait des doutes. Il est donc revenu passer une semaine à Paris, s'est installé dans mon bureau et, au bout d'une semaine d'études minutieuses, il me dit : « Cette fois, ça y est. Mes doutes ont disparu. La tête est vraie, mais la perruque est fausse. » Je devais garder mon secret et je n'ai pas pu l'aider à établir l'authenticité de la tête bleue.

Et, vous, quel est votre avis sur cette fameuse tête bleue ?

Je dois vous avouer que j'aime beaucoup cette tête, mais la coiffure m'intrigue. Quoi qu'il en soit, je subodore l'utilisation qu'elle aurait pu recevoir dans la composition d'un trésor funéraire royal.

Existe-t-il beaucoup de faux dans les musées ?

Il y a toujours au moins une ou deux pièces fausses dans les réserves d'un musée. Je me souviens par exemple de la « tiare de Saïta Farnès » qui avait été achetée au début du XXe siècle par Salomon Reinach pour le département oriental-préhistorique du musée de Saint-Germain-en-Laye. Il s'agissait d'une tiare en or décorée de figures irano-parthes. Mais personne ne savait qui était Saïta Farnès, ni même s'il existait. Cette pièce a donc été exposée, jusqu'au jour où un restaurateur extérieur aux Musées nationaux, monsieur André, l'a reconnue. « C'est moi qui l'ai fabriquée », a-t-il avoué. Il l'avait réalisée avant-guerre d'après des dessins parthes et iraniens qu'un collectionneur lui avait confiés. Cette tiare a été présentée récemment dans une exposition sur les faux.

Existe-t-il des faux dans les collections égyptiennes du Louvre ?

Un exemple : la tête en bois qui a été achetée pour le département, par Charles Boreux, à l'époque conservateur en chef, et qui présentait un style amarnien typique. Elle a été définitivement classée parmi les faux très habiles par l'analyse du bois qui en a révélé l'essence moderne.

Si l'on trouve pendant un séjour en Égypte une pièce ancienne, peut-on se présenter au Louvre pour la vendre ?

Vous seriez immédiatement accusé d'être le complice d'un vol. Et s'il s'agit d'un objet que votre grand-père vous a légué, vous devrez prouver que ce grand-père faisait partie de l'expédition de Bonaparte en Égypte, ou quelque chose de cet ordre ! Cela signifie que cet objet doit être entré dans votre famille avant la loi égyptienne qui interdit l'exportation des antiquités.

Si le vendeur est un antiquaire, il doit déclarer la provenance de l'objet car, depuis plus de vingt ans, la loi en fait obligation. Et si l'objet provient d'une collection, il faut prouver l'origine de la collection.

Et si l'origine n'est pas prouvée, que fait-on de cette pièce ?

Eh bien, c'est tout le problème de ce pauvre Sésostris III, à la merci des insinuations d'un conservateur grincheux. La presse a révélé que, le soir de la vente, François Pinault a donné un dîner officiel où il avait convié une haute personnalité. Il paraît qu'il était tellement fier de son achat qu'il a fait transporter la statue de la salle des ventes dans son salon, pour que ses convives puissent l'admirer. J'imagine qu'après cette soirée, il a dû être sous le choc quand l'article est paru dans *Libération*. Il a fait rapporter la statue à la salle des ventes et a déclaré qu'il ne pouvait accepter un faux.

Les méthodes d'analyse ont dû gagner en précision et en efficacité avec les progrès de la technologie ?

Bien sûr, mais pour l'analyse d'une pierre aussi dure que la granitodiorite, cela ne change pas grand-chose. À l'origine, ainsi que je l'ai rappelé, ces statues étaient couvertes de plâtre et dorées ou polychromées. Mais le revêtement a entièrement disparu. Sur quoi pourrions-nous travailler d'autre ? Je crois que l'informatique est un moyen qui permet de gagner beaucoup de temps (quand il n'y a pas de bug !), que le choc des idées peut quelquefois être dû à la rencontre d'éléments dont la comparaison n'avait pas encore été faite, mais je pense que rien ne remplacera aussi bien la connaissance intrinsèque d'une civilisation par le « flair » de celui ou celle qui, suivant les termes de Maspero, a été « mordu par le scarabée du Nil ».

Vous est-il arrivé de rencontrer des difficultés au moment d'acquérir des objets pour votre département ?

Je vais vous raconter une histoire qui a bien commencé et qui aurait pu se terminer assez mal. Un antiquaire parisien vint me voir dans mon bureau au Louvre pour m'indiquer le passage dans une prochaine vente publique de trois objets ayant appartenu au grand égyptologue Gaston Maspero (cf. pl. XVI). Ayant vu ces pièces, je n'hésitai point, puisqu'il s'agissait de deux statuettes funéraires (*shaouabti* ou *oushebti*) et d'une boîte à l'image de deux membres de la même famille. Elles avaient été données par le gouvernement égyptien à Maspero lors de la découverte de la tombe d'un dénommé Sennedjem, chef des ouvriers de Deir el-Médineh. Ces objets devaient revenir au Louvre. Les membres de l'École du Caire, à la tête desquels se trouvait Bernard Bruyère, avaient œuvré pendant plus de quarante ans sur le site et mon musée ne possédait aucun exemplaire analogue.

Je demandai donc à la direction des Musées de France la somme limite jusqu'à laquelle je pouvais surenchérir au cours de la vente. Il était bien entendu que j'avais en ultime recours la possibilité de faire valoir le droit de préemption des Musées nationaux. Forte de la somme maximale que m'avait indiquée l'antiquaire, il me restait une marge importante pour cet achat.

Le jour dit, je me présentai à la salle des ventes suffisamment en avance pour que, si quelque incident était survenu depuis ma conversation avec l'antiquaire, il puisse être évoqué. Les trois objets furent d'abord présentés l'un après l'autre. Je surenchéris à chaque fois qu'un acheteur potentiel faisait une offre. Lorsque le marteau du commissaire-priseur tomba, je fis valoir le droit de préemption. Je me voyais déjà faisant bénéficier mon département de ces nouveaux petits trésors, lorsque l'antiquaire « félon », qui avait eu largement le temps de me prévenir avant la vente, déclara sans préavis qu'on allait alors procéder à ce qu'on appelle un achat groupé. Naturellement, les trois objets présentés ensemble crevèrent le plafond et je ne pus préempter pour une somme que je ne possédais pas. Malgré tous mes efforts, l'identité de l'acheteur, qui souhaitait rester anonyme, ne put m'être révélée. Je me trouvai alors dans l'incapacité de poursuivre mon projet d'acquisition.

Vous n'alliez pas en rester là, tout de même !

À force de recherches, j'appris que l'acheteur éventuel devait être localisé en Belgique, à Bruxelles. Je mis sur sa piste tous ceux qui, parmi mes relations, étaient susceptibles de me renseigner. J'obtins ainsi le nom de l'acquéreur, banquier me dit-on, puis je parvins à le joindre et enfin à le rencontrer. Je lui proposai très directement de revendre au Louvre ces objets, puisqu'il s'agissait de documents complétant un ensemble archéologique que nous possédions. Réponse négative : « Pour quelle raison voulez-vous ces objets ? » Je continuai à plaider ma cause jusqu'au moment où, oubliant l'attrait que présentaient pour lui ces pièces, il me fit l'offre d'un échange : « Que votre département me propose une antiquité à troquer contre ces trois éléments ! » J'eus beaucoup de mal à convaincre ce « collectionneur » que nos biens nationaux étaient inaliénables. « Pourtant, me répliqua-t-il, un de vos jeunes confrères belges m'avait assuré du contraire. » Sans doute avait-il confondu avec le statut des collections du Metropolitan Museum of Art.

À force d'insister, je finis par convaincre ce personnage de céder au Louvre ces fameux objets pour leur prix d'achat majoré. Plusieurs visites alimentées par nos discussions restent encore gravées dans ma mémoire, jusqu'au jour où j'appris que mon interlocuteur était parti à l'étranger, abandonnant la banque, mais emportant toutes les collections qu'il avait achetées avec les fonds de son établissement. Puisque je tenais à ces pièces, je ne pouvais en rester là.

Qu'avez-vous fait ?

Je pris contact avec le directeur de la banque en question, en insistant pour qu'il procède à des recherches dans le bureau du fugitif. J'appris alors que les trois derniers objets qu'il avait obtenus se trouvaient encore dans le coffre-fort. Sans me décourager, je proposai de nouveau leur achat par le Louvre. Je me heurtai à un refus catégorique, en raison d'un argument irrévocable : ils avaient été achetés par la banque. C'est en vain que je rappelai à mon charmant interlocuteur que cette acquisition avait certainement été faite à son insu.

Devant ces refus répétés, j'étais à cours d'imagination. Alors le spectre de Toutankhamon apparut à mes yeux et, presque malgré moi, j'évoquai la légendaire malédiction des pharaons pour ceux qui ne suivaient pas la voie droite. Quelques jours passèrent, et mon très sensible interlocuteur me fit savoir que sa banque était d'accord pour céder ces objets au Louvre, moyennant finances évidemment.

33.

Visites officielles

L'égyptomania. Konrad Adenauer visite l'exposition Toutankhamon. La duchesse de Kent. Chirac en famille. Akihito, prince héritier du Japon, enfile la « bague aux chevaux » de Ramsès II. L'œil de la daurade.

Que vous inspire la fascination que l'Égypte semble exercer sur les hommes et les femmes du troisième millénaire ?

C'est désormais pratiquement devenu une manie. Nous assistons actuellement à une vague allant crescendo. Autant on ne peut que s'étonner de voir à quel point les livres de l'enseignement scolaire officiel ont fautivement réduit à l'extrême plus de trois mille ans d'histoire pharaonique en quelques chapitres – alors que la Grèce et Rome ne couvrent que sept siècles –, autant on ne peut que s'irriter, jusqu'à en être las, de voir ce déferlement d'informations générales dans les journaux, certes agréablement illustrés.

Sans parler de la vogue du roman égyptien ou de l'épopée pharaonique.

Si un homme comme Théophile Gautier a fait l'effort d'aller se renseigner auprès d'égyptologues compétents afin d'élaborer le cadre historique, tel qu'il était connu à l'époque, pour y intégrer son charmant *Roman de la momie*, il est inadmissible de voir certains besogneux de la plume échafauder des histoires lamentables en prêtant à des personnages historiques des faits et gestes indignes des connaissances de notre époque. Je conçois que quelques éditeurs encouragent cette passion de l'Égypte. Mais faut-il pour cela publier ces stupidités qui réjouissent un certain public étourdi par les sciences occultes mais qui se trouve ainsi gavé d'informations parfaitement erronées, leurs auteurs prêtant à des personnages historiques une attitude inacceptable !

En publiant votre étude sur Ramsès II, vous avez cru bon de préciser, sur la couverture : « la véritable histoire ». Pourquoi ? Pour vous démarquer de ce genre romanesque peu rigoureux ?

Lorsque, tout en finissant de rédiger mon étude sur Ramsès II, livre que je cogitais depuis longtemps, j'ai appris que l'on se permettait de commettre sur ce sujet un certain nombre de publications, il m'a paru normal, pour empêcher toute confusion, de signaler l'honnêteté de mon enquête. En effet – c'est ce que j'ai indiqué dans ma préface –, les hasards de la vie m'ont conduite à organiser un long travail de recherches dans le temple jubilaire de Ramsès II, au Ramesseum, dont j'ai fait bénéficier toute mon équipe ; mais également, dans la Vallée des Reines auprès des sépultures des princesses de la famille du grand roi, et sur les rives de la Nubie entre la première et la deuxième cataracte, dans les sept temples érigés sur l'ordre de Ramsès dans un pays où nul habitant ne pouvait pénétrer ; j'ai donc pensé, sans forfanterie aucune, que j'allais apporter du nouveau sur ces thèmes et j'ai indiqué que la vérité était le chemin suivi.

À vous écouter, on se dit que la véritable Égypte est mille fois plus fascinante que toutes ces fables. Que pouvez-vous en dire ?

Eh bien, je peux vous dire que les grands de ce monde manifestent depuis déjà longtemps un réel intérêt pour l'Égypte : au Louvre, j'ai fait visiter mon département à des têtes couronnées, des hommes politiques et des personnalités de toutes sortes.

Un soir de 1967, vers dix-huit heures, j'ai reçu dans mon bureau un appel du général de Gaulle, alors président de la République. Il voulait savoir s'il m'était possible de faire visiter, le soir même, l'exposition Toutankhamon à Konrad Adenauer, chancelier de la République fédérale d'Allemagne, qu'il recevait pour dîner à l'Élysée. Adenauer devait repartir pour Bonn le lendemain matin, et le général souhaitait que la visite ait lieu dès la fin du repas. Le pauvre Adenauer était déjà très fatigué par son voyage.

Nous nous sommes arrêtés devant la statue d'Amenhotep, fils de Hapou, le grand conseiller d'Aménophis III. J'ai raconté au chancelier l'histoire de ce personnage, réputé être mort à cent dix ans en raison de sa grande sagesse. Il m'a écoutée avec attention puis il m'a confié, en ébauchant un sourire et d'une toute petite voix, qu'il n'était pas sûr d'être assez sage pour parvenir à un âge aussi avancé. En effet, il est mort dans l'année.

Vous avez été en somme pour ces gens une sorte de guide privé.

C'était un peu ma fonction qui m'y incitait. Je me souviens aussi de la visite du génial guitariste Segovia. Quand il est venu au Louvre, j'en ai profité pour lui poser quelques questions techniques sur son art, auxquelles il s'est fait un plaisir de répondre. J'ai également reçu la duchesse de Kent, la belle et charmante Marina dont l'époux était l'un des frères du roi George VI. Le lendemain, elle m'a adressé une immense composition de fleurs, qui occupait toute ma cheminée !

Vous avez également mentionné ailleurs l'intérêt du chef de l'État pour l'Égypte.

Je garde en effet un souvenir particulièrement chaleureux de la visite de Jacques Chirac, alors secrétaire d'État à l'Agriculture, accompagné de sa femme et de ses deux filles. Ce fut un véritable feu d'artifice de questions. Toute la famille s'y mettait et je ne savais plus où donner de la tête ! L'enthousiasme de Jacques Chirac lui-même était vraiment frappant. Lorsque cet esprit brillant et curieux de tout était maire de Paris, il a rêvé de jumeler notre capitale avec Alexandrie, mais puisque la ville était déjà jumelée avec Rome, il a transformé son projet en pacte d'amitié entre les deux cités. J'ai été conviée à l'Hôtel de Ville à cette occasion. La cérémonie a été suivie d'un dîner dans l'un des nombreux petits hôtels qui appartiennent à la Ville de Paris, près de l'île Saint-Louis, l'hôtel de Lauzun, sur les quais de la Seine.

Quels autres visiteurs illustres avez-vous initiés ?

Je n'ai jamais oublié la visite de Akihito, qui était alors prince héritier du Japon et qui devait avoir à cette époque, je crois, une vingtaine d'années. C'est Georges Salles, le directeur du Louvre, qui m'a prévenue un matin de son arrivée le jour même, dans l'après-midi. Il ne venait pas visiter une exposition particulière, mais le département égyptien en tant que tel. Vers quinze heures trente, arrive donc le prince Akihito, accompagné de Georges Salles et d'une ribambelle d'officiels japonais. Le chef du protocole me salue, puis il me dit : « Vous vous adresserez au prince Akihito uniquement en anglais. »

Et nous avons commencé la visite guidée vers une œuvre exceptionnelle : la divine adoratrice Karomama, une magnifique statue en bronze, damasquinée d'or et d'argent. J'ai expliqué au prince ce qu'étaient les adoratrices. Chaque fois que je prononçais une phrase, le chef du protocole la traduisait en japonais pour le prince. Le pauvre jeune homme venait déjà de supporter les cérémonies officielles du couronnement de la reine Élisabeth et rien ne semblait plus l'intéresser. Que pouvais-je donc faire pour éveiller son attention ? Puis un soupçon m'est venu : pourquoi devais-je m'exprimer en anglais, puisque le chef du protocole traduisait tout en japonais ? J'ai demandé à ce dernier : « Pourquoi traduisez-vous mes paroles ? Le prince ne comprend pas l'anglais ? – Il le comprend fort bien, madame, cependant les oreilles de Son Altesse impériale ne doivent pas être touchées par une autre langue que le japonais. »

On imagine que vous avez sauté sur l'occasion...

Nous étions déjà arrivés dans l'avant-dernière salle, avant celle « des colonnes », celle où se trouvent les coupes bleues et les *shaouabti* de l'époque ramesside, et je voyais qu'il n'en pouvait plus. J'avais pris à tout hasard la clef de la vitrine des bijoux pharaoniques. C'est souvent ce qui intéresse le plus les têtes couronnées. On leur donne la vision des splendeurs passées en un espace réduit. J'avais mon plan.

Nous sommes entrés dans la salle des colonnes, en passant au milieu des sarcophages dressés, comme dans un *campo sancto*. J'ai entraîné les gens de la suite officielle vers une vitrine, et je leur ai indiqué le buste d'Aménophis IV en leur recommandant de l'observer attentivement. Puis j'en ai profité pour glisser quelques mots en anglais à Akihito : « Voulez-vous voir les bijoux de Ramsès II ? Vous pourrez même essayer sa bague. » Dans un anglais impeccable, il m'a répondu que cela lui ferait grand plaisir.

Je l'ai donc emmené à l'écart, derrière les colonnes. J'ai ouvert la vitrine du côté où se trouve la « bague aux chevaux » et je lui ai raconté, toujours en anglais, l'histoire de la bataille de Qadesh pendant laquelle Ramsès a été sauvé par ses chevaux. Il avait l'air ravi. Puis je lui ai tendu la bague, il l'a essayée, et il paraissait tellement heureux que j'ai eu peur qu'il ne demande à la garder, cependant qu'on entendait un brouhaha épouvantable (cf. pl. XXII). Tout le monde était aux cent coups. Le prince avait disparu ! Le cortège est arrivé et j'ai eu droit aux foudres du chef du protocole. « Mais il ne courait aucun danger, il était avec moi ! Je suis son ange gardien, vous ne le saviez pas ? » Akihito avait retrouvé un visage de jeune homme. Il riait aux larmes. Puis tout est rentré dans l'ordre et le charmant rieur reprit son visage de futur empereur. J'ai appris que son fils s'était marié avec une jeune et brillante diplomate qui a, il y a peu, assuré sa descendance. Cela n'a pas dû être facile pour elle de vivre avec le protocole du palais !

Pour moi, la civilisation japonaise est toujours restée une énigme. En 1978, au cours d'un voyage au Japon, j'ai été conquise par l'extrême courtoisie des hommes, par les peintures, les laques, les porcelaines et les jardins zen, mais je ne me suis jamais habituée au poisson cru. Je me souviens d'un dîner chez le gouverneur de la province de Fukuoka, au sud du Japon. Nous étions assis par terre sur des coussins. Au bout d'un quart d'heure, en voyant que nous ne parvenions pas à garder la posture du lotus, le gouverneur a fait apporter des dossiers. Les plats étaient servis sur une table basse, dans de merveilleuses petites assiettes de laque que l'on nettoie, paraît-il, uniquement avec de vieux kimonos en soie précieuse.

J'étais assise entre le gouverneur de Fukuoka et le représentant du journal *Yomiuri Shimbun*, qui faisait alors office de ministre de la Culture du Japon. Nous étions servis par des geishas d'un âge canonique. Rien à voir avec les *maïko* que l'on rencontre dans les boîtes de nuit aux robes qui entravaient leurs mouvements et qui se « laquaient » la figure de poudre de riz blanche. Sur la table du déjeuner, il y avait une maquette de jonque en raphia, garnie d'orchidées, dans laquelle se trouvaient une langouste, des coquillages et une énorme daurade. Je regarde la daurade, et tout d'un coup je la vois ouvrir la gueule lentement. Elle était en train de crever sous nos yeux !

Voyant ma gêne, mon hôte m'a demandé ce que j'avais. « Regardez, ce pauvre poisson est vivant, il est en train d'agoniser. – Mais bien sûr, me dit mon hôte. N'est-ce pas une scène pathétique ? Nous allons manger du poisson bien frais ! » Il était très étonné que je n'apprécie pas ce spectacle, mais il avait le sens de l'hospitalité. Il a fait venir une geisha qui est sortie quelques instants et revenue avec une magnifique orchidée garnie d'une pique et vlan ! elle a fiché l'orchidée dans l'œil de la daurade. Après cela, inutile de vous dire que je n'avais plus très faim... Je me suis consolée en buvant du saké.

Hérodote, l'historien grec, a dû être aussi surpris en Égypte que vous au Japon, vous ne croyez pas ?

Sans doute, mais à ma connaissance, personne ne lui a offert à manger du poisson cru.

34.

Le livre scellé de sept sceaux

Naissance de l'écriture hiéroglyphique. Le hiératique et le démotique. Champollion et la pierre de Rosette. La cryptographie. Le livre scellé de sept sceaux. Ce qui est écrit se met à vivre. L'écriture est née à Sumer et à Kemi.

On ne peut évoquer l'enseignement reçu par les étudiants des Maisons de Vie sans parler de l'écriture hiéroglyphique.

De la Ire dynastie jusqu'à la Basse Époque, les Égyptiens ont toujours utilisé les hiéroglyphes pour écrire sur la pierre. Ils n'appellent d'ailleurs pas ces signes *hiéroglyphes* : ce nom leur a été donné par les Grecs. Il est formé de *glyphes* (signes), et de *hiéro* (sacré). Les Égyptiens les associaient au langage des cynocéphales, ces babouins qui étaient des émanations du dieu Thot.

Quelle est l'origine de cette écriture ?

La naissance de l'écriture égyptienne est analogue à celle de toutes les écritures. Disons que vous vous voulez écrire le mot « orange ». Pour *or*, vous allez dessiner une pièce d'or et pour *ange*, un bonhomme avec des ailes. Puis vous lirez : *orange.* Cependant, dès que vous juxtaposez le signe figurant l'or et celui représentant l'ange, vous faites apparaître un sens nouveau, qui provient de la juxtaposition de leur valeur phonétique, et non plus de ce qu'ils évoquent.

Pour aider le lecteur à déchiffrer ces signes, l'Égyptien leur ajoute un déterminatif qui ne se prononce pas, mais qui indique leur catégorie. Dans le cas de « orange », on aurait dessiné une petite branche, pour évoquer le règne végétal ou encore le fruit lui-même.

Prenons *méri,* le verbe « aimer » en égyptien : il s'écrit avec le signe *mer,* qui représente une houe servant à bêcher la terre, prononcé *mer,* et un *i,* qui représente un roseau. Pour indiquer que ce mot « aimer » désigne une disposition de l'esprit et du cœur, le scribe ajoute le déterminatif des idées abstraites : le dessin d'un homme assis, qui porte la main à sa tête. Car c'est dans la tête que tout se passe. Pour évoquer des idées abstraites, on peut aussi dessiner un rouleau de papyrus avec sa ligature.

À quelle époque est née l'écriture hiéroglyphique ?

Probablement à l'époque néolithique. Les choses se compliquent ensuite du fait que les signes hiéroglyphiques possèdent parfois plusieurs valeurs phonétiques. Le signe qui sert à écrire le mot « entendre » est un exemple des hiéroglyphes qui ont une double valeur phonétique. Il évoque une oreille poilue de bovidé qui se prononce aussi bien *sedjem* que *iden.* Ce hiéroglyphe avait donc deux significations possibles, selon la prononciation : d'une part « entendre », *sedjem,* et de l'autre, « être l'oreille de quelqu'un », *iden,* autrement dit être son second, son lieutenant. Le même hiéroglyphe prononcé *sedjem,* signifiait *entendre,* mais prononcé *iden,* il signifiait *lieutenant.*

Comment, à partir du même signe d'écriture, différencier « entendre » de « lieutenant », *sedjem* de *iden* ? Par un signe phonétique. Pendant trois mille ans, le mot « entendre » s'est prononcé *sedjem,* devant l'oreille le scribe pouvait tracer la lettre *s,* et devant l'oreille qu'il fallait prononcer *iden,* le scribe pouvait écrire la lettre *i.*

À la fin de l'ère égyptienne, l'alphabet grec s'est répandu dans toute la *koiné*, le monde hellénisé, jusque dans les provinces grecques et romaines du Proche-Orient. C'est alors que tous les mots égyptiens abâtardis ont été écrits avec les lettres de l'alphabet grec, ce qui a beaucoup aidé Champollion qui parlait et lisait couramment le copte, c'est-à-dire l'égyptien de l'époque très tardive, écrit avec les lettres grecques, plus sept signes pour rendre certains sons propres à la langue de l'Égypte pharaonique.

Dans quel sens se lisent les hiéroglyphes ?

La réponse à cette question n'est pas simple. Les hiéroglyphes sont des signes sacrés. Ils s'écrivaient de droite à gauche ou de gauche à droite. Ces directions suivaient l'orientation des personnages auxquels l'écriture se référait. On pouvait aussi écrire le texte en colonnes, de haut en bas.

Dans les tombes des hauts personnages et des rois des deux premières dynasties à Saqqarah, le savant anglais Walter Emery a retrouvé des rouleaux de papyrus vierges mis à la disposition du mort et il a pu montrer que dès cette époque on écrivait sur papyrus. En ce qui concerne le hiératique, il s'agit d'une simplification des hiéroglyphes, une « onciale », qui s'est toujours écrite de droite à gauche.

Que signifie suivre l'orientation des personnages ?

C'est facile à comprendre. Les hiéroglyphes ont une direction. (*Christiane Desroches Noblecourt prend un crayon et dessine devant nous.*) Ici, vous avez un bonhomme qui se balade, une canne à la main. Il y a des hiéroglyphes derrière lui. Une petite caille, un oiseau, le plan d'une maison... Que voulez-vous encore ?

Un taureau ?

Pourquoi pas ? Vous voulez que je mette un éléphant, pendant que j'y suis ? (*Elle dessine un éléphant.*) Si le bonhomme va de l'autre côté, avec sa canne, je vais écrire l'oiseau dans cette autre direction, la petite caille, la main, et tout ce que vous voulez dans cette nouvelle direction.

Même chose pour les hiéroglyphes en colonne : ils se lisent de haut en bas, mais suivant les cas de droite à gauche et de gauche à droite.

Les écritures sémitiques s'écrivent de droite à gauche.

Vous allez forcément me demander pourquoi nous écrivons de gauche à droite et non, comme les Égyptiens et les Sémites, de droite à gauche. Au fond personne n'en sait rien. De toute façon cela serait plus facile pour les gauchers. Le hiératique s'écrit de droite à gauche. Voici l'hiéroglyphe de la chouette  la lettre qui se prononce *m*, avec ses deux pattes et sa queue, quelquefois même la tête et un petit machin pour montrer les yeux et le bec. En hiératique, cela donne ça (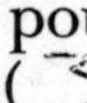). Le céraste , la vipère noire, devient 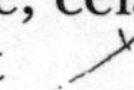. Non seulement cela change suivant la nervosité du scribe, mais bien des signes sont maintenant reliés (c'est ce qu'on appelle des ligatures).

Le démotique, langue et écriture de la Basse Époque, c'est encore autre chose : ce sont des petites virgules, des petits points. Il faut vraiment se consacrer particulièrement à cette dernière écriture.

Champollion disposait-il de ces trois langues sur la pierre de Rosette ?

Attention, sur la fameuse pierre, il y avait un texte unique en trois écritures : en démotique, en hiéroglyphes et en grec, qui correspondaient réellement à deux langues. En fait, c'est surtout grâce au copte qu'il a réussi à identifier certains termes hiéroglyphiques. En effet, prenons le mot « naissance » qui se prononce *mosé* en copte. Il se trouve que Champollion avait reçu l'estampage d'un texte sur lequel était inscrit, dans un cartouche royal, le nom de Thoutmosis. Champollion a immédiatement reconnu le fameux ibis avec son grand bec, hiéroglyphe du dieu Thot. Et il s'est souvenu que le nom du roi Thoutmosis peut se lire aussi *Thotmosé.* Thoutmosis, c'est Thot et *mosé,* naissance, naître, donc le signe qui accompagnait l'ibis dans le cartouche devait se prononcer Mosé.

Mosé, Moshé, c'est-à-dire Moïse ?

Ce nom-là est égyptien, bien sûr. Moshé, Moïse, cela veut dire naître. Connaissant le sens du mot *mosé* en copte, Champollion, après des années de recherches, est parvenu à la conclusion que Thoutmosis était bien Thotmosé, Thot-mès, puis Ra-mosé = Ra mésou = Ramsès, les voyelles n'étant pas écrites chez les Égyptiens – comme d'ailleurs chez les Sémites. C'est à partir de cette découverte, suivie d'une infinité d'autres révélations, qu'il est parvenu à percer le secret de l'écriture hiéroglyphique.

Parlons grammaire...

Dans une phrase, vient d'abord la racine verbale puis le sujet, qu'il soit pronom ou substantif ; ensuite le complément d'objet direct, les compléments indirects, etc. C'est une grammaire d'une parfaite logique, mais l'exercice n'est pas toujours des plus aisés, cela va sans dire. Comment lire les mots lorsque certains ont un déterminatif et d'autres n'en ont pas ? Tous les mots se suivent sans espace entre eux. C'est une question de pratique. Quant aux pronoms, ils sont de différents types selon le rôle qu'ils tiennent dans la phrase. Il existe donc une syntaxe parfaitement élaborée.

Je vous parle là de l'écriture ordinaire, mais il y a aussi la cryptographie, que l'abbé Drioton a étudiée et déchiffrée. Il s'agit de jeux de mots inventés par des scribes remarquablement doués, selon le principe du rébus, pour tirer parti des difficultés de l'écriture, cela dans le dessein soit de protéger un texte contre les mauvais esprits, soit de réveiller l'attention des gens qui devaient être lassés de lire toujours les mêmes formules funéraires : « Ô toi, passant, qui marches près de ma tombe dans cette nécropole que tu visites, arrête-toi, lis mes prières et prononce mon nom ! Car tu me feras revivre et je te le rendrai au centuple. » Ce texte s'appelle « L'appel aux vivants » et on devait certainement le trouver souvent.

Les gens se promenaient dans les nécropoles comme nous allons le dimanche au Père-Lachaise. Et là, ces textes interpellaient le passant, lui disant : « S'il te plaît, lis cette prière... » Prononcer le nom, c'était faire vivre le mort. Vous voyez que le nom prend une signification particulière en Égypte. Avant de condamner quelqu'un à mort – dans le cas d'un crime de lèse-majesté, d'un complot contre le roi – on commençait par supprimer son nom, parfois remplacé par une épithète infamante. Privé de son nom, l'homme n'existait déjà plus. L'ultime vengeance, c'était d'effacer le nom de quelqu'un. Mais en fait nous aussi, quand quelqu'un ne nous plaît pas, nous évitons de prononcer son nom. Je connais au moins l'exemple d'une personne qui me déteste cordialement, aussi lorsqu'il s'agit de citer une publication que j'ai faite ou une action que j'ai réalisée, elle oublie de mentionner leur auteur.

Cette écriture cryptographique, est-ce la même chose que ce qu'on appelle la langue des oiseaux ?

Un savant allemand qui s'appelait Kurt Sethe s'est penché sur cinq ou six textes cryptographiques connus et, au bout de quelques années, il a déclaré qu'il s'agissait d'un « livre scellé de sept sceaux ». C'est une formule très égyptienne, une phrase que je n'oublierai jamais. L'abbé Drioton s'en est servi lorsqu'il a publié sa découverte.

Si vous voulez, je vais vous donner un bon exemple. Prenons le mot « humanité » qui se prononce *rèmet.*  *rmt.* On peut jouer sur le sens de signes qui n'ont à première vue aucun rapport. La bouche se dit *r* . Le vautour se dit *m(w)t* . Quel rapport avec le mot « humanité » me direz-vous ? Eh bien, lorsqu'ils parlaient de la « bouche » du vautour (c'est-à-dire de son bec), les Égyptiens disaient : *r-m(w)t* qui pouvait s'écrire uniquement en dessinant la tête de l'oiseau. Vous constatez que les sons paraissent les mêmes que dans le mot « humanité », *rmt* ; par homophonie, le signe de la tête de vautour 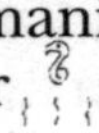 servait à transcrire de façon cryptée le terme humanité.

Vous avez compris ça ?

À peu près.

Ce n'est donc pas une langue mais un système d'écriture très rarement employé. Le scribe cherchait à attirer l'attention des gens. Il souhaitait encore que son texte ne soit pas lu par tout le monde.

Avez-vous un autre exemple ?

Prenez le nom du treizième fils de Ramsès, Mérenptah, *Mer-n-Ptah.* Le scribe utilisant la cryptographie l'a écrit en dessinant une déesse à la longue taille mince, vêtue d'une tunique moulante, avec une magnifique perruque et une tête de lionne. Quand, dans un cryptogramme, Drioton est tombé là-dessus, il s'est douté qu'il ne devait pas se limiter à cette déesse à tête de lionne et s'est mis à chercher toutes les épithètes qu'on pouvait donner à ce personnage. Il a pensé aux déesses Sekhmet, Bastet, Ourèthékaou, mais aucun de ces noms ne collait parce que le sens du texte indiquait très précisément qu'il s'agissait d'un roi. Alors il s'est obstiné et il est revenu à Sekhmet, la grande déesse qui est la parèdre, c'est-à-dire la contrepartie féminine, de la forme divine masculine Ptah. Il a donc essayé de lire : celle qui est *aimée* de Ptah, l'« aimée de Ptah », *Méry(t)-en-Ptah,* c'était Mérenptah ! Il faut avoir un esprit d'une certaine élasticité pour entrer dans la forme de pensée des Égyptiens.

Pourquoi les Égyptiens ont-ils recouvert leurs monuments d'écritures ? Sont-ils pour eux comme des livres à ciel ouvert ?

Tous ceux qui sont allés en Égypte savent que, là-bas, les murs parlent aux « dieux » ou à Dieu. Tout ce que les hommes ont élevé, sculpté, écrit est en leur honneur. Pourquoi ne pas le leur dire ? Ces écritures ne sont évidemment pas destinées au peuple qui, avant le Nouvel Empire, n'avait pas encore accès au temple (et encore, uniquement au parvis), mais bien à Dieu. Elles donnent la vie, car ce qui est écrit se met à vivre.

Pourrait-on dire que ce nombre extraordinaire de tombeaux, de temples qu'on trouve en Égypte correspond au besoin de s'offrir le maximum de surface pour les textes ?

N'allez pas si loin ! Cela est certainement valable à l'époque gréco-romaine. Au début, une extrême sobriété caractérise l'utilisation de l'écriture dans les temples. En revanche, en ce qui concerne les inscriptions des tombeaux, on voit apparaître dans les salles de la pyramide d'Ounas, le dernier roi de la Ve dynastie, les premiers textes funéraires royaux que nous possédions. Il doit y avoir une raison à ce changement. Il faut bien se rappeler que ces inscriptions n'étaient pas destinées aux gens du peuple. Il n'est même pas certain que si la majorité des Égyptiens avaient pu pénétrer dans les temples, ils auraient su lire ces écrits. Je suppose qu'il y avait l'écrivain du village et puis le vieux maître d'école qui enseignait à lire et écrire à leurs semblables. À partir du Nouvel Empire, les écoles se multiplient, et presque chaque Égyptiens sait écrire son nom, son titre, une prière. Mais à toutes les époques, on écrit en hiératique des contes populaires, des textes littéraires, et ce sûrement dès l'Ancien Empire. Ces textes ont été recopiés puis complétés au Moyen puis au Nouvel Empire, dans les scriptoriums des temples, qui étaient des centres de copie. Certains prêtres égyptiens remplissaient la fonction qu'exerçaient les moines au Moyen Âge pour conserver et transmettre le savoir. Ces lieux s'appelaient les « Maisons de Vie ». En plus de la diffusion des connaissances, les prêtres des Maisons de Vie avaient bien d'autres responsabilités.

Il est d'usage aujourd'hui de dire que l'écriture est née à Sumer. Qu'en pensez-vous ?

C'est ce qu'on affirmait il y a quelque temps encore. Mais les spécialistes discutent, bien entendu, et beaucoup pensent que l'écriture est née à peu près à la même époque en Égypte et en Mésopotamie, d'autant que les récents travaux des égyptologues allemands à Abydos révèlent l'utilisation de pictogrammes, ancêtres des hiéroglyphes, plusieurs siècles avant la Ire dynastie. À mon sens, cela n'a pas une grande importance. Que l'écriture soit née d'abord à Sumer puis à Kemi (c'est-à-dire en Égypte) comme on l'a dit longtemps, ou que ce soit l'inverse, comme certains l'affirment aujourd'hui, je ne vois pas l'intérêt d'un tel débat. Réconcilions tous ces savants en disant que ces écritures sont contemporaines.

Il semble difficile d'imaginer que la même invention soit apparue à deux endroits aussi proches, sans penser à une influence.

Allez savoir ! Les sumérologues vous diront que des voyageurs ont probablement transmis la bonne parole aux Égyptiens et les égyptologues vous diront le contraire. Disons qu'il y a certainement eu des rapports entre les Égyptiens et les Mésopotamiens à la très haute époque. Aucun spécialiste ne le conteste. Pour ma part, je suis persuadée qu'à la fin de la période appelée Nagada, dès le néolithique, les Mésopotamiens connaissaient, comme les Égyptiens, l'usage des pictogrammes. Seulement voilà, les Égyptiens possédaient la pierre sur laquelle ils ont pu graver leurs hiéroglyphes qu'ils ont ensuite ciselés pendant trois mille ans. Les Sumériens n'avaient que de l'argile. Ils ont donc très vite simplifié cette écriture hiéroglyphique pour inventer leur hiératique à eux, le cunéiforme, ces petits clous que vous connaissez. Et puis ils ont eu cette idée lumineuse de cuire les tablettes pour les conserver.

Ce sont des pictogrammes comparables ?

Bien entendu au départ. On trouve d'ailleurs un système analogue en Chine, et Champollion, qui avait abordé un peu le chinois, avait déjà tenté de mettre en parallèle les hiéroglyphes chinois et égyptiens.

35.

Le cylindre d'Assourbanipal

Qu'est-ce que le cunéiforme ? Le nésite, le babylonien, l'assyrien, le syrien, le phénicien... Des sceaux royaux couverts d'écriture. Les « appellations contrôlées ». Deux obélisques en or rapportés par Assourbanipal à Ninive. Révélation dans la tombe de Pouyemrê, un des orfèvres de la reine Hatshepsout et de Thoutmosis III.

Je voudrais revenir encore à la Mésopotamie, si vous le voulez bien. Nougayrol était le conservateur du département des Antiquités orientales du Louvre durant les années 50. Il était spécialiste du cunéiforme, cette écriture faite d'entailles en forme de petits clous, dont l'usage s'était répandu dans tout le Proche-Orient. Suivant la région, les mêmes caractères cunéiformes avaient des prononciations différentes. Le nésite, par exemple, la langue des Hittites, était très différent du babylonien, de l'assyrien, du syrien ou du phénicien. Un jour, Nougayrol arrive dans mon bureau en portant une sorte de présentoir doublé d'un très beau velours frappé. Il contenait un énorme cylindre remontant au règne d'Assourbanipal. En égyptologie, nous connaissons Assourbanipal comme étant le responsable du sac de Thèbes. Cela avait été sans doute involontairement pour les Égyptiens l'opportunité de se débarrasser des Soudanais qui les avaient envahis et avaient régné pendant toute la XXVe dynastie.

La grande taille de ce cylindre était inhabituelle. En général, ceux que nous avions trouvés en Égypte étaient plus petits, certains d'entre eux pouvaient même être montés en bagues. « Chez les Assyriens, me dit Nougayrol, les cylindres sont beaucoup plus volumineux. Un texte raconte même qu'un roi assyrien a fracassé son ennemi à coups de cylindre sur la tête. »

Ces cylindres étaient-ils des sceaux ?

Des sceaux royaux couverts d'écritures. Ils existent dès les plus hautes époques et leur forme prouve même qu'ils avaient déjà reçu une influence orientale.

On pense à une forme primitive d'imprimerie...

Tout à fait juste ! Vous savez que les « appellations contrôlées » pour le vin remontent à la même époque. On a retrouvé des bouchons de jarres de vin, en terre crue pour permettre une certaine évaporation. Certaines jarres d'Abydos, qui se trouvent maintenant au Louvre, étaient encore fermées au moment de leur découverte. Leur bouchon était marqué d'un sceau indiquant le nom du vigneron, le nom du roi sous le règne duquel cette récolte avait été faite, le nom du vignoble et l'année de la récolte.

Ce cylindre était un document extraordinaire. Nougayrol l'avait trouvé dans les réserves du musée. Les inscriptions qu'il portait déclaraient qu'Assourbanipal était arrivé à Thèbes et prétendait en avoir rapporté à Ninive deux obélisques en or. Pour répondre à la question qu'il me posait, je rétorquai : « À ma connaissance, il n'y a jamais eu d'obélisques en or en Égypte. »

Était-ce bien le cas ?

Il y a cinquante ans, aucun égyptologue n'avait entendu parler d'une chose pareille. Mais Nougayrol a insisté : « Si, je vous assure. Le texte est explicite : il donne le poids des obélisques en talents d'or et beaucoup d'autres précisions. » Le souverain n'avait pu mentir. On ne triche pas avec la vérité sur un cylindre ou sur une stèle, car c'est au dieu que l'on s'adresse en écrivant.

J'ai donc commencé à chercher une trace de ces fameux obélisques dans mes fiches. C'est alors que j'ai eu la chance de trouver une étude consacrée à la tombe d'un certain Pouyemrê, orfèvre de la reine Hatshepsout et de Thoutmosis III. Sur une peinture murale, Pouyemrê est assis. Devant lui, ses maîtres d'œuvre le saluent et lui présentent un énorme tas d'or. Derrière eux se tiennent les orfèvres et leurs apprentis. Dans le fond, deux obélisques en or sont représentés côte à côte. L'effet est saisissant : la peinture jaune est superposée à un fond rouge. Sur l'une des faces d'un obélisque, on pouvait lire : « [Il a fait] ces deux obélisques en or qui inondent [le ciel]. »

Personne n'avait encore remarqué ce détail ?

Apparemment personne. J'ai donc poursuivi ma recherche en m'intéressant au règne d'Hatshepsout. À la mort de son époux Thoutmosis II, elle a été régente jusqu'à ce que son neveu Thoutmosis III atteigne l'âge de vingt ans. Je me suis alors reportée à l'inscription qui figure sur le socle du dernier obélisque de la reine, qui est encore en place à Karnak. Dans une longue inscription, Hatshepsout raconte qu'elle a envoyé une expédition dans les carrières de granit d'Assouan pour aller chercher deux obélisques. Il a fallu sept mois pour extraire les blocs de granit. Ensuite, elle écrit : « N'ayant pas pu les faire en or massif, je les ai recouverts d'une feuille d'or (ou d'électrum). »

Cela m'a permis de préciser les intuitions de Lacau, le prédécesseur de Drioton au service des Antiquités égyptiennes, qui avait travaillé à Karnak. Il avait remarqué la présence de rainures sur les côtés de l'obélisque, permettant d'y introduire des feuilles d'or, et avait émis l'hypothèse que le sommet de l'obélisque devait avoir été plaqué d'or. Je disposais désormais d'éléments concordants, m'autorisant à supposer que la reine avait fait plaquer tout le corps des deux obélisques. Tout d'abord, une première preuve, la représentation des deux obélisques dans la tombe de l'orfèvre Pouyemrê, accompagnée de l'affirmation selon laquelle ils étaient en or. Ensuite, la référence donnée par mon collègue assyriologue à propos des deux obélisques emportés par Assourbanipal, avec les indications de leur poids.

Sachant que tous les obélisques du Nouvel Empire avaient les mêmes proportions, j'ai sollicité les compétences mathématiques de mon mari. À partir des informations contenues dans l'inscription du cylindre d'Assourbanipal, il a pu calculer les proportions exactes du monument.

Il avait donc existé des obélisques en or !

En ordonnant ces informations concernant le poids du monument et provenant de sources diverses, j'ai donc pu faire la preuve, à partir d'un indice fortuit, que les pharaons avaient pu vouloir faire exécuter des obélisques en or, comme Hatshepsout, et y être probablement parvenus, ce serait le cas de Thoutmosis... C'est de cette manière que les enquêtes intéressantes commencent en égyptologie. Sans ce petit déclic, à partir duquel tout le paysage se réorganise, rien de nouveau ne peut arriver, l'égyptologue reste un compilateur.

J'ai demandé à l'un de mes adjoints qui partait pour l'Égypte de rechercher l'emplacement exact des obélisques volés par le souverain assyrien. Il s'appelait Paul Barguet, c'était un égyptologue remarquable qui préparait alors une thèse de doctorat sur le temple de Karnak. Figurez-vous qu'il a fini par localiser la trace des obélisques manquants, ce qui nous a permis de confirmer les proportions que nous avions calculées.

36.

Pourquoi quitter le paradis ?

Un cosmos bienveillant. Les menaces extérieures. Les campagnes de Thoutmosis III. Qu'appelle-t-on une cataracte ? La reine Hatshepsout à la recherche des sources du Nil. Le pays de Pount. Le Nil Vert. La légende de la déesse Lointaine.

Cette impression de sérénité qui se dégage des images de l'ancienne Égypte correspond-elle à une réalité historique ?

J'en suis persuadée. Pour les Égyptiens, l'existence est enchâssée dans le grand cycle du devenir. Ils n'avaient rien à craindre d'un cosmos aussi bien organisé. Ils devaient vivre dans une atmosphère assez rassurante, qui leur donnait probablement le sentiment du bonheur. Peut-être ne se posaient-ils pas autant de questions que nous... Bien que certains textes nous révèlent parfois un certain pessimisme. Il est vrai aussi que l'Égypte a traversé des périodes difficiles, et je ne voudrais pas tracer un tableau trop idyllique de cette civilisation. Il y a eu des moments de tension, des tentatives de révolution, des invasions, des périodes profondément troublées. Les souverains ont parfois été contraints de devenir des conquérants pour repousser les envahisseurs et pour établir des têtes de pont extérieures à leur territoire. Mais les Égyptiens n'avaient pas l'esprit de conquête, ils étaient bien chez eux. À quoi bon envahir le reste du monde quand on vit déjà au paradis ?

Il est vrai qu'ils manquaient de fer en quantité suffisante pour forger des armes – la bombe atomique de l'époque ! Sous le règne de Toutankhamon, il y a eu un rapprochement diplomatique avec les Hittites, ces Indo-Européens établis en Anatolie. La preuve en est que l'une des veuves de la famille du pharaon écrivit au roi des Hittites : son mari venait de trépasser, et elle ne voulait pas épouser un inférieur. Elle lui demandait de lui envoyer l'un de ses fils. Cependant, les bonnes dispositions des Hittites cachaient des prétentions hégémoniques. Plus tard, par une sage précaution, Ramsès III a donc vendu une partie du trésor royal pour acheter du fer, puis il a fait forger de grandes épées, des cottes de mailles et des casques. Grand bien lui en a pris car, peu après, les « Peuples de la Mer » ont tenté d'envahir l'Égypte.

Où allaient les Égyptiens quand ils franchissaient les frontières ?

En général, ils se dirigeaient vers le sud où se trouvaient les produits rares qu'ils affectionnaient. C'est seulement à partir du règne de Thoutmosis III qu'ils sont allés plus fréquemment vers le nord pour mettre un peu d'ordre dans les pays du Proche-Orient. C'était une région organisée en cités autonomes qui ne cessaient de guerroyer entre elles. Thoutmosis III fut donc le premier pharaon à partir en campagne jusqu'en Canaan et en Amor (en Syrie). Certains pensent qu'il aurait atteint l'Euphrate, car les textes parlent du *Mouqed*, une expression qui signifie l'« eau inversée ». À mon avis, et pour suivre une suggestion de Claude Vandersleyen, rien ne prouve qu'il s'agisse de l'Euphrate.

Les égyptologues se sont ainsi intéressés à un pays où les eaux semblent couler dans le « mauvais » sens pour les antiques riverains du Nil, c'est-à-dire grosso modo, de haut en bas sur la carte, alors que pour Hérodote, c'est en Égypte que tout semblait se faire « à l'envers ». Les égyptologues se sont également opposés à propos d'un autre terme géographique. Les textes évoquent « *Ouadjour* », autrement dit le

Grand Vert. Tout le monde pensait qu'il s'agissait de la Méditerranée, que nous appelons aujourd'hui la Grande Bleue, ce que j'ai contesté. Par ailleurs, les écrits mentionnent ce fameux *Mouqed*, l'« eau à l'envers ». J'ai buté sur ces deux points pendant une trentaine d'années.

Que veut dire l'« eau à l'envers » ?

Pour certains, le mot *Mouqed* désignait l'Euphrate, mais s'agissait-il vraiment de cela ? Cependant il suffit de regarder une carte de l'Égypte pour voir que le Nil, en deux endroits, forme des méandres qui donnent l'impression qu'il coule à l'envers par rapport à son cours *régulier*. L'un de mes collègues, Claude Vandersleyen, a travaillé cette question. Il est parvenu à la conclusion que Thoutmosis III en descendant vers le sud, au-delà de la cinquième cataracte, avait atteint la fameuse boucle où le Nil semble redescendre vers le sud au lieu de couler normalement vers le nord. C'est pourquoi Vandersleyen pense aujourd'hui que Thoutmosis III n'est pas allé en Syrie, d'après le texte en question, mais au sud de l'Égypte, vers la « boucle » du Nil.

Existe-t-il des récits de voyage dans la littérature égyptienne ?

Nous disposons de récits faits par des explorateurs qui se sont rendus en Afrique. Dès l'Ancien Empire, les gouverneurs de la région d'Assouan commencèrent à explorer le Sud et se rendirent au moins jusqu'au Darfour. Accompagnés par des guides locaux, ils partirent en caravane et firent du troc. Les caravanes comprenaient jusqu'à quatre cents ânes. On imagine les quantités de fourrage qu'ils devaient emporter. Ces textes de l'Ancien Empire donnent une assez bonne idée de ces expéditions vers le grand Sud. Ainsi, un de ces explorateurs, passant par la piste occidentale des « Quarante Jours », trouva la mort au cours d'une échauffourée avec le chef d'une tribu locale. Apprenant la triste nouvelle, son fils demanda au roi d'envoyer des onguents de Memphis pour momifier son père dans les règles de l'art.

Plusieurs semaines se passèrent avant que le convoi ne rejoignît l'endroit où reposait le corps du père mort. Le fils parvint enfin à son but et raconta, d'après le texte : « Quand je suis arrivé, j'ai trouvé mon père sur un âne. » Je me suis toujours demandé ce que cela pouvait signifier.

Vous semblez avoir votre petite idée...

Oui, mais c'est peut-être une idée folle. Les Africains ne pratiquaient pas la momification, et je me suis demandé comment le cadavre avait pu être conservé pendant ces semaines d'attente. Un âne avait-il servi de véhicule pour transporter le corps ? J'ai émis l'hypothèse qu'il avait pu être placé dans une peau d'âne. On trouve dans certains textes l'idée que l'enfant solaire fait son retour sur un âne.

Les Égyptiens n'ont donc pas été de grands voyageurs ?

Pas vraiment. Les pharaons ne sont sans doute pas parvenus jusqu'à l'Euphrate et ils n'ont pas non plus navigué en Méditerranée ; ils ont fait du cabotage pour aller jusqu'à Byblos ou jusqu'à Chypre, mais c'est tout ! Nous n'avons aucune preuve qu'ils soient allés en Crète, et certainement pas en Grèce. Les Égyptiens ont peur de la mer, de l'eau salée. Alors ils se contentent de traverser parfois la mer Rouge, sans excès, pour se rendre au Sinaï. Leur passion reste le Nil. Ils ont organisé de très nombreuses expéditions vers le sud du pays, franchissant les cataractes, afin de chercher dans le grand Sud ce qui leur manquait.

Qu'appelle-t-on une cataracte ?

Ce sont des barrières rocheuses, intercalées dans le cours du Nil, et qui produisent des chutes d'eau parfois dangereuses. Elles étaient difficiles à franchir, certes, mais pas au point de faire reculer les explorateurs égyptiens comme le prétendent encore certains égyptologues. Il y a une quinzaine d'années on affirmait volontiers que les Égyptiens n'étaient jamais allés jusqu'au pays de Pount par le Nil. On oubliait que les rois de la Ire dynastie ont laissé la trace de leurs noms vers Khartoum, que Thoutmosis Ier est allé, à plusieurs reprises, s'opposer aux Soudanais du pays de Koush et qu'il a mené son expédition en bateau jusqu'à la cinquième cataracte. Ils oubliaient aussi le chenal de Sésostris Ier, qui est pourtant bien visible : aux environs de l'an 2000 avant notre ère, ce souverain a fait forer dans la première cataracte, afin de la traverser, un chenal de deux ou trois cents mètres. Cet énorme passage a été élargi plusieurs fois par ses successeurs.

Il existait un autre moyen de franchir les cataractes durant l'inondation. On accumulait la boue de la crue sur la rive gauche du fleuve, puis on sortait les bateaux de l'eau et on les faisait glisser, jusqu'à contourner l'obstacle. Notez que ces bateaux étaient d'ailleurs démontables.

Qu'allait-on chercher, en se donnant une telle peine, dans les pays du Sud ?

En premier lieu, si vous voulez administrer convenablement un pays, il vaut mieux connaître sa géographie physique, économique et humaine. Vous pensez bien que la reine Hatshepsout, quand elle a organisé sa grande expédition vers le pays de Pount, ne cherchait pas seulement de l'encens pour le dieu Amon (cf. pl. XIII). Elle envoya également des géographes et des hydrologues qui ont certainement tenté de trouver les sources réelles du Nil. Sans doute n'ont-ils pas poussé leur exploration jusqu'aux sources méridionales, mais nous supposons qu'ils ont pu atteindre cette région qu'on appelle le Sodd, au sud du Soudan. Par ailleurs, ces voyages permettaient de s'approvisionner en produits introuvables en Égypte : l'ivoire, l'or, l'électrum, les peaux de panthère, la fameuse « pierre d'Éthiopie » (l'obsidienne), certains animaux et surtout les épices, ainsi que les précieuses gommes aromatiques comme l'encens, l'oliban et bien sûr la myrrhe, indispensable pour encenser les dieux et embaumer les morts.

Où se trouvait le pays de Pount ?

Certainement aux environs de l'Éthiopie. Le pays de Pount était appelé la « Terre du Dieu ». Quand les Égyptiens écrivent qu'ils vont chercher l'encens et l'oliban dans la « Terre du Dieu », nous devons comprendre qu'ils ont une raison impérieuse pour entreprendre une expédition aussi périlleuse. Ils partent en de longues caravanes et rapportent des merveilles. Ils parviennent même à commercer avec les Africains et les Soudanais, réputés ombrageux.

C'est à propos de ces voyages vers le grand Sud que j'ai moi aussi attiré l'attention de mes confrères sur le sens de *Ouadjour.* Nous en parlions tout à l'heure. Tout le monde admettait que ce nom étrange désignait uniquement la mer, la Méditerranée ou la mer Rouge. *Ouadjour,* pour les égyptologues, c'était la Grande Bleue.

Et que signifie alors Ouadjour ?

Ouadjour signifie le Grand Vert. Le fleuve et la mer sont masculins en Égypte, et j'avais toujours été étonnée qu'on affirme ainsi que *Ouadjour* était seulement la mer. Or il y a une plaine magique au sud de Khartoum, du côté du Bahr el-Ghazal, le grand fleuve des gazelles, un grand espace vert aujourd'hui exploité par les industriels, une étendue immense où les têtes de papyrus sont si nombreuses qu'elles forment un tapis. C'est *Ouadjour* ! C'est le Grand Vert ! J'en ai toujours eu la conviction. *Ouadj* signifie vert ; *our* désigne ce qui est grand.

Nous pouvons maintenant mettre aussi en relation le mot *Ouadjour* avec les phénomènes de l'inondation. Vers le mois de juin, arrive en Égypte un Nil entièrement vert avec quelquefois des coulées rouges venant de l'Atbara. D'un point de vue symbolique, je vous l'ai dit, ce Nil vert évoque les eaux de la mère annonçant l'accouchement de la grande déesse. Quand les Égyptiens parlent vraiment de la mer qu'ils n'aiment pas, ils emploient un mot sémitique, *yam,* pas *Ouadjour.*

Nous avons bien compris que les Égyptiens attendaient chaque année, avec ferveur, le retour de l'inondation.

Et pour évoquer le retour de l'inondation, ils racontent la légende d'une magnifique et pétulante princesse qui vit à la cour de son père. Ce père tout-puissant est naturellement très fier de sa fille, dont la présence apporte la joie et le bonheur au pays. Tout va pour le mieux jusqu'au jour où la princesse déclare qu'elle s'ennuie. Elle s'en va donc batifoler plus loin, très loin, vers le sud. Là, elle se transforme en lionne, rugissant dès qu'on lui demande de rentrer au bercail. Les mâles viennent rôder auprès d'elle et lui font des petits. La lionne est représentée à la Basse Époque (temple de Dakké en Nubie) avec ses mamelles pendantes comme des dents de scie. Elle est très heureuse avec sa progéniture dans le désert du sud-est.

Mais dans son pays, rien ne va plus. Dès que cette pauvre princesse a quitté le palais de son père, la tristesse et l'hypocondrie se sont emparées des habitants. Une délégation vient au palais pour demander au roi de rappeler sa fille. On envoie dans le sud des messagers que la princesse-lionne dévore, croque et avale, et on a beau multiplier le nombre de ces messagers, l'appétit de la lionne ne faiblit pas. Alors le démiurge s'en mêle et appelle son cynocéphale, Thot dans son aspect de singe, afin qu'il ramène la princesse. Thot part à sa recherche, la rencontre dans le désert et l'incite à rentrer dans son pays.

Arrogante, la lionne lui répond que, s'il insiste encore, il sera avalé comme les autres. Mais Thot est plus futé que ces émissaires dont elle n'a fait qu'une bouchée. Il recule et lui demande pourquoi elle ferait une chose pareille. « Connais-tu l'histoire de ce lion qui avait voulu manger un mulot ? lui demande-t-il. Le mulot regarde le lion et lui dit : “Mais regarde-moi, je ne suis qu'un minable paquet d'os avec une touffe de poils, je ne vaux rien à côté des gazelles qui galopent dans le désert. Sans compter que tu peux avoir besoin de moi : on a toujours besoin d'un plus petit que soi.” (Ça vous rappelle quelque chose ?) Le lion, qui est un bon bou-

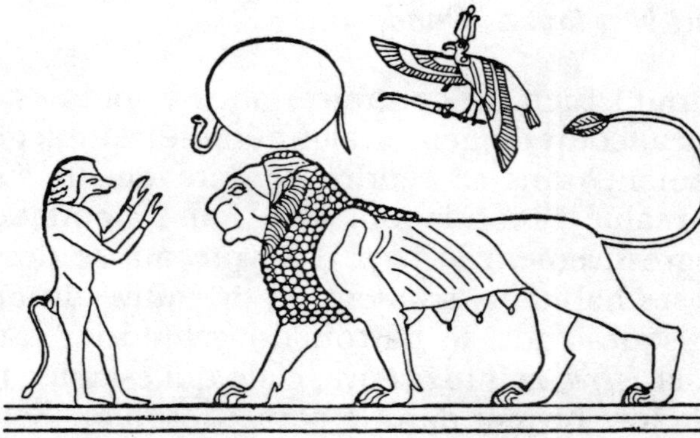

La lionne du temple de Dakké

Le singe de Thot s'efforce de raisonner la Lointaine ravageuse qui refuse à l'envoyé du démiurge de retourner au bercail.

gre, laisse la vie sauve au mulot et part chasser les gazelles. Il est vite pris dans un filet. C'est alors que le petit mulot arrive, et lui rappelle ce qu'il lui a dit : "On a toujours besoin d'un plus petit que soi." Et le voilà qui se met à ronger les mailles du filet ; bientôt le lion sort. Le lion est libre. »

La lionne a écouté l'histoire de Thot et rugit encore. « Tes histoires de bêtes ne m'intéressent pas », lui dit-elle. Alors Thot recommence à lui raconter une autre aventure, à la manière de Shéhérazade. Il n'arrête pas de lui parler et il procède comme les guides dans les monuments historiques anglais, marchant à reculons pour toujours s'adresser de face à leur auditoire, par courtoisie. La lionne, qui est très curieuse, le suit ainsi jusqu'à la première cataracte. Thot profite d'un moment du récit où elle reste bouche bée pour la précipiter dans le fleuve. Elle manque alors de se noyer. Et lorsqu'il l'aide à sortir de l'eau, ce n'est plus une lionne, mais une chatte mouillée : c'est la chatte Bastet, une déesse amène, douce, gentille, protectrice des maisons. Voici une des versions de ce que l'on appelle la légende de la déesse Lointaine.

Nous voici bien loin de Ouadjour...

Pas du tout ! Bien au contraire, nous y sommes. Figurez-vous que beaucoup de gens avaient étudié cette légende, un peu mollement, sans se rendre compte que la Lointaine, c'était en réalité l'inondation. Que fait l'inondation ? Elle quitte progressivement le pays d'Égypte qui se dessèche au point que ses habitants risquent en définitive de mourir de soif. Et lorsque Thot, le patron du calendrier, ramène la Lointaine, la *Héret*, la Supérieure, celle qui est allée très haut, voilà que la joie revient dans le pays. C'est alors Sekhmet, la déesse lionne ravageuse, dangereuse, qui symbolise tous les mauvais miasmes et les fureurs du fleuve, tandis que la Lointaine irascible devient la chatte et se prépare à nourrir le nouveau soleil dès le jour de l'An.

37.

Nasser contre l'obscurantisme

L'excision. Le projet culturel de Gamal Abdel Nasser.
Les femmes égyptiennes et le voile. La montée de l'intégrisme.
Le massacre de touristes à Deir el-Bahari.
La Moyenne-Égypte, foyer d'intégrisme.

Vous semblez considérer la civilisation égyptienne comme l'expérience collective la plus aboutie, et il nous paraît en effet naturel de lui accorder une place d'exception dans l'histoire. Cependant, il devait bien exister des abus et des injustices...

C'est évident. On ne peut brosser de l'Égypte un tableau trop idyllique, je vous l'ai dit.

Les touristes peuvent s'extasier encore de ce que l'Égypte ait conservé quelque chose de l'ancienne civilisation pharaonique, mais c'est pourtant bien en Égypte que la plupart des petites filles musulmanes sont excisées rituellement.

L'excision est une ancienne coutume africaine qui remonte à la plus haute préhistoire, qui n'a rien à faire avec l'islam et dont les Égyptiens ont hérité comme certains peuples africains. Au commencement du monde, le démiurge est hermaphrodite : il porte en lui les deux sexes. L'excision et la circoncision permettent de bien séparer les deux genres au moment de la naissance.

Savez-vous si elle était pratiquée dans l'Égypte ancienne ?

L'excision, je ne sais pas et j'en doute. Gamal Abdel Nasser a essayé de supprimer cette coutume quand il est arrivé au pouvoir après la révolution. Cela faisait partie de son vaste programme d'éducation. On l'a beaucoup critiqué, mais à mes yeux, le bilan de son gouvernement est assez positif.

L'avez-vous rencontré personnellement ?

Bien entendu. Sans son soutien actif, il n'y aurait jamais eu de Centre franco-égyptien à Karnak. Nasser était très conscient de la nécessité de mener une politique culturelle. Il rêvait de faire de l'Égypte une grande nation moderne, ainsi a-t-il rendu possible la présence d'une télévision dans chaque foyer à la campagne, car il y voyait le moyen de diffuser dans tout le pays un enseignement populaire. Il a tenté de mettre en œuvre très activement une politique de contrôle des naissances, dans un pays où le taux de natalité s'emballait de manière alarmante. J'ai assisté à des séances organisées à la télévision au cours desquelles des médecins expliquaient la contraception aux femmes. De nos jours, en ville, les femmes travaillent et ne souhaitent pas avoir plus de deux enfants, mais à la campagne ?

Nasser a-t-il réussi à les convaincre ?

Il a mis quinze ans ! En effet, pour une famille paysanne, les enfants représentaient une véritable richesse, et l'on n'imaginait pas d'en limiter le nombre. La condition des femmes a commencé à changer avec l'urbanisation. Quand je suis arrivée en Égypte, les femmes de la campagne étaient encore vêtues de leurs longues robes traditionnelles. Dans les tramways du Caire, jusqu'en 1938, les femmes disposaient naturellement d'un wagon réservé qu'on appelait le *harem.*

Au lendemain de la guerre, j'ai été surprise de m'apercevoir que les femmes égyptiennes semblaient complètement libérées. Il n'y avait plus une seule femme voilée dans les rues du Caire. De même, il avait été interdit de marcher pieds nus dans les rues : avec le port des souliers de nombreuses blessures et infections aux pieds ont été évitées.

Avec Nasser, tout a donc très vite évolué : beaucoup de petits bourgeois grimpaient dans l'échelle sociale et faisaient rapidement fortune en servant d'intermédiaires entre les ministères égyptiens et les industriels américains et occidentaux qui distribuaient des pots-de-vin. C'est ainsi que d'immenses fortunes se sont constituées pendant ces années-là, et ce phénomène a complètement perverti une partie de la société égyptienne, surtout après la mort de Nasser.

Vous attribuez la montée de l'intégrisme à ces excès ?

Sans aucun doute. Il faut imaginer les filles de ces nouveaux riches qui se pavanaient avec leurs robes de grands couturiers occidentaux et leurs montres en or, à côté des petites filles du peuple pauvrement vêtues. Leur seule façon de réagir a été de remettre le voile et une longue robe qui masquait leur misère. Elles restaient coquettes, bien entendu, mais elles marquaient leur différence en portant un voile choisi de manière à encadrer joliment le visage.

L'intégrisme violent qui sévit actuellement ne semble pas correspondre à la tradition égyptienne.

Bien entendu et c'est d'ailleurs la raison pour laquelle il ne parvient pas vraiment à s'imposer, même s'il y a eu de terribles excès – notamment le massacre de touristes à Deir el-Bahari, qui reste dans toutes les mémoires. Les seuls qui en soient réchappés sont quelques Japonais qui ont trouvé refuge dans la chapelle d'Anubis. Les terroristes ont mitraillé les gens qui escaladaient les étages du temple, comme dans un tir au pigeon. Les paysans du coin et les ouvriers de notre chantier voisin ont été héroïques : dès qu'ils ont entendu les coups de feu, ils sont partis à la poursuite des assassins jusqu'au-delà de Malgatta où se trouvait notre campement et dans la montagne, où ils les ont attrapés, sauf deux. Parmi eux, il y avait cependant un pharmacien égyptien de la ville voisine qui avait été, paraît-il, complètement acquis à la cause terroriste par des émissaires soudanais ou iraniens venus de l'extérieur.

Si la Moyenne-Égypte semble donner asile à des groupes intégristes, c'est aussi en partie à cause de la présence dans la région des Bédouins des environs d'Assiout, célèbres depuis longtemps pour leur intransigeance et leur cruauté. Ce n'est pas d'aujourd'hui : en 1922, mon bon maître Gustave Lefebvre venait de se marier et il avait été nommé inspecteur en Moyenne-Égypte. Les parents de sa jeune femme étaient affolés à l'idée de la laisser partir, et il y avait de quoi : des soldats anglais avaient eu maille à partir avec les Bédouins d'Assiout et on avait retrouvé quelques-uns de ces Britanniques coupés en morceaux dans la chaudière du train.

C'est à partir de ce noyau dur que le mouvement intégriste s'est développé, avec l'aide d'émissaires venus du Moyen-Orient. Le résultat, c'est que les touristes ne sont pas, à l'heure actuelle, très facilement autorisés à visiter la Moyenne-Égypte. Depuis quelque temps, la sécurité semble mieux assurée et, de toute façon, les touristes sont encore accompagnés par la police dans cette région.

38.

La femme au temps des pharaons

Le cycle des jours. L'individu est-il libre en Égypte ancienne ? Le statut de la femme égyptienne. Taux de mortalité infantile. Le divorce. Pourquoi les femmes sont-elles écartées de certaines fonctions ? Les déesses Isis et Nephthys.

Que savons-nous de la vie quotidienne des Égyptiens ?

Avant tout qu'elle était rythmée par les saisons. Or chaque nouvelle saison était un renouvellement, une renaissance. L'unité de mesure des jours était le décan et non la semaine, le dixième jour étant jour de congé. Mais en fait, les occasions de congé étaient nombreuses : toute l'année, des fêtes religieuses rythmaient le cours de l'existence.

Les Égyptiens se pliaient-ils à des rituels dans leur vie quotidienne ?

Bien sûr, nous en connaissons de nombreux exemples. Ainsi, sur certains tableaux peints sur les chapelles thébaines, on voit une femme représentée devant sa maison. Elle attend le retour de son époux qui lui apporte des fleurs. Toutes ces représentations participent d'une ritualisation fort subtile des relations humaines et témoignent du très haut degré atteint par la civilisation égyptienne. Le paysan le plus misérable, s'il vous recevait dans sa masure, vous accueillait en vous versant de l'eau sur les mains et les pieds.

Peut-on être un individu libre en Égypte, au sein d'une société si hiérarchisée et aux liens communautaires si forts ?

L'Égyptien semble presque toujours assujetti à une règle et à une hiérarchie et accepter une certaine discipline, une obéissance librement consentie parce qu'il vit en dieu et qu'il ne lui viendrait pas à l'esprit de contrarier la loi divine. Les riverains du Nil vivaient dans un pays protégé, comme dans un cocon, attachés affectivement aux maisons de leurs villages et aux membres de leur famille, sans être pour autant aveugles si l'on en juge par les documents retrouvés relatifs à des procès.

L'Égyptien est assez discipliné. Il est attaché à la « loi du premier jour », c'est-à-dire à la Vérité qui ressort de ce qui a été décrété par les dieux et qui semble en accord avec une logique indiscutable et démontrée par l'usage. Prenons par exemple l'art du dessin. Dès les premières dynasties la représentation de l'être humain consiste en une synthèse nécessaire pour que, par reconstitution mentale, l'individu figuré ne perde aucun des éléments essentiels à son identification. Ainsi, dès les plus hautes époques, le personnage est-il évoqué avec le visage de profil pour qu'il soit le plus reconnaissable possible, mais l'œil est dessiné de face afin que le regard demeure vivant. Les épaules sont également vues de face pour qu'aucune déformation n'altère leur allure. Le tronc, naturellement, doit laisser apparaître le nombril, et les organes génitaux doivent être visibles. Mais les pieds, pour ne pas offrir le spectacle de deux moignons, sont figurés de profil. Voilà une image qui, de la première jusqu'à la dernière dynastie, n'a pas été transformée et naturellement pas non plus à l'époque d'Aménophis IV auquel on a tant reproché les bouleversements qu'il aurait apportés.

Malgré tout cela, l'Égyptien peut-il se sentir libre, dans l'acception moderne du terme ? Non. Il ne l'est ni vis-à-vis du dieu ni vis-à-vis de son seigneur, mais sa pensée pouvait exprimer, surtout à une époque assez tardive, une certaine indépendance d'esprit qui le libérait d'une loi trop stricte.

Les jeunes gens étaient-ils libres de choisir leurs conjoints ?

D'après les poèmes d'amour, oui. Dans la réalité, les parents devaient s'en mêler. Le mariage égyptien procédait du seul consentement mutuel des époux prononcé devant deux témoins et les deux familles. Après la fête, les époux pouvaient conclure un contrat de mariage qui comportait l'inventaire des biens qu'ils avaient chacun apportés. En général, la mariée était loin d'être défavorisée. Elle fournissait la cuisine et la chambre à coucher, tandis que le marié était garant de l'entretien, du ménage et du reste de l'équipement. D'après les témoignages dont nous disposons, il semble avoir régné une certaine harmonie conjugale dans les villages des bords du Nil. Bien entendu, ces textes sont écrits par des hommes, ce qui limite notre vision des choses. Mais on y retrouve une certaine sagesse pragmatique, un certain bon sens qui existe toujours aujourd'hui en Égypte et qui aide les gens à résoudre leurs problèmes. Dans le papyrus Insinger, un vieux sage dit en substance à un homme qui se plaint de son épouse : « Je ne vois pas pourquoi tu te plains de ta femme. Alors, tu veux divorcer parce qu'elle t'a trompé ? Mais toi, es-tu vraiment sans faute ? Allez, ne fais pas le fanfaron... »

Étiez-vous particulièrement attirée, en tant que femme égyptologue, par l'étude de la condition de la femme égyptienne ?

Vous pensez bien que j'ignorais tout de la condition de la femme égyptienne quand j'ai commencé mes études. Ce que nous apprenions alors sur la vie quotidienne diffère du tout au tout de ce que nous avons aujourd'hui établi après de longues et minutieuses recherches. Selon Pierre Montet par exemple, auteur d'une *Vie quotidienne au temps de Ramsès,* il allait de soi que l'union de l'homme et de la femme était bénie au temple, mais quand j'ai étudié de près cette question pour écrire *La femme au temps des pharaons*, je me suis aperçue qu'il n'existait aucune trace d'une cérémonie de mariage, ni au temple, ni devant le juge du village. En fait, l'union entre le mari et la femme était acquise après un simple échange verbal : « Veux-tu être ma femme ? – Oui, et toi, veux-tu être mon homme ? » Les propos échangés devaient être beaucoup plus explicites, du style : « Veux-tu coucher avec moi ? » Ce qu'il faut en retenir, c'est une étonnante impression d'égalité entre les sexes. On ne peut pas en dire autant des bas-reliefs des Assyriens, qui, je crois, à la même époque, maintenaient les femmes dans une apparente servilité.

Il n'y avait donc pas de mariages arrangés ?

Si, très probablement, mais dans l'ensemble, j'y insiste, une grande liberté pour la femme. Une fois marié, le jeune couple s'en va dans sa propre demeure – à la différence des familles paysannes qui aujourd'hui ajoutent volontiers une pièce à leur maison pour loger le jeune ménage. Dans les prescriptions de morale anciennes, on lit : « Quand tu te marieras, fonde ton foyer, construis ta propre maison. » Après l'accouchement, la femme était considérée comme impure et devait rester pendant dix, vingt ou quarante jours, cela dépendait, dans une pièce hors de la maison, au fond du jardin. C'est une pratique encore en vigueur aujourd'hui chez les juifs orthodoxes, paraît-il.

Existait-il une contraception ?

Les Égyptiens avaient d'excellentes connaissances en gynécologie et il existait des recettes contraceptives, mais ils ne cherchaient pas à limiter le nombre des naissances, au contraire. Malgré la science des médecins, le taux de mortalité infantile était très élevé, et il arrivait souvent que des parents aient à pleurer la mort de quelques-uns de leurs enfants. Il existait donc beaucoup de familles nombreuses, mais peu d'enfants arrivaient à l'âge adulte. L'espérance de vie devait être de trente ou trente-cinq ans environ. Il y avait des exceptions, bien sûr. Ramsès II connut une grande longévité, mais avec certains inconvénients physiques : il a enterré beaucoup de ses enfants. Il est mort à quatre-vingt douze ans et c'est son treizième fils qui lui a succédé !

Était-il possible de divorcer ?

Bien entendu. La femme, de même que l'homme, pouvait demander le divorce. Quand une femme épousait un homme plus riche, elle faisait souvent inscrire dans le contrat une somme d'argent qu'elle n'avait pas réellement apportée au moment de l'union. Le jour où elle voulait divorcer, elle ruinait son pauvre mari : elle emportait l'argent qu'elle n'avait pas fourni, mais que l'époux avait reconnu comme venant d'elle. Tout cela ralentissait un peu les ardeurs pour une séparation. Une fois divorcée, la femme pouvait faire ce qui lui plaisait : se remarier, vendre ses biens, exercer un métier. En France, il a fallu attendre les XIXe et XXe siècles pour que les femmes accèdent à ces droits élémentaires.

La femme égyptienne avait même la possibilité de renier ou de déshériter ses enfants s'ils s'étaient mal conduits envers elle. Nous connaissons l'histoire d'une veuve du village de Deir el-Médineh, la dame Naunakhté. Après le décès de son mari, elle avait épousé en secondes noces le chef des ouvriers, un certain Qenherkhopshef dont j'ai déjà eu l'occasion de vous parler. Elle avait déjà des enfants de son premier mariage. Or cette dame est tombée malade et les enfants de son second lit se sont montrés très durs et même agressifs. Elle les a tous déshérités, au profit d'un fils de son premier époux.

Y avait-il des femmes parmi les prêtres en Égypte ?

Non, jusqu'au Nouvel Empire. Les femmes étaient soit des chanteuses, soit des « épouses divines ». Cependant, il est arrivé en de rares occasions à la fin du Nouvel Empire, à une époque plus tardive, que la charge de grand prêtre d'Amon soit attribuée à une princesse de la famille royale. À cette époque, les pharaons étaient en conflit avec la hiérarchie ecclésiastique et avaient quitté Thèbes pour s'installer au nord-est de l'Égypte. Ils ont donc remplacé le prêtre d'Amon par une « divine adoratrice », mais en règle générale, les prêtres étaient des hommes.

Pourquoi cette exclusion, dans une société qui semble avoir donné tant de liberté aux femmes ?

Je n'ai jamais compris pourquoi. On peut émettre l'hypothèse que c'est sans doute à cause de leur condition, soumise aux impératifs biologiques, ce qui ne diminue en rien leur potentiel intellectuel et humain.

Les femmes sont libres, mais il est vrai qu'elles sont écartées de certaines fonctions. Un jour, j'ai trouvé dans les réserves du Louvre un bas-relief saïte représentant des femmes qui ont une allure d'amazones, avec des cheveux très courts, en train de vendanger. Or il est certain, d'après les recherches que j'ai effectuées, que les femmes ne vendangeaient pas, de même qu'elles ne participaient pas à certains travaux des champs. Ainsi, chez nous, vous remarquerez qu'il n'y a pas bien longtemps encore que les femmes participent aux vendanges, de même qu'elles ne pouvaient entrer dans les saloirs, sans doute à cause d'un interdit très ancien qui est lié à la menstruation (cf. pl. VI).

Ce bas-relief semblait contredire mes conclusions, mais en l'observant plus attentivement, je me suis aperçue que ces femmes étaient en fait des adoratrices de la déesse Neith, qui est un démiurge. Elles devaient donc bénéficier d'un statut particulier. Jusqu'à présent, je n'ai pas connaissance d'un exemple comparable, exception faite d'une représentation remontant à une époque où l'on essayait de retrouver la grammaire du décor, à Elkab, dans la tombe de Pahéry.

Certains métiers, comme celui de tisserand, étaient au contraire réservés aux femmes.

En effet, la reine d'Égypte, la douairière surtout, était responsable de tous les ateliers de tissage du palais. Les femmes sont-elles naturellement plus douées que les hommes pour tisser ? C'est possible, mais ce partage des rôles a surtout une signification symbolique. J'ai trouvé, dans certains textes, une analogie entre le fil du métier et le cordon ombilical. Ainsi la fileuse égyptienne ne tisse pas seulement une étoffe, mais le fil même de la vie. Cette symbolique s'est transmise telle quelle à la civilisation grecque ; ainsi l'on peut dire que les déesses Isis et Nephthys, patronnes des travaux du fil, ont été réinterprétées dans la figure des Parques de la mythologie grecque.

39.

Découverte d'une grotte dans la Vallée des Reines

« La rénovation de la Vallée des Reines. » Pourquoi a-t-on choisi cet endroit pour construire les tombes des grandes épouses royales ? Présence de la déesse Hathor. Le bassin rouge. La technique au service de l'archéologie. Un aspirateur à Saqqarah !

Revenons à vos recherches sur le terrain. N'y a-t-il pas un Sherlock Holmes en tout archéologue ?

Vous avez raison. La recherche archéologique ressemble parfois à une enquête policière. Il y aurait mille exemples, mais il faut que je vous raconte la découverte que j'ai faite il y a une vingtaine d'années, après ma mise à la retraite, lorsque l'une de mes amies, Mme De Maria, m'a proposé de financer le chantier de fouilles qui me tenait à cœur. J'ai appelé cette mission « La rénovation de la Vallée des Reines » et je pouvais disposer d'une équipe nombreuse, répartie dans les différents secteurs du chantier, dont faisait partie Isabelle Franco. Quelques années plus tôt, j'y avais déjà découvert la tombe de la reine Touy, mère de Ramsès II, et il me semblait que le moment était venu de permettre aux plus jeunes d'avoir accès à la joie des découvertes. Je leur ai donc laissé la meilleure part du gâteau dans le secteur des tombes et je me suis installée dans le fond de la vallée, dans une zone recouverte de rochers, sur un site très difficile à aborder mais que je supposais plein d'enseignements.

Vous disposiez d'indices précis ?

Vous savez que la Vallée des Reines est enchâssée dans la montagne thébaine, un peu comme si elle était entourée par les deux bras ou les deux jambes d'une déesse. En outre, à la différence de la Vallée des Rois, elle est largement ouverte sur le désert d'abord, puis sur la plaine et le Nil. Cependant, une chose m'intriguait : dans la Vallée des Rois, on trouve un calcaire extraordinaire, alors que dans la Vallée des Reines, qui abrite aussi les tombeaux de très grands personnages, on ne trouve qu'une pierre de très mauvaise qualité.

Après avoir creusé jusqu'à deux ou trois mètres de profondeur, les ouvriers avaient parfois dû renoncer à continuer, parce que la pierre était trop friable. Je me suis demandé pourquoi, contre toute logique, les prêtres, le vizir et le souverain même avaient choisi cet endroit où la pierre est si malade pour y creuser les tombes des grandes épouses royales dès le début de la XIXe dynastie – ainsi que quelques tombes datant de la XVIIIe dynastie, notamment celles de filles d'Aménophis III. Ils avaient réussi à aménager quelques tombes, mais n'étaient jamais parvenus à sculpter les parois. Ils ont alors dû les recouvrir d'un stuc épais qu'ils ont modelé et peint. Si les Égyptiens ont souhaité établir, malgré ces conditions désastreuses, une nécropole royale en cet endroit, cela signifiait que le site devait avoir pour eux une valeur religieuse exceptionnelle.

Je me rendais très souvent dans le fond de la vallée, où l'on ne trouvait pas de tombes. Là, j'ai remarqué l'entrée d'une grotte, qui mesurait vingt mètres de haut. Pendant que le reste de l'équipe travaillait sur les tombeaux, je décidai de l'explorer. J'observai alors que, dans la grotte, les parois avaient été visiblement arrondies, et le sol très « tassé » (cf. pl. XXII). Je regardai autour de moi – il faut toujours envisager un site sous plusieurs angles, selon les axes correspondant aux orientations égyptiennes antiques. Et là, depuis le fond la grotte, je vis dans le lointain les colosses de Memnon. Je m'aperçus que la grotte se trouvait exactement dans l'axe qui passe entre ces colosses – les derniers vestiges du temple jubilaire d'Aménophis III qui fut entièrement démonté et dépouillé par ses successeurs.

Votre intuition se trouvait confirmée. Cette grotte méritait donc d'être fouillée.

Autres indices, toujours à l'intérieur, sur une sorte de terrasse jaillissant de la paroi de droite, un abri sous roche, se trouvaient des inscriptions pariétales, notamment des dates indiquant les jours où l'« eau du ciel » était tombée. Il y avait aussi des représentations d'Hathor, la grande déesse de la vie et de son renouvellement, sous sa forme de vache primordiale. Elle semblait être le génie tutélaire de cette nécropole. Sur le côté du parvis, un escalier rudimentaire de sept marches menait à l'intérieur. En levant le nez j'aperçois dans la voûte une ouverture par où l'eau pouvait passer. Je me suis dit : « Il doit y avoir là-haut des oueds qui se déversent dans cette grotte pendant les grandes pluies – puisque les inscriptions parlent de l'eau du ciel qui tombe. Je vais trouver un bassin. »

S'il y avait un bassin de décantation, c'était forcément un bassin d'eau sacrée, la présence d'Hathor en témoignait : Hathor est la protectrice des morts, c'est elle qui les rend à la vie en les plongeant dans les eaux de la mère, les eaux de la renaissance. La grotte est une matrice. J'ai donc cherché le fameux bassin. Je suis montée sur le sommet de la falaise adjacente pour repérer l'endroit où l'eau des pluies devait aboutir, par la conjonction de deux oueds et d'où elle tombait dans la grotte. Alors j'ai entrepris la fouille du sol apparent de ces lieux, souhaitant dégager un bassin éventuel.

Avec quels résultats ?

Les premières strates n'ont rien donné. Et brusquement, voilà que je tombe à un mètre environ de profondeur sur

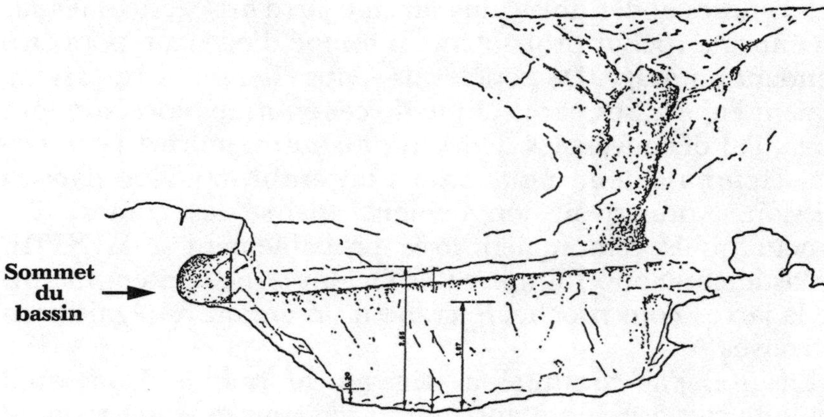

Coupe du bassin de la grotte qui se trouve au fond de la Vallée des Reines

Apparition de la déesse Hathor, à la fin des transformations du mort (Livre des Morts, chapitre 185)

L'animal de la déesse surgit de la montagne où l'attend déjà l'hippopotame de Touéris, maîtresse des naissances.

deux crânes et des tibias puis sur une jarre brisée, le tout sous un énorme rocher probablement tombé d'en haut, peut-être pendant un orage. Deux pèlerins venus chercher l'eau sacrée avaient été écrasés par la chute de cet énorme bloc. Non loin de là, j'ai découvert les débris d'une autre énorme jarre brisée. Heureusement, nous avions un anthropologue dans la mission. Après avoir longuement analysé les crânes, il a conclu qu'ils remontaient très probablement à la XVIIIe dynastie, au Nouvel Empire ; ils étaient donc contemporains de la jarre. Tout proche, le crâne d'un enfant fut également retrouvé.

Ensuite, j'ai continué à dégager le bassin. Alors qu'il commençait à peine à apparaître, j'ai tout de suite vu qu'il était taillé en biais, comme la coque d'un navire. Il avait été entièrement peint en rouge. En général, les hommes de la préhistoire, en Europe comme ailleurs, ont utilisé le minium pour leurs inscriptions rupestres. Notre restaurateur chimiste a prélevé un fragment de cette peinture rouge : elle était fabriquée à partir de l'ocre du désert.

Quelle conséquence en déduisiez-vous ?

La grotte tout entière était bien une représentation de l'utérus de la grande déesse Hathor. En fouillant les dépôts, j'ai encore trouvé, très près du fond, des fragments de poteries cassées, elles aussi peintes en rouge. Il s'agissait probablement du rite bien connu en Égypte, qui s'appelle le « bris des vases rouges ». Poursuivant mes recherches, je suis tombée sur des fragments de coquilles d'œufs d'autruche, de petits morceaux de feuilles d'or, des vertèbres de varan, une patte d'âne, des os de jeune veau dont la moelle avait été retirée et dont l'intérieur était encore peint en rouge. Nous savons par les papyrus pharmaceutiques que ces os broyés en poussière étaient utilisés dans certaines préparations médicales pour favoriser la croissance des enfants. Ainsi était-il probable que les pluies torrentielles qui faisaient déborder les oueds remplissaient le bassin et donnaient lieu à des pèlerinages et à des rituels particuliers.

Parfois, les pluies étaient si fortes que le bassin débordait lui aussi. L'eau pouvait descendre jusqu'à la limite des tombes. Aussi les anciens architectes de la nécropole avaient-ils construit une digue pour les protéger. À la base de celle-ci, du côté de l'arrivée de l'eau, je découvris un nouveau bassin, cette fois-ci rectangulaire, de la longueur de la digue, et doté d'une plate-forme avec de la boue du Nil solidifiée sur laquelle, après son dégagement, apparut une magnifique coupe au milieu des gravats. Un peu plus bas encore, on trouvait des dépôts de charbon de bois.

En fouillant la fondation de la digue, je découvris une centaine de météorites. Alors que je commençais à les recueillir, mon ouvrier égyptien désigna la digue en me disant : « *razan el hadid* », ce qui signifie « barrage de fer ». Il venait de prononcer deux mots qui évoquaient les formules jadis couramment employées pour chanter les prouesses de Pharaon – *mur de fer* (contre l'envahisseur). Ces dépôts devaient avoir sûrement encore une signification symbolique. Me fondant sur le fait que les anciens Égyptiens appelaient les météorites le « fer du ciel » ou le « miracle du ciel » (ce sont les mêmes mots, *bia en pet*), j'ai demandé à mon ouvrier d'où il tenait cette expression. Il m'a répondu que ses ancêtres l'utilisaient pour parler d'une protection.

C'était bien une expression qui datait de quatre mille ans !

C'est bien cela ! Je suis rentrée en France avec une moisson d'éléments à faire analyser au Museum d'histoire naturelle. À Noël, l'un de nos architectes, qui était resté en Égypte, est allé passer la période des fêtes au Winter Palace à Louqsor. La veille du jour de l'An, il s'est mis à tomber une pluie diluvienne et il a eu la curiosité d'aller voir l'emplacement que je soupçonnais avoir été aménagé en bassin et dont l'identification pouvait être contestée : or il avait bien été rempli par les eaux de l'orage. Il a pris des photos et me les a envoyées. J'étais comblée. Ce bassin était donc bien un bassin rituel où se pratiquaient des cérémonies pour la renaissance, un bassin consacré à Hathor et qui trouvait naturellement sa place au fond de la Vallée des Reines, mais dont les eaux sacrées ne devaient pas, cependant, envahir les caveaux princiers.

Peu de temps après, je faisais, pour l'Association France-Égypte, une conférence où j'ai raconté la fouille de la grotte de la Vallée des Reines. Quinze jours plus tard, coup de téléphone de mon confrère, Pascal Vernus, un savant égyptologue. Il avait assisté à ma conférence et revenait du British Museum. Là, il avait pu consulter la stèle d'un certain Qenherkhopshef. Les conservateurs du British Museum l'avaient mise de côté car ils n'arrivaient pas à bien la déchiffrer, mais Vernus avait réussi, à force d'acharnement, et il était tout ému : « J'ai trouvé, me dit-il, sur la stèle de Qenherkhopshef la preuve de la thèse que vous avez avancée pendant votre conférence ! »

Il m'a envoyé une copie du texte. C'était un récit gravé par un chef de chantier de Deir el-Médineh. Il racontait son pèlerinage auprès du temple de Deir el-Bahari. Il avait fait ses dévotions à Hathor toute la nuit dans la chapelle de la déesse. Il avait ensuite quitté Deir el-Bahari. Il était passé devant le temple jubilaire d'Ahmès Nofrétari, la *Mensèt*, et était arrivé dans la *Setneferou*, ce qui signifie, d'après moi, la « *place des lotus* » : c'est ainsi qu'on devait appeler la Vallée des Reines. Dans le mythe, quand les eaux de l'inondation arrivent, c'est le bassin des eaux primordiales qui se manifeste et les lotus, réputés sortir à la surface de l'eau, donnent naissance au soleil. Notre voyageur était monté jusqu'à la grotte. Il y avait passé la nuit en incubation puis avait bu de l'eau et « brisé les vases rouges ». Enfin il avait fait son offrande de lotus dans la chapelle de Ptah qui est située à la sortie de la Vallée. Voici ma découverte dans la Vallée des Reines : je ne regrette pas d'avoir travaillé dans le fond de cet oued !

Nous avons abordé déjà la question de savoir de quelle manière les techniques modernes peuvent venir modifier le travail des archéologues. L'identification générale de la grotte dédiée à la déesse Hathor avait été rendue possible, en l'occurrence, grâce à l'aide que ce restaurateur chimiste vous avait apportée, non ?

Il n'y a pas de réponse générale à cette question, car chaque chantier pose des problèmes spécifiques. Laissons de côté le Delta qui est toujours inondé, recouvert de cultures et donc difficilement praticable. En Haute-Égypte, à la limite du désert, les fouilles de nécropoles sont très pénibles mais plus accessibles cependant. Les structures sont en briques de terre crue et recouvertes de dépôts millénaires. Les archéologues en sont réduits à fouiller dans des gravats comme des chiffonniers.

Pour plaisanter, je dirais qu'un aspirateur serait bien utile à Saqqarah car ce site a été recouvert par les sables pendant plusieurs millénaires. Depuis la dernière guerre, les Anglais ont été les premiers à explorer à nouveau la nécropole des premières dynasties, puis dans la falaise l'endroit où les hauts fonctionnaires des XVIIIe et XIXe dynasties ont été enterrés. Ils y ont trouvé entre autres la tombe d'une sœur de Ramsès II et de son époux, tous deux nommés Tiya.

L'une des plus belles tombes est celle d'un certain Maya, un dignitaire d'Aménophis III et d'Horemheb, qui fut l'un des ministres de Toutankhamon et surtout son ami d'enfance. Quand Toutankhamon mourut, c'est Maya qui lui dédia un petit gisant dans sa tombe où l'on voit le pharaon sur son lit, accompagné de deux oiseaux. L'un a une tête humaine, c'est son « âme » d'hier. L'autre a une tête de faucon, c'est son « âme » de demain. La tombe de Maya était bien connue depuis le milieu du XIXe siècle, au temps des premiers voyages touristiques en Égypte. À l'époque, un consul hollandais avait pu pénétrer dans la chapelle funéraire, d'où il fit retirer deux statues qui sont aujourd'hui exposées au musée de Leyde : Maya et sa femme Méryt. Maya porte une grande perruque bouclée et un costume aux manches bouffantes. Méryt ressemble étrangement aux portraits de Néfertiti que nous connaissons.

Depuis, de nombreuses découvertes se sont succédé. De l'autre côté de la falaise, peu après, les Français demandèrent la concession de fouilles dont les vestiges s'avéraient aussi prometteurs. Il s'y trouve également des tombes de hauts fonctionnaires des XVIIIe et XIXe dynasties. Enfin, les architectes français continuent à faire un remarquable travail autour de la pyramide à degrés et dans l'aire des nécropoles de la VIe dynastie.

Avez-vous, en tant qu'archéologue, des regrets ? Y a-t-il des fouilles que vous auriez voulu mener et que vous n'avez pas entreprises, faute de temps ?

Concernant les contrariétés immédiates que peut éprouver un archéologue tout au long de sa carrière, je regrette que mon âge ne me permette plus de continuer mes fouilles dans la Vallée des Reines. J'aurais aimé, non pas m'accrocher à la gloire minable d'une découverte sensationnelle, mais avoir l'occasion de poursuivre mes recherches sur l'existence, très vraisemblable dans cette nécropole, de la tombe de la reine Isisnofret, deuxième grande épouse royale de Ramsès II et mère de son treizième fils et successeur, Mérenptah.

Parmi les indices, une inscription que d'autres collègues avaient aussi remarquée et dont Élisabeth Thomas a souligné l'importance. D'autres éléments m'incitaient à me persuader de la présence de ce caveau au cœur de la nécropole où furent inhumées la grand-mère, la mère, les principales grandes épouses royales et des filles de Ramsès II. L'obstruction inexplicable de l'un de mes adjoints, auquel j'ai tant donné et qui aurait dû au contraire me seconder, a retardé ces ultimes recherches que je laisserai à mes authentiques successeurs.

40.

Le conseil de Massignon

Les difficultés que Drioton avait pu rencontrer.
« Un égyptologue égyptien. » Qui était Louis Massignon ?
Un avion très opportun.

Je vous ai parlé de mes débuts en Égypte sous la tutelle bienveillante de l'abbé Drioton. Ses qualités intellectuelles et morales lui attiraient beaucoup de jalousies, et j'ai eu à le défendre bec et ongles contre l'un de ses « ennemis » les plus acharnés bien après même qu'il eut quitté l'Égypte. Ce fut une affaire pénible, mais dont le dénouement m'a beaucoup appris. Il s'agissait d'un des premiers égyptologues égyptiens, tard venu dans la profession, sans compétence scientifique réelle au dire de ses compatriotes eux-mêmes. Je ne me privais pas d'en faire état car il n'avait de cesse, à la veille de la révolution au Caire, de poursuivre Drioton de sa jalousie stupide et, surtout, il avait monté contre lui une campagne de diffamation.

Nous étions au lendemain de la ridicule intervention franco-anglaise dans le canal de Suez, et l'Égypte avait rompu les relations diplomatiques avec ses deux « agresseurs ». J'étais la seule Française à pouvoir retourner en Égypte, car j'étais en mission pour le compte de l'Unesco. Un jour, l'administrateur du Centre d'études et de documentation sur l'ancienne Égypte (CEDAE) me demanda, au cours d'une entrevue solennelle, d'afficher officiellement des relations amicales avec ce monsieur qui persécutait Drioton, « pour son bon renom », ce qui, paraît-il, contribuerait à faciliter ma mission auprès du gouvernement égyptien. Pourquoi cette guerre de tranchées ? Pourquoi refusais-je obstinément de reconnaître ses éminentes qualités ?

J'ai répondu que ce personnage ne suscitait en moi qu'une immense indifférence, et que je ne souhaitais pas le rencontrer, mais l'administrateur a insisté. Il ne me demandait pas de faire son éloge ; il me suffirait de lui serrer la main publiquement, dans une circonstance officielle. Et il mit les points sur les i : « Si vous continuez à l'ignorer, vous allez rencontrer de grandes difficultés dans votre mission. Serrez-lui la main, et tout le monde sera content... » En conséquence j'avais averti le directeur des Relations culturelles, Mahmoud el-Nahas, un homme très cultivé qui avait fait ses études supérieures en France. Il comprenait mon attitude, mais me demandait cependant de céder.

On ne peut vous imaginer cédant à une telle injonction...

Il n'en était en effet pas question ! Déterminée, je suis rentrée en France avec la certitude que je ne mettrais plus jamais les pieds en Égypte. À Paris, je suis allée voir l'abbé Drioton, qui était alors professeur au Collège de France, et je l'ai mis au courant du problème qui se présentait à moi. Sa réponse fut : « Faites ce qu'on vous demande, cela n'a aucune importance. » Ce n'était pas mon avis, aussi était-il écrit que j'allais me rendre en Égypte pour la dernière fois afin de clore ma mission. C'est alors que j'ai pensé à consulter Louis Massignon pour lui demander un dernier conseil.

Massignon était très occupé. J'ai fini par obtenir un rendez-vous : il m'a proposé de venir le chercher un après-midi au Collège de France où il enseignait et de faire avec lui le chemin jusqu'à la rue Monsieur où se trouvait son domicile. « En arrivant, me dit-il, nous devrions avoir réglé votre problème. »

Qui était Louis Massignon ?

Louis Massignon était un personnage vraiment remarquable, un grand orientaliste arabisant, un humaniste qui avait tenté de créer un mouvement œcuménique avec Mary Kahil, une Égyptienne qui croyait à la possible entente en Égypte entre les religions. Ils avaient créé ensemble une église universelle au Caire et Massignon se rendait souvent en Égypte, où il participait aux réunions de l'Académie arabe dont il était un membre éminent. Il avait une réputation un peu analogue à celle du père de Foucauld, mais en plus universitaire et non pas loin des hommes. Je suis donc allée le chercher au Collège de France et nous avons marché d'un bon pas. C'était un homme de grande taille, avec une tête extraordinaire, la tête d'un personnage du Greco !

Je lui ai donc raconté mon histoire. Connaissant parfaitement l'Égypte, il savait ce qui se racontait sur le personnage en question. Après un moment de réflexion, il me dit : « Vous me posez une question terrible. Je comprends fort bien que vous n'ayez pas envie de serrer la main de ce monsieur, j'aurais même envie de vous approuver... *Mais ne soyez pas si impatiente. Priez.* » Je lui ai dit que je n'avais pas avec le Tout-Puissant les mêmes accointances que lui. Alors il m'a raconté qu'il lui était arrivé de vivre une circonstance semblable. Il s'était trouvé dans l'obligation de recevoir un personnage à qui il ne souhaitait pas davantage serrer la main. C'était un cas de conscience terrible. À contrecœur, il lui avait donné rendez-vous chez lui, au quatrième étage de son immeuble, à quatre heures de l'après-midi. Il l'avait attendu. Eh bien, il n'est jamais venu. Massignon apprit ensuite que ce visiteur indésirable s'était trompé d'étage. Il avait sonné au troisième. Et jamais plus il n'eut à le rencontrer. « Suivez cet exemple », me dit-il en arrivant rue Monsieur.

Vous n'étiez pas beaucoup plus avancée. Qu'alliez-vous faire ?

Je suis donc repartie pour l'Égypte de fort mauvaise humeur, fermement décidée à faire mes adieux. Comme il n'y avait plus de relations diplomatiques entre l'Égypte et la France, j'ai dû passer par Athènes et je suis arrivée au Caire à trois heures du matin, dans un avion de la TWA. Dans l'aéroport, j'ai retrouvé le directeur des Relations culturelles, Mahmoud el-Nahas, qui m'attendait avec deux représentants du ministère. Il était hilare. « Vous voyez l'avion qui est en train de décoller ? me dit-il. À son bord, il y a celui que vous ne vouliez pas rencontrer qui part pour l'Amérique. » Je n'ai donc pas eu à lui serrer la main. Massignon avait raison ! Je l'ai revu quelque temps après, et je lui ai raconté ce qui était advenu. Il n'était pas du tout surpris, ce qui m'a donné à réfléchir.

41.

Le devoir de transmettre

Élèves ou disciples ? « Les trois saisons du dieu et le débarcadère du ressuscité. » Un peintre sur les parois d'un tombeau de Saqqarah. À la recherche de la « troisième saison ». Les bassins en forme de T. Le petit débarcadère en schiste au Louvre.

Avez-vous cherché à encourager les vocations d'égyptologues ?

J'ai fait de mon mieux ! J'ai obtenu l'envoi en Égypte de missions composées de jeunes égyptologues pour travailler à la sauvegarde des temples de Nubie. Ensuite Gamal Abdel Nasser m'a demandé personnellement de fonder un centre mixte à Karnak, destiné à devenir le Centre franco-égyptien. J'ai donc consacré beaucoup d'énergie à créer ce second centre, qui offre aujourd'hui une vingtaine de postes à de jeunes égyptologues. Maintes fois, j'ai réussi à obtenir des missions archéologiques pour des chercheurs souhaitant faire leurs preuves, surtout à l'époque où je siégeais au sein des commissions de recrutement du CNRS. Je tenais beaucoup à faire nommer à ces postes des élèves qui étaient sur le point de finir leur thèse. J'employais parfois au Louvre d'autres étudiants à mi-temps afin qu'ils puissent terminer leur longue préparation.

Je m'honore d'avoir donné des centaines de conférences, dirigé des dizaines de thèses et initié, depuis 1942, des égyptologues comme Serge Sauneron, Jean Yoyotte, Paul Barguet... jusqu'à ma dernière élève, Isabelle Franco. Des étudiants étrangers ont également commencé leur formation avec moi à l'École du Louvre. Je puis dire que j'ai, en quarante ans d'enseignement, initié à la philologie et à l'archéologie, en plus de mes élèves, des milliers d'auditeurs.

Ces égyptologues placent-ils aujourd'hui leurs travaux dans la continuité de vos découvertes ?

En France, j'ai eu un assez grand nombre d'étudiants, ayant enseigné durant une quarantaine d'années au moins à plusieurs générations. Au vrai, j'ai tenté de transmettre ce que j'avais compris de la civilisation égyptienne. Certains en ont profité, d'autres en ont abusé. Isabelle Franco, l'une des dernières, ici présente, a su tirer toutes les conséquences intellectuelles de mes hypothèses. D'autres sont déjà à la retraite, plusieurs sont passés dans le royaume d'Osiris et de Rê, comme un homme que je regrette encore, mort en plein épanouissement de sa remarquable carrière, Serge Sauneron. Mais je n'aime pas le mot disciple, trop écrasant.

J'ai seulement passé ma vie à essayer de comprendre ce que les Égyptiens avaient dit, et lorsque vous soulevez le voile, ne serait-ce que de quelques pouces, vous faites bouger les choses comme malgré vous. Certains de mes étudiants se sont immédiatement engouffrés dans cette brèche, et c'est sur la base de ces découvertes partagées que se fonde une certaine complicité intellectuelle. Mais il n'est pas toujours aisé de faire partager ses émotions dans le domaine de la recherche.

Avez-vous été entendue dans l'ensemble, vous a-t-on donné le plus souvent raison ?

Il est arrivé que mes collègues archéologues attendent un ou deux ans avant d'admettre les conclusions de l'un de mes articles scientifiques. Je pense à Werner Kaiser, qui fut directeur de l'Institut allemand du Caire et conservateur du musée de Berlin. Quand il a pris sa retraite, ses élèves ont rassemblé dans un volume les contributions de ceux qui voulaient lui rendre hommage. Je le connaissais bien et j'avais de l'estime pour lui. Cependant, il n'était pas uniquement égyptologue mais préhistorien de formation. Or, en Égypte, les préhistoriens n'ont pas les mêmes méthodes d'investigation, et ils travaillent sur une période qui ne concerne guère les philologues.

J'ai écrit pour ce recueil un article sur le « débarcadère des trépassés », en me servant de notes et d'exemples réunis pendant une vingtaine d'années. Kaiser m'a chaleureusement remerciée pour ma contribution, puis il m'a dit : « Pour être tout à fait d'accord avec vous, il faudrait que je réfléchisse beaucoup à la question et que je me livre à des recherches personnelles. Il y a des choses que je ne peux accepter sans les comprendre. » Vous allez voir qu'après ma démonstration la lumière l'a visité.

Qu'est-ce que le « débarcadère des trépassés » ?

Le titre exact de l'article était « Les trois saisons du dieu et le débarcadère du ressuscité ». Il est vrai qu'avec un titre aussi farfelu on peut s'interroger sur le sérieux de l'auteur. Toute cette histoire a commencé il y a une trentaine d'années. J'étais alors tombée en arrêt devant un décor funéraire, un peu comme un chien de chasse qui se plante devant un terrier en attendant que le lapin en sorte. À Saqqarah, dans la masse des mastabas de l'Ancien Empire, se trouve le point de départ des puits qui descendent jusqu'à la chambre funéraire où se trouve le sarcophage de la momie. Les chapelles sont édifiées au niveau supérieur.

Dans le cas d'un personnage important, on trouve souvent dans les chapelles du mastaba deux ou trois salles dont l'intérieur est entièrement décoré. Il arrive que l'on découvre la statue du propriétaire, mais le plus souvent celui-ci est représenté sur le mur, recevant des offrandes de son fils aîné – ou à défaut de sa fille. Ensuite viennent les représentations agricoles, qui n'étonnent personne, puisque l'Égypte est un pays de cultivateurs. Jusque-là, rien à dire. Cependant, sur les murs des mastabas sont aussi représentés des concerts, thème assez peu agraire, ou un scribe en train de copier quelque chose, ou encore la punition des contribuables qui n'ont pas payé l'impôt. Parfois, mais plus rarement, on voit le propriétaire en train d'exercer son ancien métier.

Quelles interprétations en a-t-on données ?

Deux interprétations se sont fait jour. D'abord les fausses évidences qui font l'ordinaire des manuels, des conférences d'égyptologie et des visites guidées sur les sites, et selon lesquelles ces scènes prouveraient que les Égyptiens souhaitaient vivre dans l'au-delà une vie identique à leur existence terrestre. Nous avons déjà longuement parlé de cela. Et si leur vie avait été dure, ils exprimaient alors le souhait de connaître de meilleures conditions dans l'au-delà. Tout le monde a répété ces âneries pendant des années. J'ai d'ailleurs fait de même pendant un certain temps, me contentant de rapporter ce que j'avais lu ou entendu. Et puis, un jour, tout cela m'a paru vraiment stupide.

Je visitais un tombeau datant de l'Ancien Empire en forme de mastaba, celui de Mérérouka à Saqqarah, un des plus connus. Dans le couloir d'entrée de la chapelle, qui était composée de trois pièces aux murs ornés de scènes agraires, j'ai tout d'un coup remarqué un détail pour le moins curieux. Il y avait là un peintre, assis sur un fauteuil un peu archaïque, devant un chevalet à crémaillère sur lequel il avait placé son tableau. On n'avait jamais vu une chose pareille dans un tombeau. Aujourd'hui encore, nous ne connaissons qu'une seule autre représentation de ce genre.

Laquelle ?

Elle se trouve au British Museum et provient aussi d'un tombeau de la même époque. Cet artiste est donc installé devant son papyrus déroulé. Qu'est-il en train de peindre ?

Un homme et deux femmes. Devant chacun d'eux sont disposés quatre croissants. Il faut savoir que le croissant est l'hiéroglyphe du mois. Or les Égyptiens découpaient l'année en trois saisons de quatre mois chacune, comme je vous l'ai dit. Il semblait donc que le peintre avait cherché à évoquer à sa façon la durée d'une année.

Bien plus tard, à Elkab, au sud de Louqsor, en revisitant la tombe du seigneur Pahéry, qui participa aux guerres de libération contre les Hyksos, au tout début de la XVIIIe dynastie, je remarquai devant des scènes agricoles une inscription précisant que les travaux représentés concernaient les deux premières saisons de l'année. Elles étaient regroupées. Il y avait d'abord la préparation du terrain, avec houe et charrue, puis les semailles. La deuxième saison était évoquée par la moisson : les têtes de blé étaient coupées en laissant dans les champs les tiges que les bovidés reviendraient manger sur place. C'était aussi l'arrachage du lin.

Tout le reste du mur était couvert par un décor dont le thème était étranger aux occupations des deux premières saisons. On pouvait voir le seigneur et sa femme recevant les hommages de leurs enfants et amis. Un grand banquet était servi. Ailleurs, des paysans prenaient des oiseaux des marécages au filet : ils étaient plumés, vidés, fumés. Plus loin, encore, se trouvaient les scènes de pêche ; les poissons étaient ensuite ouverts et salés. Enfin, venait le recensement des troupeaux.

Mais les activités du seigneur Pahéry étaient celles qui incombaient au gouverneur d'Elkab, l'une des antiques villes de la région frontalière située au nord de la première cataracte. Il était aussi responsable de l'arrivée et du contrôle des bateaux véhiculant l'or des mines nubiennes du Wadi al-Allaqi, en route vers la métropole : je me trouvais donc devant toutes les activités réunies qui se déroulaient durant la troisième saison.

Vous étiez alors proche de la solution ?

Je tenais en effet la clef : devant ce mur de chapelle, j'étais face à l'illustration du calendrier égyptien ponctué, chaque année, par l'arrivée de l'inondation. Mais à quoi pouvait servir cette évocation ? Sans doute s'agissait-il de s'assurer du cycle accompli ? Je sentais qu'il fallait pousser plus avant, voir comment ce cycle annuel était interprété plus tard, à l'époque amarnienne. Aménophis IV-Akhénaton avait changé les systèmes de symboles, rendant ceux-ci souvent plus intelligibles.

Je dirigeai donc ma recherche vers le site de la capitale du roi réformateur, la cité d'Akhétaton (l'horizon du Globe). Près du lac appelé Marouaten avaient été aménagés douze petits bassins mystérieux, en forme de T. Onze étaient encore alignés au sol, tête-bêche, les uns à côté des autres. Le douzième était figuré, tout proche, sur un petit autel solaire. Les douze bassins représentaient évidemment les mois de l'année. Le douzième en relief sur l'autel (orienté vers le sud) devait évoquer le mois du jour de l'An, celui du renouveau du soleil. Or ce renouveau s'opérait par l'arrivée de l'inondation venant du sud, célébrant aussi le renouvellement du roi et du soleil nouveau. Le débarcadère auquel aboutissait un tronçon du canal perpendiculaire au Nil était ce bassin en forme de T évoquant le douzième mois de l'année, dont le dernier jour reçoit l'eau providentielle.

Le renouveau du mort était donc fonction du déroulement des trois saisons de quatre mois chacune. Entre les deux groupes de symboles que je vous décris le message est identique, mais la démonstration est remarquablement synthétisée par le roi « réformateur ». Dès l'Ancien Empire, Mérérouka, qui peignait dans le couloir de son tombeau l'image des trois saisons, annonçait, ainsi, le vœu de sa résurrection.

Après l'époque de la « réforme » amarnienne, les scènes agricoles « magiques » réapparaissent sur les murs des chapelles funéraires, mais il s'y ajoute alors souvent (au cœur des festivités du nouvel An) l'image du petit bassin en forme de T, jusqu'à occuper une place prépondérante. En réalité, il finit par résumer à lui seul l'arrivée à bon port de la nouvelle année : le débarcadère magique du bateau solaire et même les eaux sur lesquelles il flotte sont rouges comme celles du fleuve abyssin en crue, l'Atbara. Ces bassins en forme

Le débarcadère du temple d'Amon à Karnak
tel qu'il se présentait à la fin de la XVIIIe dynastie

de T m'apportaient un élément de réponse que je cherchais depuis plus de quarante années.

Comment aviez-vous été mise sur la piste ?

Dès mon entrée à la conservation du département des Antiquités égyptiennes, un de mes premiers travaux avait consisté à mettre un peu d'ordre dans une vitrine contenant une multitude de ravissants petits objets d'art mineur parmi lesquels se trouvait un petit godet en schiste, en forme de T, le bassin du port conduisant au village, au palais, au temple... Je ne parvenais pas alors à comprendre les mobiles de sa forme et de son décor (cf. pl. VII).

Dans les peintures funéraires cette image du bassin en T est presque toujours associée à celle de la vigne et des vendanges, faisant donc allusion à l'issue de la troisième saison et au retour des défunts avec le nouvel An. Sur les murs des chapelles, le défunt peut être représenté devant son débarcadère en forme de T ; il y pêche à la ligne deux poissons. Ce peut être d'abord, comme nous l'avons vu, le *Latès niloticus*, la perche du Nil, image d'Osiris victime de Seth, jeté dans le Nil (où il rejoint le « sein de sa mère »). Quand il est repêché, il s'est transformé en petit *inet*, la *Tilapia nilotica*, image du mort promis à la renaissance.

J'ai alors soumis à un nouvel examen le petit débarcadère en schiste du Louvre. Regardez cet objet : il est bordé sur ses parois internes d'une frise de lotus (symboles de la renaissance). Gravés au fond, les deux poissons sont représentés dans l'eau. Et puis, à l'extrémité, sur le fragment de ce qui évoque le canal, vous voyez, en haut relief, la grenouille, image de *Héqet*, déesse de la renaissance. Cette grenouille dont le symbole est conservé dans les églises chrétiennes.

Ce petit bassin, placé dans la tombe, devait permettre au défunt de renaître avec l'inondation. La forme du débarcadère suggère que le défunt, de retour avec les eaux de l'inondation, accoste sur le rivage de sa vie d'éternité. En égyptien, mourir se disait *méni*, « accoster », « aborder ». Vous serez certainement heureux d'apprendre que le professeur Werner Kaiser m'a écrit l'an dernier pour me dire qu'il était finalement d'accord avec ma démonstration !

42.

À l'adresse des futurs égyptologues

Les postes. La connaissance des textes. Abandonner
les idées reçues. Les indices sur le terrain. Un tesson trouvé
dans la tombe de Touy, la mère de Ramsès. L'étude des objets.
Un philologue doublé d'un archéologue.
Les fouilles sous-marines de Jean-Yves Empereur.
La technologie au secours de l'archéologie.

L'Égypte est à la mode et suscite des vocations. Vous devez recevoir un abondant courrier vous questionnant sur la route à suivre. Que répondez-vous à ceux qui vous écrivent ?

Je leur conseille d'abord de s'assurer qu'ils sont vraiment attirés par l'égyptologie et non par le rayonnement d'un trésor. Je leur indique quel niveau d'instruction est nécessaire pour entreprendre de telles études et je leur dresse un panorama de la route à suivre pour être capable, à notre époque, de devenir un égyptologue pouvant vivre de son métier, c'est-à-dire de bénéficier d'un poste. Il faut en effet bien être conscient qu'on ne reçoit pas automatiquement une affectation rétribuée en égyptologie. Les postes sont rares.

Le concours des musées permet d'obtenir une place de conservateur, mais rien ne garantit que le candidat sera sélectionné pour le département des Antiquités égyptiennes du

Louvre ou les sections égyptologiques des musées de province.

Si l'on est très brillant on peut être nommé à l'École du Caire, l'IFAO, ce qui n'implique pas forcément, après un séjour idéal de trois à quatre ans dans cette magnifique institution, de bénéficier d'un point de chute. On n'a pas même le statut de fonctionnaire.

Plusieurs universités possèdent une chaire d'égyptologie, c'est-à-dire qu'elles offrent des postes de professeur titulaire et d'assistants à Lyon, Strasbourg, Lille, Montpellier et Paris, à la Sorbonne, où se trouvent également deux sections de l'École pratique des hautes études ouvertes à l'égyptologie.

Il y a aussi le CNRS où, si le budget est favorable, on peut, avec beaucoup de chance, faire entrer dans le cadre des chercheurs un postulant en égyptologie tous les deux ans, et encore...

Il existe aussi un enseignement privé : l'École libre des langues orientales de l'Institut catholique (égyptien ancien et copte), mais la rétribution accordée ne représente pas un traitement suffisant ; l'institution Khéops, remarquable initiative, permet à de jeunes diplômés de gagner leur vie en enseignant l'égyptologie à des auditeurs qui deviennent souvent extrêmement compétents.

Le minimum d'études que l'on demande à celui ou celle qui postule à un avenir dans le métier est le doctorat d'égyptologie. Le seul moyen de s'en sortir pour celui qui est réellement « mordu », et il y en a, en attendant qu'un poste spécialisé lui échoie miraculeusement est d'enseigner l'histoire. Je conseille donc à ceux qui veulent entrer dans cette carrière de passer leur agrégation [1].

---

1. Pour aller plus loin, D. Valbelle, *L'égyptologie*, coll. « Que sais-je ? », nº 1312, PUF, Paris, 1991

Quelle méthodologie conseillez-vous aux égyptologues de demain ?

Il faut s'évertuer à pénétrer encore plus avant dans la connaissance des textes qui dorment dans les réserves des musées et dans les chantiers de fouilles et se pencher avec ardeur sur les nouveaux écrits qui continuent à sortir au jour. Mais il ne faut pas pour autant négliger de toujours interroger le contexte archéologique et historique de ces documents. C'est une vérité première de dire qu'on ne peut extraire un objet de son contexte pour le faire parler, lui faire restituer son message. En effet, le commentaire de certains textes, religieux surtout, demeure encore souvent bien primaire.

Comment devenir le « parfait égyptologue » ?

En suivant ce chemin. Abandonner les idées reçues, ce pour quoi je lutte depuis quarante ans. Ne pas craindre de prendre position lorsqu'il s'agit de suggestions honnêtement étayées. Ne pas redouter les critiques des « chers collègues ». Ne pas craindre de déranger les positions confortables.

Il faut avant tout s'efforcer de pénétrer la mentalité de la terre de Pharaon qui n'est guère différente de celle que l'on retrouve en conversant avec l'intellectuel de ce pays fascinant ou bien encore avec le paysan, l'éternel fellah à l'ancestrale et véritable culture. C'est d'ailleurs ce que paraissent avoir compris maintenant tous ceux qui sont sincèrement attirés par cette civilisation.

Notre « parfait égyptologue » doit donc se contenter des textes ?

Mais non, bien sûr ! Il doit à la fois être vraiment archéologue et philologue, mais ne jamais favoriser un de ces domaines au détriment de l'autre, car l'un ne va pas sans l'autre. Un texte qui fait appel à des notions religieuses et cosmiques ou propres à la vie journalière ne peut être véritablement approfondi qu'une fois situé dans le contexte où il a été conçu et écrit.

La recherche du passé sur le terrain est essentielle, mais pas dans le but de trouver un « trésor » de légende. Un fragment d'inscription peut quelquefois être riche d'enseignements, bien plus qu'un chef-d'œuvre. Je vais vous en donner un exemple.

Lorsque j'ai dégagé la tombe de la mère de Ramsès II, Touy, j'ai trouvé dans la première salle, remplie d'un amoncellement de décombres dont, naturellement, des poteries cassées, un tesson portant une inscription fragmentaire étant l'« appellation contrôlée » d'une jarre à vin déposée par le roi dans la tombe de sa mère. Elle contenait, selon l'usage, le nom du vignoble et du vigneron, mais aussi la date de la récolte : l'an XXII du règne de Ramsès. Je publiai immédiatement dans une revue scientifique ce détail archéologique et, quelques semaines plus tard, mon collègue Elmar Edel de l'université de Bonn me faisait savoir que ce « détail » lui permettait de résoudre un problème qui le préoccupait depuis quelques années. En même temps lecteur des écrits égyptiens et de la prose hittite, il s'efforçait de prouver qu'en dépit du manque d'informations la mère de Ramsès, dont on ne possédait pas de traces après l'an X du règne de son fils, était citée dans des textes hittites un peu postérieurs sous le nom de Touya, c'est-à-dire Touy. La tombe de celle-ci dans la Vallée des Reines venait de révéler qu'elle avait dû mourir probablement quelques mois avant l'an XXII. Cette découverte prouvait que les écrits hittites contenaient des informations que les documents égyptiens retrouvés ne livrèrent que trois mille cinq cents ans plus tard !

Le philologue archéologue doit-il négliger pour autant l'étude des objets et des images ?

Ah non, mon Dieu ! Vous posez cette question à quelqu'un qui, pendant presque cinquante ans, a vécu au Louvre dans un département qui possède, entre les œuvres exposées et celles des réserves, environ cinquante mille objets. Je n'aurais jamais pu atteindre une certaine connaissance de la civilisation égyptienne si je ne m'étais penchée sur les pièces les plus humbles de la vie journalière. L'expression symbolique portée par les arts dits mineurs était avant tout la matérialisation de ce qui modulait les besoins, les espoirs, les interrogations des Égyptiens de toutes les classes. Si le siège funéraire déposé dans le tombeau de l'architecte Khâ porte l'image de son coussin orné de sarments et de grappes de vigne, cela ne peut s'expliquer que parce qu'il souhaitait ardemment traverser le domaine d'Osiris, devenu celui de la « vigne du seigneur ». Si une coupe est marquée de la tête ou de l'image de la vache d'Hathor, c'est que cette silhouette permettait la renaissance de son propriétaire.

Comment un égyptologue pourrait-il ne pas réagir lorsqu'il pénètre, au musée du Caire, dans la salle où se trouvent les reliques du trésor de la reine Iâh-hotep, et tombe sur une dague dont la lame porte des images animales d'une chasse incohérente : un lion poursuivant un taureau dont le galop est brusquement arrêté par quatre énormes sauterelles ?

C'est fascinant et en même temps irritant comme un rébus !

Il faut se poser la question, même si elle paraît difficile à résoudre. Voilà le problème que présente toujours l'archéologie et il ne peut être résolu que si vous partez en chasse dans tous les textes égyptiens connus pour définir d'une part le rôle du taureau et celui du lion (et pas n'importe lesquels de ces animaux), d'autre part, pour déterminer la signifi-

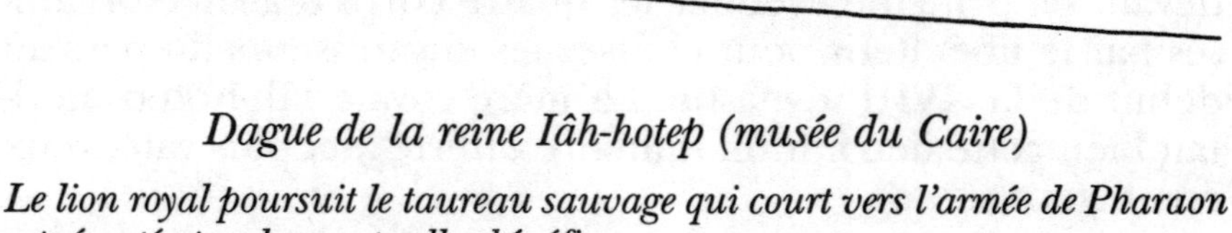

Dague de la reine Iâh-hotep (musée du Caire)

Le lion royal poursuit le taureau sauvage qui court vers l'armée de Pharaon représentée par les sauterelles bénéfiques.

cation des sauterelles. Ainsi, l'archéologie ne peut être comprise qu'à l'aide de la philologie : je crois avoir résolu ce petit problème.

D'un côté se trouve le lion qui, dans son aspect bénéfique, représente la force du roi. Il poursuit un taureau qui naturellement peut être l'évocation des ardeurs créatrices du chef du troupeau mais qui, en l'occurrence, apparaît comme le symbole du génie du mal infestant les zones marécageuses. Mais avec la dague de Iâh-hotep, nous sommes à la charnière de l'histoire égyptienne, à l'époque où les princes de la famille d'Ahmosis ont sauvé l'honneur et le pays en combattant les Hyksos qui occupaient le pays depuis plus de cent ans. Le face-à-face avec des sauterelles est en quelque sorte déroutant, ne serait-ce que par la taille de ces insectes ; il faut alors faire appel aux nombreux textes trouvés dans la littérature qui font allusion aux sauterelles.

Si l'on veut bien entreprendre une petite enquête concernant les représentations de sauterelles en Égypte, à l'exception de leur réputation de destructrices des récoltes dans une allusion trouvée dans un texte de propagande, on s'aperçoit que cet insecte n'est nullement nuisible. La sauterelle est figurée se balançant sur la courbe d'une tige végétale ; elle apparaît dans le décor de certains plafonds peints dans les chapelles funéraires. On la trouve représentée sur des objets dits de toilette dans le mobilier des caveaux. Enfin, les textes nous la décrivent comme une évocation de la valeur, de la fougue, de l'impétuosité des soldats de Pharaon exterminant l'ennemi et sauvant l'honneur des armées. Ainsi, peut-on faire le commentaire archéologique du décor de cette lame de dague en puisant dans les textes que les Égyptiens nous ont laissés. Il faut considérer ces quatre grosses sauterelles, réparties en sections bien délimitées, comme devant en principe évoquer les quatre corps d'armée organisés par le libérateur pour chasser les envahisseurs du pays au début de la XVIIIe dynastie. La mère royale Iâh-hotep méritait bien cette décoration militaire offerte aux plus valeureux combattants.

Quelles sont à votre avis les priorités actuelles sur le terrain ?

Je suppose que seuls les chantiers de fouilles extrêmement importants, ou reconnus comme tels, devraient œuvrer pour la recherche. Il y a trop de petits chantiers parsemés. On pourra peut-être me reprocher ma nostalgie de ces grands sites archéologiques confiés à d'importantes institutions scientifiques, où de jeunes égyptologues faisaient leurs premières armes et apprenaient réellement un métier qui consiste avant tout à interroger un terrain, armé d'un savoir-faire qui ne peut venir que de l'expérience. On ne s'improvise pas fouilleur, de même qu'on ne s'invente pas conservateur de musée. C'est une longue pratique, un dialogue avec l'objet, de longues années de maturation, d'interrogations devant les articles rédigés par des collègues de formations diverses en égyptologie, de rencontres, de discussions. Combien de jeunes égyptologues ont lu les recherches de ceux qui les ont précédés pendant cinquante ans ? Ils n'étaient pas tous dénués de connaissances, ni de bon sens.

En égyptologie, on rencontre plusieurs disciplines. Un philologue doit avoir des notions d'archéologie et le contraire s'impose évidemment. C'est un peu différent lorsqu'il s'agit de l'architecture. L'architecte spécialisé en égyptologie est certainement un très brillant fouilleur et ses déductions doivent être prises en compte sur le plan technique, mais je pense que l'égyptologue, c'est-à-dire le philologue doublé d'un archéologue, peut lui apprendre beaucoup et valoriser ses analyses. Je voudrais, pour ne pas parler du présent bien qu'il ait exactement les mêmes aspects, me référer à l'époque où Pierre Lacau, ce grand directeur général des Antiquités, se penchait régulièrement sur les travaux des architectes du service qui œuvraient à Saqqarah ou à Karnak, Jean-Philippe Lauer et Henri Chevrier. Toutes leurs constatations, tous les problèmes qui se présentaient au long de leurs relevés étaient étudiés avec Lacau et les résultats en bénéficiaient au centuple. C'est à mon avis l'exemple idéal qu'il faudrait poursuivre et qui, que je sache, est actuellement opératoire au Centre franco-égyptien de Karnak.

Ce que vous dites pour des sites pharaoniques est-il aussi vrai en milieu urbain comme à Alexandrie ?

Si vous m'interrogez au sujet des travaux archéologiques exécutés dans la ville d'Alexandrie, je dois d'abord vous dire à quel point j'admire l'œuvre de Jean-Yves Empereur. Il y a actuellement deux chapitres sur lesquels portent ses activités. D'abord des fouilles de sauvetage qui sont non seulement impeccables mais courageuses. Il m'est arrivé d'entendre quelques critiques à ce sujet et à propos d'une certaine propagande véhiculée par la bêtise humaine. La recherche scientifique officielle française n'est pas dotée de ressources inépuisables et notre collègue Empereur a bien été contraint de faire connaître par voie de presse et de mécénat l'intérêt et la portée de ses travaux. Ses fouilles de sauvetage concernant le quartier de Necropolis ont évité bien des destructions et apporté un nouvel éclairage sur la société de l'antique Alexandrie.

Pourriez-vous nous préciser ce que sont des fouilles de sauvetage ?

Ce sont des fouilles entreprises en catastrophe lorsque des travaux publics ou des entreprises privées découvrent en creusant des sites archéologiques. C'est alors une lutte contre la montre pour sauver des monuments ou recueillir le maximum d'informations avant la poursuite des travaux et la disparition définitive des vestiges archéologiques.

Au cours d'une des réunions organisées par l'Unesco, Jean-Yves Empereur nous a exposé ses travaux exécutés en toute hâte, mais avec le souci le plus scientifique qui soit, dans la zone de Necropolis. J'ai vu de mes propres yeux ce qu'il a pu sauver du sous-sol qui allait être recouvert par la construction d'une autoroute.

Quel est le second chantier de Jean-Yves Empereur à Alexandrie ?

En ce qui concerne la seconde partie des recherches entreprises par Empereur, il ne faut pas oublier que cet helléniste, brillant agrégé, ancien pensionnaire puis secrétaire général de l'École d'Athènes a été un des premiers à organiser dans la mer Égée des fouilles sous-marines dans lesquelles il était complètement impliqué. Aussi, lorsqu'il a entrepris de sonder les eaux du port d'Alexandrie, il ne l'a pas fait en amateur de pêche sous-marine, mais en savant qui maîtrisait totalement la technique des relevés scientifiques sous-marins et la compréhension d'un site remontant à une époque qu'il connaissait parfaitement. Lui-même et son équipe ont eu le courage d'interroger les monuments pendant des heures sous l'eau, prenant des notes sur place, mais ce n'est pas encore suffisant : dans leurs bureaux, ils travaillent et se posent des questions ; ils rédigent et publient des comptes-rendus qui font avancer nos connaissances. Voilà le parfait exemple d'un savant à la fois sportif, courageux et désintéressé.

Qu'est-ce qui a le plus évolué depuis cinquante ans en égyptologie ?

Les gens consentent peu à peu, mais avec beaucoup de mal, à abandonner les idées reçues. C'est là un progrès lent et difficile, mais essentiel.

Que pensez-vous de la reconstitution des monuments par ordinateur ?

Il y a environ dix ans, Jean-Claude Golvin, à l'époque directeur du Centre franco-égyptien de Karnak, a été enthousiasmé par la reconstitution assistée par ordinateur avec ses collègues. On leur a communiqué les plans au sol de structures disparues et ils les ont reconstituées grâce à de magnifiques lignes colorées verticales qui faisaient revivre ce que n'importe quel architecte ayant travaillé sur le terrain était capable d'élever. Je me souviens du jour où, assistant à la remise de la Légion d'honneur à Mme De Maria, qui subventionnait alors mes fouilles dans la Vallée des Reines, je dis à Jean-Claude Golvin qu'il devrait plutôt réserver ses réelles compétences à reconstituer (sans ordinateur !) les sites archéologiques que nous aimerions voir revivre. Depuis, les publications sur l'Égypte sont souvent illustrées par toutes les agglomérations de la vieille Égypte qu'il a reproduites avec un grand talent.

Certains ne se privent pas de critiquer les aquarelles de Jean-Claude Golvin. Pourtant, elles offrent à tous une image vivante de l'ancienne Égypte. Qu'en dites-vous ?

Je vous le répète, cette véritable résurrection des cités, si proches des villages actuels de l'Égypte, ponctuées par la présence des sanctuaires et évoquées avec talent, permet de rêver sans sacrifier à une imagination pervertie, et sert à la reconstitution de l'histoire.

Existe-t-il des zones encore inaccessibles aux archéologues et qui mériteraient d'être fouillées ?

Il existe bien des sites difficiles ou impossibles à explorer, comme ceux du Delta continuellement inondés ou presque. Les régions urbaines antiques sont également inaccessibles car en général occupées par les villes modernes.

Personnellement j'aurais bien aimé fouiller entre Karnak et Louqsor afin de retrouver les vestiges de la ville de Thèbes. Dans la direction de Karnak, quelques arasements ont été mis au jour par Mohamed es-Sorayar, mais comment étaient les palais d'Hatshepsout ou de Thoutmosis et quel aspect devait présenter la résidence des membres de la famille d'Aménophis III ?

En dehors de la Vallée des Reines, avez-vous entrepris de nouvelles croisades pour sauver des monuments pharaoniques ?

L'Unesco a fait tout ce qui était en son pouvoir. J'ai appartenu à de nombreux comités, autant pour la Nubie, ce qui était normal, que pour le nouveau musée du Caire. Pour ce dernier, il reste encore quelques points à discuter, des décisions à prendre concernant aussi bien le site qui semble vraiment bien choisi que la qualité des objets qu'il doit recevoir. Le grand problème est de savoir si l'on doit consacrer ce nouveau musée à la seule présentation des chefs-d'œuvre tout en reléguant les autres vestiges dans un musée de la civilisation pharaonique.

Mon souhait est que les décisions que nous avons prises il y a quelques années pour éviter le passage d'une autoroute au pied des pyramides soient définitivement maintenues.

43.

Le pyramidion d'or

Les instructions de Champollion à propos de l'obélisque de la place de la Concorde. La visite du président Moubarak en 1998. L'intervention de Jacques Chirac. Les obélisques de Rome. Comment l'obélisque de Louqsor est arrivé place de la Concorde.

Pouvez-vous raconter maintenant comment l'obélisque de la place de la Concorde retrouva, grâce à votre entremise, son pyramidion d'or ? Et d'abord, les obélisques étaient-ils toujours surmontés d'un pyramidion ?

Bien sûr ! Comme nous l'avons vu, il y avait toujours un pyramidion doré, et parfois (sous le règne d'Hatshepsout en tout cas suivi, en cela, par Thoutmosis, son neveu) l'obélisque tout entier était recouvert d'or, les textes nous l'enseignent formellement. Champollion, à qui l'obélisque avait été donné par Méhémet-Ali, avait laissé des indications très précises qui n'ont pas été respectées après son décès. L'obélisque est donc resté avec son sommet irrégulier, qui n'était pas destiné à être vu, jusqu'en 1974-1975, date à laquelle le maire du VIIIe arrondissement, qui présidait l'association pour l'embellissement de la place de la Concorde, m'a demandé de faire partie de son comité. Quelle suggestion l'égyptologue que j'étais pouvait-elle faire ?

Il fallait évidemment commencer par l'obélisque !

C'est ce que j'ai fait. J'ai immédiatement répondu : « Il faut lui remettre son pyramidion doré. » L'idée a été acceptée. Malheureusement, un collègue influent et... ombrageux, ayant entendu parler de cette affaire lors d'un dîner en ville (comme d'habitude), a bruyamment contesté l'existence en Égypte de ces fameux pyramidions sur les obélisques. « Encore une idée fantaisiste de Mme Noblecourt ! » Son objection a fait son chemin et le projet a été stoppé, car j'étais alors trop occupée, aussi bien au Louvre qu'en Égypte, pour me lancer encore dans une nouvelle bataille.

En 1998, lors de la venue du président Moubarak en France, j'ai demandé à Pierre Hunt, ancien ambassadeur de France en Égypte, qui était chargé de l'organisation des festivités de l'année franco-égyptienne (intitulée « Horizons Partagés »), ce qu'il resterait de tout cela dans un an. « Peu de choses, m'a-t-il répondu, mais il faut tout de même le faire. Alors essayons d'en trouver un témoin qui en conservera le souvenir », lui ai-je suggéré. Il m'a répondu que les conférences organisées allaient être publiées.

Mais sur quoi allaient porter ces conférences ? Sur l'expédition de Bonaparte en Égypte ! Les Égyptiens ne tenaient pas à rappeler ces batailles regrettables, on pouvait les comprendre. C'est pour cette raison que l'ambassadeur Pierre Hunt avait orienté ses conférenciers sur l'expédition *scientifique* de Bonaparte, en demandant que l'on évite de faire allusion aux faits d'armes et aux déplorables exactions dont les Français avaient pu se rendre coupables pendant l'insurrection du Caire.

Vous lui avez parlé du pyramidion ?

En effet, et il se trouve qu'il était tout à fait d'accord pour qu'ensemble nous puissions mettre sur pied cette délicate opération. Je l'ai mis en contact avec Bernard Fonquernie qui avait travaillé dans les temples de Nubie avec moi et qui est aujourd'hui inspecteur général des Monuments historiques. Puis nous avons rencontré Étienne Poncelet, l'architecte de la place de la Concorde, qui s'est tout de suite passionné pour notre projet. Alors ont été envisagés tous les aspects délicats de l'affaire, le problème des évacuations de l'humidité, la présence du paratonnerre, etc., les proportions de la couverture, puis sa fabrication en bronze fileté couvert d'or à la feuille.

De surcroît, l'architecte de la place de la Concorde nous a avoué qu'il ne disposait pas de fonds suffisants et qu'il devrait demander l'appui de la direction du Patrimoine. Mais c'était encore trop peu et nous avons cherché des mécènes. Tout cela devait être terminé avant la venue du président Moubarak à Paris, ce qui ne nous laissait plus que quelques semaines de délai, car j'étais sûre et certaine que si le pyramidion n'était pas posé à l'occasion du voyage du président de la République d'Égypte, cela ne se ferait plus jamais. J'ai donc écrit au président Chirac.

Vous l'aviez autrefois reçu à l'exposition Toutankhamon au Petit Palais...

Et je l'avais rencontré à diverses occasions ainsi que sa remarquable épouse Bernadette qui a toute mon admiration. Il s'est toujours intéressé si heureusement à l'égyptologie. Il me connaît bien. Alors j'en ai profité ! Il m'a répondu dès le lendemain : « Je donne des ordres à mon ministre de la Culture et à la direction du Patrimoine. » J'ai pensé alors que nous étions sur la bonne voie, mais un mois plus tard, nous n'avions toujours rien vu venir. Le président avait donné son aval, après tout, nous avions sa lettre. Il y avait un retard inexplicable. Nous avons donc pris contact avec son conseiller culturel à l'Élysée, Mme Albanel, une femme exceptionnelle, et nous avons obtenu un rendez-vous dès le lendemain. L'ambassadeur Hunt a fait son exposé, j'ai fait le mien.

J'ai expliqué en quoi il était navrant pour le pays de Champollion de posséder un des deux obélisques de Louqsor – je le précise bien : don de l'Égypte à la France – sans qu'il apparaisse muni de sa dernière parure alors que tous les obélisques en Égypte, dans l'Antiquité, étaient recouverts d'une pointe dorée. L'argument selon lequel les obélisques de Rome n'en possédaient pas n'avait aucune valeur : tous ces obélisques ont été volés en Égypte bien après avoir été dépouillés de leur or. Mme Albanel nous a écoutés attentivement et nous a dit : « J'espère que vous aurez bientôt de mes nouvelles, je vais faire ce que je peux, je vous le promets. »

C'était un vendredi soir à dix-huit heures trente. Et dès le lendemain matin, dix heures, coup de téléphone du bureau du directeur du Patrimoine : « Chère madame, nous sommes sur l'affaire de l'obélisque et c'est en bonne voie : nous commençons lundi prochain. » J'ai su que Mme Albanel, sitôt notre entrevue terminée, était allée voir le président dans son bureau et qu'elle lui avait tout expliqué. Le résultat n'a pas traîné. Les ordres ont été donnés pour que ses instructions soient *enfin* exécutées. Miracle vraiment, miracle puisque le lendemain matin tout le monde était « aux ordres ».

Comment a-t-on fabriqué le pyramidion ?

Étienne Poncelet avait calculé avec nous la pente du pyramidion, qui devait avoir une hauteur de trois mètres soixante-dix. L'obélisque lui-même en compte vingt-deux, sans parler des vestiges du pyramidion de pierre. À partir de ces mesures, le pyramidion a été réalisé en bronze fileté puis doré à la feuille par un artisan particulièrement habile qui avait déjà doré le dôme des Invalides et les groupes sculptés du pont Alexandre-III. J'avais rappelé à Mme Albanel que Mitterrand avait obtenu que la dorure des sujets du pont Alexandre-III soit réalisée en une semaine. Il était certain que Jacques Chirac pouvait faire encore beaucoup mieux pour l'obélisque.

La tâche n'était pourtant pas simple, comme je vous l'ai dit, car il fallait penser aux évacuations, à l'action de l'humidité, prévoir un paratonnerre, etc. (cf. pl. XXIII). Le pyramidion a été fixé à la pierre par des charnières. L'obélisque a maintenant besoin d'être nettoyé, et j'espère qu'EDF tiendra sa promesse d'éclairer ce pyramidion radieux. Je leur ai dit : « Vous avez illuminé la tour Eiffel, ne me dites pas qu'il est impossible de faire aussi bien pour l'obélisque ! » Ils ont donné un accord de principe. Mais rien encore n'a été fait. Je commence à croire qu'il est plus aisé de se rendre sur la Lune ou de travailler dans une station orbitale...

Combien y a-t-il d'obélisques à Rome ?

Il y en a eu au moins vingt-trois, dont plusieurs datant du Nouvel Empire. Deux d'entre eux datent de l'époque de Psammétique II, c'est-à-dire de l'époque saïte (VIe siècle avant notre ère). Ils ont été emportés comme trophées de guerre par les Romains. Plus tard, au moment des « fouilles » de la Renaissance, les papes en ont choisi certains pour y ériger l'emblème de la chrétienté en fixant au sommet des sphères et des croix. Le plus grand se trouve à Saint-Jean-de-Latran.

Les derniers obélisques ainsi volés gisaient encore à Alexandrie du temps de Byzance et le tout dernier, abandonné par les Romains dans leur déroute, a été emporté par les Byzantins. Il se trouve aujourd'hui dans le champ de courses d'Istanbul. C'est le seul qui fasse, par les textes qui ornent ses faces, allusion à une tranche d'histoire, en l'occurrence une campagne en Syrie de Thoutmosis III. Tous les autres sont gravés de protocoles, de louanges des pharaons avec leurs titres et dignités. Les obélisques étaient très vraisemblablement édifiés à l'occasion d'un couronnement ou d'un jubilé.

Quelle est la signification de l'obélisque ?

C'est un rayon de soleil pétrifié, une prière qui monte vers le créateur de l'énergie. Sans doute aussi, à l'origine, un phallus transformé en jaillissement solaire, en rapport également avec l'arrivée de l'inondation. On n'en sait pas beaucoup plus, les Égyptiens ne se sont pas expliqués là-dessus. On dit aussi que c'est le jet fécondateur du Nil. La pointe du membre créateur, le pyramidion, s'appelle le *benben*. Au début, l'obélisque est massif et rectangulaire, puis il présente une section carrée, entièrement monolithique, et un culte lui est rendu.

Pouvez-vous nous raconter l'histoire de l'obélisque de la Concorde ?

C'est un des seuls obélisques qui, jusqu'à la fin du XIXe siècle, ne soient pas sortis d'Égypte à l'occasion d'un vol. Quand Champollion est arrivé en Égypte, en 1828, il avait été précédé par une campagne de diffamation fomentée par les « consuls antiquaires », constituant des collections qu'ils revendaient à leur pays, et les pillards en tous genres ; tous redoutaient qu'il ne mît un terme à leurs larcins. On savait que Champollion avait déjà songé à une organisation dont la mission serait de protéger les antiquités. Ces consuls recruteurs avaient donc tout fait auprès du vice-roi Méhémet-Ali pour lui faire savoir que Champollion était un indésirable. Heureusement, dans l'entourage de Charles X, il avait un ardent défenseur en la personne du duc de Blacas, un grand protecteur des arts, informé des travaux de Champollion par le frère de celui-ci. Il était même arrivé à décrocher une mission pour Champollion, à obtenir pour lui un navire de la Marine royale afin de se rendre en Égypte et à lui faire affecter une protection diplomatique.

Le navire venait de quitter Toulon, quand un télégramme en provenance du palais du Caire est arrivé, ordonnant l'arrêt de la mission, mais il était trop tard. Champollion est donc arrivé en Égypte où il a aussitôt demandé une entrevue à Méhémet-Ali. Celui-ci, compte tenu de la réputation faite à ce Français, a longuement hésité avant de le recevoir. Mais dès qu'il s'est trouvé en tête à tête avec ce génie qui parlait aussi bien arabe, araméen, hébreu, grec et copte, le khédive a été séduit au point de l'aider à préparer son expédition jusqu'à Abou Simbel. Il lui a même donné deux petits canons de marine à placer sur sa flottille, pour parer aux attaques éventuelles des Bédouins et des Bicharins du désert de l'Est.

L'expédition a été minutieusement organisée, et lorsqu'il est revenu de Haute-Égypte, déjà très fatigué, Champollion a raconté au khédive son voyage : il semblait avoir lu l'Égypte comme un livre ouvert. Méhémet-Ali en a été profondément ému. Ce dernier, comme vous le savez, n'était pas égyptien mais albanais, un marchand de tabac né en Macédoine. Il avait été envoyé par la Sublime Porte, avec quatre ou cinq cents soldats, pour s'opposer au débarquement de Bonaparte et, au lieu de le combattre, il l'a suivi et observé. En réalité, il était plein d'admiration pour lui et souhaitait être son émule. D'ailleurs, il avait presque failli y réussir lorsqu'il avait tenté d'écarter le pouvoir ottoman d'Égypte. Méhémet-Ali, cet homme à l'esprit si ouvert, a proposé à Champollion d'écrire l'histoire de l'Égypte et, pour l'en remercier, il lui a proposé un cadeau. Or Champollion avait naturellement déjà repéré un beau monument qu'il souhaitait rapporter en France, car il voulait prouver que toutes les solides matrones héritées de Rome ne provoquaient pas la même émotion, la même curiosité que les chefs-d'œuvre égyptiens.

C'est là que nous retrouvons l'obélisque...

Champollion a donc demandé au khédive d'offrir à la France l'un des deux obélisques de Louqsor, qui étaient convoités par les Anglais. Le khédive lui avait même offert les deux monolithes ! Puis il est rentré en France, malade, épuisé par ces dix-huit mois de mission. Il est resté en quarantaine dans un lazaret à Toulon, comme c'était le cas pour les voyageurs qui revenaient de ces régions, mais il fut très mal soigné et ce séjour au lazaret lui fut préjudiciable. Durant ce séjour forcé Champollion prit contact avec M. Lebas, ingénieur de la Marine et des arsenaux militaires, qui vint mettre au point les plans déjà ébauchés par lui au Caire avec un ingénieur des Arts et Métiers, en attendant que son bateau le ramène en France.

Champollion avait souhaité en effet prévoir le transport de l'obélisque dans ses moindres détails, pour un incroyable voyage. L'obélisque devait quitter Thèbes par bateau, descendre le Nil jusqu'au Caire, franchir des goulets très dangereux, obstrués par le sable, gagner Alexandrie, traverser la

Méditerranée parfois si houleuse, animée de petites vagues courtes, passer les Colonnes d'Hercule, remonter le golfe de Gascogne jusqu'à Brest et atteindre Le Havre. Ensuite, il était prévu d'abattre les mâts pour que l'embarcation puisse passer sous les ponts de la Seine jusqu'à la Concorde.

C'était un plan génial ! L'obélisque reposait sur une embarcation de sept coques. On peut en admirer une maquette au musée de la Marine. L'ingénieur du génie maritime Lebas perfectionna les calculs de Champollion et construisit ce bateau appelé le *Louqsor*. Entre-temps, Champollion arrivait enfin à Paris. Élu professeur au Collège de France, il ne put donner qu'une leçon avant de mourir, en 1832.

Il n'a jamais vu l'obélisque sur la place de la Concorde ?

Non, le pauvre mourut à Paris, rue Mazarine, le jour même où l'obélisque quittait Louqsor, sous la surveillance de Lebas assisté de l'équipage du bateau, « gonflé à bloc ». En arrivant à Louqsor, ils avaient dû attendre la fin de l'inondation afin d'échouer le bateau et le préparer à recevoir l'obélisque. Pour éviter que le soleil ne fasse jouer le bois, le pont et les coques du navire furent recouverts de nattes de paille que les matelots devaient mouiller régulièrement durant tout le séjour à Louqsor. Puis ils ont dû attendre un an le retour de l'inondation. Ils avaient établi leurs quartiers dans et auprès du temple, certains d'entre eux dormaient dans des hamacs suspendus aux chapiteaux des colonnes de la salle hypostyle. Les officiers s'étaient établis dans des maisons arabes, au milieu d'un enclos qu'ils avaient fait dresser par leurs matelots. Puis comme le temps semblait suspendu au gré des eaux du Nil, ils en ont profité pour créer un sensationnel jardin potager à Louqsor et enseigner la culture des légumes européens aux paysans du coin pour la grande joie des habitants. Survint alors une épidémie de peste au cours de laquelle le médecin de l'équipe soigna tout le monde, au point qu'il n'y eut pas un seul décès dans tout Louqsor. Les Français étaient devenus les grands *hakim*, les grands médecins providentiels.

Enfin l'inondation revint, les matelots et des ingénieurs de la Marine avaient « coffré » l'obélisque, puis l'avaient doucement abattu. L'avant du bateau fut alors ouvert afin de l'introduire dans la coque. Il fallut ensuite refermer cette dernière d'une manière parfaitement étanche en vue de franchir les trois mers. La nouvelle inondation entraîna l'embarcation jusqu'au Caire.

Dans la capitale, les Français furent reçus avec la plus grande générosité par une société égyptienne mélangée de notables turcs et de résidents européens. Le commandant du *Louqsor*, M. de Verninac, digne représentant de son époque, n'était guère familier des usages orientaux. Ainsi, invité dans une soirée, la « danse de l'abeille » lui fut présentée par des « beautés » qui n'avaient pas hésité, en préfiguration de ce qui devait devenir le strip-tease, à retirer savamment leurs atours pour retrouver l'insecte indiscret. Dans son journal de bord, il écrivit : « C'est un pays charmant, mais quelle perversion ! Ces créatures dénudées qui se trémoussent... » Mais pendant ce temps-là, son second, M. de Joanis, issu d'une nouvelle génération, trouvait cela fort plaisant. Il notait de son côté : « Si on pouvait bénéficier de tels spectacles à Paris, cela nous changerait de ces malheureuses femmes sanglées dans des corsets de fer ! »

Comment le voyage en mer s'est-il déroulé ?

L'ingénieur Lebas avait réalisé le multicoque à voiles et à vapeur ; c'était sans doute une des toutes premières fois qu'on utilisait la vapeur. Arrivé à Brest, le commandant de Verninac reçut la Légion d'honneur des mains du roi Louis-Philippe. Puis, au Havre, on abattit les mâts et le *Louqsor* put passer sans encombre tous les ponts de la Seine jusqu'à la Concorde.

Pendant ce temps, les édiles parisiens se disputaient : où allait-on mettre l'obélisque ? Certains ne voulaient pas en entendre parler : « Qu'est-ce que c'est que ce morceau de pierre ? » disaient-ils. On pensa à la place des Victoires, puis à la Cour carrée du Louvre, et enfin on choisit la place de la

Concorde. Pour ériger l'obélisque, Lebas fit construire un grand pont depuis la Seine jusqu'au milieu de la place, permettant de hisser horizontalement l'obélisque et de l'élever pour le basculer sur le socle en granit qu'il avait fait tailler en Bretagne. Pendant l'opération, on a prétendu que Lebas s'était placé sous l'obélisque, pour ne pas survivre à l'accident si celui-ci s'était effondré. Mais l'opération fut une parfaite réussite. Tout Paris, naturellement, assistait à la cérémonie en présence de Louis-Philippe et de sa famille au grand complet, réunie sous la colonnade du ministère de la Marine.

Que représentait l'obélisque pour les Parisiens ?

Un objet bizarre, anachronique, étranger. Mais ils sont venus le voir ! Après l'érection de l'obélisque, on lui a affecté un concierge qui a séjourné dans une petite loge au pied du monument pendant un an, après quoi on l'a oublié. L'ingénieur Lebas, à qui Champollion avait fait ses confidences, voulut parachever sa mission en ajoutant un pyramidion d'or au sommet du monolithe. En dépit du total soutien de l'architecte de la place de la Concorde, Hittorff, lui-même acquis au projet, ce dernier ne put aboutir. Quant à celle des faces de la base, représentant quatre cynocéphales, adorant le soleil, que Champollion avait également prélevée sur place, Louis-Philippe s'opposa à ce qu'elle soit exposée sur le socle du monument. Il trouvait ce relief trop indécent ! En conséquence, celui-ci figure désormais au département des Antiquités égyptiennes du Louvre où tout le monde peut le voir. L'obélisque demeura coiffé de sa seule pointe naturelle et irrégulière jusqu'à la veille de la visite du président Moubarak à Paris en 1998.

44.

Le miracle de l'Égypte

L'enseignement du fleuve. Les peuples possédant l'écriture et les autres. La harpe des Dogons. À quelle époque les Égyptiens se sont-ils installés le long du Nil ? La première dynastie et la naissance de l'écriture. L'avis des préhistoriens.

Comment expliquez-vous que ce peuple installé le long du Nil se soit engagé dans cette aventure millénaire, sans commune mesure avec ce que vivaient les populations alentour ?

J'attribue pour ma part l'éveil de ce peuple à l'enseignement du fleuve qui a rythmé son histoire. Le Nil gouverne tout en Égypte. Hérodote l'a répété, à la suite d'Hécatée d'Abdère, les égyptologues ne le soulignent jamais assez. Ce fleuve coulant en plein milieu du désert constituait un cadre unique ; il n'est pas étonnant que ces circonstances exceptionnelles aient donné naissance à un peuple exceptionnel. Les Égyptiens ont tourné le dos à la mer, ils n'aimaient pas l'eau salée qui pour eux ne donne pas la vie. Ils avaient peur du désert, porteur de famine et de mort, qui leur semblait peuplé de démons. Les paysans de Haute-Égypte, aujourd'hui encore, tiennent avant tout à leurs terres. Ils apprécient cependant, tels des montagnards, comme leurs ancêtres, les paysages rocailleux de l'ouest de Thèbes : le *Gebel.* Leurs textes racontent qu'ils allaient se promener en famille dans ces collines arides. Mais avant tout, les anciens Égyptiens aimaient la terre cultivée, bien humide, bien irriguée. Ils redoutaient le moment de l'année où la terre se réchauffait et craquelait, où l'eau du Nil baissait jusqu'à laisser voir les bancs de sable qu'ils appelaient les *tessou* ou *tchessou* et où ils plantaient quelques légumes deux ou trois fois par an.

Voyez-vous l'Égypte comme une immense oasis ?

Pas tout à fait. Le Delta est une oasis, mais précédée d'un ruban d'eau coulant dans le désert – mille kilomètres environ entre la Méditerranée et la première cataracte. L'ensemble des terres cultivables ne dépasse pas la superficie de la Belgique. Mais bien sûr, le fleuve ne se réduit pas à une superficie. Le Nil a offert au peuple égyptien un accès privilégié au divin et au cosmos. Chaque peuple trouve, tôt ou tard, un trait d'union entre la terre et le ciel. Les Égyptiens se sont très vite différenciés des autres peuples d'Afrique grâce au fait qu'ils possédaient une écriture. Les peuples évoluent à partir du moment où ils peuvent fixer leur pensée. J'ai toujours trouvé ingrate la tâche des ethnologues qui essayent de comprendre les civilisations sans écriture. Tant que vous ne disposez pas d'un texte pour attester du bien-fondé de votre hypothèse, vous restez dans l'affabulation. Je me suis rendu compte auprès du grand africaniste Marcel Griaule, que j'ai bien connu, que ses méthodes d'investigation sur le terrain n'avaient rien à voir avec le travail égyptologique.

Expliquez-nous cela.

Il avait partout des informateurs dont il avait appris la langue, des Bantous, des Bambaras, des gens de la boucle du Niger – souvent il s'agissait d'anciens adjudants de l'armée française. Parmi eux il y avait le conteur et diplomate Hampate Ba, un chef peul qui venait d'une famille noble dogon. Griaule le connaissait déjà depuis longtemps quand Hampate Ba lui dit un jour : « Depuis le temps que tu me poses des questions, j'ai fini par comprendre que tu étais réellement très curieux, mais que tu ne nous voulais aucun mal. Alors dis-moi : as-tu compris ce que je t'ai raconté ? » Griaule a répondu honnêtement : « Je n'ai rien compris. J'ai beau rassembler toutes tes informations, je ne trouve aucun lien entre elles. » Alors Hampate Ba lui confia : « Heureusement que tu n'as rien compris : je ne t'ai pas tout dit. J'ai pris grand soin de te maintenir à l'extérieur afin que tu ne comprennes pas, mais maintenant, je sais que tu nous respectes. Alors nous allons t'initier et te dire tout ce que nous pensons, tout ce que nous faisons. » Une fois initié, Griaule a commencé à comprendre. Il a eu droit à des confidences extraordinaires qu'il m'a rapportées. Et tandis que nous cheminions ainsi, côte à côte, lui en tant qu'ethnologue initié aux secrets des populations indigènes, moi en tant qu'archéologue travaillant sur les objets et les écrits conservés dans les musées ainsi que sur des chantiers de fouilles, il m'est très vite apparu que les Dogons de Griaule avaient quelque chose à m'apprendre sur les plus anciens des Égyptiens.

Qu'est-ce que les Dogons pouvaient bien vous apprendre sur les anciens Égyptiens ?

Je me souviens d'une conversation qui m'a particulièrement marquée à propos de la harpe chez les Dogons. En effet, le jour de l'An, en Égypte, on jouait de la harpe dans les temples pour célébrer le renouveau du monde, la nouvelle année et la reconstitution des forces vives du roi. J'en étais arrivée à l'idée que la harpe devait être un instrument en rapport avec la reconstitution des éléments vitaux. Et voilà que Griaule me dit : « Le jour des obsèques, les Dogons jouent de la harpe, parce qu'elle est faite de quatre bois différents symbolisant les points cardinaux, et ceci permet la reconstitution du mort. » Si vous vous rappelez ce que je vous ai raconté à propos du Lac de Turquoise, ou même des quatre pièces essentielles du caveau de Toutankhamon, vous conviendrez qu'il y avait de quoi être troublé. C'est alors qu'une collaboratrice de Griaule, Mme Dieterlin, nous a suggéré d'écrire un livre ensemble, qui aurait eu pour titre « La harpe des Dogons ». Hélas, à cette époque, j'étais entièrement requise par la sauvegarde des temples de Nubie, je n'avais pas le temps. Il faudrait avoir quatre vies ! Peu après Griaule est mort en France, mais il a aussi été enterré mystiquement dans leur pays par les Dogons.

Parmi les ethnologues les plus intéressants que j'aie eu l'occasion de rencontrer, je pense aussi à Jacqueline Eberhardt-Roumeguère, une femme étonnante que j'ai retrouvée à Nairobi. J'étais venue faire une conférence sur le soleil chez les Égyptiens, organisée par notre ambassade à l'occasion de l'« année solaire ». Dans la salle il y avait cette imposante femme blonde, ethnologue, fille d'un missionnaire et femme d'un médecin qui avait suivi à l'École du Louvre, vingt-cinq ans auparavant, mes cours sur la religion égyptienne. Elle avait un fils et une fille élevés dans la brousse, à la manière des petits Kényans. Les Kényans ont un petit scalpel avec lequel ils ouvrent une petite veine dans le cou de la vache pour lui sucer le sang. La blessure se referme aussitôt. Les enfants de Jacqueline Eberhardt-Roume avaient été nourris ainsi, de sang et de lait jusqu'à leur adolescence, m'avait-elle confié.

À quelle époque les futurs Égyptiens se sont-ils installés le long du Nil ?

Nous l'ignorons. Mais pourquoi voudriez-vous qu'ils se soient installés ? Peut-être étaient-ils déjà sur place ? D'autres les ont rejoints. Ils y étaient mais sur les plateaux, vivant en prédateurs. Ici comme ailleurs, il a existé une préhistoire dont nous avons conservé quelques vestiges. Les préhistoriens parlent d'une époque dite de la pierre éclatée, ou *pebble culture* ou encore *pebble industrie*, parallèle à ce qui a été découvert sur les rives de l'Omo en Éthiopie. Cela nous ramène peut-être à trois millions et demi d'années en arrière ! J'ai trouvé sur la terrasse de la montagne thébaine quelques-uns de ces galets éclatés que j'ai ramenés au Louvre où vous pouvez les admirer. Vient ensuite la période des silex taillés avec laquelle commence le haut paléolithique. Et quand vous avez fini avec le paléolithique, vous arrivez au néolithique au cours duquel les hommes découvrent l'usage de la pierre polie. Le Nil a creusé alors le lit qu'il occupe aujourd'hui. Les peuples nomades se fixent et commencent à cultiver la terre. Ils font de la poterie. Ils avaient découvert le feu. L'Égypte a donc émergé normalement. Désolée de décevoir les amateurs de mystères : l'Égypte n'est pas le prolongement de l'Atlantide !

Pas d'extraterrestres non plus, alors ?

Pas non plus ! Nous savons qu'il y a eu des incursions en provenance du sud et de l'est et même parfois de l'ouest. En tout cas, les contacts avec l'extérieur ne se sont jamais interrompus. Dans la haute période néolithique, les contacts existaient sûrement entre Sumériens et Égyptiens. Nous en sommes certains, car on a trouvé des poteries ornées de décors presque identiques. L'époque dite de Djemdet Nasr, ou de Wahka en Sumer, évoque parfois la période du néolithique en Égypte.

Avez-vous déjà travaillé avec des préhistoriens ?

Au cours d'une mission que j'avais organisée dans la montagne thébaine, j'ai eu recours à la collaboration d'un préhistorien, Fernand Debono, d'origine maltaise et de culture franco-égyptienne. Il trouva, au cours de sa mission, des silex épointés beaucoup plus anciens que ceux datant de l'acheuléen. Intrigués par ces découvertes, nous avons voulu chercher plus loin, dans les oueds désertiques. J'ai demandé au directeur du Sous-sol égyptien, Roujdi Saïd, un professeur très compétent, de mettre à notre disposition deux géologues. Munis de son autorisation, nous avons pénétré dans le désert à bord de deux jeeps. C'était une mission à haut risque, car l'Égypte était en guerre avec Israël et personne n'avait le droit de s'aventurer dans cette région. Comme le préhistorien, accompagné des deux géologues, a commencé à faire une extraordinaire récolte de galets, j'ai fait appel à un géomorphologue, le professeur Coque, puis au préhistorien Biberson. Parallèlement je travaillais sur mon chantier du Ramesseum, expédition que j'avais également jumelée avec la recherche des graffiti dans la montagne thébaine. De temps en temps j'allais prendre connaissance de leurs travaux. Coque et Biberson ont ensuite fait une communication à l'Académie des sciences : ils avaient trouvé des couches géomorphologiques du début du quaternaire, très riches en dépôts qui remontaient à trois millions d'années à peu près.

Les gens qui avaient taillé ces galets étaient donc contemporains de l'homme des rives de l'Omo éthiopien...

Je vous rappelle qu'à cette époque-là les hommes vivaient sur les plateaux. Le Nil se jetait alors dans un énorme golfe qui allait de Khartoum jusqu'à la future Alexandrie d'un côté et Suez de l'autre. Ensuite, les alluvions ont fait reculer l'immense golfe et progressivement donné au Nil son lit actuel.

45.

Une sagesse égyptienne

L'art égyptien comme expression d'une éthique. Le Zodiaque de Dendara. L'égyptologie, une excellente cure d'humilité. Comment l'étoile Sothis a brillé un jour sur Chamonix.

Pensez-vous que la beauté des œuvres d'art égyptiennes soit l'expression de ce sens éthique très développé que vous avez découvert dans les textes ?

Sans aucun doute ! Il serait impossible de concevoir des œuvres aussi harmonieuses, aussi justes, aussi expressives, si tout cela ne participait pas d'une certaine maturité sur le plan éthique. Les Égyptiens vont toujours à l'essentiel. Ils représentent par exemple le corps humain – l'être humain – d'une manière si dépouillée, si convaincante. Ces images témoignent d'une grande élévation, d'un humanisme jamais égalés par la suite. On ne peut dire, en comparaison, que la civilisation chrétienne, telle que les hommes l'ont transformée, soit un modèle de sérénité !

En quoi l'histoire du christianisme nous donne-t-elle des leçons de tolérance, d'humilité, de charité ? Pourtant, c'était bien là le message évangélique tel que les disciples de Jésus l'ont transmis, sans doute à partir de ce que leur maître avait enseigné. L'Église a longtemps fait preuve d'une remarquable étroitesse d'esprit et il n'a jamais été facile jadis d'être scientifique ou hérétique en terre chrétienne.

À ce propos, je voudrais vous raconter l'histoire du zodiaque de Dendara, qui se trouve aujourd'hui au Louvre. Il provient de l'une des chapelles osiriennes édifiées sur la terrasse du temple et représente le ciel d'Égypte avec toutes ses constellations. Au début du XIXe siècle, il a été découpé par un commerçant qui avait obtenu une autorisation spéciale – un *firman* – du vice-roi d'Égypte.

Comment est-il arrivé à Paris ?

C'est ce commerçant qui l'a apporté à Paris et l'a proposé à Louis XVIII qui en a fait l'acquisition pour une véritable fortune. Comme il s'agissait d'inscriptions, le zodiaque a d'abord été conservé au Cabinet des médailles de la Bibliothèque nationale jusqu'au jour où l'administration du Louvre l'a réclamé. Cependant l'apparition de ce monument a déclenché une terrible controverse. Toute la clergerie, comme on disait alors, s'est insurgée contre ceux qui voulaient dater ce zodiaque. Pour les occultistes, on ne sait pourquoi, il allait de soi qu'il remontait à deux mille ans avant notre ère. Mais l'égyptologie n'existait pas encore et l'on ne pouvait interroger les textes. Et l'Église ne l'entendait pas ainsi. Selon le dogme, le zodiaque ne pouvait avoir été conçu avant le Déluge. Sitôt la découverte de Champollion connue (1822), l'Église lui a demandé de dater le zodiaque.

Après examen, Champollion a déclaré que le zodiaque était contemporain de Néron. Grand bien lui en a pris ! C'est grâce à cette expertise que l'Église, satisfaite, a soutenu Champollion en un temps où il était considéré comme un farfelu par ses collègues. Même Sylvestre de Sacy, l'un des grands orientalistes de la Sorbonne, a tout d'abord affirmé qu'il se trompait. Pour remercier Champollion, le pape lui-même est intervenu, je crois, auprès de Charles X afin qu'il accorde la Légion d'honneur à ce jeune savant si perspicace. Quel salmigondis ! Non, vraiment, entre la mentalité de ce pape et celle d'Aménophis III, je choisis Hatshepsout.

Quelle est selon vous la plus grande vertu ?

Je dirais deux vertus : la tolérance et l'honnêteté, dans tous les sens de ce terme, sans oublier surtout l'honnêteté intellectuelle. C'est une denrée de plus en plus rare de nos jours, vous ne trouvez pas ? Chez les Égyptiens, en revanche, la vie quotidienne est entièrement fondée sur la morale osirienne et le respect de l'autre. Prenez le cas du vizir. Quand le vizir est intronisé par le pharaon, il reçoit son code de vie : tu feras ceci, tu ne feras pas cela, tu seras un « juste » équitable, tu ne confondras pas justice et équité. Les conseils de sagesse pratique foisonnent : ne pas être dédaigneux dans la maison d'un pauvre, prêter l'oreille à celui qui souffre. C'est très beau ! Le code moral sera toujours le fondement du progrès social.

Quelle différence y a-t-il entre justice et équité ?

Vous le savez bien ! La justice est droite, pure, rigide : *dura lex, sed lex.* La justice est dure, elle est sans souplesse. L'équité, c'est la justice, mais tolérée, adoucie par la compréhension, par la compassion, par la bonté. Elle permet d'aménager la loi en fonction de chaque cas particulier.

Vous avez beaucoup critiqué ici les mœurs pratiquées en égyptologie. Pourtant, à vous entendre, l'idéal égyptien paraît si élevé qu'il semblerait devoir exercer une excellente influence sur ceux qui l'étudient.

Pourquoi est-on attiré par l'Égypte ? Sans doute parce que cette civilisation a laissé de grands et somptueux vestiges, propices au rêve et à la méditation. Cependant, on peut aussi s'intéresser à l'Égypte à cause des avantages que ce choix peut vous apporter en termes de plan de carrière. Être égyptologue peut sembler bénéficier d'un statut social enviable, qui pourrait donner une certaine respectabilité. Si on aime les honneurs et les distinctions, c'est parfait.

Mais si l'on prend le risque d'étudier en profondeur la pensée égyptienne, on s'expose à changer sa manière de penser.

Absolument. D'abord, on doit devenir beaucoup plus modeste. L'égyptologie est une excellente cure d'humilité, je vous assure. Elle vous oblige à vous poser des questions auxquelles vous n'auriez jamais songé. On ne peut s'engager dans l'étude d'une civilisation aussi accomplie sans être quelque peu spiritualiste. Je ne connais pas de *véritable* égyptologue qui se dise matérialiste. Et j'ai connu des êtres admirables dans cette profession.

Qu'est-ce que la spiritualité pour vous ?

C'est ce qui éloigne du matérialisme, il me semble. C'est une attitude qui consiste à ne rien fuir, à toujours chercher à comprendre. Et surtout à respecter les idées des autres – et c'est sans doute le plus difficile. Être tolérant envers les autres, c'est à mon sens la plus grande épreuve, la plus haute. Bien sûr, en égyptologie, il ne faut accorder sa confiance qu'aux opinions étayées par des preuves.

En somme, pour vous, la spiritualité et la rigueur scientifique vont de pair.

Bien entendu ! Toute démarche scientifique doit tenir compte des autres points de vue.

Avez-vous le sentiment d'une transcendance ?

Un être humain n'est pas réductible à une mécanique de chair et d'os. Il y a autre chose, c'est évident. Autre chose, que nous ne connaissons pas. Or qu'est-ce que la spiritualité, sinon une attitude accueillante face à ce que nous ne connaissons pas ? Les scientifiques sont nombreux aujourd'hui à reconnaître que, dans leur propre domaine, il reste toujours quelque chose qui leur échappe. Entre nous, ce n'est pas trop tôt !

Quel est le rôle de l'intuition dans votre démarche scientifique ?

Je ne sais pas si le mot *intuition* convient... mais il est vrai qu'après avoir longtemps étudié une question, il m'est arrivé d'éprouver une étincelle, un déclic me permettant de rassembler des éléments épars, des choses qui semblaient n'avoir aucun rapport entre elles, mais brusquement une évidence s'impose.

Pouvez-vous en donner un exemple ?

De nos jours, les égyptologues associent naturellement l'étoile Sothis et l'inondation, mais il y a encore quelques années, personne n'y prenait garde. Pendant l'été 1970, j'étais en vacances à Chamonix. Je me souviens qu'il faisait très chaud. Après le déjeuner, mon mari et moi nous reposions sur l'herbe. Puis, je ne sais pourquoi, je suis partie me promener en longeant un ruisseau. Et tout d'un coup, une idée s'est imposée à moi : « Mais c'est ça, je comprends ! Ce n'est pas Hathor comme je le croyais, c'est Sothis qui est représentée sur la façade du petit temple d'Abou Simbel ! » (cf. pl. XIV et XXI).

Je connaissais cette façade par cœur, je l'avais étudiée pendant des années, je l'avais décrite centimètre par centimètre, et je n'avais jamais remarqué que les plumes, sur la coiffure de la reine, n'étaient pas les plumes d'autruche flanquant la coiffe d'Osiris mais des rémiges de faucon ! Confusion que mes collègues faisaient également. Et voilà, allez savoir pourquoi, au bord de ce ruisseau de montagne, tout s'est mis en place dans ma tête en un instant : l'étoile Sothis, les plumes de faucon qu'elle porte aussi sur le plafond astronomique du Ramesseum, et l'inondation. C'était affolant... Oui, ce sont des instants de très grand bonheur, brusquement un maillon manquant vous permet de recomposer une chaîne brisée, jusqu'alors restée inerte.

Diriez-vous que le modèle égyptien vous a aidée à comprendre ce qui manquait à notre époque ?

C'est surtout en parlant avec les vieux paysans de Haute-Égypte que j'ai progressé. Ce sont des sages qui vivent en dehors du temps. Ils m'ont beaucoup appris par leur exemple. Ils ont leur manière de raisonner, sereine et profonde. Mais ils ne sont pas les seuls envers qui je me sente redevable. Il fut un temps où j'allais presque tous les mois en Égypte pour veiller à la bonne marche du Centre de documentation et d'étude égyptologiques, le CEDAE, que j'avais créé bien avant de lancer les opérations de sauvegarde des temples de Nubie. C'était immédiatement après l'attaque de Suez. Les relations diplomatiques étaient coupées, et aucun Français n'était autorisé à se rendre en Égypte. J'avais été évacuée par les Nations unies comme les autres experts alors en mission de l'Unesco, belges, français et anglais.

Un mois et demi plus tard, les autorités égyptiennes envoyèrent un télégramme par l'intermédiaire de l'Unesco me proposant de revenir, à titre exceptionnel, continuer ma collaboration avec les Égyptiens. C'était plutôt flatteur, mais en tant que fonctionnaire française, je devais connaître l'avis de mon ministre. Couve de Murville m'a reçue très gentiment : « Si vous réussissez à retourner en Égypte, surtout n'hésitez pas. Vous serez notre ambassadeur culturel privé. Mais soyez discrète, vous n'aurez que jaloux et détracteurs ! »

En somme, vous étiez madame Bons Offices...

J'avais des liens d'amitié avec Ahmed Badaoui, le recteur de l'université du Caire et l'administrateur du CEDAE, un égyptologue musulman avec lequel je collaborais. On disait de lui que c'était un homme très rude, mais en fait c'était un grand cœur, un homme d'une immense droiture. Il m'accompagnait parfois sur les chantiers de Nubie, et nous avions de longues conversations. Badaoui ne participait pas aux travaux, il se consacrait à traduire Hérodote en arabe. Mais lorsque je butais sur une difficulté particulière, un problème humain qui me semblait insurmontable, j'avais recours à ses bons conseils. Il faisait preuve d'une telle sagesse qu'au bout d'un moment il a déteint sur moi. J'ai pris le pli et je me suis mise à réfléchir à sa manière pondérée : « *Stan chouaya, ya set* », disait-il toujours : « Attends un peu, ne te presse pas, ô madame. Demain est un autre jour. » Il avait raison : pour affronter une grande décision, il faut toujours attendre le lendemain. Prendre du recul avant de décider. Rien n'est pire que la précipitation.

Tourner sept fois sa langue dans sa bouche... Notre culture véhicule aussi ces préceptes de la sagesse populaire.

En effet. Vous avez reçu un ordre qui vous gêne ? Attendez le contrordre qui arrivera demain. Je crois que ce principe était connu dans l'armée. Parfois, je n'arrivais vraiment pas à trouver la solution du problème qui me stressait, et je m'endormais en pensant : « C'est affreux, je ne vais pas m'en sortir. Demain, c'est sûr, j'abandonne tout ! » Mais le lendemain matin, il s'était toujours passé un petit quelque chose et l'horizon paraissait plus clair. La nuit porte conseil. Encore un précepte populaire ! Badaoui était un citadin, mais la sagesse qui inspirait ses pensées et ses actes ne lui appartenait pas en propre, il la partageait avec les vieux ouvriers de nos chantiers, qui sont les héritiers directs de la très ancienne civilisation pharaonique, c'était un homme de Haute-Égypte !

L'atmosphère de travail sur les chantiers devait en bénéficier ?

Oui, mais pour cela il fallait accepter de les écouter, de les considérer avec respect, comme des interlocuteurs à part entière. Mais au début, croyez-moi, j'étais bien la seule à collaborer avec eux. Mes confrères étaient même indignés de cette familiarité, et quand j'ai créé le CEDAE, certains ont violemment protesté : « Vous n'allez tout de même pas leur apprendre nos méthodes ? Nous ne serons plus les maîtres sur les chantiers. » Car, avant cette époque, les inspecteurs égyptiens restaient dans leur coin, ils se sentaient totalement exclus et comme ils étaient intimidés par les Occidentaux, ils n'osaient même pas protester, mais n'en pensaient pas moins !

Ainsi, les Égyptiens d'aujourd'hui vous ont aidée à percer certains mystères datant des pharaons.

Pourtant, une femme ne semblait guère avoir de chances de réussir en Égypte. Comment allais-je pouvoir me faire écouter par des hommes, et bien souvent plus âgés que moi ? Allaient-ils me respecter ? Eh bien j'y suis parvenue très facilement parce que j'ai traité ces gens avec respect, avec amitié. Je ne me suis jamais autorisée à les tutoyer, comme le faisaient mes collègues. Pour moi, il était impensable de considérer les Égyptiens autrement que comme nous-mêmes, simplement parce qu'ils étaient différents et appartenaient à un pays apparemment moins développé que le nôtre. À l'égard du tiers-monde, les Occidentaux ont souvent fait preuve d'un manque de subtilité qui me choque profondément.

Voyez ce que les Américains ont fait juste après la révolution nassérienne. Pour venir en aide aux Égyptiens, ils avaient créé le « Point Quatre », un organisme destiné à favoriser le développement de l'Égypte. Et ils ont commencé à installer des familles nécessiteuses dans des appartements où trônait une magnifique baignoire. Seulement, les Égyptiens ne savaient pas du tout à quoi une baignoire pouvait servir et préféraient prendre des douches depuis la haute antiquité. Quel gâchis ! Il n'y a jamais eu de baignoires en Égypte : la baignoire a été inventée par les Romains. Les Américains faisaient gaffe sur gaffe sans jamais s'en apercevoir.

Ainsi, avant de quitter son poste, un responsable du Point Quatre, un certain M. Brook, si j'ai bonne mémoire, a organisé une grande réception pour fêter son départ, où il a convié les Égyptiens qu'il connaissait. Parmi ceux-ci, certains étaient très modestes, mais ils avaient cassé leurs tirelires et sont arrivés vêtus avec élégance, avec des vêtements européens. Mais Brook a cru les mettre à l'aise en s'habillant en cow-boy pour les recevoir. Vexés, les Égyptiens sont tous repartis.

Cette sagesse populaire vous semble-t-elle distinguer, aujourd'hui encore, la civilisation égyptienne du reste du monde arabe ?

Je ne voudrais froisser personne. Les Marocains, les Algériens et les Tunisiens ont d'éminentes qualités. Dans le monde arabe, ce sont peut-être les Émirats et la Syrie qui se rapprochent le plus de l'Égypte. Cependant, à mon avis, l'Égypte occupe réellement une place à part. L'islam égyptien interprète le Coran d'une manière infiniment douce, qui rappelle le christianisme des origines.

46.

Le lent déclin d'une civilisation

Le message des Égyptiens : « Il y a quelque chose » mais quoi ?
Il n'y a pas lieu de parler de « surnaturel » pour expliquer
la réussite des anciens Égyptiens. Leurs rapports avec les Grecs.
Hypothèse sur l'Exode. Le lent déclin.

Vous nous avez parlé des modifications que la fréquentation des anciens Égyptiens avait apportées à votre conception du monde et de notre société. A-t-elle également eu une influence sur votre foi ?

Certainement. J'ai tellement voyagé dans la pensée égyptienne, j'ai tellement baigné dans le raisonnement, les réactions et les aspirations de ce peuple, depuis les écrits les plus élevés et les plus mystiques, jusqu'à l'humble profession de foi conservée sur des stèles populaires, que je me sens presque solidaire de ces hommes et de ces femmes qui semblaient ne pas douter. Je ne parle pas ici de la « foi du charbonnier » ; je parle des sentiments d'un être. Nous ne pouvons plus nous permettre d'opposer un scepticisme matérialiste à toutes ces manifestations élevées de l'âme humaine.

On ignore ce qu'il y a, mais on ne peut le nier. La science ne nous permet plus de rejeter toute suggestion, car les connaissances acquises, qui ont tant évolué, constituent la plupart du temps des embryons de démonstration qui nous incitent à nous poser des questions troublantes, mais que l'on n'a pas le droit a priori d'écarter. On ne peut rien nier, mais on ne sait pas ; il y a quelque chose, mais quoi ?

Le génie qui vous touche chez les Égyptiens est-il leur capacité de rendre compte de spéculations scientifiques et métaphysiques complexes dans des termes simples et perceptibles immédiatement ? Est-ce cela qui vous émeut par-dessus tout ?

Il n'y a en effet aucune prétention dans la pensée égyptienne, il n'y a aucune sophistication. Ils cherchent seulement à être accessibles à tous et pour eux, et cela est vrai de toutes les manifestations de leur génie, rien ne s'explique autrement que par des mots simples, des notions abordables par tous et, surtout, tout ce qui est abstrait doit pouvoir être expliqué par des choses bien concrètes. Sans ces bases essentielles sur lesquelles ils fondent tout leur comportement, il leur paraîtrait futile de faire appel à des concepts qui n'aient pas été vécus et éprouvés.

Votre manière de voir nous éloigne évidemment des prétentions « occultistes » de certains « interprètes » de l'aventure égyptienne.

Il est bien évident que l'« occultisme » taraude certains esprits et la science mystérieuse et inapprochable des pharaons occupe des cerveaux fiévreux, mais ce sont en fait toujours les mêmes questions qui sont posées et leur élément essentiel concerne la recherche de l'inexpliqué : depuis l'intervention des extraterrestres jusqu'à l'application de techniques irréelles comme la fabrication des pierres des pyramides en aggloméré et mises en place niveau par niveau ! Tous ceux qui abordent la civilisation égyptienne sans aucune connaissance effective n'ont qu'une seule préoccupation : à quel niveau scientifique étaient arrivés les Égyptiens pour pouvoir construire tant de prodiges ? Pourquoi vouloir nier la réalité de la science des bâtisseurs et la transformer en pratiques surnaturelles ?

Les Égyptiens ont-ils eu, selon vous, un commerce fécond avec les philosophes grecs ?

Je crois que des Égyptiens, parmi les plus lettrés qui ont dû être en rapport certainement avec les premiers penseurs grecs venus dans leur pays, ont pu être éblouis par la brillance, la subtilité et l'intellectualité poussée à l'extrême de ces représentants du génie des Hellènes. Je ne sais si cela a pu les pénétrer. La construction intellectuelle d'un vrai riverain du Nil égyptien, tangible et abordable, semble assez éloignée des spéculations, certes habiles, brillantes et attirantes des Grecs, mais qui peuvent laisser insatisfait, même aujourd'hui.

Je crois que la pensée spéculative des Grecs n'aurait pu les atteindre. Seul le système de Platon leur aurait peut-être convenu. Je me demande même s'il n'a pas été influencé par les réflexions égyptiennes qui sont, d'une certaine manière, la démonstration de leur logique. C'est vrai, chez les Égyptiens tout s'enchaîne avec une simplicité et une logique irréfutables.

Pourtant les Égyptiens ne se sont-ils pas montrés toujours très ouverts aux croyances des peuples qu'ils côtoyaient ?

Oui, ils les ont acceptées, mais ne les ont pas foncièrement adoptées, à commencer par les sacrifices rituels.

Vous ne pensez donc pas que les tombes annexes de plusieurs anciennes nécropoles royales contenaient le corps de serviteurs sacrifiés, comme on l'a dit ?

Vous faites allusion à un phénomène qui a été réellement prouvé lorsque le grand archéologue anglais Walter Emery a découvert, au sud d'Abou Simbel dans les années 30, les tombes de Ballana et de Qoustoul. On y a réellement la preuve que, autour des chefs locaux enterrés, sectateurs du dieu Mandoulis (forme locale et tardive d'Horus le Soleil), des serviteurs, des chevaux et des chiens ont été égorgés. Je ne peux croire qu'aux premières dynasties où les souverains et notables ont été enterrés à Abydos ou à Saqqarah dans le nord, les Égyptiens aient pu être influencés par les futurs Koushites habitant le Soudan actuel. Il n'y a aucune raison ni aucune preuve ! Ils n'avaient plus de relations avec les ethnies qu'ils avaient rencontrées à la préhistoire et au néolithique.

Qu'en est-il des Hébreux ? Peut-on vous demander ce que vous pensez de l'Exode et du personnage de Moïse ?

Il est bien difficile d'avoir une idée à ce sujet. Le nom Moïse vient très certainement de Mosé comme je vous l'ai déjà dit et ne signifie pas celui qui est sauvé de la noyade, mais celui qui est « mis au monde », comme dans Thoutmosis ou Rameses (Ramsès, celui que Ra a mis au monde). En outre, il est impensable de nier que la sagesse égyptienne, réelle et constatée partout, a attiré de nombreux voisins. Rappelez-vous cette réflexion du prince de Byblos qui adressa au messager de Pharaon, un certain Ounamon, marqué par les vicissitudes de son époque, cette phrase que nous devrions tous conserver en mémoire : « C'est d'Égypte qu'est venue la sagesse ! C'est d'Égypte qu'est venue la civilisation ! »

Tout porterait un historien qui ne serait pas égyptologue, en ayant réuni les éléments dont on peut disposer, à suggérer que l'événement décrit dans la Bible, autrement dit l'Exode, pourrait s'être produit à l'époque de Ramsès II : nom de la capitale, Perramsès, constructions de grands monuments au sujet desquels des travailleurs libres et payés venaient de terres sémitiques, princesses de la Couronne chargées d'instruire les fils de souverains étrangers pour leur enseigner l'art de vivre à l'égyptienne... Mais alors on ne trouve pas la servitude décrite dans la Bible allant jusqu'à la cruauté, ni le passage de la mer Rouge, ni la mort des premiers-nés. Quant aux fameuses plaies de l'Égypte, on peut les prendre les unes après les autres en soulignant leur réelle signification et leur origine. Pour ne citer qu'un exemple, le plus frappant, le fleuve bénit apparaît transformé en sang : il faut ne pas être

allé en Égypte durant la période qui voit le début de l'inondation pour ignorer ce phénomène climatique.

Cependant, puisque à tout effet il doit exister une cause, après avoir moi-même longuement pensé que ce mythe avait un fondement susceptible d'être évoqué à l'époque ramesside, je suis de plus en plus persuadée que le commentaire apporté récemment par mon collègue Vandersleyen est bien fondé.

Que suggère-t-il ?

L'épisode de l'Exode, qui n'est mentionné par aucun texte égyptien, n'aurait pas été écrit avant le VIIe siècle avant notre ère et trouve peut-être son inspiration dans le départ des Hyksos, certainement d'origine sémitique. Ceux-ci avaient envahi le pays et ont été chassés, après une longue lutte, par le roi Ahmosis le Libérateur qui les bouta hors d'Égypte jusqu'à la ville frontalière de Sharouhen.

Comment expliquer le long déclin de la civilisation pharaonique ?

Comment expliquer la courte agonie de la civilisation gréco-romaine ? Si nous considérons cette extraordinaire aura pharaonique dont les deux premiers Ptolémées, et surtout Cléopâtre VII, incarnent le dernier éclat, il faut tout de même reconnaître que l'Égypte pharaonique a mis plus de mille ans à s'éteindre.

Ces mille années ont vu l'invasion à plusieurs reprises des Libyens, la présence qui n'a pas été toujours négative des rois « éthiopiens », l'agression cruelle et dévastatrice des Assyriens, l'infiltration de mercenaires et de commerçants cariens et grecs puis, à deux reprises, la domination des Perses qui ne fut pas toujours néfaste mais qui heurta profondément le sens patriotique des Égyptiens, et c'est la raison pour laquelle Alexandre leur apparut comme un sauveur. Il y eut ensuite les Ptolémées qui, dès le troisième du nom, restèrent confinés dans la ville d'Alexandrie sans chercher à connaître le reste du pays, Alexandrie *ad Aegyptum* ainsi que les Romains, derniers occupants, n'oubliaient pas de la définir. À cette époque les esclaves, touchés par l'humanisme des riverains du Nil, préféraient vivre en Égypte qu'à Rome.

Comment ce peuple pacifique, voire docile, a-t-il pu résister sans perdre son âme à une occupation aussi longue ? Pendant des siècles, il a nourri l'occupant, lui le fellah, le « grenier de la Méditerranée », il a accepté l'étranger tout en restant lui-même. Il a supporté le joug, mais il n'a jamais oublié ses mythes. Il n'a jamais oublié le message d'espoir contenu dans le destin d'Osiris, l'espoir du bonheur mérité après les épreuves. Et ceux qui avaient envahi les rives du Nil ont transmis ce message à l'Occident.

Isis dans les marais (mammisi *du temple de Philae*)
La déesse, enceinte du germe solaire, reçoit la vie d'Amon.

Bibliographie sélective

Abréviations

ASAE : *Annales du service des Antiquités de l'Égypte*
BIFAO : *Bulletin de l'Institut français d'archéologie orientale*
BSFE : *Bulletin de la Société française d'égyptologie*
CEDAE : *Centre d'études et de documentation sur l'ancienne Égypte*
JEA : *Journal of Ancien Egyptian Archaeology*
MDAIK : *Mitteilungen des deutschen archäologisches Instituts, Abteilung Kairo*
RdE : *Revue d'égyptologie*

entre 1935 et 1938 : deux thèses

La thèse de l'École du Louvre : *L'habitation civile égyptienne.*

La thèse de IVe section de l'École pratique des Hautes Études de la Sorbonne : *La grammaire des inscriptions du tombeau de Pétosiris.*

1938

« Un modèle de maison citadine du Nouvel Empire (Musée du Louvre : n° E 5357) », in *RdE*, n° 3, 1938, p. 17-25.

1939

« Les tombes à niches orientées », in *Miscellanea Gregoriana*, Racolta di publicati nal i Cetenario dalla Fondazione del Museo Egizio 1939-1949, p. 63-74.

1941
L'art égyptien au musée du Louvre, Floury, Paris, 1941.

1942
« Le papyrus », in *La Feuille blanche*, n° 3, 1942, p. 3-18.

1943
« Le théâtre égyptien », *Le Journal des savants*, oct.-déc 1943, p. 166-176.
« Le papyrus », in *La Feuille blanche*, n° 4, 1943, p. 1-16.

1946
Le style égyptien, Larousse, Paris, 1946.

1947
Les religions égyptiennes. L'Ancien Orient. Histoire générale des religions, Quillet, Paris, 1947.
« Une coutume égyptienne méconnue », in *BIFAO*, XLV, 1947, p. 185-232.
« Le Nil. Les arts majeurs. La vie journalière et les arts mineurs. Le roi et la monarchie pharaonique. La religion. Les scribes et la science », in *L'enseignement par l'image* (série de douze films éducatifs Larousse), de 1947 à 1950.

1948
« Les enfants du Kep », compte-rendu du Congrès des orientalistes, Paris, 1948.

1949
« Fouilles en Égypte de 1948-1949 », in *BSFE*, n° 1, 1949, p. 11-20.
« Les sépultures de l'Ancien Empire et le mastaba d'Izi. Catalogue des objets », in *Tell Edfou*, III, Le Caire, 1949, p. 1-60.
« L'éducation dans l'ancienne Égypte », *Le Jardin des Arts*, 1949.

1950
« À propos de l'obélisque de Saint-Jean-de-Latran et d'un sanctuaire en vogue à Karnak à la fin de la XVIIIe dynastie. Nouveaux exemples de scarabées commémoratifs de la XVIIIe dynastie », in *ASAE*, L, 1950, p. 257-567.
« À la recherche de l'art pharaonique », in *Pour l'Art*, n° 10, 1950, p. 18-19 ; n° 11, p. 6-9.

« Un petit monument commémoratif du roi athlète », in *RdE,* 7, 1950, p. 37-46.
« Temples et tombeaux », in *L'amour de l'art,* 1950.

1951
« Deux grands obélisques précieux d'un sanctuaire à Karnak. Les Égyptiens ont-ils érigé des obélisques d'électrum ? », in *RdE,* 8, 1951, p. 47-61.
« Fards et parures du visage au temps des pharaons », in *L'amour de l'art,* n° 49-51, 1951, p. 39-42.

1952
« Hommage d'un poète à la princesse lointaine », in *Kêmi,* XII, 1952, p. 34-45.
« Pots anthropomorphes et recettes magico-médicales dans l'Égypte ancienne », in *RdE,* 9, 1952, p. 49-67.
« L'Obélisque vous parle », in *Vie et langage,* 1952, p. 23-28.
« Nouveaux commentaires sur l'obélisques de Saint-Jean-de-Latran », in *Revue archéologique,* 1952.

1953
« Un “Lac de Turquoise”. Godets à onguents et destinées d'outre-tombe dans l'Égypte ancienne », Fondation Eugène Piot, Monuments et mémoires publiés par l'Académie des inscriptions et belles-lettres, n° 47, 1953, p. 23-50.
« “Concubines du mort” et mères de famille au Moyen Empire », in *BIFAO,* LIII, 1953, p. 7-47.
« L'Obélisque vous parle », in *Vie et langage,* n° 14, 1953, p. 215-226.
« Aspects de la marine au temps des Pharaons », in *La Revue maritime,* avril 1953, p. 427-460.
« Le “cinéma” au temps des Pharaons », in *L'amour de l'art,* 1953.

1954
« Note à propos de la communication de J. Schwartz », in *BSFE,* n° 15, 1954, p. 30-31.
« Poissons, tabou et transformations du mort », in *Kêmi,* XIII, 1954, p. 33-42.
« La cueillette du raisin dans la tombe d'une musicienne de Neïth à Saïs », *Revue des arts asiatiques,* n° 1, 1954, p. 40-60.
« Chronique de l'art ancien et moderne », in *Revue des arts,* n° 4, 1954, p. 251-256.

« Le Département des Antiquités égyptiennes. Le mastaba d'Akhethotep », *Miniguides du musée du Louvre*, RMN, Paris, 1954.

1955

Les sculpteurs célèbres. Les Égyptiens du Moyen et du Nouvel Empire, Mazenod, Paris, 1955.

« Du nouveau sur l'Égypte et la Nubie », in *Le Jardin des Arts*, n° 11, 1955.

1956

« Les temples de Nubie et leur destin », in *BSFE*, n° 20, 1956, p. 10-20.

« Interprétation et datation d'une scène gravée sur deux fragments de récipients en albâtre provenant des fouilles du palais d'Ugarit », in *Ugaritica*, III, 1956, p. 179-220.

1957

« Nouvelles d'Égypte et de Nubie », in *BSFE*, n° 23, 1957, p. 15-31.

« Le collier à clochettes du roi Pinedjem », *Revue des arts*, VII, n° 1, 1957, p. 19-20.

« La statue-cube du prince Ramsès Siptah », *Revue des arts*, VII, n° 1, 1957, p. 20-21.

« Portrait d'un des maîtres étrangers de l'Égypte », *Revue des arts*, VII, n° 3, 1957, p. 121-122.

« Un petit monument de théologie memphite », *Revue des arts*, VII, n° 4, 1957, p. 176-179.

« La statuette d'Osiris », *Revue des arts*, VII, n° 4, 1957, p. 176-179.

1958

« Un petit "Monument" de théologie memphite », in *Festschrift Hermann Junker, MDAIK*, 16, 1958, p. 83-85.

« La vie quotidienne en Égypte, le mastaba du Louvre », in *Le Jardin des Arts*, n° 43, 1958, p. 445-454.

« L'Égypte et la naissance de l'écriture », *in* M. Cohen, *La grande invention de l'écriture et son évolution*, 1958.

1960

Les femmes célèbres. Reines et impératrices, grandes dames et femmes politiques, Mazenod, Paris, 1960.

L'extraordinaire aventure amarnienne. L'ancienne Égypte, Deux Mondes, Paris, 1960.

« The Greatest Open Air Museum in the World in Danger. Menaces sur le plus grand musée de plein air », in *Museum*, vol. XIII, n° 3, 1960, p. 173-194.

1961

Égypte, l'art égyptien, Grand Larousse, Paris, 1961.

L'art égyptien, Carrefour des Arts, Paris, 1961.

1962

Temples de Nubie, des trésors menacés, Art et Style, Paris, 1962.

L'art égyptien, PUF, Paris, 1962.

Peintures des tombeaux et des temples égyptiens, Unesco, Le grand art en livre de poche, Flammarion, Paris, 1962.

1963

Toutankhamon. Vie et mort d'un pharaon, Rainbird/Hachette, Paris, 1963.

1964

« L'épopée archéologique en Nubie », in *Plaisir de France*, n° 304, 1964, p. 16-25.

1965

Toutankhamon. Vie et mort d'un pharaon, Hachette (édition de poche), Paris, 1965.

1966

« Une fiole évoquant le poisson "latès" de la déesse Neith », in *Mélanges offerts à K. Michalowski*, 1966, p. 71-81.

1967

Toutankhamon et son temps (dir.), catalogue de l'exposition du Petit Palais, Association d'action artistique des Affaires étrangères, Paris, 1967.

« Toutankhamon à Paris », in *Revue du Louvre*, n° 1, 1967, p. 3-28.

« Toutankhamon et son temps », *Bulletin de l'association générale des médecins de France*, avril-mai 1967, p. 42-50.

« Toutankhamon au Petit Palais », in *Archéologia*, n° 1967, p. 38-49.

1968

Le petit temple d'Abou Simbel (en collaboration avec Ch. Kuentz), *CEDAE*, I et II, Le Caire, 1968.

Le monde sauve Abou Simbel, éditions Koska, Vienne, Berlin, 1968.

La cueillette du raisin à la fin de l'époque amarnienne », in *JEA*, 54, 1968, p. 82-88.

Le spéos d'el-Lessiya en Nubie (en collaboration avec S. Donadoni), *CEDAE*, Le Caire, 1968.

1969

« Le nouveau site d'Abou Simbel et son petit temple », in *BSFE*, nº 53-54, 1969, p. 3-30.

1970

Historia del Arte, *La peinture égyptienne*, vol. I, fascicules nº 115 à 117, 1970.

« Un buste monumental d'Aménophis IV, don prestigieux de l'Égypte à la France », in *Revue du Louvre*, nº 4/5, 1972, p. 1-12.

« La quête des graffiti », in *Textes et langages de l'Égypte pharaonique*, t. II, Le Caire, 1972, p. 151-183.

« Les recherches du Centre d'études et de documentation sur l'histoire de l'art et la civilisation de l'Égypte antique *(CEDAE)* », in *Archéonumis*, nº 2, 1972.

1973

« Nouvelles acquisitions (Buste fragmentaire de Touy, mère de Ramsès II ; vasque thinite ; groupe de deux hamadryas ; jouet à cavalier ; stèle de Chechi ; torse de la reine Neferou-Sobek) », in *Revue du Louvre*, nº 1, 1973, p. 43-54.

« Les temples de la Nubie submergée et la rive gauche de Thèbes », in *Le Courrier du CNRS*, nº 9, juillet 1973, p. 28-38.

Graffiti de la Montagne thébaine. Cartographie et étude topographique illustrées (en collaboration), t. I, vol. 5, *CEDAE*, Le Caire.

1974

« La statue colossale fragmentaire d'Aménophis IV offerte par l'Égypte à la France (Louvre E 27112) », Fondation Eugène Piot, Monuments et mémoires publiés par l'Académie des inscriptions et belles-lettres, nº 59, 1974, p. 1-44.

1975
« Les récentes acquisitions », in *Revue du Louvre,* 1975, p. 248-254.
« Les temples de la Nubie submergée et la rive gauche de Thèbes », in *Le Courrier du CNRS,* n° 9, juillet 1975, p. 28-38.

1976
Ramsès le Grand (dir.), catalogue de l'exposition au Grand Palais, ministère des Affaires étrangères, Paris, 1976.
« À propos de l'exposition "Ramsès II" à Paris », in *L'œil,* n° 251, 1976, p. 2-11.
« Ramsès II, l'homme et le dieu », in *Bible et Terre sainte,* n° 185, 1976, p. 13-17.
« La communication au temps de Ramsès », *Revue française des Télécommunications,* n° 27, 1976, octobre, p. 38-44.
« Ramsès II », in *Revue du Louvre,* 1976.

1977
« Le département des Antiquités égyptiennes. La crypte de l'Osiris », *Mini-guides du musée du Louvre,* RMN, 1977.
« Le groupe d'un haut fonctionnaire du Nouvel Empire et de son épouse », in *Revue du Louvre,* 1977.
L'Égypte des Pharaons (dir.), organisation et catalogue de l'exposition de Marcq-en-Barœul, 1977.
« L'Égypte d'aujourd'hui et l'Égypte éternelle », in *Atlas,* octobre 1977, p. 92-106.

1978
Le temps des pyramides (les arts de la transformation), t. I, coll. L'univers des Formes, Gallimard, Paris, 1978.
« Une exceptionnelle décoration pour "la nourrice qui devint reine" », in *Revue du Louvre,* n° 1, 1978, p. 20-27.
« L'odyssée du Pharaon », in *Le Courrier du CNRS,* n° 28, avril, 1978, p. 37.
« Les barbus dans l'Égypte pharaonique », Musée Bourdelle, Paris, 1978.

1979
L'empire des conquérants (les arts de la transformation), t. II, coll. L'univers des Formes, Gallimard, Paris, 1979.
« Un couple de seigneurs du palais sous Aménophis II », in *Revue du Louvre,* n° 4, 1979, p. 280-290.

« Le soleil sous les pharaons », in *Le Courrier du CNRS,* juin 1979.
« Quatre objets proto-dynastiques provenant d'un "trésor" funéraire » in *Revue du Louvre,* n° 2, 1979, p. 108-117.
« Le département des Antiquités égyptiennes. La crypte de l'Osiris », *Mini-guides du musée du Louvre,* RMN, Paris, 1979.

1980
L'Égypte du crépuscule (les arts de la transformation), t. III, coll. L'univers des Formes, Gallimard, Paris, 1980.
« Isis-Sothis — le chien, la vigne — et la tradition millénaire », in *Livre du Centenaire de l'Institut français d'archéologie orientale, MIFAO,* CIV, 1980, p. 15-24.
« Victoire en Nubie », in *Le Courrier de l'Unesco,* 1980
« Les fouilles de Tôd », in *Revue du Louvre,* n° 3, juin 1980, p. 192-197.
« Onguents et fards au pays des pharaons », *in* catalogue de l'exposition *La parfumerie, les fards et les cosmétiques de l'Antiquité à nos jours,* Grasse, 1980.

1981
Un siècle de fouilles françaises en Égypte (dir. et participation au catalogue), IFAO et RMN, Paris, 1981.
« L'Égypte et la naissance de l'écriture », *in* catalogue de l'exposition *La naissance de l'écriture* au Grand Palais, Paris, 1981, p. 32-35.
« Un siècle de fouilles françaises en Égypte à propos du centenaire de l'Institut français d'archéologie orientale du Caire », *Petit journal d'une exposition,* 1981.
« Musée de site et musée du site à propos de la Vallée des Reines », in *Prospection et sauvegarde des antiquités de l'Égypte,* Le Caire, 1981, p. 95-97.
La grammaire des formes et des styles (Antiquités : Égypte), Bibliothèque des Arts, Office du Livre, Fribourg, 1981.
« L'Égypte des pharaons », *Total Information,* n° 86, 1981, p. 34-40.
Le grand temple d'Abou Simbel (en collaboration avec S. Donadoni), Archéologie du monument, vol. I-2, *CEDAE,* Le Caire, 1981.
« À Paris, une prestigieuse exposition sur l'Égypte ancienne », *Archéologia,* n° 155, 1981, p. 6-18.
« Relief fragmentaire de Païrkap (E 27138). Buste funéraire d'un prêtre égyptien du culte impérial (E 27139). Statuette d'Osiris Khenty-imentet (E 27140) », in *Revue du Louvre,* 1981.

1982

« Récentes fouilles de Tôd », in *BSFE*, n° 93, 1982, p. 5-20.

« La chaussure égyptienne », in *Bulletin de l'Institut de calcéologie*, n° 1, 1982, p. 13-14.

« Touy, mère de Ramsès II, la reine Tanedjmy et les reliques de l'expérience amarnienne », *L'égyptologie en 1979*, t. II, 1982, p. 227-243.

« La ba de la divine Hathor », in *Revue du Louvre*, 1982, p. 188-198.

« Les fouilles du musée du Louvre à Tôd en 1982-1983 », in *BSFE*, n° 100, 1984, p. 8-30.

1984

« Le "bestiaire" symbolique du libérateur Ahmosis », *Studien zu Sprache und Religion Ägyptens*, Göttingen, 1984, p. 883-892.

« Les vestiges du règne d'Aménophis IV découverts dans le domaine de Monthou à Tôd » (en collaboration), in *ASAE*, XX, 1984-1985, p. 253-276.

1985

La momie de Ramsès II (préface, histoire du roi, bilan des découvertes, conclusions), Édition Recherches sur les civilisations, Paris, 1985.

Le grand pharaon Ramsès II et son temps, catalogue de l'exposition, Montréal, 1985.

« Les zélateurs de Mandoulis et les maîtres de Ballana et de Qustul », in *Mélanges Gamal Eddin Mokhtar*, IFAO, Le Caire, 1985, p. 199-218.

« Considérations sur l'existence des divers temples de Monthou à travers les âges dans le site de Tôd » (en collaboration), in *BIFAO*, 84, 1985.

« La vie de l'écolier égyptien telle que la révèlent les textes et les œuvres d'art », in *Historia*, n° 465, 1985, p. 73-79.

1986

La femme au temps des pharaons, Stock, Paris, 1986.

« La Vallée des Reines retrouvera-t-elle sa splendeur passée ? », in *Archéologia*, n° 209, 1986, p. 22-37.

1988
« L'Égypte au temps des pharaons », in *Le Courrier de l'Unesco*, septembre 1988, p. 26-29.

1989
« La monture de l'enfant divin », in *Studies in Honour of Martha Bell*, vol. 1, 1989, p. 169-178.

1990
« La Vallée des Reines : le message de la grotte sacrée », in *Dossiers de l'archéologie*, n° 149-150, 1990, p. 4-21.
« Nofretari, reine de la Vallée », in *Ulysse*, n° 10, 1990, p. 34-38.
« Abou Simbel, huitième merveille du monde », in *Ulysse*, n° 16, 1990, p. 13.
« Philae, perle de l'Égypte », in *Ulysse*, n° 16, 1990, p. 18-21.

1991
« Les trois saisons du dieu et le débarcadère du ressuscité », in *Festschrift Werner Kaiser*, MDAIK 47, 1991, p. 67-90.
« Le mammisi de Ramsès au Ramesseum », in *Memnonia I*, 1991, p. 25-46.
« Abou Simbel, Ramsès et les dames de la couronne », in *Fragments of a Shattered Visage*, Proceedings of the International Symposium on Ramesses the Great, Monographs of the Institute of Egyptian Art and Archaeology, Memphis, 1991, p. 127-166.

1992
La grande Nubiade. Le parcours d'une égyptologue, Stock, Paris, 1992.
L'Égypte vue d'en haut, La Martinière, Paris, 1992.
La tombe aux vignes (en collaboration), Fondation Kodak-Pathé, 1992.

1993
« Le zodiaque de Pharaon », in *Archéologia*, n° 292, 1993, p. 21-45.
« La tombe de Nofretari, Grande Épouse Royale de Ramsès-Soleil d'Égypte », in *Archéologia*, 1993.

1994
« Moïse hébreu, Moïse égyptien », in *Revue d'éthique et de théologie morale*, supplément, Le Cerf, Paris, 1994.

1995
Amours et fureurs de La Lointaine, Stock, Paris, 1995.

1996
Ramsès II. La véritable histoire, Pygmalion, Paris, 1996.
« Les Déesses et le Sema-Taouy », in *Studies in Honor of William Kelly Simpson*, Boston, vol. I, 1996, p. 191-197.
« Ramsès II, la jeunesse d'un prince surdoué », in *Archéologia*, n° 329, 1996, p. 18-29.

1997
« L'art au service de Ramsès ou l'ingrat continuateur d'Akhénaton », in *Vicino Oriente*, quaderno I, l'Impero ramesside, convegno internazionale in honore di Sergio Donadoni, Rome, 1997, p. 71-75.
« Résonances bibliques chez une égyptologue », in *Revue d'éthique et de théologie morale*, supplément n° 201, Le Cerf, Paris, 1997, p. 133-148.
CD-Rom « Toutankhamon », Syrinx, Paris, 1997.

1999
Le secret des temples de la Nubie, Pernoud, Stock, Paris, 1999.
« Hadrien à Philae », *in* catalogue de l'exposition *Hadrien. Trésors d'une villa impériale*, Electa, Milan, 1999, p. 63-73.
« Le conte du Naufragé », *in* Actes du colloque tenu à l'Institut catholique de Paris, 1999, p. 155-162.
« Le périple du Naufragé et le calendrier du Ramesseum », in *Memnonia*, III, 1999.
« Parlons de Ramsès », *in Archéologia*, février 1999.
CD-Rom « Ramsès II », Syrinx, Paris, 1999.
« L'Égypte et la Terre du Dieu », in *Ulysse*, 1999.
« Présence de Ramsès à Paris », in *Dossiers de l'archéologie*, 1999.

2000
La femme au temps des pharaons, édition revue, illustrée et augmentée en album, Stock, Paris, 2000.

2002
La reine mystérieuse, Hatshepsout, Pygmalion, Paris, 2002.

Table des matières

La composition de cet ouvrage
a été réalisée par Nord Compo
à Villeneuve-d'Ascq,
l'impression et le brochage ont été effectués
sur presse Cameron dans les ateliers
de **Bussière Camedan Imprimeries**
à Saint-Amand-Montrond (Cher),
pour le compte des Éditions Albin Michel.

Achevé d'imprimer en mars 2003.
N° d'édition : 21459. N° d'impression : 031455/4.
Dépôt légal : avril 2003.
Imprimé en France